# DIE SUCHE NACH KENNA

## Die SEALs von Hawaii, Buch 3

## SUSAN STOKER

Titelbild entworfen von: Chris Mackey, AURA Design Group
eBook:ISBN: 978-1-64499-220-3
Taschenbuch:ISBN: 978-1-64499-221-0
Besuchen Sie Susan im Netz!
www.stokeraces.com
facebook.com/authorsusanstoker
twitter.com/Susan_Stoker
bookbub.com/authors/susan-stoker
instagram.com/authorsusanstoker
Email: Susan@StokerAces.com

*Anspruch auf Alexis*
*Anspruch auf Bailey*
*Anspruch auf Felicity*
*Anspruch auf Sarah*

## Die Delta Force Heroes:
*Die Rettung von Rayne*
*Die Rettung von Emily*
*Die Rettung von Harley*
*Die Hochzeit von Emily*
*Die Rettung von Kassie*
*Die Rettung von Bryn*
*Die Rettung von Casey*
*Die Rettung von Wendy*
*Die Rettung von Sadie*
*Die Rettung von Mary*
*Die Rettung von Macie*
*Die Rettung von Annie (8 Feb 2022)*

## Delta Team Zwei
*Ein Held für Gillian (1 Dec 2021)*
*Ein Held für Kinley (1 Jan 2022)*
*Ein Held für Aspen (1 Mar 2022)*
*Ein Held für Jayme*
*Ein Held für Riley*
*Ein Held für Devyn*
*Ein Held für Ember*
*Ein Held für Sierra*

## SEALs of Protection:
*Schutz für Caroline*
*Schutz für Alabama*
*Schutz für Fiona*
*Die Hochzeit von Caroline*

*Schutz für Summer*
*Schutz für Cheyenne*
*Schutz für Jessyka*
*Schutz für Julie*
*Schutz für Melody*
*Schutz für die Zukunft*
*Schutz für Kiera*
*Schutz für Alabamas Kinder*
*Schutz für Dakota*

# KAPITEL EINS

»Lass mich das klarstellen«, sagte Carly mit einem breiten, gemeinen Grinsen im Gesicht. »Du bist direkt *auf* den armen Mann gesprungen? Du wolltest ihn retten und dir ist nichts Besseres eingefallen, als buchstäblich auf ihn zu springen?«

»Ach, halt doch die Klappe«, grummelte Kenna mit einem leichten Grinsen. »Es war nicht meine Absicht gewesen, auf ihm zu landen. Ich habe mich einfach verschätzt.«

»Offensichtlich«, sagte Paulo trocken und lehnte sich auf den Tresen.

»Und es waren SEALs?«, fragte Kaleen, die mit Paulo hinter der Theke arbeitete.

»Ja«, bestätigte Kenna. »Ich bin im Ala Moana Park entlang der Magic Island Bucht gejoggt und war in Gedanken versunken, als ich ihn mit dem Gesicht nach unten im Meer treiben sah. Ich habe nicht lange nachgedacht, sondern meine Schuhe und mein Hemd ausgezogen und bin ins Wasser gesprungen, um ihn zu retten. Aber wie ihr bereits wisst, musste er nicht gerettet werden. Er hatte seine Kameraden unter Wasser beobachtet, die eine Art militärische Übung durchgeführt haben. Es war mir furchtbar peinlich. Ich konnte nicht glauben, dass mir das wirklich passiert war.«

»Ich schwöre, das ist das beste ›Meet-Cute‹ aller Zeiten«, sagte Kaleen.

»Was ist ein Meet-Cute?«, fragte Paulo.

»Ernsthaft?«, erwiderte Kaleen.

»Ich würde nicht fragen, wenn ich es nicht ernst meinte«, gab Paulo zurück.

Kenna lächelte über ihre Kollegen. Die Arbeit im Duke's gefiel ihr. Die anderen Kellner und Kellnerinnen waren alle ziemlich cool und es war fast so, als wären sie eher eine große Familie als nur Kollegen. Das Restaurant war im Herzen von Waikiki auf Oahu gelegen und war immer gut besucht. Es befand sich auf der Rückseite des Outrigger Waikiki Beach Resorts und damit direkt am Strand.

Das Restaurant war nach Duke Kahanamoku benannt, einem gebürtigen Hawaiianer, der sechs olympische Medaillen im Schwimmen und Wasserball gewonnen hatte und außerdem Mitbegründer des modernen Surfens war. Zu der Kette gehörten drei Restaurants in Hawaii und drei in Kalifornien. Alle waren für ihre Cocktails und ihr berüchtigtes Hula Pie Dessert bekannt.

Es war Freitagabend und das Restaurant war sehr voll, und das bedeutete spitzenmäßige Trinkgelder.

»Ein Meet-Cute«, erklärte Kaleen geduldig, »ist, wenn sich ein Mann und eine Frau auf eine supersüße und einzigartige Weise kennenlernen.«

»Nur Mann und Frau?«, fragte Paulo.

»Nun, nein, ich denke nicht.«

»Wäre es dann ein Meet-Macho, wenn zwei Typen aufeinandertreffen? Oder ein feminines Frohlocken, wenn es sich um zwei Frauen handelt?«

»Halt doch die Klappe«, sagte Kaleen und verdrehte die Augen.

Kenna genoss die Hänseleien zwischen den beiden Barkeepern. Das war Grund eintausendzweiundzwanzig, warum sie so gern dort arbeitete.

Es war unter den Kollegen auch kein Geheimnis, dass Paulo unbedingt einen festen Freund finden wollte. Also versuchten alle, ihn mindestens einmal pro Abend zu verkuppeln. Aber bisher hatte es nicht geklappt. Was schade war, denn er war einer der besten Kerle, die Kenna kannte. Er war immer freiwillig bereit dazu, jemanden zu seinem Wagen zu begleiten, und bestand stets darauf, dass die Kellnerinnen ihm eine SMS schickten, wenn sie zu Hause angekommen waren.

»Was habe ich verpasst?«, fragte Charlotte, eine der anderen Kellnerinnen, als sie mit ihrem Tablett und der Getränkebestellung von einem der Tische zur Bar kam.

»Kenna wollte uns gerade erklären, warum sie es für eine gute Idee hielt, den Navy SEAL, auf dem sie im Wasser gelandet ist, heute Abend hierher einzuladen«, beantwortete Carly mit einem breiten Grinsen die Frage.

»Ich habe es nicht für eine gute Idee gehalten, aber er hat gefragt, ob er mich wiedersehen könne, und irgendwie hatte mein Gehirn einen Kurzschluss«, verteidigte Kenna sich.

»Er hat gesagt gegen sieben, richtig?«, fragte Kaleen.

»Ja.«

»Nun, es ist viertel nach sieben. Er kommt zu spät«, sagte Paulo stirnrunzelnd.

»Es ist eine Menge Verkehr hier unten«, sagte Kenna und verteidigte Marshall, obwohl sie den Mann nicht einmal kannte.

»Wirst du Vera bitten, dich für ihn einzuteilen?«, fragte Charlotte.

»Ich bin mir nicht sicher, dass Alani das gefallen würde«, sagte Paulo.

Alani war an diesem Abend die Managerin. Obwohl sie ziemlich cool war, gefiel es ihr nicht, wenn die Kellnerinnen sich mit Freunden oder Familienangehörigen unterhielten, die ins Restaurant kamen. Kenna konnte es ihr nicht verübeln. Sie hatten meistens viel zu tun und Arbeit war Arbeit. Deshalb war es eine schlechte Idee gewesen, Marshall heute Abend ins Duke's einzuladen. Es war nicht so, als könnte sie mit ihm abhängen und ihn kennenlernen.

»Sag Vera, sie soll ihn hier an die Bar setzen«, sagte Paulo mit einem Funkeln in den Augen.

»Ja, wir werden ihn für dich unter die Lupe nehmen«, stimmte Kaleen zu.

»Auf keinen Fall«, sagte Kenna lachend. »Ihr werdet ihn nur verjagen.«

Alle lachten.

»In Ordnung, aber wenn ich Glück habe, bringt er vielleicht seine SEAL-Freunde mit«, sagte Paulo. »Ich hätte nichts gegen eine schöne Aussicht einzuwenden.« Er stellte einen Mai Tai und einen Lavastrom-Cocktail auf Carlys Tablett.

»Ich hoffe, er bringt seine Freunde mit, und dass sie Single sind«, antwortete Charlotte mit einem Augenzwinkern.

»Ich nicht«, sagte Carly, während sie ihr Tablett balancierte. »Ich bin fertig mit Männern.«

»Nur weil Shawn nicht der Richtige war, heißt das nicht, dass du die Hoffnung aufgeben solltest«, sagte Kaleen zu ihr.

»Männer sind Schweine«, erwiderte Carly, bevor sie sich umdrehte und zu dem Paar ging, das die Getränke bestellt hatte.

Kenna sah ihrer Freundin mit einem Stirnrunzeln nach.

»Was hat ihr Ex-Freund eigentlich mit ihr gemacht?«, fragte Paulo.

»Er hat sie wie Scheiße behandelt. Hat ihr ein schlechtes Gewissen gemacht, wenn sie zur Arbeit ging oder sich mit Freunden getroffen hat. Er hat sie für dumm verkauft. Als Carly genug hatte und Shawn sagte, dass sie fertig mit ihrer Beziehung sei, hat er geschmollt, gefleht, geweint und alles getan, um sie zum Bleiben zu bewegen. Als sie nicht darauf reinfiel ... wurde er böse«, erklärte Kenna.

Sie und Carly standen sich sehr nahe, obwohl die andere Frau fünf Jahre jünger war als sie mit ihren dreißig Jahren. Sie hatten viel über Shawn geredet und Kenna war noch nie so glücklich gewesen wie in dem Moment, in dem Carly schließlich mit ihm Schluss gemacht hatte – oder es versucht hatte.

»Das ist Mist«, murmelte Paulo, während er den Tresen abwischte.

»Auf jeden Fall«, stimmte Kenna zu.

»Heilige Mutter Gottes. Bitte sag mir, dass eines dieser feinen Exemplare dein Marshall ist«, murmelte Charlotte leise.

Als Kenna sich umdrehte, sah sie, wie Vera eine Gruppe von Männern und ein paar Frauen ins Restaurant führte. Es schien, als würden sich alle Gäste, an denen sie vorbeigingen, nach ihnen umdrehen. Es lag nicht nur daran, dass sie gut aussahen, es war diese Aura von Selbstbewusstsein, die sie zu umgeben schien, während sie der Managerin zu ihrem Tisch folgten. Es klang wie aus einem Märchen, aber sie sahen sogar aus wie Männer, auf die man sich absolut verlassen könnte, wenn es hart auf hart kam.

»Wow«, sagte Paulo und fächelte sich mit der Hand Luft zu.

»Also, ist es einer von diesen Kerlen?«, fragte Kaleen.

»Ja. Und ich werde Alani sagen, dass ich kündige«,

scherzte Kenna. »Es ist mir zu peinlich, mit ihm zu reden. Ich werde auf eine einsame Insel ziehen.«

Charlotte lachte. »Wirst du nicht. Dafür liebst du diesen Ort zu sehr.«

Sie hatte recht ... verdammt.

Kenna hatte eigentlich ein ziemlich gutes Selbstwertgefühl. Sie war kein Supermodel, aber sie trainierte und beschränkte ihren Konsum von Süßigkeiten auf ein Minimum. Sie mochte ihr langes, hellbraunes Haar, aber sie experimentierte häufig mit ausgefallenen Farben. Manchmal mit Strähnchen, manchmal nur die Spitzen. Mit ihren ein Meter dreiundsiebzig war sie ziemlich groß. Ihre Arme und Beine waren straff und die Leute sagten ihr immer, dass sie ein schönes Lächeln hatte.

Alles in allem war Kenna mit ihrem Aussehen zufrieden ... aber im Moment konnte sie die Unsicherheit nicht unterdrücken, die das Wiedersehen mit Marshall auslöste.

Er trug keinen Taucheranzug mehr, aber es war nach wie vor offensichtlich, dass der Mann gut in Form war. Sein Alter war schwer einzuschätzen, aber sie vermutete, dass er ungefähr so alt war wie sie. Er war ein paar Zentimeter größer als sie und sein Dreitagebart war sexy und sah sehr gepflegt aus. Er trug ein schwarzes T-Shirt, das seinen riesigen Bizeps und seine breiten Schultern zur Geltung brachte.

Ja, Kenna war ganz offiziell eingeschüchtert von ihm.

»Ich nehme an, dein Marshall ist keiner der Männer, die Händchen mit diesen Frauen halten«, bemerkte Kaleen trocken.

»Nein, er ist der Letzte«, sagte Kenna. Er sah sich im Restaurant um, als würde er das Ambiente auf sich wirken lassen ... oder vielleicht nach jemandem suchen.

*Nach ihr.*

»Los, sag Hallo!«, forderte Charlotte Kenna auf und stupste sie an.

»Nein, ich glaube, ich werde so tun, als hätte ich keine Ahnung, wer er ist.«

»Ähm ... aber er weiß, wer *du* bist«, bemerkte Paulo verwirrt.

»Scheiße«, murmelte Kenna.

Kaleen lachte. »Die unerschütterliche Kenna Madigan bekommt das Flattern.«

»Was bedeutet das überhaupt?«, fragte Paulo. »Das macht keinen Sinn.«

»Doch, das tut es«, beharrte Kaleen.

»Sieht so aus, als hätte Vera Carly für sie eingeteilt«, sagte Charlotte und unterbrach das Geplänkel der Barkeeper. »Du musst zu ihnen gehen und Hallo sagen.«

Kenna holte tief Luft und nickte. Sie hatte Marshall heute Abend hierher eingeladen, nachdem sie während ihres morgendlichen Laufs fast auf seinem Kopf im Wasser gelandet wäre. Es wäre unhöflich, ihn zu ignorieren. Und Kaleen hatte recht, auch wenn sie so täte, als würde sie ihn nicht kennen, kannte er doch *sie*.

»Ich gehe«, sagte sie zu ihren Freunden.

»Wenn er einen von unseren Mädchen-Cocktails bestellt, dann ist er ein dickes, fettes Nein«, sagte Paulo leise. »Obwohl ... er es vielleicht trotzdem wert sein könnte.«

Paulo hatte die schlechte Angewohnheit, Menschen danach zu beurteilen, welche Getränke sie bestellten. Kenna vermutete, dass es eine Nebenwirkung seiner Arbeit war, und glaubte, dass es dem armen Mann nicht unbedingt dabei helfen würde, einen Freund zu finden.

Kenna holte tief Luft und ging auf den Tisch mit den sechs Männern und zwei Frauen zu. Vera hatte sie an den großen runden Tisch gesetzt, den die Kellner »die Bühne« nannten. Er stand auf einer leicht erhöhten Plattform im hinteren Teil des Restaurants, mit Blick auf den Strand. Die Gäste hatten von dort aus einen guten Überblick über das Restaurant und eine tolle Aussicht auf den Sonnenuntergang. Normalerweise würden zehn Leute an den großen Tisch passen, aber bei Marshall und seinen großen Freunden schien es nicht mehr viel Platz zu geben.

»Komm schon, du kannst mir mit dem Tisch helfen«, sagte Carly, die wie aus dem Nichts aufgetaucht war.

Kenna kicherte. »Der Tag, an dem du Hilfe für einen Tisch mit acht Personen brauchst, ist der Tag, an dem ich aufhöre, Hula-Tänzerin werden zu wollen.«

Carly zwinkerte. »Du kannst überhaupt nicht tanzen, das wird also nicht funktionieren. Aber keine Sorge, ich werde darauf achten, ob ich etwas aufschnappe, das darauf hindeutet, dass dein Marshall ein Arschloch ist.«

»Er ist nicht *mein* Marshall und er ist kein Arschloch.«

Carly lächelte nur.

Kenna schüttelte genervt den Kopf.

»Komm schon«, sagte Carly. »Er sucht nach dir und du musst ihm erklären, was los ist.«

Kenna wusste, dass sie das tun sollte, aber sie hatte Bedenken in Bezug auf seine Reaktion, wenn sie ihm sagte, dass sie nicht mit ihm abhängen konnte, sondern arbeiten musste.

Anderseits war *er* mit sieben anderen Personen aufgetaucht. Also konnte er nicht wirklich mit einer intimen Verabredung gerechnet haben, oder?

Marshall überraschte sie erneut auf positive Weise. Er war nicht sauer geworden, als sie an diesem Morgen sein Training unterbrochen hatte. Er hatte sich nicht beschwert, dass sie ihm vielleicht wehgetan hatte, als sie auf seinem Rücken gelandet war. Und heute Abend hatte er seine Freunde mitgebracht, was ... ungewöhnlich war. Kenna wusste nicht, was er dachte, aber sie war erleichtert, dass er nicht mit Blumen gekommen war und sie nicht beeindrucken wollte.

Oh, sie war beeindruckt, wie er mit seiner Jeans und in dem schwarzen T-Shirt aussah, allerdings ohne zu versuchen, etwas zu beweisen, was eine Erleichterung war. Obwohl sie nichts dagegen hatte, sich zu verabreden, war sie mit ihrem Leben auch so zufrieden, wie es war. Sie *brauchte* keinen Freund, um glücklich oder zufrieden zu sein. Sie mochte ihre Arbeit, ihre Wohnung war gemütlich und sie hatte tolle Freunde.

Aber Marshall hatte etwas an sich, das sie dazu veranlasste, Dinge zu tun, die sie normalerweise nicht tat – wie ihn ins Duke's einzuladen, während sie arbeitete.

*Bitte sei kein Arschloch*, dachte sie, als sie sich dem Tisch näherte.

---

Marshall »Aleck« Smart sah Kenna am anderen Ende des Restaurants, als er zu ihrem Tisch ging. Sie stand in der Nähe der Bar und lachte über etwas, das einer der Barkeeper gesagt hatte. Er war sofort von ihrem Lächeln beeindruckt. Er wollte wissen, was so lustig war. Was sie hatte so glücklich aussehen lassen.

»Ist sie das?«, fragte Jag, als sie zu dem großen runden Tisch kamen. Während Elodie und Lexie um den Tisch herumrutschten, um sich zu setzen, nickte Aleck.

»Sie ist süß.«

Aleck drehte den Kopf herum und starrte seinen Teamkameraden böse an.

Jag lachte nur. »Ruhig Tiger. Ich habe sie heute Morgen nur nicht richtig gesehen. Außerdem sah sie mit nassen Haaren anders aus.«

»Eine Kellnerin wird gleich bei euch sein. Die Cocktail-

Karte steht auf dem Tisch und wir haben Wein und Bier vom Fass. Das Duke's Blonde Ale kann ich wärmstens empfehlen, wenn ihr daran interessiert seid, oder einen Mai Tai oder vielleicht einen Kokos-Mojito passend zum Insel-Flair. Aloha!«

Aleck sah die blonde Frau nicht einmal an, als sie sich von ihrem Tisch entfernte. Er hatte nur Augen für eine Person.

»Hier kommt sie«, sagte Pid neben ihm.

Aleck hatte bereits bemerkt, dass Kenna mit einer anderen Frau zu ihrem Tisch kam. Man musste kein Wissenschaftler sein, um an ihren Uniformen zu erkennen, dass beide im Restaurant angestellt waren. Für den Bruch-teil einer Sekunde war Aleck verwirrt und konnte nicht umhin, ein klein wenig enttäuscht zu sein, dass sie offen-sichtlich nicht gemeinsam essen und sich kennenlernen würden, so wie er es geplant hatte.

»Hallo, mein Name ist Carly. Ich werde heute Abend eure Kellnerin sein«, sagte die kleinere Frau.

»Und ich bin Kenna, die Frau, die heute Morgen auf euren Freund gesprungen ist. Na ja, nicht genau auf ihn gesprungen, aber fast.«

Es war offensichtlich, dass Kenna nervös war, aber Elodie stand schnell auf und streckte ihr die Hand entge-gen, um sie zu beruhigen.

»Schön, dich kennenzulernen«, sagte sie fröhlich. »Als Scott mir heute Morgen nach dem Training erzählt hat, was passiert ist, konnte ich mir das bildhaft vorstellen.«

»Und ich schwöre, ich hätte dasselbe getan«, sagte Lexie mit einem breiten Grinsen und schüttelte Kenna ebenfalls die Hand.

Kenna lächelte sie beide an. »Vielen Dank, aber es war so peinlich. Ich bin sicher, der arme Marshall hat sich gefragt, was zum Teufel passiert war. Im einen Moment hat er noch auf euch aufgepasst und im Nächsten gab es einen riesigen Aufruhr und ich war da.«

Aleck stand langsam auf und streckte seine Hand aus. Kenna lächelte ihn schüchtern an. Er konnte nicht umhin zu bemerken, wie glatt und weich ihre Hand war. Seine eigene war von der Arbeit und dem Training mit Schwielen übersät. »Ich war auf jeden Fall überrascht«, sagte er. »Aber als mir klar wurde, was passiert war, war ich beeindruckt. Nicht viele Leute würden das tun, was du getan hast. Tatsächlich hat das noch nie jemand zuvor getan.«

Sie wurde rot, und das machte sie noch hübscher. Ihr Pferdeschwanz hatte einen süßen Bogen am Ende und ihre dunkelbraunen Augen waren sehr ausdrucksstark. Es gefiel ihm, dass sie nur ein paar Zentimeter kleiner war als er, sodass sie sich leicht in die Augen sehen konnten. Im Moment konnte er erkennen, dass sie sich unbehaglich fühlte und vielleicht ein wenig verlegen wegen ihres Aufeinandertreffens war.

»Das bedeutet nur, dass alle anderen schlau genug sind, um zu erkennen, dass du aus einem bestimmten Grund im Meer warst und nicht wirklich am Ertrinken warst«, sagte Kenna.

Alle lachten und er konnte sehen, wie Kenna sich sichtbar entspannte.

»Ich bin Jag«, sagte einer seiner Teamkameraden und Aleck bemerkte, dass er Kenna seine Freunde vorstellen sollte. Aber als er sich umdrehte, sah er, dass Jag nicht Kenna, sondern die andere Kellnerin anstarrte.

»Ich bin Carly«, antwortete sie und sah Jag an, als wären sie allein im Restaurant.

Er würde Jag später dafür eine Abreibung verpassen. Schnell stellte Aleck Kenna seine anderen Freunde vor. »Das sind Mustang und seine Frau Elodie. Da drüben sitzt

Midas mit seiner Freundin Lexie. Jag hat sich bereits selbst vorgestellt und das sind Slate und Pid«, erklärte Aleck.

»Hallo«, sagte Kenna und hob verlegen die Hand, bevor sie sich wieder zu Aleck umdrehte. »Kann ich kurz mit dir reden?«

»Natürlich«, sagte er, ohne zu zögern. Als wäre es die natürlichste Sache der Welt, griff er nach ihrem Ellbogen. In dem gut besuchten Restaurant gab ist nicht viel Platz für Privatsphäre. Aleck hörte, wie Carly die anderen nach ihren Getränkebestellungen fragte, während er Kenna in einen kleinen Flur führte, der Ess- und Empfangsbereich miteinander verband.

»Es tut mir leid, dass ich dir nicht gesagt habe, dass ich hier arbeite«, sagte Kenna, ohne zu zögern. »Ich wollte dich nicht in die Irre führen oder so. Du hast mich ehrlich gesagt überrascht, als du mich gefragt hast, ob wir ausgehen können. Als du gefragt hast, wann und wo, ist mir einfach so das Duke's in den Sinn gekommen. Wahrscheinlich weil ich so oft hier bin.«

»Es ist okay«, sagte Aleck zu ihr. »Du hast sicherlich auch nicht damit gerechnet, dass ich mit all meinen Freunden hier auftauche. Aber als ich Midas erzählt habe, dass ich dich heute Abend hier treffen würde, hat er sich und Lexie selbst eingeladen. Lex hat es dann Elodie erzählt und bevor ich wusste, was geschieht, hatten sich alle selbst eingeladen.«

Sie wurde wieder rot und Aleck musste sich zwingen, seine Hand nicht auf ihre Wange zu legen.

»Ich wünschte, ich könnte mit euch abhängen und alle kennenlernen, aber ich muss heute Abend wirklich arbeiten«, entschuldigte sie sich.

»Es ist in Ordnung. Wir müssen uns aber für einen anderen Abend verabreden«, sagte Aleck locker und natürlich. Er sagte das nicht nur, um höflich zu sein. Er wollte sie wirklich wiedersehen.

»Ich glaube, das würde mir gefallen.«

»Gut, mir auch.«

»Kenna, Tisch fünfunddreißig möchte zahlen«, sagte ein Mann am anderen Ende des kleinen Flurs, in dem sie standen.

»Ich bin gleich da, Justin. Danke«, sagte Kenna zu ihm.

Der Mann winkte und verschwand wieder im Essbereich.

»Ich denke, ich sollte mich darum kümmern«, sagte sie und sah zu ihm auf.

»Okay.«

»Wenn das in Ordnung ist ... komme ich immer mal vorbei, um zu reden, wenn ich gerade nicht so viel zu tun habe.«

»Das ist in Ordnung«, sagte Aleck.

»Und ... um halb neun habe ich fünfzehn Minuten Pause«, fügte sie hinzu. »Die können wir gern gemeinsam verbringen, wenn du möchtest.«

»Auf jeden Fall.«

»Okay.«

»Okay«, bestätigte Aleck.

Sie starrten sich einen Moment lang an, bevor Kenna kicherte und die Nase rümpfte. »Das ist seltsam. Es tut mir leid.«

»Ist es nicht. Es ist in Ordnung«, beruhigte Aleck sie. »Elodie und Lexie waren begeistert, einen Mädchenabend zu machen. Ich nehme an, sie werden uns Kerle irgendwann hier sitzen lassen und an die Bar gehen.«

»Paulo wird das gefallen. Er wird sie wahrscheinlich über euch alle ausfragen. Ich nehme an, von deinen Freunden ist keiner schwul?«

Aleck lachte. »Nein, tut mir leid.«

Kenna zuckte mit den Schultern. »Wahrscheinlich ist es besser so. Paulo ist eine Art Männerhure. Natürlich auf eine gute Art.«

»Natürlich«, stimmte Aleck zu, obwohl er keine Ahnung hatte, was das bedeuten sollte.

»Und schon fange ich an, dummes Zeug zu erzählen. Danke, dass du heute Abend gekommen bist. Es ist schön, dich zu sehen.«

Aleck wusste, dass er sie von Kopf bis Fuß musterte, aber er konnte sich nicht zurückhalten. Er hatte an diesem Morgen einen sehr guten Ausblick auf ihren Hintern gehabt, als sie aus dem Meer auf die Felsen geklettert war. Er würde lügen, wenn er behauptete, dass ihm die Aussicht nicht gefallen hätte. Aber sie in einer kurzen Cargohose, Tennisschuhen und mit einem Duke's T-Shirt zu sehen, das auf Höhe ihrer Taille zu einem Knoten zusammengebunden war, machte ihn noch mehr an als ihre kurze Laufhose und der Sport-BH.

Er schüttelte leicht den Kopf und bemerkte, dass er sie wortlos angestarrt hatte. »Du hast mich heute Morgen fasziniert«, sagte er. »Ich wollte dich wiedersehen.«

»Und jetzt weißt du, dass ich nur eine einfache Kellnerin bin, die manchmal nicht nachdenkt, bevor sie handelt«, scherzte Kenna.

»Und nun bin ich noch *mehr* fasziniert«, gab Aleck zurück. »Jetzt geh zurück an die Arbeit«, drängte er. Er wusste, dass er die ganze Nacht mit ihr im Flur stehen und reden könnte, was sie sicherlich in Schwierigkeiten bringen würde. »Ich glaube, die Leute warten auf dich.«

Kenna trat einen Schritt zurück. »Danke, dass du so verständnisvoll bist«, sagte sie.

Aleck nickte und sah ihr hinterher, als sie sich umdrehte und sich von ihm entfernte.

Er stand noch einen Moment da, bevor er zu seinem

Tisch zurückging. Die Dinge entwickelten sich an diesem Abend nicht so, wie er es erwartet hatte, so viel stand fest. Er hatte vorgehabt, Kenna zu fragen, ob sie sich mit ihm an einen Tisch abseits seiner Freunde setzen wollte, damit sie sich kennenlernen konnten, bevor sie sich wieder der Gruppe anschlossen. Er hoffte, dass sie mit Elodie und Lexie sowie seinen Teamkameraden gut auskommen würde.

Obwohl er enttäuscht war, dass er nicht so viel mit Kenna reden konnte, wie er es gehofft hatte, würde er sich nicht darüber beschweren, den Abend mit seinen Freunden zu verbringen.

»Und?«, fragte Pid, als er zum Tisch zurückkam.

»Was und?«, fragte Aleck.

»Was ist los mit ihr? Sie arbeitet offensichtlich heute Abend. Wusstest du, dass sie hier als Kellnerin angestellt ist? Willst du überhaupt noch mit ihr reden?«

»Meine Güte, ich hatte ja keine Ahnung, dass du dich so für mein Liebesleben interessierst«, scherzte Aleck.

»Tue ich nicht«, protestierte Pid. »Es ist nur seltsam, dass sie vorgeschlagen hat, dich hier zu treffen, obwohl sie keine Zeit mit dir verbringen kann.«

»Es ist nicht seltsam«, sagte Elodie und unterbrach das Gespräch. »Wenn man genauer darüber nachdenkt, ist es sogar sehr klug.«

»Ja«, stimmte Lexie zu. »Ich finde es komisch, wie ihr euch kennengelernt habt, aber ihr seid trotzdem noch Fremde. Dich hierher einzuladen, wo sie jeden kennt, ist viel sicherer, als sich in einem fremden Restaurant mit dir zu treffen.«

Elodie nickte zustimmend.

»Es ist schon in Ordnung«, sagte Aleck. »Sie hat gesagt, sie kommt immer mal wieder vorbei, wenn sie Zeit hat. Außerdem kann ich mit euch abhängen.«

Jag verdrehte die Augen. »Richtig, denn wir haben uns soooo lange nicht mehr gesehen. Wie viel Zeit ist vergangen, seit wir uns zuletzt auf dem Stützpunkt gesehen haben, eine Stunde?«

»Ich frage mich, wie lange es dauern wird, bis das Essen kommt. Es sieht ziemlich voll aus«, murmelte Slate.

Alle lachten über seine leicht genervte Äußerung. Es war urkomisch, dass ihr Freund in jeder Hinsicht so ungeduldig war, sogar wenn es ums Essen ging.

»Ich bin mir sicher, du wirst nicht verhungern«, sagte Elodie mit einem Lächeln. »Carly wird bald mit den Getränken kommen, dann werden wir ein paar Vorspeisen bestellen, um dich über Wasser zu halten.«

Aleck blendete das Geschwätz seiner Freunde aus, als er Kenna beobachtete, die lächelnd ein Paar am anderen Ende des Restaurants bediente. Sie bewegte sich schnell und anmutig und schien voll in ihrem Element zu sein. Ihre Körpersprache zeigte eindeutig, dass ihr die Arbeit Spaß machte.

Während er ihr zusah, warf sie einen Blick in seine Richtung. Aleck nickte ihr leicht zu und sie lächelte ihn an, bevor sie die Aufmerksamkeit den Gästen an einem anderen Tisch zuwandte.

Verdammt, er saß vielleicht nicht neben ihr, aber sie in Aktion zu sehen und aus der Ferne zu beobachten machte irgendwie Spaß. Und Aleck gefiel es, dass ihr Blick immer wieder zu ihm schweifte. So ein Flirt hatte seinen Reiz. Es war interessant und anders. Ein bisschen wie Kenna selbst. Auf jeden Fall gefiel es ihm.

# KAPITEL ZWEI

»Oh mein Gott, zwischen euch hängt so viel sexuelle Spannung in der Luft, dass mir selbst ganz heiß wird«, neckte Carly Kenna eine Weile später.

Kenna versuchte vergebens, sich ein Grinsen zu verkneifen, als Carly die Augen verdrehte. »Er scheint nicht verärgert darüber zu sein, dass ich ihm nicht gesagt habe, dass ich heute Abend nicht viel Zeit für ihn habe«, sagte sie und versuchte, weitere Informationen zu bekommen.

»Ich glaube nicht, dass er verärgert ist«, sagte Carly und beschwichtigte ihre Befürchtungen sofort. »Jedes Mal wenn ich an den Tisch gehe, ist er superfreundlich.«

Kenna war erleichtert und froh, dass er nett zu ihrer Freundin war. Carly war großartig, aber sie hatte immer noch mit ihrem Arschloch von Ex-Freund zu tun, also war ihre Einstellung zu Männern im Allgemeinen ziemlich schlecht.

Ohne nachzudenken, schaute sie hinüber zu dem Tisch, an dem Marshall und seine Freunde saßen. Und wie die anderen fünfhundert Male zuvor, sah er sie bereits an.

»Siehst du, was ich meine?«, fragte Carly seufzend.

»Aber ich wäre keine gute Freundin, wenn ich dich nicht warnen würde ...«

Kenna verkrampfte sich ein wenig und sah zu ihrer Freundin zurück. »Worüber?«

»So war Shawn anfangs auch und ich dachte, es ginge darum, dass er mich beschützen wollte. Er hat mich die ganze Zeit beobachtet und wollte mich immer in Sichtweite wissen. Erinnerst du dich an den ersten Abend, an dem er hier war und die ganze Zeit an der Bar gesessen hat? Wir fanden es alle umwerfend, als er so sauer wurde, als dieser Tourist mich angemacht hat.«

Kenna erinnerte sich daran. Aber wenn sie sich richtig erinnerte, war es nur *Carly* gewesen, die es umwerfend fand. Paulo und Kaleen hatten ihr später erzählt, dass sie Shawn gruselig fanden. Und es war keine gute Idee von Shawn, mitten im Restaurant einen Streit anzuzetteln. Es war offensichtlich, dass Carly sich nicht für den Touristen interessiert hatte. Das hätte Shawn erkennen sollen.

Aber sie wusste, dass Carly das Herz am richtigen Fleck hatte. Es war ihr lieber, eine Freundin zu haben, die ehrlich war, als eine, die nur über die Kerle schwärmte. »Ich weiß, danke«, sagte Kenna zu ihr.

Carly nickte.

»Was ist mit seinen Freunden? Sind sie cool?«, fragte Kenna.

»Oh ja, die beiden Mädchen sind lustig. Lexie hat ihr Getränk über ihren Freund verschüttet, aber er wurde überhaupt nicht sauer. Er hat nur gelacht und ihr ein neues bestellt.«

Kenna hätte ihrer Freundin gern gesagt, dass es für *niemanden* ein Grund wäre, sauer zu werden, wenn man versehentlich sein Getränk verschüttet, aber sie wollte ihre Freundin nicht verärgern. Shawn hatte ihr furchtbar zugesetzt und heute Abend schien das erste Mal seit Langem zu sein, dass sie wieder sie selbst war.

»Was ist mit Jag ... so heißt er doch, oder?«

»Der Kerl, der aussieht, als könnte er jemanden nur mit seinen Blicken töten?«, fragte Carly.

Kenna grinste.

»Was?«, fragte Carly.

»Nichts. Ist er auch nett?«

»Ja, sie sind alle nett«, sagte Carly. »Du hast gleich Pause, oder?«

»Ja.«

»Okay, ich kümmere mich um deine Tische, damit du etwas mehr Zeit hast, wenn du willst.«

»Das wäre nicht fair von mir«, sagte Kenna.

»Verdammt noch mal«, sagte Carly. »Hör zu, ich bin vielleicht fertig mit Männern, aber das heißt nicht, dass du es sein musst. Und Marshall scheint sehr nett zu sein. Er scheint nicht ungeduldig zu sein, weil er heute Abend nicht viel mit dir reden konnte. Er beobachtet dich nur mit seinen glühenden braunen Augen und einem leichten Lächeln im Gesicht. Kenna, du bist einer der nettesten Menschen, die ich hier kennengelernt habe. Du hast mich wirklich unterstützt und mir immer mit meinen Tischen geholfen. Es ist also keine große Sache, wenn ich *dir* jetzt für fünfzehn Minuten aushelfe.«

»Vielen Dank«, sagte Kenna, streckte die Hand aus und zog die jüngere Frau in eine Umarmung. »Wirklich!«

»Wie auch immer«, sagte Carly. »Du kannst mir danken, wenn ihr heiratet und ein Dutzend Babys habt.«

Kenna lachte. »Wenn ich jetzt noch die Idioten an Tisch siebenundzwanzig dazu bringen könnte, schneller zu essen, wäre mein Abend perfekt.«

»Was ist mit denen? Die Frauen sind totale Schlampen und die Männer sagen kein Wort dazu.«

»Ich weiß, ich schwöre, sie denken sich Dinge aus, nur um mir das Leben schwer zu machen. Als ich das letzte Mal gefragt habe, ob alles in Ordnung sei, hat die Blondine nach einer neuen Gabel gefragt, weil ihre *wieder* heruntergefallen war. Und die Brünette wollte mehr Servietten. Sie hat gesagt, es wäre unmöglich, Hähnchenflügel mit so wenig Servietten zu essen, wie ich ihr zuvor gebracht habe.«

»Das wäre ein stichhaltiges Argument, wenn *sie* tatsächlich etwas essen würde, anstelle des Typen, der bei ihr ist, und wenn du ihr nicht schon zwanzig Servietten gegeben hättest«, bestätigte Carly.

»Ich werde mich besser um die Prinzessinnen kümmern. Ich möchte nicht, dass sie eine Szene machen. Nochmals vielen Dank, dass du mir etwas Extrazeit mit Marshall gibst.«

»Sehr gern«, sagte Carly.

Kenna ging in die Küche, um eine weitere Gabel und Servietten zu holen, bevor sie zu Tisch siebenundzwanzig ging. Sie kam an dem Tisch vorbei, an dem Marshall und seine Freunde saßen, und blieb für einen Moment stehen. Sie hatte sich den ganzen Abend Ausreden einfallen lassen, um dort vorbeizugehen und Hallo zu sagen. Sie wünschte, sie könnte sich zu ihnen setzen und sie richtig kennenlernen, denn sie schienen alle sehr lustig zu sein.

»Hallo, alles okay?«, fragte sie.

»Es ist toll hier«, antwortete Elodie mit geröteten Wangen. Es war offensichtlich, dass sie ihren Mai Tai sehr genoss. »Nach dem Nachtisch – diesem Hula-Kuchending – gehen Lexie und ich an die Bar und tun so, als wären unsere Männer nicht hier.«

Kenna beäugte Elodies Ehemann und Lexies Freund. Sie sahen amüsiert aus.

Lexie beugte sich über den Tisch und Midas zog schnell ihren Teller beiseite, damit sie mit ihrem Oberkörper nicht im Essen landete. Es war eine kleine Geste, aber Kenna hatte im Laufe der Jahre viele Paare beobachtet und es war bewundernswert, wie aufmerksam dieser Kerl war. »Ich könnte das niemals tun, was du hier aushalten musst. Diese Frauen da drüben sind solche Schlampen«, flüsterte sie.

Kenna blinzelte überrascht. Sie wusste natürlich, dass die Frauen nicht nett waren, aber sie ließ so etwas nicht an sich heran. Sie hatte es bei der Arbeit mit allen möglichen Arschlöchern zu tun. Sie bevorzugte es, sich auf die netten Gäste zu konzentrieren. »So schlimm sind sie nicht.«

»Nicht so schlimm?«, rief Elodie. »Seit wir hier sind, musstest du die ganze Zeit zu ihrem Tisch. Aber keine Sorge ... Lexie und ich haben einen Plan.«

Kenna runzelte die Stirn. »Einen Plan?«

»Frag lieber nicht«, sagte Marshall leise.

Kenna sah ihn an. In dem Moment, in dem ihre Blicke sich trafen, schien sie erneut ein Stromschlag zu treffen. Das war schon den ganzen Abend so gewesen. Jedes Mal wenn sie ihn ansah, bekam sie eine Gänsehaut. Es war überraschend, diese Chemie zwischen ihnen zu spüren.

»Es ist nichts Schlimmes, versprochen«, sagte Lexie und zog Kennas Aufmerksamkeit auf sich.

»Ich muss wieder an die Arbeit, aber ...«, sie sah wieder Marshall an, »in zehn Minuten habe ich Pause und Carly springt für mich ein, damit ich etwas länger Pause machen kann.«

»Das ist großartig«, sagte Marshall mit einem breiten Grinsen.

Kenna fühlte sich, als wäre sie wieder ein Schulmädchen. Ihr war schwindelig vor Aufregung und sie freute sich definitiv darauf, diesen Mann kennenzulernen.

»Wenn wir nicht hier sind, wenn du zurückkommst, sitzen wir an der Bar«, sagte Elodies Ehemann. »Um auf Elodie und Lexie aufzupassen.«

»Ich glaube, ich werde mich verabschieden«, sagte Pid.

»Ich auch«, stimmte Slate zu.

»Ihr könnt so lange bleiben, wie ihr wollt«, sagte Kenna zu ihnen. »Das ist kein Problem. In der Regel kommen so spät keine großen Gruppen mehr, sodass wir diesen Tisch nicht brauchen.« Sie wollte nicht, dass die Männer gingen, wenn sie nicht wirklich gehen wollten.

»Danke, das ist nett«, sagte Midas.

»Ich denke, ich werde noch bleiben. Jemand muss aufpassen, dass diese Kerle keine Schwierigkeiten machen«, sagte Jag mit einem leisen Lachen. Er sprach über seine Freunde, aber sein Blick war auf etwas hinter ihr gerichtet.

Kenna drehte sich um, um herauszufinden, wen er ansah. Sie sah, dass Carly auf den Tisch zukam. Sie lächelte innerlich. Es war offensichtlich, dass Marshalls Freund an Carly interessiert war. Sie brachte es nicht übers Herz, ihm zu sagen, dass sie Männern auf absehbare Zeit abgeschworen hatte.

Sie sah Marshall an. »Kannst du mich in zehn Minuten vor dem Restaurant treffen?«

»Ich werde da sein«, antwortete er.

Kenna lächelte ihn schüchtern an und drehte sich dann um, um die Gabel und die Servietten zu Tisch siebenundzwanzig zu bringen. Sie hatte nicht bemerkt, dass die beiden Frauen aufgestanden waren und gerade in ihre Richtung kamen. Als sie sich umdrehte, stieß sie mit der Blondine zusammen und ließ sowohl Gabel als auch die Servietten fallen.

»Pass doch auf!«, brüllte die Brünette. Dann lachten beide Frauen und gingen zur Toilette.

Seufzend bückte sich Kenna, um das Chaos zu beseitigen, das sie angerichtet hatte. Dann bemerkte sie, dass Marshall direkt neben ihr auftauchte und nach den Servietten griff.

»Ich mache das schon«, sagte sie.

»Ich weiß«, erwiderte er, blieb aber neben ihr hocken.

Es war nur eine kleine Geste, aber sie wusste es zu schätzen, dass er seine Hilfe anbot, obwohl es keine große Sache war, die Sachen aufzuheben. Zehn Sekunden später hatten sie die Servietten eingesammelt, bevor sie von der leichten Meeresbrise weggeweht werden konnten.

»Schlampen«, murmelte Marshall, als sie aufstanden, und reichte Kenna die Servietten, die er aufgehoben hatte.

»Ist schon in Ordnung. Glaub mir, auf meiner Arschloch-Gäste-Skala tauchen die beiden nicht einmal auf.«

»Ich würde sagen, dass ich gern Geschichten darüber hören möchte, aber ich habe das Gefühl, dass es mich nur verärgern würde zu hören, dass du schlecht behandelt wurdest«, sagte Marshall.

»In zehn Minuten?«, fragte sie noch einmal und hielt die Servietten vor ihre Brust.

»Entschuldigt mich, ich muss zur Toilette«, sagte Elodie mit rauer Stimme.

»Oh scheiße«, murmelte Pid, als er Platz machte, damit Lexie und Elodie aufstehen konnten.

Die Frauen gingen in die gleiche Richtung wie die Blondine und die Brünette zuvor. Kenna warf ihren Männern einen Blick zu. »Sollte ich mir Sorgen machen?«

»Nein«, sagte Midas.

Zur gleichen Zeit sagte Mustang: »Vielleicht.«

»In zehn Minuten«, bestätigte Marshall und berührte sie leicht am Arm.

Kenna nickte und wandte sich dann wieder der Küche zu. Sie warf die schmutzigen Servietten in einen Mülleimer an der Tür. Kurzerhand entschied sie sich, zur Toilette zu gehen. Sie kannte Elodie und Lexie nicht wirklich, aber sie wollte nicht, dass sie ihretwegen in Schwierigkeiten gerieten. Sie hatte seit Jahren mit Menschen wie diesen Frauen zu tun. Es berührte sie nicht wirklich, was sie sagten.

Sie öffnete die Tür und sah Elodie und Lexie an den Waschbecken stehen. Von den anderen Frauen war nichts zu sehen, aber da die beiden Toilettentüren geschlossen waren und sie Füße auf der anderen Seite sehen konnte, nahm Kenna an, dass sie dort waren.

Elodie zwinkerte ihr zu, bevor sie sich wieder an Lexie wandte. »Ich habe gehört, dass eine der Kellnerinnen hier mit dem Produzenten des neuesten *Jurassic Park* Films verwandt ist.«

»Ach wirklich?«, rief Lexie mit einer so aufgesetzten Stimme aus, wie Kenna es noch nie gehört hatte.

»Ja, sie drehen auf dieser Ranch im Nordosten der Insel ... wie heißt die noch mal?«

»Kualoa-Ranch?«, fragte Lexie.

»Ja, genau«, sagte Elodie übertrieben dramatisch. »Wie auch immer, ich habe gehört, dass Chris Pratt auf der Insel ist und sie Statisten für einige Szenen suchen.«

»Ooooh, cool«, schwärmte Lexie.

»Nicht wahr? Gerüchten zufolge hilft diese Kellnerin ihrem Vater oder Onkel oder wem auch immer, welche zu finden. Da sie so viele Leute trifft, fragt sie zufällig ausgewählte Gäste, ob sie vielleicht daran interessiert sind, einen Tag auf der Ranch zu arbeiten«, sagte Elodie.

Kenna hob eine Hand vor ihren Mund, um ein Lachen zu unterdrücken.

»Welche ist es?«, fragte Lexie. »Ich möchte ihr gern die Füße küssen. Vielleicht fragt sie mich dann.«

»Ich weiß es nicht«, sagte Elodie niedergeschlagen. »Aber ich werde so nett wie möglich zu unserer Kellnerin sein. Stell dir vor, du benimmst dich daneben und findest später heraus, dass du für den neuen *Jurassic Park* Film hättest engagiert werden können, wenn du etwas netter gewesen wärst.«

»Das wäre fürchterlich«, stimmte Lexie mit einem breiten Lächeln zu.

»Ich glaube, meine Haare sitzen so gut wie es nur geht«, sagte Elodie. »Bist du so weit? Ich brauche noch einen Drink.«

»Bereit«, stimmte Lexie zu.

Die beiden Frauen hinter den Türen hatten kein Wort gesagt, aber Kenna nahm an, dass Elodie und Lexie ihren Standpunkt mehr als deutlich gemacht hatten. Sie verließ die Toilette und die beiden anderen Frauen folgten ihr und grinsten dabei wie zwei Verrückte.

Sobald sich die Tür hinter ihnen schloss, brach Lexie in Lachen aus.

»Schhhh«, schimpfte Elodie. »Vielleicht können sie uns noch hören.« Sie gingen den Flur hinunter und erst als sie das Ende erreicht hatten, stimmte Elodie in Lexies Gelächter ein.

»Das war wunderbar«, rief Lexie aus.

»Sie werden jetzt mit Sicherheit allen Kellnerinnen die Füße küssen«, stimmte Elodie zu.

Kenna konnte sich nicht erinnern, dass jemals jemand so etwas für sie getan hatte. Es war harmlos und lustig, aber wahrscheinlich wirksam. Natürlich würde es immer Gäste geben, die es vollkommen in Ordnung fanden, Kellnerinnen wie Scheiße zu behandeln, aber diese beiden Frauen würden wenigstens für heute Abend mit ziemlicher Sicherheit ihre Einstellung ändern.

»Vielen Dank«, sagte Kenna zu ihnen. »Sie waren ehrlich gesagt wirklich nicht so schlimm, aber ich weiß es trotzdem zu schätzen.«

Elodie wurde ernst, als sie Kennas Blick begegnete. »Ich

habe heute Abend schon mehr getrunken als sonst und würde wahrscheinlich sonst so etwas nicht sagen ...«

Kenna versteifte sich.

»Ich mag dich. Ich meine, ich *kenne* dich nicht wirklich, aber es gefällt mir, dass Aleck den Blick nicht von dir lassen kann. Ich mag dein Lächeln und wie du immer zu ihm hinüberschaust. Und ich *liebe* den Gedanken, dass du nicht gezögert hast, ihn zu retten, als du dachtest, er würde ertrinken. Aleck ist ein guter Kerl. Er ist lustig – und ja, er ist ein kleiner Klugscheißer, aber als wir uns für heute Abend alle selbst eingeladen haben, hat er nicht Nein gesagt und hat keinen Aufstand gemacht. Ich glaube, er war sogar froh, weil er so aufgeregt war. Und das bedeutet, dass du ihm wichtig bist. Also ... was ich sagen will ... Ich hoffe, dass es mit euch klappt.«

Kenna war überrascht. Sie hatte erwartet, dass Elodie ihr sagt, sie solle ihren Freund nicht verarschen oder so. Sie mochte diese Frau. »Ich auch«, gab sie zu.

Lexie stupste Elodie an und deutete mit dem Kopf auf ihren Tisch. Ihre Männer standen auf und kamen auf sie zu.

»Wow, sie haben uns ganze fünf Minuten gegeben«, scherzte Elodie lachend.

Kenna konnte sich nicht zurückhalten. Sie sah zu dem Tisch hinüber und ihre und Marshalls Blicke trafen sich.

»Bist du okay?«, murmelte er.

Kenna nickte ihm zu.

Mit großer Geste hob Marshall seinen Arm und schaute auf die Uhr an seinem Handgelenk. Kenna lächelte und hielt fünf Finger hoch. Er nickte.

»Siehst du, ihr könnt wortlos ein Gespräch von gegenüberliegenden Seiten des Raumes führen«, sagte Elodie. »Das ist großartig.«

Es war tatsächlich großartig.

Kenna nickte Midas und Mustang zu, als sie kamen, um ihre Frauen abzuholen.

»Alles gut?«, fragte Mustang sie.

Kenna konnte sich ein Lächeln nicht verkneifen. »Mir geht es gut«, sagte sie zu ihm. »Lexie und deine Frau waren großartig.«

»Sie können manchmal ein bisschen ... enthusiastisch sein«, sagte Midas und legte einen Arm um Lexies Schultern.

»Wir sind einfach fantastisch«, stimmte Lexie zu und kuschelte sich an ihren Mann.

»Der Nachtisch wurde serviert, während ihr beide eure Spielchen getrieben habt«, erklärte Mustang ihnen.

»Wir haben gar nichts gemacht«, protestierte Elodie. »Wir haben uns nur unterhalten. Es könnte sein, dass unser Gespräch mitgehört wurde, vielleicht aber auch nicht.«

»Wir werden es herausfinden, wenn die Schlampen an ihren Tisch zurückkehren«, sagte Lexie.

»Apropos, ich werde besser die Servietten für sie holen«, sagte Kenna. »Danke noch mal.«

»Keine Ursache«, sagte Elodie. »Dafür sind Freunde da.«

Kenna lächelte die beiden Frauen an und ging in die Küche. Sie hörte, wie Mustang fragte: »Ihr seid also jetzt schon beste Freundinnen mit Alecks Schwarm?«

»Jawohl«, hörte Kenna Elodie sagen, kurz bevor sie die Küche betrat. Lächelnd nahm sie Servietten und eine Gabel, schnappte sich die Vorspeise für einen weiteren Tisch und ging zurück in den Essbereich. Sie hatte noch Zeit für eine weitere Runde zu jedem der Tische, die sie bediente, bevor sie in ihre wohlverdiente Pause gehen konnte.

Nachdem sie die Poke-Tacos und die Krabben-Wantons bei Tisch dreiundvierzig abgesetzt hatte, ging sie zurück zu Tisch siebenundzwanzig.

Die Blondine und die Brünette hätten plötzlich nicht

netter sein können. Sie entschuldigten sich dafür, dass sie so nervig gewesen waren, und die Blondine machte Kenna sogar ein Kompliment über ihre Haare. Es war totaler Quatsch, denn ihr Pferdeschwanz war nichts Besonderes. Aber sie lächelte nur und fragte die Gäste, ob sie noch etwas brauchten.

Kenna musste zugeben, dass der Trick von Elodie und Lexie wahnsinnig effektiv war. Sie hatten weder einen Streit mit den Frauen angefangen noch sie beleidigt. Sie hatten sich nur eine ausgeklügelte Geschichte ausgedacht, die wie ein Zauber wirkte.

Sie machte sich geistig eine Notiz, die beiden Frauen niemals zu unterschätzen, sollte es dazu kommen, dass sie in Zukunft mehr Zeit gemeinsam verbringen sollten. Kenna ging zu ihrem nächsten Tisch, um sich zu vergewissern, dass alles in Ordnung war.

Fünf Minuten später zog sie ihre Schürze aus, hängte sie an einen Haken in der Nähe der Küchentür, winkte Carly zu und ging zur Vorderseite des Restaurants. Sie hatte noch ein paar Arbeitsstunden vor sich, aber sie hatte sich noch nie so auf ihre Pause gefreut wie an diesem Abend.

# KAPITEL DREI

Aleck stand etwas abseits der Gäste, die auf einen freien Tisch warteten, und bemerkte, dass er nervös war. Er war sonst nie nervös, aber durch die Vorfreude darauf, etwas Zeit mit Kenna zu verbringen, auch wenn es nur dreißig Minuten waren, trat er von einem Bein auf das andere wie ein zehn Jahre alter Junge vor dem Büro des Schuldirektors.

Er hatte keine Ahnung, was ihn so aus der Fassung brachte. Er wusste nur, dass er sich darauf freute, sie besser kennenzulernen.

Als Aleck sah, wie Kenna auf ihn zukam, konnte er sich ein Lächeln nicht verkneifen. Sie lachte, als sie kurz mit ihrer Kollegin sprach, die am Empfang arbeitete. Dann kam sie auf ihn zu.

»Hey«, sagte sie, als sie näher kam.

»Hallo«, gab er zurück.

Sie starrten sich schweigend an, bevor sie fragte: »Willst du spazieren gehen oder so?«

Aleck schüttelte den Kopf. »Nein, du bist den ganzen Abend auf den Beinen. Ich würde mir lieber einen Platz zum Sitzen suchen, wo man sich tatsächlich eine Weile entspannen kann.«

Sie sagte lange nichts.

»Aber wenn du einen Spaziergang machen willst, ist das auch in Ordnung«, fügte Aleck verlegen hinzu.

Kenna schüttelte den Kopf. »Nein, Sitzen klingt himmlisch. Ich war mir nur nicht sicher, ob du etwas so ... Langweiliges tun willst.«

»Kenna, du hast dir heute Abend den Hintern abgearbeitet. Ich wäre ein Arschloch, wenn ich darauf bestehen würde, dich weiter auf den Beinen zu halten.« Er sah sich in dem hell erleuchteten Einkaufsviertel um und stöhnte innerlich über die mangelnde Privatsphäre und die Tatsache, dass alle Bänke belegt waren.

Aber Kenna kam ihm zu Hilfe. »Wir können uns an den Strand setzen ... wenn du willst«, schlug sie vor.

»Ja«, sagte Aleck sofort. Die Sonne war vor nicht allzu langer Zeit untergegangen und die Temperatur war absolut perfekt.

»Wir müssen durchs Restaurant gehen«, sagte Kenna. »Ich meine, wir müssen nicht, aber es ist der schnellste Weg zum Strand.«

»Geh voraus«, sagte Aleck und deutete mit dem Arm auf das Duke's.

Er folgte dicht hinter ihr und hoffte, dass keiner der Gäste nach ihr verlangen würde, wenn sie an den Tischen vorbei zum Strand gingen. Zum Glück hielt sie niemand auf und bald gingen sie durch den Sand auf einen Liegestuhl zu.

»Ist das okay?«, fragte Kenna.

»Es ist perfekt«, versicherte Aleck ihr, und das war es auch. Die Hektik des Duke's lag hinter ihnen und das Rauschen des ruhigen Ozeans, der sanft an den Strand schlug, war entspannend. Er wartete, bis sie auf dem Stuhl saß, dann setzte er sich neben sie.

»Ich weiß, dass ich mich bereits entschuldigt habe, aber irgendwie habe ich das Gefühl, dass ich es noch einmal tun muss ...«, begann Kenna.

Aber Aleck unterbrach sie. »Nein, das musst du nicht.«

Sie sah zu ihm hinüber. »Du weißt nicht einmal, wofür ich mich entschuldigen wollte«, protestierte sie.

»Es spielt keine Rolle, denn es gibt nichts, wofür du dich entschuldigen müsstest. Wenn du dachtest, du solltest dich dafür entschuldigen, heute Morgen ins Wasser gesprungen zu sein, dann tut mir das *definitiv* nicht leid. Das Training war langweilig. Ja, es war wichtig, aber Wache zu schieben ist nicht meine Lieblingsbeschäftigung, also hast du mir einen Gefallen getan. Und warum sollte ich mich überhaupt darüber aufregen, dass eine schöne Frau auf mich gesprungen ist?«

»Ich bin nicht auf dich gesprungen«, protestierte sie mit einem kleinen Lächeln. Er sah, wie sie den Blick auf die Hände in ihrem Schoß senkte. Es war liebenswert. Aleck hatte sie den ganzen Abend beobachtet und es war offensichtlich, dass sie aufgeschlossen und extrovertiert war. Daher war es irgendwie süß, sie in seiner Nähe so schüchtern zu sehen.

»Und wenn du dich dafür entschuldigen wolltest, mich heute Abend hierhergebeten zu haben, obwohl du arbeiten musst, dann tu es nicht. Ich habe es wirklich genossen, dich zu beobachten, wie du mit den Gästen interagierst. Und es hat Spaß gemacht zu sehen, wie Elodie und Lexie sich wirklich entspannen konnten.«

»Du magst sie wirklich, nicht wahr?«, fragte sie und rümpfte dann entzückend die Nase. »Ich meine, natürlich tust du das, weil sie deine Freundinnen sind, aber manchmal mögen Männer die Freundinnen ihrer Freunde nicht und tolerieren sie nur.«

»Ich weiß, was du meinst. Und wenn du mit ›mögen‹ meinst, dass sie die Frauen meiner besten Freunde sind und mich amüsieren, dann ja. Sie sind gute Menschen, die durch die Hölle gegangen und auf der anderen Seite stärker herausgekommen sind.«

Kenna hob den Kopf. »Geht es ihnen gut?«, fragte sie.

Aleck gefiel die Besorgnis in ihrer Stimme. »Ja, ich bin mir sicher, sie werden dir alles darüber erzählen, wenn du sie fragst. Sie scheuen nicht davor zurück und sie gehören zu den stärksten Frauen, die ich jemals getroffen habe. Kurz gesagt, Elodie war Köchin für einen Gangsterboss, der es ihr übel genommen hat, dass sie einen seiner Gäste nicht für ihn vergiften wollte. Sie ist auf einem Frachtschiff im Nahen Osten gelandet, das von Piraten entführt wurde. Dann kam sie nach Hawaii, aber der Mafia-Typ wollte sie nicht in Ruhe lassen. Er hat versucht, sie zu töten.«

Kenna fielen fast die Augen aus dem Kopf. »Heilige Scheiße!«

»Allerdings. Aber es geht ihr jetzt gut. Der Mafia-Typ wurde ausgeschaltet, sie und Mustang haben geheiratet und sind unsterblich ineinander verliebt.«

»Das ist offensichtlich«, sagte Kenna und nickte. »Ich bin froh, dass es ihr gut geht.«

»Ich auch.«

»Und Lexie?«, fragte Kenna.

»Sie hat in Afrika gearbeitet und wurde zusammen mit einem Kollegen entführt. Wir haben sie befreit, aber leider hat der Mann, mit dem sie entführt worden war, die Rettung nicht überlebt. Er hatte einen Herzinfarkt. Sie kam nach Hawaii, um hier zu arbeiten, aber der Zwillingsbruder ihres Kollegen war nicht begeistert darüber, dass sie überlebt hatte und sein Bruder gestorben war. Er hat versucht, seinen Frust und seine Wut an ihr auszulassen.«

»Wow, du hast nicht untertrieben, als du sagtest, sie seien durch die Hölle gegangen.«

»Nein, aber es ist trotzdem schön, sie glücklich und entspannt zu sehen. Lexies Geschichte ist noch nicht allzu lange her. Es ist erfrischend, sie so sorglos zu sehen. Du musst dich also für nichts entschuldigen«, sagte Aleck. »Außerdem war ich angenehm überrascht von dem Essen hier.«

»Hast du etwa gedacht, es wäre schlecht?«, neckte Kenna ihn.

»Nein, aber Waikiki ist normalerweise nicht mein Lieblingsort zum Abhängen oder Essengehen.«

»Ich weiß, aber ich glaube, die Gegend hat aus irgendeinem Grund einen schlechten Ruf, obwohl es einige gute Restaurants hier gibt. Und die Geschäftsinhaber sind auch sehr nett.«

»Ich glaube, ich muss ein bisschen mehr aus meiner Komfortzone herauskommen«, sagte Aleck.

»Ich zeige dir gern meine Favoriten«, sagte Kenna.

»Gern«, antwortete Aleck sofort.

Sie lächelten sich an.

»Also ... was hat dich nach Hawaii geführt?«, fragte Aleck, der alles über die Frau an seiner Seite wissen wollte. Er war sich bewusst, dass die Uhr tickte, und er hatte nicht annähernd genügend Zeit, um sie besser kennenzulernen.

»Ich bin mit ein paar Freundinnen vom College hierhergekommen und habe mich in Hawaii verliebt. Das Wetter, die Sonnenuntergänge, die Leute, die Kultur. Nach meinem Abschluss habe ich eine Stelle in Pittsburgh angenommen und habe es gehasst. Die Winter waren scheiße und die meisten Tage habe ich in einem Großraumbüro verbracht. Impulsiv habe ich entschieden, zu kündigen und hierher umzuziehen. Ich bin mit drei Koffern und großen Erwartungen angekommen.« Sie zuckte mit den Schultern. »Mein Leben hat sich nicht so entwickelt, wie ich es mir vorgestellt hatte. Du weißt schon, bei einem großen Konzern viel Geld zu verdienen und dabei die Welt zu verändern … aber ich bin glücklich.«

»Das ist gut«, sagte Aleck. »Arbeitest du schon lange im Duke's?«

»Ich habe versucht, eine Anstellung in der Buchhaltung zu finden, was mein Hauptfach war, und obwohl mir ein oder zwei Stellen angeboten wurden, hat mich etwas davon abgehalten, sie anzunehmen. Ich konnte es mir einfach nicht vorstellen, hier zu leben, aber in einem anderen Büro festzustecken und den ganzen Tag auf Zahlen starren zu müssen. Es war eine Sache, das in Pennsylvania zu tun, wo es im Sommer extrem heiß und im Winter eiskalt und grau war, aber hier in Hawaii, wo das Wetter fast immer perfekt ist, schien es einfach falsch zu sein. Also, während ich versucht habe herauszufinden, was ich machen wollte, habe ich eine Stelle als Kellnerin angenommen. Es war schrecklich und die Bezahlung war schlecht … aber ich habe festgestellt, dass es mir gefällt, jeden Tag verschiedenen Menschen zu begegnen. Ich habe in unterschiedlichen Restaurants gearbeitet, bis jemand hier ein gutes Wort für mich einlegt hat. Das ist nun schon ein paar Jahre her. Jetzt kann ich mir nicht mehr vorstellen, irgendwo anders zu arbeiten.«

Ihr Enthusiasmus und ehrliche Freude an ihrer Arbeit waren ihr deutlich anzusehen. Sie machte ihm nichts vor, sondern schien ihre Arbeit wirklich zu mögen. Für Aleck war das eine Art Offenbarung. Er hatte einfach angenommen, dass sie vorübergehend als Kellnerin arbeitete, während sie nach einem »richtigen« Job suchte. Aber es war offensichtlich, dass es für sie ein richtiger Job war.

»Was ist mit dir?«, fragte Kenna.

»Ich?«, erwiderte er.

»Du bist ein SEAL. Wie ist das denn passiert? Warst du eines dieser Kinder, die immer davon geträumt haben, zur Navy zu gehen und ein Superheld zu werden, oder wurdest du dazu gezwungen, weil du ein Störenfried warst?«

Aleck lachte. »Weder noch, ich war als Schüler ganz in Ordnung. Ich habe keine Schwierigkeiten gemacht und wurde zum Klassenclown gewählt«, sagte er. »Nach der Highschool war ich irgendwie verloren. Ich wusste nicht, was ich mit meinem Leben anfangen sollte. Ich war nicht wirklich bereit fürs College und bin zur Rekrutierungsstelle in San Francisco gegangen, um mit allen Zweigen des Militärs zu sprechen. Die Navy hat mir das meiste Geld und die meisten Sozialleistungen angeboten, also habe ich mich dafür entschieden.«

Kenna lächelte. »Du hast sie gegeneinander ausgespielt, oder?«

»Ja«, sagte Aleck ohne Reue. »Dann habe ich die Grundausbildung absolviert und eine Einführung über die SEALs erhalten. Ich dachte, es klang nach einer Herausforderung, also habe ich mich angemeldet.«

»Und hier bist du nun«, sagte Kenna.

»Nun, so einfach war es nicht«, sagte Aleck mit einem Schnauben.

»Ich weiß, ich bin keine Expertin, aber ich habe von der Ausbildung zum SEAL gehört.«

»Ja, Hell Week und die Grundausbildung waren schrecklich, aber es gehört viel mehr dazu, um ein SEAL zu werden.«

»Das glaube ich dir. Also ... du kommst aus San Francisco?«, fragte sie.

»Ja, meine Eltern wohnen auch dort. Sie reisen viel, aber das ist ihr Basislager.« Er wollte nicht darauf eingehen, dass sie jetzt Multimillionäre waren oder dass er einen ziemlich gut gefüllten Treuhandfonds besaß. Er wollte, dass Kenna ihn so mochte, wie er war, nicht wegen seines Geldes.

Für einen langen Moment herrschte Stille zwischen ihnen. Aber es war nicht unangenehm. Nicht wirklich.

»Wie alt bist du?«, fragte Kenna.

»Neunundzwanzig«, sagte Aleck, ohne zu zögern. »Und du? Oder ... sollte ich das nicht fragen?«

»Ich bin dreißig. Ich wollte nur sichergehen, dass du nicht einundzwanzig oder vierzig bist. Ich meine, an beidem ist nichts auszusetzen, aber nach Carlys schrecklicher Erfahrung mit einem älteren Mann bin ich mir nicht sicher, ob ich das ausprobieren möchte. Und einundzwanzig kommt mir einfach zu jung vor.«

»Ist es auch«, stimmte Aleck zu. Er war neugierig in Bezug auf ihre Freundin, aber Aleck wusste, dass er heute Abend nur wenig Zeit hatte, um mit ihr zu sprechen. Er wollte mehr über *sie* wissen, nicht über ihre Freundin. »Du bist an der Ostküste aufgewachsen?«

»Ja, in Richmond, Virginia. Ich bin zur Virginia Tech gegangen, bevor ich diese Stelle in Pittsburgh bekam.«

»Hast du Geschwister?«

»Nein, ich bin ein Einzelkind. Meine Eltern sind geschieden, aber immer noch Freunde. Es ist bizarr. Sie waren eines dieser getrennten Paare, die sich das Sorgerecht geteilt haben. Die Wochenenden verbrachte ich mit meinem Vater und unter der Woche war ich bei Mom.«

»Das muss scheiße gewesen sein«, sagte Aleck.

Kenna zuckte die Achseln. »Nicht wirklich. Wie gesagt, meine Eltern waren Freunde. Sie haben nicht gestritten und ich habe nicht viel über meine Situation nachgedacht, bis ich nach der Grundschule festgestellt habe, dass es nicht wirklich normal war. Mein Vater hat wieder geheiratet und ich mag meine Stiefmutter. Sie ist sehr verschieden von meiner Mutter, was wahrscheinlich der Grund dafür ist, dass ihre Beziehung so gut funktioniert.«

»Hat deine Mutter wieder geheiratet?«, fragte Aleck.

»Nein, das heißt aber nicht, dass sie nicht ausgegangen ist. Sie hat immer dafür gesorgt, dass ich gut versorgt war, aber sie liebte es, am Wochenende freizuhaben, damit sie mit ihren Freundinnen und Liebhabern abhängen konnte.«

»Das klingt ... interessant«, sagte Aleck.

Kenna lächelte. »Sie ist interessant.«

»Und deiner Familie macht es nichts aus, dass du hier lebst?«

Kenna runzelte die Stirn. »Was meinst du?«

»Nun, es hört sich so an, als hättest du einen guten Arbeitsplatz gehabt, dann bist du ohne Plan hierher nach Hawaii gekommen und bist jetzt nur noch Kellnerin.«

»Sie möchten, dass ich glücklich bin«, sagte Kenna. Die Freundlichkeit in ihrem Ton war verschwunden. »Und hier zu sein macht mich glücklich, also nein, es macht ihnen nichts aus. Meine Mutter kommt alle paar Monate zu Besuch und mein Vater war auch schon ein paarmal hier. Aber es klingt so, als wärst *du* nicht von mir oder meinem Arbeitsplatz beeindruckt.«

Aleck blinzelte und bemerkte, dass er sie mit seiner Frage beleidigt hatte. Und das war kein Wunder. »Scheiße, ich muss mich entschuldigen. Ich wollte das, was du tust, nicht herabsetzen.«

Kenna warf einen Blick aufs Wasser, ohne zu reagieren. Er wusste, dass er sich um Kopf und Kragen geredet hatte. »Ganz ehrlich, das war eine beschissene Aussage von mir. Ich weiß, dass meine Eltern anfangs von meiner Stationierung hier in Hawaii nicht so begeistert waren. Sie haben sich beschwert, dass es zu weit weg war. Mittlerweile haben sie es allerdings zu schätzen gelernt. Sie kommen jetzt oft zu Besuch, aber ich bin nur eine willkommene Ausrede. Sie besuchen mich für etwa drei Stunden und verbringen dann den Rest der Woche am Strand und sehen sich die Insel an.«

Aleck war erleichtert, ein leichtes Grinsen auf Kennas Gesicht zu sehen.

Aleck ergriff die Gelegenheit und hoffte, dass es nicht nach hinten losgehen würde. Er griff hinüber und nahm Kennas Hand in seine. Mit dem Daumen fuhr er über ihre Fingerknöchel und stellte erneut fest, wie seidig glatt ihre Haut war. »Es tut mir leid, dass ich so unsensibel bin«, sagte er leise. »Die meisten Leute, die ich kenne, versuchen, stetig auf der Karriereleiter weiter nach oben zu klettern. Auch bei der Navy geht es um Rang und Aufstieg.«

Kenna zog ihre Hand nicht aus seinem Griff, was Aleck zu schätzen wusste. Sie starrte ihn lange an, bevor sie sagte: »Du bist ein Snob.«

Aleck blinzelte. War er das?

Ja ... wahrscheinlich war er das.

»Ich meine, du bist süß, immerhin kannst du damit punkten.« Kenna lächelte. »Ich weiß, Kellnerin zu sein ist nicht das, was die meisten Menschen als ihr Lebensziel erachten, aber ich hatte diesen bequemen Jon in der Buchhaltung und ich habe ihn gehasst. Ich fühlte mich eingeengt. Hätte ich dort weitergearbeitet, hätte es mich erstickt. Ich verdiene vielleicht keine Million Dollar im Jahr, aber ich bin glücklich. Ich treffe alle möglichen interessanten Leute. Ich verbringe tagsüber Zeit am Strand und bin nicht in einem Büro eingesperrt und starre den ganzen Tag auf einen Computer.«

Aleck fühlte sich schrecklich. Er *war* ein Snob. Er hatte nicht darüber nachgedacht, dass jemand vielleicht als Kellnerin arbeiten *wollte*, weil es ihr tatsächlich gefiel.

»Magst du deine Arbeit?«, fragte sie.

»Ja.« Er zögerte nicht einmal.

»Obwohl du sterben könntest? Obwohl du erschossen

werden könntest und niemand die Umstände erfahren dürfte? Obwohl du nicht wirklich darüber sprechen darfst, was du tust? Ich gehe übrigens nur davon aus, dass es so ist. Ich weiß es nicht genau. Manche Leute denken vielleicht, du bist verrückt. Warum solltest du dich für Menschen in Gefahr bringen, die du nicht einmal kennst? Und obwohl die Welt nicht mehr so ist wie früher – die meisten Leute wertschätzen unsere Soldaten heutzutage –, gibt es immer noch solche, die glauben, dass ihr der fleischgewordene Teufel seid und gern Menschen tötet. Und trotzdem ... machst du weiter.«

»Gut gesprochen«, sagte er leise.

»Ich ... es frustriert mich nur, dass die Leute wegen meines Jobs auf mich herabschauen«, sagte Kenna. »Es gibt sicherlich einige Aspekte daran, Kellnerin zu sein, die beschissen sind. Am Ende des Tages tun mir immer die Füße weh und ich habe es mit wohlhabenden Leuten zu tun, die nicht verstehen, warum sie länger als zwei Minuten auf ihr Essen warten müssen. Sie behandeln mich wie eine Dienerin, geben mir beschissenes oder gar kein Trinkgeld. Ich wurde angeschrien, weil ich mich geweigert habe, jemandem Alkohol zu servieren, der offensichtlich schon genug hatte. Weil jemandem das Essen nicht geschmeckt hatte, wurde ich sogar angespuckt. Aber weißt du was? Die guten Seiten überwiegen die schlechten. So wie ich es bei dir vermute. Ich rette keine Leben – nun, das nehme ich zurück. Ich *habe* zwei Leuten das Leben gerettet ... einem Kind, dem etwas im Hals stecken geblieben ist, und einem Mann, der einen Herzinfarkt hatte. Ich habe Herz-Lungen-Wiederbelebung gemacht, bis der Krankenwagen eintraf. Aber wie dem auch sei, meine Arbeit steht nicht an der Spitze der bedeutenden Beschäftigungen. Aber ich arbeite verdammt hart und wie ich schon sagte ... das Gute überwiegt das Schlechte.«

Kenna hielt inne und holte tief Luft. »Und jetzt bereust du es wahrscheinlich, heute Abend gekommen zu sein.«

»Nein«, gab Aleck zurück. »Eigentlich bin ich noch mehr beeindruckt von dir. Du bist verdammt großartig.«

»Klar«, sagte sie mit einem kurzen Lachen. »Ich habe dich dafür gerügt, dass du so denkst, wie wahrscheinlich die meisten Menschen denken, habe dich ignoriert, weil ich arbeiten musste, und irgendwie habe ich auch deine Arbeit schlechtgemacht – die ich übrigens ziemlich cool finde und alles darüber wissen will.«

»Du sagst, was du denkst«, sagte Aleck. »Du hast keine Ahnung, wie erfrischend das ist. Du hast mich zu Recht wegen des Schwachsinns zurechtgewiesen, den ich gesagt habe. Du bist sehr klug und unabhängig und es ist offensichtlich, dass deine Kollegen dich mögen. All das zusammen sorgt dafür, dass ich dich besser kennenlernen möchte. Wenn du mir verzeihen kannst, dass ich ein Idiot war.«

Kenna lächelte. »Du bist ein Kerl«, sagte sie achselzuckend.

Aleck lachte. »Das bin ich«, stimmte er zu. »Aber wir sind nicht alle Idioten. Zumindest nicht immer.«

»Ich bin dreißig Jahre alt, Marshall«, sagte Kenna. »Ich sage wahrscheinlich öfter, was ich denke, als ich sollte. Ich habe nicht mehr die Geduld dafür, mich mit Angst in einer Beziehung – oder Freundschaft oder was auch immer – zu befassen. Ich bin, wie ich bin, und ich möchte mit Menschen zusammen sein, die genauso ehrlich sind. Geheimnisse und Betrügereien kann ich nicht ertragen. Wahrscheinlich vermassle ich gerade alles und überstürze es, aber … ich mag dich.«

»Ich mag dich auch«, sagte Aleck sofort. »Und ich will dich wiedersehen.«

»Ich dich auch«, stimmte Kenna zu.

Sie lächelten sich an.

»Aber ich arbeite oft abends«, warnte sie ihn.

»Aber nicht jeden Abend.«

»Nein, nicht jeden Abend.«

»Damit kann ich leben«, sagte Aleck. »Ich arbeite tagsüber. Besprechungen, Schulungen und es wird vorkommen, dass ich für unbestimmte Zeit auf Mission muss. Aber ich glaube, du bist jede Anstrengung wert, unsere Terminpläne zu koordinieren, Kenna.«

Sie lächelte ihn an. »Ich arbeite schon lange genug hier, dass ich mir meistens aussuchen kann, welche Schichten ich arbeiten möchte ... obwohl ich im Voraus planen muss.«

»Großartig«, sagte Aleck. Er war sich bewusst, dass er immer noch ihre Hand hielt. Das war in der Vergangenheit nicht wirklich sein Ding gewesen. Aber mit Kenna fühlte es sich gut an. Vor allem, weil er wusste, dass er es fast vermasselt hatte.

»Kann man von hier aus das Feuerwerk sehen, das freitagabends vom Hilton Village abgefeuert wird?«, fragte er und lenkte ihre Unterhaltung zurück auf ein neutraleres Thema.

»Nun, nicht vom Restaurant aus. Aber wenn man den Strand ein wenig in diese Richtung geht und sich auf die Küstenbefestigung setzt, dann ja«, sagte sie und zeigte in Richtung der großen Hotelanlage. »Findest du es schlimm, wenn ich dir sage, dass ich mir aus Feuerwerk nichts mehr mache?«

Aleck lachte leise. »Nein, Feuerwerk ist auch nicht so mein Ding.«

»Oh, wegen Posttraumatischer Belastungsstörung?«, fragte Kenna besorgt.

»Nein, ich meine, das ist auch nicht hilfreich, aber wir hatten einen Hund, der Donner und Feuerwerk gehasst hat. Er war jedes Mal traumatisiert. Für die Feuerwerke um den vierten Juli herum mussten wir ihn immer ruhigstellen lassen, damit er die Tage überstehen konnte. Leider haben unsere Nachbarn jedes Jahr Unmengen an Feuerwerk gekauft und es jeden Abend in die Luft gejagt. Es war furchtbar.«

»Oh, was für eine Rasse?«

»Dobermann.«

Kenna versuchte, nicht zu lachen.

»Ja, Maximus war nicht gerade der beste Wachhund«, sagte Aleck mit einem Grinsen. »Er hätte einen Eindringling eher zu Tode geleckt, als ihn zu beißen.«

»Ich vermisse es, ein Haustier zu haben«, sagte Kenna. »Mein Vater und meine Stiefmutter hatten Katzen.«

»Du könntest dir eine besorgen«, schlug Aleck vor.

»Mein Vermieter erlaubt es nicht«, sagte Kenna schlicht.

Aleck dachte unmittelbar an seine eigene Wohnung. Er hatte keine Ahnung, ob Haustiere erlaubt waren oder nicht, aber er hatte das Gefühl, dass ein Hund oder eine Katze kein Problem wären. Im Penthouse zu wohnen hatte seine Vorteile.

Bei diesem Gedanken wusste er mit Sicherheit, dass Kenna anders war.

Niemals zuvor hätte er in Betracht gezogen, sich ein Haustier anzuschaffen, nur weil eine Frau es wollte. Seine Arbeitszeiten waren mit einem Hund vermutlich ohnehin nicht vereinbar. Mit einer Katze ... vielleicht. Wenn er jemanden finden könnte, der nach ihr sah, während er auf Mission war.

»Darf ich fragen, wie du und deine Freunde zu euren ... ungewöhnlichen Spitznamen gekommen seid?«, fragte Kenna.

Aleck lachte. »Natürlich! Du kannst mich alles fragen. Ich kann deine Fragen vielleicht nicht immer beantworten ... nationale Sicherheit und so. Aber sollte es so sein, dann werde ich es dich wissen lassen. Wie auch immer, mein Spitzname ist also Aleck. Mein Nachname ist Smart.«

Kenna lachte. »Smart Aleck? So wie Schlaumeier im Englischen?«

»Ganz genau! Und ich muss dich warnen, es passt ziemlich gut zu mir.«

»Notiert«, sagte Kenna zu ihm.

»Mit Mustangs Namen ist es etwas kompliziert. Es hat mit einem Streich zu tun, als er der Navy beigetreten ist. Midas war in der Highschool ein großartiger Schwimmer und hat eine Reihe Goldmedaillen gewonnen. Pids Vorname ist Stuart, oder kurz Stu.«

»Wow, das ist hart«, sagte Kenna.

»Ja, Spitznamen sind das oft. Und je mehr jemand dagegen protestiert, desto eher bleiben sie hängen«, sagte Aleck. »Jags Vorname ist Jagger und Slates Nachname ist Stone.«

»Also sind die meisten eurer Spitznamen auf eure richtigen Namen zurückzuführen«, bemerkte Kenna.

»Ja, normalerweise sind sie von unseren Namen abgeleitet oder von irgendeiner Dummheit, die derjenige gemacht hat«, erwiderte Aleck.

»Was ist es gut, dass ich keinen Spitznamen habe«, scherzte Kenna. »Ich habe viele Dummheiten gemacht.«

»Nein, das glaube ich nicht«, sagte Aleck.

Kenna lachte und erneut traf ihr schönes Lächeln Aleck wie der Blitz. Ihr ganzes Gesicht leuchtete und er fand es toll, dass sie nicht verlegen über ihr Lachen war. Manche Frauen, mit denen er ausgegangen war, legten eine Hand vor den Mund, wenn sie lachten, oder kicherten stattdessen nur. Oder sie beschwerten sich über Lachfalten im Gesicht. Aber Kennas Lachen war echt.

Sie saßen noch eine Weile auf dem Liegestuhl und redeten über dies und das. Das tolle Wetter in Hawaii, wie beeindruckend die Surfer waren, das notwendige Übel der Touristen auf der Insel und Kenna erzählte ihm, dass es ihr persönliches Ziel war, die besten Strände ausfindig zu machen, auch wenn sie der Öffentlichkeit nicht zugängig waren.

»Die besten Strände?«, wiederholte Aleck.

»Ja, einige der besten Plätze zum Bodysurfen oder um einfach am Strand zu liegen oder zu schnorcheln sind in Privatbesitz. Ich habe schon viele finden können und wurde nur ein paarmal vertrieben. Meistens interessiert es niemanden, solange man sich nicht wie ein Idiot aufführt.« Sie sah ihn aus dem Augenwinkel an. »Ich wette, auf dem Navy-Stützpunkt gibt es einige gute Strände.«

Aleck lachte. »Wahrscheinlich nicht so viele, wie du denkst. Leider gefällt es den Offizieren nicht besonders, wenn die Matrosen bei der Arbeit am Strand herumlungern.«

»Verdammt«, sagte Kenna.

»Aber ich nehme dich gern einmal mit und führe dich herum, wenn du es selbst sehen möchtest.«

»Ja«, sagte Kenna begeistert. »Im Gegenzug zeige ich dir gern meine Lieblingsprivatstrände. Aber du musst versprechen, dass du nichts tust, wofür wir rausgeschmissen werden könnten.«

»Abgemacht«, sagte Aleck.

Aus Kennas Hosentasche war das Piepen eines Alarms zu hören und Aleck ließ widerwillig ihre Hand los, damit Kenna das Telefon herausholen konnte.

»Mist, meine Pause ist vorbei«, sagte Kenna, als sie den Alarm ausschaltete.

Aleck war überrascht, wie schnell die Zeit vergangen war. Andererseits hatte er das Gefühl, er könnte die ganze Nacht mit Kenna reden, ohne sich zu langweilen.

»Ich würde dich wirklich gern wiedersehen. Vielleicht an einem deiner freien Abende«, sagte Aleck.

»Das würde mir gefallen«, sagte Kenna.

Aleck stieß den Atem aus, den er seit seiner dummen Äußerung angehalten hatte. Er war froh, dass sie ihm noch eine zweite Chance gab. »Gibst du mir deine Telefonnummer oder soll ich dir meine geben?«, fragte er, um nicht zu aufdringlich zu wirken.

»Gib mir deine«, sagte Kenna zu ihm.

Aleck betete seine Nummer herunter und sie gab sie in ihr Handy ein. Einen Moment später fühlte er sein Handy in der Hosentasche vibrieren.

»Ich habe dir eine SMS geschickt, damit du auch meine hast«, sagte Kenna.

Aleck strahlte. »Genial.« Er stand auf und streckte seine Hand aus. »Komm schon, ich begleite dich zurück. Ich möchte nicht, dass deine Chefin sauer wird.«

»Alani ist cool. Sie würde es mir verzeihen.«

»Trotzdem.«

Kenna legte ihre Hand in seine und ließ sich von ihm aufhelfen. Und anstatt sofort loszulassen, hielt sie seine Hand fest, als sie zum Duke's zurückgingen. Die Lichter des Restaurants wirkten nach der Zeit am Strand besonders hell.

Lautes Gelächter kam von der Bar und Aleck konnte sich ein Lächeln nicht verkneifen.

»Klingt, als hätten Elodie und Lexie Spaß«, bemerkte Kenna.

»Allerdings.« Er sah zur Bar hinüber, wo die Frauen mit den beiden Barkeepern lachten. Mustang, Midas und Jag saßen an einem Tisch in der Nähe.

»Sollte ich mir Sorgen darüber machen, wie viel sie trinken?«, fragte Kenna zögernd, als sie zu Elodie und Lexie hinübersah.

»Nein«, sagte Aleck. »Mustang hat bereits mit den Barkeepern gesprochen und sie gebeten, den Alkohol in ihren Getränken zu reduzieren.«

Kenna starrte ihn an. »Das ist ... irgendwie anmaßend, findest du nicht?«, fragte sie.

»Nicht wirklich«, sagte Aleck leichthin. »Elodie und Lexie wussten bereits davon, weil Mustang und Midas vor ihnen darüber gesprochen haben.«

»Oh.«

»Wir sind sehr beschützerisch«, sagte Aleck zu ihr. Es war eine Warnung, aber er versuchte, es auch zu erklären. »Es ist nicht so, dass es ihnen etwas ausmacht, wenn ihre Frauen etwas trinken, aber sie wollen nicht, dass ihnen übel wird. Und sowohl Elodie als auch Lexie sind damit einverstanden, da sie ohnehin keine großen Trinkerinnen sind. Sie wissen, dass sich jemand um sie sorgt, auch wenn sie sich ein wenig gehen lassen.« Er zuckte mit den Schultern. »Es ist alles in gegenseitigem Einvernehmen.«

»Und dein anderer Freund? Warum ist er noch hier?«

»Carly«, sagte Aleck mit einem Lächeln.

»Ah, natürlich«, sagte Kenna.

»Er mag sie, auch wenn er noch nicht bereit ist, es zuzugeben.«

»Ich glaube, ich habe dir vorhin erzählt, dass Carly mit einem älteren Mann ausgegangen ist. Es ist nicht gut gelaufen. Sie ist definitiv noch nicht bereit für einen neuen Freund.«

»Das kann ich verstehen. Aber das bedeutet nicht, dass Jag aufgeben wird.«

»Da liegt ein Stück Arbeit vor ihm«, warnte Kenna.

»Wenn sich etwas lohnt, es zu tun, dann lohnt es sich, es gut zu tun. Wenn es sich lohnt, etwas zu haben, dann lohnt es sich auch, darauf zu warten. Lohnt es sich, etwas zu erreichen, dann lohnt es sich, dafür zu kämpfen. Und wenn es sich lohnt, etwas zu erleben, dann lohnt es sich auch, sich die Zeit dafür zu nehmen«, sagte Aleck.

Kenna blieb mitten im Restaurant stehen und sah ihn an. »Oscar Wilde hat das gesagt.«

»Ja, genau. Ich liebe dieses Zitat. Ich habe etwas interpretiert, aber ich kenne es schon seit Schulzeiten und es ist erstaunlich, auf wie viele Dinge es zutrifft. Meine Arbeit, Freundschaften, Beziehungen, Zeit, die man mit jemandem verbringen will, den man besser kennenlernen möchte.«

»Verdammt«, murmelte Kenna. Dann straffte sie die Schultern und sah ihm in die Augen. »Nur fürs Protokoll, dass du vorhin so ein Snob warst, hast du bereits wiedergutgemacht.«

Aleck grinste. »Gut.«

»Kenna«, rief Charlotte, als sie sie sah. »Gutes Timing, Vera hat gerade einen neuen Gast in deinem Bereich platziert. Soll ich die Getränkebestellung für dich erledigen?«

»Ich kümmere mich darum«, entgegnete Kenna. Sie sah Aleck an. »Zeit, wieder an die Arbeit zu gehen.«

Aleck ließ ihre Hand sinken und nickte.

Sie lächelten sich einen Moment lang an, bevor Kenna herumwirbelte und in die Küche ging.

Aleck sah ihr nach und spürte einen Anflug von Enttäuschung. Er vermutete, dass er auch so empfunden hätte, wenn sie mehr Zeit gehabt hätten. Kenna war anders als die Frauen, mit denen er in der Vergangenheit ausgegangen war ... auf eine sehr gute Art und Weise.

Er schlenderte zur Bar und hörte, wie Elodie den Barkeepern erzählte, was sie auf der Toilette getan hatten. Alle brachen in Gelächter aus.

»Diesen Trick werde ich mir merken«, sagte die Frau. »Das sollte nicht schwer sein. Und wenn die Leute dadurch netter zu den Kellnerinnen sind, umso besser.«

Dem konnte Aleck nur zustimmen. Er ging zu dem

Tisch, an dem seine Freunde saßen. Vor Mustang stand ein Glas Wasser und er nahm an, dass Midas Eistee trank. Jag trank ein Bier.

Er zog einen Stuhl unter dem Tisch hervor und setzte sich.

»Geht es dir gut?«, fragte Mustang.

»Ja«, antwortete Aleck.

»Wie gut?«, hakte Midas nach.

»Wir haben Nummern ausgetauscht und obwohl ich Scheiße erzählt habe, will sie mich trotzdem wiedersehen«, sagte Aleck mit einem Lächeln.

»Großartig! Obwohl ich glaube, dass du nichts so Dummes gesagt haben kannst«, meinte Jag.

Aleck grinste reumütig. »Kenna hat mich einen Snob genannt. Und damit lag sie nicht falsch.«

»Du bist kein Snob«, sagte Midas überrascht.

Aleck zuckte mit den Schultern. »Ich versuche, es nicht zu sein, aber offensichtlich hat mich die Tatsache, dass ich mir keine Sorgen um Geld machen muss, auf eine Weise beeinflusst, von der ich nichts gemerkt habe.«

»Aber zwischen euch ist alles gut?«, fragte Jag.

»Ja.«

»Gut.« Jag hielt inne und fragte dann: »Redet sie auch mal über ihre Freundin?«

Er grinste. »Du meinst die nette Kellnerin, von der du den ganzen Abend die Augen nicht lassen konntest?«

Jag zuckte mit den Schultern.

Aleck wurde nüchtern. »Nur, dass sie gerade nicht so scharf darauf ist, sich zu verabreden. Ich schätze, ihr Ex-Freund ist ein Arschloch.«

»Scheiße«, fluchte Jag leise. Dann richtete er sich auf seinem Stuhl auf. »Nun, der einzige einfache Tag war gestern.«

Aleck, Midas und Mustang verdrehten gleichzeitig die

Augen. Der Satz war ein ziemlich beliebtes SEAL-Sprich-wort, aber er war sich nicht sicher, ob er sich wirklich auf diese Situation anwenden ließ. Allerdings war er kein Experte, was Beziehungen anging.

In diesem Moment kam die Frau, um die es ging, auf ihren Tisch zu und Aleck lächelte, als Jag sich aufrichtete.

»Kann ich dir etwas zu trinken bringen?«, fragte Carly Aleck.

»Eistee bitte«, sagte er.

Carly lächelte. »Gern.«

Alle sahen zu, wie sie Jag kurz ansah, bevor sie errötete und dann davoneilte, nachdem sie sich vergewissert hatte, dass alle anderen noch genug zu trinken hatten.

»Vielleicht ist sie schüchtern«, sagte Mustang leise. »Aber sie ist nicht uninteressiert.«

»Ich kann geduldig sein«, sagte Jag und nippte an seinem Bier.

Das Interesse seines Freundes an der Kellnerin war faszinierend, aber Alecks Aufmerksamkeit wurde bereits wieder von Kenna auf sich gezogen. Sie begrüßte ein Paar, das auf der anderen Seite der Bar saß, und er konnte den Blick nicht von ihr lassen. So verschossen in eine Frau war er schon lange nicht mehr gewesen.

Nachdem sie die Bestellung aufgenommen hatte und zurück in die Küche ging, trafen sich erneut ihre Blicke und sie lächelte.

Es fühlte sich gut an zu wissen, dass das Gefühl nicht einseitig war.

Aleck lehnte sich zurück. Mit Vergnügen würde er so lange hier ausharren, wie Elodie und Lexie bleiben wollten. Auch wenn er nicht mit Kenna sprechen konnte, war es schön, sich einfach am selben Ort aufzuhalten wie sie.

# KAPITEL VIER

Kenna wurde fast schwindelig. Seit einer Ewigkeit war sie nicht mehr so aufgeregt wegen eines Mannes gewesen.

Sie war sich nicht sicher, *wie* lange es her war. Sie wusste nur, dass es definitiv eine Weile war. Marshall war witzig und hatte offensichtlich keine Angst zuzugeben, wenn er einen Fehler gemacht hatte. Sie war enttäuscht gewesen, wie er darauf reagiert hatte, dass Kellnerin ihr Berufswunsch war, aber seine Entschuldigung schien aufrichtig gewesen zu sein.

Und sie konnte nicht umhin festzustellen, dass es sich sehr gut angefühlt hatte, seine Hand zu halten. Es war albern, aber als er mit seinem Daumen über ihre Fingerknöchel gestrichen hatte, hatte sie eine Gänsehaut bekommen.

Es gefiel ihr, wie nahe er sich mit seinen Freunden stand. Sie wollte, dass der Mann, mit dem sie zusammen war, seine eigenen Interessen hatte. Sie hatte gesehen, wie eng die Beziehung zwischen Shawn und Carly gewesen war. Zuerst hatte es romantisch gewirkt, dass er immer wissen wollte, wo sie war und wann sie nach Hause kam. Aber dann fing es an ... anmaßend zu werden.

»Also, lief es gut?«, fragte Carly, als sie zwischen den Bestellungen zwei Minuten Zeit hatten, um sich zu unterhalten.

Kenna konnte ihr breites Lächeln nicht unterdrücken. »Ja, es lief gut.«

»Gut, ich mag es, dich glücklich zu sehen.«

»Jetzt übertreib nicht gleich. Wir haben nur eine halbe Stunde miteinander geredet. Wir haben nicht unsere Hochzeit geplant oder so«, bremste Kenna ihre Freundin.

»Ich weiß, aber du strahlst förmlich«, sagte Carly.

»Er ist ein guter Kerl. Ich meine, ich kenne ihn noch nicht so gut, aber er hat nicht gezögert, sich zu entschuldigen, als er etwas Unsensibles gesagt hat, und ich denke, er hat es ernst gemeint.«

Carly rümpfte die Nase. »Ich bin mir nicht sicher, dass es ein gutes Zeichen ist, dass er sich jetzt schon im Ton vergriffen hat«, sagte sie.

»Ich weiß, aber es ist mir lieber, wenn er ehrlich ist, als mir Zucker in den Hintern zu blasen. Er ist ehrlich, Carly, und das gefällt mir.«

»Stimmt«, überlegte ihre Freundin. »Shawn hat anfangs alles dafür getan, perfekt zu wirken. Erst nach ein paar Monaten hat er sich zu einem Arschloch entwickelt.«

»Genau«, sagte Kenna mit einem Nicken. »Ich meine, ich möchte nicht mit einem Typen zusammen sein, der sich ständig danebenbenimmt und sich dafür entschuldigen muss, aber ich möchte auch nicht, dass mir ständig jemand nach dem Mund redet und mir sagt, was ich seiner Meinung nach hören möchte.«

»Also ... was hat er gesagt?«, fragte Carly.

Kenna seufzte. »Er hat mir nur das Gefühl gegeben, dass Kellnerin kein ›richtiger‹ Job ist. Dass es nur eine Nebenbeschäftigung sei, während man auf der Suche nach einer Karriere ist.«

Carly zuckte mit den Schultern. »Viele Menschen denken so.«

»Ich weiß. Es hat mich einfach überrascht.«

»Du hast natürlich dafür gesorgt, dass er seinen Denkfehler bemerkt hat, nicht wahr?«, fragte Carly.

»Ja, wir haben dann ein wenig über seine Arbeit als SEAL geredet und ich glaube, ihm wurde ziemlich schnell klar, dass es unhöflich war. Ich habe ihn einen Snob genannt«, gab Kenna zu.

»Das hast du nicht!«

Kenna zuckte mit den Schultern. »Doch, habe ich. Aber zu meiner Verteidigung hat er sich irgendwie auch wie einer benommen.«

Carly musterte Kenna lange.

»Was?«, fragte Kenna.

»Wie ich schon sagte, bist du mit einem strahlenden Lächeln hierher zurückgekommen. Offensichtlich habt ihr dieses Problem aus der Welt geräumt.«

»Das haben wir«, bestätigte Kenna.

»Ich freue mich für dich«, sagte Carly. »Ich meine, die Tatsache, dass ihr ein so ernsthaftes Gespräch führen konntet und euch danach immer noch mögt ... ist ... gut, Kenna. Wirklich!«

»Das denke ich auch«, gab Kenna leise zu.

Die beiden Freundinnen lächelten sich an, wurden aber von Justin unterbrochen, der den Kopf durch die Tür steckte und sagte: »Carly, hier ist jemand, der dich sehen will.«

»Mich?«, fragte sie verwirrt. »Was will er?«

»Weiß nicht«, sagte Justin. »Vera hat mir gerade gesagt, dass ich dir sagen soll, dass jemand für dich da ist. Das ist alles, was ich weiß. Er ist vorn.«

»Okay, danke«, sagte Carly.

Justin verschwand und Carly wandte sich an Kenna. »Wirklich, Mädchen, ich mag ihn. Er war die ganze Zeit höflich und zuvorkommend, als ich ihren Tisch bedient habe. Alle waren das. Ich gebe zu, dass ich im Moment keine Lust habe auszugehen, aber wenn doch ... solltest du besser auf der Hut sein.«

»Du bist doch gar nicht an Marshall interessiert«, sagte Kenna mit einem Grinsen. »Aber was Jag angeht ...« Sie verstummte.

Carly hob eine Hand. »Nein, auf keinen Fall. Fang gar nicht erst an.«

Kenna lachte. »Okay, okay, ich schweige. Ich bringe die Bestellung zu deinem Tisch, damit du nachsehen kannst, wer mit dir sprechen möchte. Ich hoffe, es ist ein älterer Herr, der dir eine Million Dollar Trinkgeld geben will, weil du eine so wunderbare Kellnerin bist.«

»Dein Wort in Gottes Ohr«, sagte Carly mit einem Lächeln. »Und danke, dass du meine Bestellung übernimmst.«

»Keine Ursache.« Kenna ging zu den fertigen Gerichten hinüber, die unter einer Heizlampe warm gehalten wurden, und versicherte sich, dass sie die richtigen Teller für die Bestellung hinaus ins Restaurant brachte.

Nachdem sie das Essen zu einem sehr netten Pärchen gebracht hatte, hörte Kenna einen Tumult von der Bar. Als sie sich umdrehte, sah sie Carly mit einem Mann sprechen.

Es war ihr Ex-Freund, Shawn Keyes.

Kenna hatte mehr als genügend Geschichten darüber gehört, wie schrecklich er Carly behandelt hatte. Als sie anfingen, miteinander auszugehen, war Carly geschmeichelt gewesen, dass ein älterer Mann an ihr interessiert war. Ein paar Monate lang war alles eitel Sonnenschein, bis Shawn sein wahres Gesicht zeigte. Carly hatte versucht, Erklärungen für sein missbräuchliches und aggressives

56

Verhalten zu finden, aber schließlich wurde es zu viel. Als sie dann mit einem riesigen blauen Fleck am Oberarm zur Arbeit erschienen war, hatten Kenna und die anderen Kellnerinnen sie überzeugt, das Arschloch zu verlassen.

Das hätte das Ende der Geschichte sein sollen. Aber Shawn hatte entschieden, dass er Carly nicht gehen lassen wollte. Er hatte ununterbrochen E-Mails und SMS geschrieben und sie angerufen, um sich zu entschuldigen, und versucht, sie zu überzeugen, zu ihm zurückzukommen.

Carly war standhaft geblieben und hatte alles getan, ihm zu verstehen zu geben, dass es aus war ... aber aus irgendeinem Grund wollte Shawn es nicht wahrhaben.

Und jetzt schien er seine Bemühungen, Carly zurückzugewinnen, zu verdoppeln. Kenna konnte nicht hören, was er sagte, aber er stand definitiv zu dicht vor ihrer Freundin. Mit seinen ein Meter achtzig überragte er Carly mit ihren ein Meter fünfundsechzig deutlich und versuchte offensichtlich, sie einzuschüchtern.

Kenna zögerte nicht einmal. Sie wurde sauer und wollte Shawn ein für alle Mal zu verstehen geben, dass seine Beziehung mit Carly aus und vorbei war. Sie steuerte direkt auf die beiden zu.

Als sie sich ihnen näherte, hörte sie Shawn sagen: »Du benimmst dich wie eine verwöhnte Göre.«

Kenna sah rot. »Nein, sie benimmt sich wie eine erwachsene Frau, die nicht wie ein kleines Kind behandelt werden will«, fauchte sie.

Shawn drehte sich um und starrte sie an. Kenna weigerte sich zurückzuweichen, auch wenn der hasserfüllte Ausdruck in seinen braunen Augen angsteinflößend war. Sein dunkles Haar war kürzer geschnitten als beim letzten Mal, als sie ihn gesehen hatte. Er trug eine Jeans und ein Polohemd, womit er sich problemlos unter die Einheimischen und die Touristen mischen konnte. Kenna musste zugeben, dass der Mann auf den ersten Blick harmlos wirkte. Obwohl er in seinen Vierzigern war, war er gut in Form. Laut Carly trank er nicht und rauchte nicht und hatte einen festen, gut bezahlten Job bei der örtlichen Regierung.

Aber der verrückte Ausdruck in seinen Augen, seine zu Fäusten geballten Hände und das verzogene Gesicht zeigten sein wahres Ich.

»Niemand redet mit dir«, sagte Shawn böse. »Halt dich da raus!«

»Tut mir leid, aber nein«, sagte Kenna und versuchte, mutiger zu klingen, als sie sich fühlte. Sie waren in einem öffentlichen Restaurant und es waren viele Leuten um sie herum. Shawn würde ihr nichts tun, da war sie sich fast sicher. »Carly hat dir gesagt, dass sie dich nicht mehr sehen will. Lass sie in Ruhe.«

»Unsere Beziehung geht dich nichts an«, erwiderte Shawn, wandte ihr den Rücken zu und griff nach Carlys Arm. »Ich will nur reden«, sagte er. »Das bist du mir schuldig.«

Kenna knirschte frustriert mit den Zähnen. Sie war größer als Carly, aber nicht stark genug, um es mit diesem Kerl aufzunehmen. Sie war sich auch bewusst, dass sie bei der Arbeit waren. Alani war eine großartige Chefin, aber Kenna glaubte nicht, dass sie es gutheißen würde, wenn sie diesem Arschloch eine verpassen würde. Ganz zu schweigen davon, dass sie sich hundertprozentig sicher war, dass Shawn die Polizei rufen und sie wegen Körperverletzung oder so etwas verhaften lassen würde.

»Es gibt nichts zu besprechen«, sagte Carly. »Wir sind fertig miteinander.«

»Das sind wir nicht«, beharrte Shawn. »Nach allem, was ich für dich getan habe, kann ich nicht glauben, dass du nicht einmal mit mir reden willst. Als wir angefangen haben, miteinander auszugehen, warst du ein naives kleines

Mädchen. Ich habe dich zu einer *Frau* gemacht. Du kannst mich nicht einfach abservieren.«

Kenna wollte am liebsten schreien. Shawn hatte ihre Freundin immer herabgewürdigt. Aufgrund seines Alters wollte er immer so viel klüger erscheinen. Er hatte sich fast von Anfang an über Carlys Alter lustig gemacht. Ja, sie war zwanzig Jahre jünger als er, aber in Kennas Augen war Carly reifer als er. Sein Verhalten heute Abend bewies das.

»Machst du Witze? Wir sind gar nicht so lange miteinander ausgegangen und du hast überhaupt nichts aus mir gemacht. Also kann ich und werde ich dich einfach abservieren«, erwiderte Carly tapfer und hob ihr Kinn. Sie versuchte, mit einem Ruck ihren Arm aus seinem Griff zu befreien, aber Shawn verstärkte seinen Griff und zog sie näher an sich heran.

Er schüttelte sie förmlich, als er sagte: »Du dumme Schlampe! Niemand serviert mich einfach ab!«

Kenna hatte genug. Sie griff nach Shawn und versuchte, ihn von Carly wegzustoßen, aber sein Griff um den Arm ihrer Freundin war zu fest. Er stolperte und stieß gegen einen Barhocker, der mit einem lauten Krachen zu Boden fiel. »Lass sie los«, befahl Kenna.

»Fick dich«, zischte Shawn und drehte sich wieder zu Carly um. Er schüttelte sie noch einmal, diesmal stärker. Kenna sah, wie der Kopf ihrer Freundin hin und her schlug, auch wenn sie sich gegen seinen Griff wehrte.

Sie wollte unbedingt helfen und machte einen Schritt nach vorn, als plötzlich jemand seinen Arm um ihre Taille legte und sie nach hinten zog.

Sie kämpfte eine Sekunde dagegen an, hörte dann aber eine leise Stimme an ihrem Ohr. »Aleck und Jag kümmern sich darum.«

Sie drehte den Kopf und sah, dass es Mustang war, der sie zurückgehalten hatte. Midas stand mit angespannter

Haltung auf der anderen Seite neben ihr, bereit, sie zu verteidigen, falls Shawn sie anmachen sollte.

In den wenigen Sekunden, in denen sie abgelenkt gewesen war, hatten Marshall und Jag Shawn bereits dazu gebracht, Carly loszulassen. Jag hatte einen Arm um Carlys Schulter gelegt und führte sie von der Bar weg.

»Wir sind noch nicht fertig!«, schrie Shawn, als sie davoneilten.

»Du bist absolut fertig«, sagte Marshall zu ihm. Er drehte Shawn herum und zog seinen Arm im Polizeigriff hinter seinem Rücken nach oben.

»Lass mich los, du Arschloch!«, brüllte Shawn.

»Nein«, sagte Marshall ruhig. »Nicht, bis die Polizei hier ist.«

»Polizei, was soll der Quatsch?«, sagte Shawn und versuchte, sich erfolglos aus Marshalls Griff zu befreien. »Ich habe nichts getan. Ich habe mich nur mit meiner Freundin unterhalten.«

»Sie ist nicht deine Freundin«, konterte Kenna.

»Doch, das ist sie«, beharrte Shawn.

»Das ist das Problem«, warf Marshall ein. »Du legst nicht Hand an eine Frau. *Niemals!*«

»Ich habe ihr nicht wehgetan«, erwiderte Shawn.

»Oh, die blauen Flecke, die sich bereits auf ihren Armen bilden, sind also nicht von dir?«, fragte Mustang. »Außerdem hast du sie geschüttelt.«

»Fick dich!«, erwiderte Shawn.

»Das ist sehr reif«, murmelte Kenna.

»Die Polizei ist unterwegs«, sagte Paulo hinter der Theke.

Kenna nickte. Sie wusste, dass es für solche Situationen einen Notrufknopf unter der Bar gab. Sie war froh, dass es in Honolulu, nicht weit entfernt vom Duke's, ein Polizeirevier gab. Wenn sie die Polizei in der Vergangenheit rufen mussten, war sie innerhalb weniger Minuten da.

»Lass mich los, du Arschloch!«, rief Shawn und schaffte es, seinen Arm aus Marshalls Griff zu befreien.

Mustang packte Kennas Ellbogen und zog sie weiter aus dem Weg.

Midas half Marshall, den erzürnten Mann zu bändigen, und innerhalb von Sekunden hatten sie ihn auf dem Boden fixiert. Marshall hatte sein Knie auf seinem Rücken und hielt die Arme fest, während Midas die Beine sicherte. Es sah nicht so aus, als würde es sie viel Anstrengung kosten, den Mann festzuhalten. Kenna war beeindruckt.

»Entspann dich, Mann«, sagte Midas zu ihm.

»Geh runter von mir!«, schrie Shawn.

»Wie fühlt sich das an, wenn dich jemand so misshandelt, der größer und stärker ist als du?«, fragte Marshall. »Scheiße, nicht wahr? Was meinst du, wie Carly sich gefühlt hat?«

»Fick dich!«

»Ich glaube, dass die Dinge zwischen dir und ihr endgültig erledigt sind. Lass sie in Ruhe. Die Scheiße, die du abziehst, ist einfach nur erbärmlich und nicht männlich.«

»Ich sagte, *fick dich*!«, wiederholte Shawn, während er weiter gegen die beiden SEALs ankämpfte.

Kenna wollte am liebsten mit den Augen rollen.

In diesem Moment bemerkte sie, dass mehrere Gäste das Geschehen mit ihren Handys filmten. Sie zuckte zusammen. Alani würde wahrscheinlich nicht viel Aufhebens um die Sache machen, da nichts beschädigt worden war. Midas und Marshall hatten Shawn mit Leichtigkeit überwältigt und ihn daran gehindert, Carly weiter wehzutun, aber es war trotzdem eine große Aufregung, dass so etwas in dem Restaurant passierte.

Shawn versuchte weiter erfolglos, sich zu befreien, und nach etwa fünf Minuten trafen drei Polizisten ein. Sie nickten Marshall und Midas zu und übernahmen die Kontrolle über den fluchenden und außer Kontrolle geratenen Shawn.

Sie versuchten, mit ihm zu reden, aber er wütete und schrie nur weiter.

»Fickt euch alle! Ich habe nichts falsch gemacht! Ich habe nur mit meiner Freundin geredet und diese beiden Arschlöcher sind grundlos auf mich losgegangen. Sie sollten verhaftet werden, nicht ich! Wisst ihr überhaupt, wer ich bin? Ich kenne den Gouverneur! Wenn ihr mich nicht gehen lasst, werde ich dafür sorgen, dass ihr suspendiert werdet!«

Zwei der Polizisten führten Shawn aus dem Restaurant. Kenna seufzte schließlich erleichtert auf.

Sobald Shawn außer Sichtweite war, war Marshall da. Er legte seine Hände auf ihre Schultern und trat näher. »Geht es dir gut?«

»Natürlich. Und dir?«

Seine Lippen zuckten. »Ja.«

»Das ist nicht lustig«, schimpfte Kenna.

Er wurde sofort wieder ernst. »Du hast recht. Tut mir leid. Aber fürs Protokoll ... diesen Scheißkerl festzuhalten war nicht gerade schwierig.«

Kenna schüttelte den Kopf. Natürlich war es das nicht. Nicht für einen großen bösen SEAL. Plötzlich war sie sehr froh, dass er und seine Freunde da waren. »Ich muss nach Carly sehen«, sagte sie.

»Jag ist bei ihr. Aber ich hoffe, dass du sie vom Gegenteil überzeugen kannst, sollte sie keine Anzeige erstatten wollen.«

»Oh, sie wird Anzeige erstatten«, sagte Kenna selbstbewusst.

»Wenn sie das nicht tut, werde ich es tun«, sagte Alani,

die sich gerade neben sie gesellte. »Ich habe gesehen, wie er sie durchgeschüttelt hat. Das ist inakzeptabel. Vielen Dank für eure Hilfe«, sagte sie zu Marshall.

»Gern geschehen.«

»Sir? Wir brauchen Ihre Personalien und Ihre Aussage«, sagte der Polizist. »Wenn es geht, bleiben Sie bitte noch hier.«

Marshall nickte.

Der Offizier wandte sich an Kenna. »Sie auch, Ma'am.«

»In Ordnung. Ich muss aber wieder an die Arbeit. Ist das ein Problem?«

»Überhaupt nicht. Wir informieren Sie, wenn wir bereit für Sie sind.«

»Vielen Dank.«

Der Beamte drehte sich um, um mit Midas zu reden. Kenna sah Marshall an. »So viel zu einem erholsamen Abend«, scherzte sie.

»Geht es dir wirklich gut? Das war ziemlich intensiv«, sagte er als Antwort.

»Mir geht es gut. Shawn hat mich nicht angerührt.«

»Trotzdem«, beharrte Marshall.

Kenna konnte nicht anders, als innerlich ein wenig dahinzuschmelzen, weil er so besorgt um sie war. »Mir geht es wirklich gut«, versicherte sie ihm. »Ich bin nur froh, dass du und deine Freunde hier wart. Ich wäre mir nicht sicher gewesen, was ich sonst hätte tun sollen, um ihn dazu zu bringen, Carly loszulassen.«

»Ich bin auch froh«, sagte Marshall. »Der Gedanke, dass dieses Arschloch dich vielleicht angemacht hätte, wird mir Albträume bereiten. Kann ich ... ach schon gut.«

»Was?«, fragte Kenna.

»Ich wollte dich nur fragen, ob ich dich umarmen darf«, sagte Marshall ein wenig verlegen.

Ohne nachzudenken, lehnte Kenna sich nach vorn. Sie

trat einen Schritt auf ihn zu und innerhalb von Sekunden legte er seine Arme um sie und ihre Nase berührte seinen Hals. Sie seufzte und bemerkte erst jetzt, wie angespannt sie durch die Auseinandersetzung geworden war.

Sie hörte, wie Marshall tief einatmete, während er über ihr Haar strich.

Lächelnd zog sie sich ein Stück zurück, blieb aber in seiner Umarmung stehen. »Hast du gerade an mir gerochen?«, fragte sie.

»Ja«, entgegnete er ohne Verlegenheit. »Du riechst nach Kokosnuss und frittiertem Essen.«

Kenna brach in Lachen aus. Sie hätte nie gedacht, dass sie nach so einer intensiven Erfahrung so schnell wieder lachen könnte. Aber sie begann zu glauben, dass mit diesem Mann alles möglich wäre. »Das passiert, wenn man in einem Restaurant arbeitet«, sagte sie. »Der Kokosnussgeruch stammt allerdings von meinem Shampoo.«

»Es gefällt mir«, sagte Marshall schlicht.

Sie starrten sich einen langen Moment an, bevor Kenna hörte, wie Elodie mit ihrem Mann sprach.

»Was für ein Arschloch. Schade, dass du nicht zum Zug gekommen bist.«

Kenna kicherte. Sie billigte von ganzem Herzen, wie blutrünstig die andere Frau war. Sie wünschte sich selbst irgendwie, dass Shawn *mehr* gekämpft hätte, nur damit die Männer mehr Gewalt hätten anwenden müssen.

»Ich muss jetzt wirklich nach Carly sehen«, sagte Kenna. »Und nach meinen Tischen.«

Marshall nickte, ließ sie aber nicht sofort los.

»Marshall?«, fragte sie.

»Es tut mir leid. Ich weiß, dass die Dinge zwischen uns noch neu sind, wenn es überhaupt ein ›uns‹ gibt. Aber als ich gesehen habe, wie er Carly festgehalten und dich angestarrt hat, konnte ich nicht schnell genug bei dir sein. Und ich schwöre, als du ihn geschubst hast, bin ich um zehn Jahre gealtert.«

»Weil ich ihn geschubst habe?«, fragte Kenna verwirrt.

»Nein, weil ich Angst hatte, was er dir als Vergeltung antun könnte«, antwortete Marshall.

Kenna leckte sich über die Lippen. »Ich fände es schön, wenn es ein ›uns‹ geben würde«, platzte sie heraus.

»Gut.« Dann ließ Marshall langsam seine Arme um sie los und trat einen Schritt zurück. »Jetzt kümmere dich um deine Angelegenheiten.«

»Du gehst aber noch nicht, oder?« Kenna konnte nicht anders, als zu fragen.

»Nein, wir bleiben noch. Ich muss bei der Polizei noch meine Aussage machen, genau wie die anderen. Ich bin mir sicher, dass Elodie und Lexie auch ihren Senf dazugeben wollen. Ich werde noch eine Weile hier sein.«

»Okay. Dann reden wir später noch einmal.«

Marshall nickte.

Es fiel Kenna schwerer, ihn zurückzulassen, als sie erwartet hätte. Sie ging in die Küche, wo sie Jag und Carly gesehen hatte. Sie konnte mit Sicherheit behaupten, dass sie auf Marshall stand. Die Zeit würde zeigen, was sich zwischen ihnen entwickeln könnte. Aber zum ersten Mal seit langer Zeit war sie wirklich daran interessiert, einen Mann kennenzulernen.

# KAPITEL FÜNF

Aleck warf einen Blick auf die Uhr. Es war zehn Uhr siebenundvierzig. In gewisser Weise schien der Abend extrem langsam vergangen zu sein. Tatsächlich war er aber weniger als vier Stunden dort gewesen. Seine Gefühle waren in dieser Zeit definitiv Achterbahn gefahren. Vorfreude, Aufregung, Zufriedenheit, Verwirrung, Entsetzen, Erleichterung ... all das und noch mehr hatte er innerhalb von vier Stunden gespürt.

Eines musste er Kenna lassen, sie schien sich ziemlich schnell von dem Vorfall zu erholen. Aber er nahm an, dass sie es musste. Sie lächelte und lachte mit den Leuten an den Tischen und benahm sich wie der Profi, der sie war.

Als Aleck sie beobachtete, wurde ihm erneut klar, wie unfair er gewesen war. Er hatte sich wirklich gefragt, ob es für ihre Eltern in Ordnung war, dass sie »nur« Kellnerin war. Erst als sie ihn darauf hingewiesen hatte, wie unhöflich seine Frage war, ohne es wirklich anzusprechen, war ihm klar geworden, dass er es vermasselt hatte.

Glücklicherweise schien Kenna ihm vergeben zu haben. Es war verrückt, wie erleichtert er darüber war. Er hatte sie gerade erst kennengelernt ... heute! War sie wirklich erst heute Morgen ins Wasser auf ihn gesprungen? Durch ihre einnehmende Persönlichkeit und den Fakt, dass die Chemie zwischen ihnen stimmte, fühlte es sich so an, als würden sie sich schon länger kennen.

Es hatte ihn beeindruckt, wie gut sie mit diesem Arschloch Shawn umgegangen war. Er hatte nicht bemerkt, was vor sich ging, bis Jag etwas gesagt hatte und aufgestanden war. Als er gesehen hatte, wie Kenna versucht hatte, Shawn von ihrer Freundin wegzuschieben, hatte er fast einen Herzinfarkt bekommen.

Es war offensichtlich gewesen, dass Shawn Kennas Aktion nicht gefallen hatte, und bei dem Ausdruck auf seinem Gesicht hatte Aleck befürchtet, dass er Kenna vielleicht zurück schubsen würde. Alle möglichen Schreckensszenarien waren ihm durch den Kopf gegangen, als er hinüber zur Bar geeilt war.

»Hallo.«

Ein Wort war alles, was Aleck brauchte, um aus seinen Gedanken gerissen zu werden und sich voll auf sie zu konzentrieren.

Er und Jag hatten vor dem Restaurant auf Carly und Kenna gewartet. Midas und Mustang hatten ihre Frauen vor ein paar Minuten nach Hause gebracht.

»Hi«, gab Aleck zurück und musterte Kenna aufmerksam. Sie sah okay aus. Müde, aber nicht verängstigt, was eine Erleichterung war.

»Danke, dass ihr uns zu meinem Wagen begleitet«, sagte Kenna.

»Auf keinen Fall würden wir dich nach dem, was passiert ist, allein in ein dunkles Parkhaus gehen lassen«, sagte Aleck aufrichtig.

Sie kniff die Augen zusammen. »Lassen?«, fragte Kenna.

Aleck seufzte.

SUSAN STOKER

»Ihr diskutiert das aus, wir gehen zum Wagen«, sagte Carly mit einem müden Lächeln.

Es war ein Zeichen ihrer Widerstandsfähigkeit, dass auch Carly in Ordnung zu sein schien. Mit Jag an ihrer Seite ging sie auf die Straße zu. Sein Freund war ziemlich ruhig gewesen, nachdem er sich vergewissert hatte, dass es Carly gut ging. Jag war nicht gerade der gesprächigste Typ, aber in der letzten Stunde oder so war er besonders still gewesen.

»Ich nehme an, ich sollte sagen, dass das falsch rübergekommen ist ...«, begann Aleck.

»Aber das ist es nicht, oder?«, erwiderte Kenna.

»Nein«, sagte er. »Ich meine damit nicht, dass du nicht in der Lage bist, auf dich selbst aufzupassen, aber es ist eine Tatsache, dass ich stärker bin als du. Genau wie dieses Shawn-Arschloch. Er ist ein typischer Tyrann, der kneift, wenn er sich mit jemandem in seiner eigenen Größe anlegen müsste, hat aber kein Problem damit, dich oder Carly zu misshandeln. Ich bin mir auch bewusst, dass wir uns gerade erst kennengelernt haben und dass du dich schon viele Jahre um dich selbst kümmerst, aber als ich gesehen habe, wie dieses Arschloch dich angestarrt hat, konnte ich nur daran denken, dass ich ihm keine Gelegenheit geben werde, dir etwas anzutun. Jemandem, der Hilfe braucht, kann ich nicht einfach den Rücken zukehren. Also ja, ich würde dich und Carly nicht allein durch ein dunkles Parkhaus gehen lassen, solange ich nicht weiß, wo dieser Kerl ist.«

»Wahrscheinlich ist er noch auf der Polizeiwache«, sagte Kenna.

»Kann sein, vielleicht aber auch nicht.« Aleck senkte die Stimme. »Ich versuche hier nicht, dich zu kontrollieren. Das musst du mir glauben.«

Kenna musterte ihn einen Moment lang, dann nickte sie. »Ich weiß, es tut mir leid. Ich bin unvernünftig. Ich bin dir und deinem Freund wirklich dankbar, dass ihr hier seid. Paulo oder Justin bringen mich normalerweise nach der Arbeit zu meinem Wagen. Aber dich hier bei mir zu haben ist ...«

Aleck zog eine Augenbraue hoch, als sie ihren Gedanken nicht zu Ende brachte. »Ist was?«, hakte er nach.

»Nett.«

»Komm schon«, sagte er und gestikulierte nach vorn. »Ich bin mir sicher, du bist erschöpft.«

Kenna lächelte ihn leicht an und nickte. »Ja.«

Seite an Seite gingen sie, bis sie auf die Straße kamen, und bogen dann nach rechts ab. Sie konnten Carly und Jag vor sich sehen. Und auch zu dieser späten Stunde waren noch andere Leute unterwegs.

Die Stille zwischen ihnen war angenehm, aber schließlich sagte Kenna: »Der Abend war ... interessant.«

Aleck grinste. »Das ist das richtige Wort dafür.«

Kenna erwiderte sein Lächeln. »Ich ...« Sie hielt inne und murmelte dann: »Mist.«

»Was?«

»Ich hatte gehofft, dass du dich nach allem, was passiert ist, noch ein bisschen unterhalten möchtest.«

Aleck sah sie an. »Unterhalten? Oh ja«, versicherte er. »Du bist der interessanteste Mensch, den ich seit langer Zeit kennengelernt habe, Kenna. Ich möchte mich auf jeden Fall noch etwas mit dir ›unterhalten‹.«

»Gut. Ich nämlich auch.«

Ohne nachzudenken, griff Aleck nach ihrer Hand. Sie zog sich nicht zurück, sondern verschränkte ihre Finger mit seinen. Und viel zu schnell erreichten sie das Parkhaus, wo sie mit Carly und Jag in den Aufzug stiegen und zu dem Parkdeck fuhren, wo Kenna ihren Wagen geparkt hatte.

Sie führte sie zu einem braunen Chevy Malibu, der schon bessere Tage gesehen hatte. Aleck wollte sein Glück nicht herausfordern und verkniff sich einen Kommentar zu dem heruntergekommenen Wagen.

Als könnte sie seine Gedanken lesen, sagte Kenna: »Es sieht viel schlimmer aus, als es ist. Ich habe einen großartigen Mechaniker und er hält den Wagen am Laufen. Außerdem wird ihn niemand stehlen wollen.«

»Das ist sicher«, murmelte Jag.

Kenna kicherte nur.

»Danke für eure Hilfe heute Abend«, sagte Carly und sprach zum ersten Mal, seit sie zusammen in den Aufzug gestiegen waren.

»Gern geschehen«, sagte Jag.

»Selbstverständlich«, stimmte Aleck zu.

»Morgen früh solltest du als Erstes diese einstweilige Verfügung erwirken«, forderte Jag.

»Werde ich.«

»Ich hätte nichts dagegen, wenn du mich auf dem Laufenden hältst«, sagte Jag.

Carly sah etwas unsicher aus. Dann, obwohl Aleck und Kenna neben ihr standen, platzte sie heraus: »Ich bin gerade nicht an einer neuen Beziehung interessiert.«

Eines musste man Jag lassen, er zuckte nicht einmal zusammen. »Was ist mit einem Freund?«

Carly sah skeptisch aus. Sie drehte sich um und sah Aleck an. »War er schon jemals mit einer Frau befreundet?«

Aleck wurde sofort unwohl. Er wollte seinen Kumpel nicht im Stich lassen, aber nein, Jag war seines Wissens noch nie mit einer Frau nur befreundet gewesen. Verdammt, er hatte gar keine Zeit für Freunde außerhalb des Teams.

Äußerlich mochte Jag einen freundlichen und lockeren Eindruck machen, aber er war definitiv das intensivste – und tödlichste – Teammitglied.

»Genau, das dachte ich mir«, sagte Carly, als Aleck zu lange brauchte, um zu antworten.

»Wenn Jag sagt, dass er dein Freund sein möchte, dann kannst du dem absolut vertrauen«, sagte er schnell.

»Und ich denke, er hat heute Abend bewiesen, dass du auf ihn zählen kannst«, warf Kenna ein.

»In Ordnung«, seufzte Carly. »Aber bei dem geringsten Anzeichen, dass du diese Grenze überschreiten willst, sind wir fertig miteinander«, warnte sie.

»Vielen Dank. Das wirst du nicht bereuen«, sagte Jag.

Kenna kicherte leise.

»Was?«, fragte Carly.

»Ich hätte nie gedacht, dass ich den Tag erleben würde, an dem du jemanden warnen musst, sich nicht zu sehr an dich zu binden«, sagte Kenna.

Carly errötete. »So habe ich es nicht gemeint.«

»Ich weiß«, sagte Jag. »Los jetzt!« Er warf Aleck einen Blick zu, dann wandte er die Aufmerksamkeit wieder Carly zu. »Du solltest nach Hause fahren. Du hattest einen harten Abend.«

Aleck nickte seinem Freund zu und ging mit Kenna zur Fahrerseite ihres Wagens. Er drehte Carly und Jag den Rücken zu und drückte ihre Hand. »Bist du sicher, dass es dir gut geht?«, fragte er.

»Mir geht es gut«, beruhigte sie ihn. »Ich war nicht diejenige, auf die Shawn heute Abend sauer war.«

»Nun, zuerst nicht«, sagte Aleck trocken.

»Ja, er war nicht wirklich begeistert von meiner Aktion, oder?«

»Nein, aber andererseits scheint er nicht der Typ zu sein, der sich mit Frauen abgibt, die einen Funken Unabhängigkeit in ihren Adern haben.«

Sie hörten, wie die Wagentür auf der anderen Seite des Fahrzeugs geschlossen wurde. Aleck drehte sich um und

SUSAN STOKER

sah, wie Jag ihm zunickte und zurück zu den Aufzügen
ging. Sie würden zusammen zurück zum Stützpunkt
fahren und Aleck nahm an, dass Jag unten auf ihn warten
würde.

Er konnte sich nicht zurückhalten, seine Hand zu heben
und mit dem Fingerrücken über Kennas Wange zu streichen. Sein Herzschlag erhöhte sich, als sie ihren Kopf gegen
seine Hand neigte.

»Wann kann ich dich wiedersehen?«, fragte er.

»Ich bin mir nicht sicher. Morgen früh begleite ich Carly,
um die einstweilige Verfügung zu beantragen, und abends
muss ich arbeiten. Am Wochenende muss ich auch ein paar
Dinge erledigen. Wie sieht dein Zeitplan aus?«

»Ich arbeite jeden Tag von acht bis fünf«, gab Aleck zu.
»Morgens trainiere ich mit dem Team und manchmal
haben wir Übungseinheiten, so wie heute Morgen. Wenn
etwas geschieht, kann gelegentlich auch abends eine
Besprechung einberufen werden.«

Kenna runzelte die Stirn. »Wenn ich in der Abend-
schicht arbeite – was so ziemlich die einzige Schicht ist, die
ich noch arbeite –, muss ich gegen sechzehn Uhr da sein.«

»Wir werden es irgendwie hinbekommen«, sagte Aleck.
»Wenn du glaubst, dass ich mich von so etwas wie unseren
Arbeitszeiten davon abhalten lasse, dich besser kennenzu-
lernen ... dann liegst du falsch.«

Sie lächelte ihn an. »Sonntags habe ich frei. Weil ich
schon so lange beim Duke's arbeite, kann ich mir diesen Tag
freinehmen.«

»Ich habe sonntags auch frei«, sagte Aleck und erwiderte ihr Lächeln. »Außer wenn ich auf Mission bin.«

»Kommt das oft vor?«, fragte Kenna.

Aleck zuckte mit den Schultern. »Oft genug.«

»In Ordnung, also, ähm, willst du Sonntag etwas
zusammen unternehmen?«, fragte sie. »Nicht diese Woche,

weil ich Besorgungen machen muss und sichergehen will, dass es Carly gut geht, aber nächste Woche?«

»Ja«, sagte Aleck, ohne darüber nachdenken zu müssen.

»Cool.«

»Ja, cool. Hast du etwas dagegen, wenn ich dich in der Zwischenzeit anrufe? Ich weiß, dass du abends arbeitest, aber vielleicht während meiner Mittagspause ... wenn das für dich funktioniert.«

»Das klingt gut. Bist du der Typ für SMS? Ich muss zugeben, dass ich es bin«, sagte sie.

»Ich habe das Gefühl, dass ich es jetzt auch sein werde«, sagte er mit einem weiteren Lächeln.

»Ignorier mich einfach, wenn ich zu nervig werde«, sagte sie.

»Niemals.«

»Berühmte letzte Worte«, entgegnete sie kichernd.

»Nein, wenn du mir eine SMS schreibst, bedeutet das, dass du an mich denkst und mir etwas mitteilen möchtest. Wie könnte es mich jemals nerven, wenn ich weiß, dass du mich kontaktiert hast, weil du an mich gedacht hast?«

Sie errötete. »Nun, wenn du es so ausdrückst ...«

»Ich bin mit genügend Frauen ausgegangen«, sagte Aleck und fuhr schnell fort, als sie die Stirn runzelte. »Einige waren nur mit mir zusammen, weil ich ein SEAL bin. Andere hofften, dass wir heiraten würden und sie fürs Leben ausgesorgt hätten ... denn seien wir ehrlich, das Militär bietet einige ziemlich gute Sozialleistungen. Für ein paar war ich nur ein Zeitvertreib und andere waren aus einem anderen Grund an mir interessiert ... über den wir später reden können. Aber bei keiner zuvor hatte ich nach nur einem Tag das Gefühl wie mit dir.«

Aleck wusste, dass er dämlich klang, was ihm absolut nicht ähnlichsah. Er war der kluge Aleck, der Spaßmacher. Aber in ihrer Nähe schien er diese Rolle nicht zu spielen.

»Ich mag dich, Kenna Madigan. Und obwohl ich dir vielleicht manchmal nicht sofort antworten kann, weil ich in Besprechungen oder so bin, wirst du wissen, dass ich lächeln werde, wenn ich eine Nachricht von dir auf meinem Handy sehe. Ich werde immer gern von dir hören.«

Einen Moment lang starrte sie ihn an. »Ein anderer Grund?«, fragte sie. »Sollte ich mir Sorgen machen?«

»Das ist alles, was du aus dem, was ich gesagt habe, gehört hast?«, fragte er mit einem kleinen Lachen.

»Hey, ich habe gelernt, auf die kleinen Dinge zu achten. Sie sind normalerweise die wichtigsten.«

»Nein, du musst dir keine Sorgen machen.« Aleck sah auf die Uhr und sagte: »Wir kennen uns noch nicht einmal einen Tag und haben schon eine Menge Drama erlebt. Weitere Enthüllungen können wir uns für ein anderes Mal aufheben.«

»Na gut«, sagte Kenna. »Ich habe auch genügend Beziehungen gehabt. Viele Kerle waren nur auf der Suche nach regelmäßigem Sex. Oder sie dachten, sie mögen mich, bis sie mich richtig kennengelernt haben. Oder sie wollten, dass ich ... abhängiger von ihnen bin. Ich bin unabhängig, und das mag ich. Ich bin extrovertiert und ich mag es, neue Leute kennenzulernen. Ich mag meine Arbeit, wie du bereits weißt, und ich habe nicht vor, damit aufzuhören und Hausfrau zu werden, wenn ich Kinder habe. Nicht dass daran etwas falsch wäre, aber es ist nichts für mich. Hausfrau zu sein, nicht Kinder zu bekommen.«

»Du willst Kinder?«, platzte Aleck heraus.

Kenna zuckte die Achseln. »Sicher, irgendwann mal.«

Für den Bruchteil einer Sekunde konnte er das Bild von einer schwangeren Kenna nicht aus dem Kopf bekommen. Und das war noch verrückter als all die anderen verrückten Dinge an diesem Abend. Aber dennoch ...

»Marshall?«, fragte sie.

»Ja?«

»Bitte sei kein Psychopath.«

Er brach in Gelächter aus. »Bin ich nicht.«

»Versprochen?«

»Versprochen.«

»Auch wenn die Dinge zwischen uns nicht funktionieren, wirst du nicht ... komisch werden ... oder?«

»Wenn du mit komisch meinst, so wie Shawn heute Abend war, nein. Ich habe keine Lust darauf, einer Frau hinterherzulaufen, wenn es zwischen uns nicht klappt, schon gar nicht einer, die mich nicht will. Und selbst wenn ich mich wahnsinnig in dich verliebe, aber du meine Gefühle nicht erwiderst, verspreche ich dir, dass ich nicht ... komisch werde ... wenn du mit mir Schluss machst.«

Kenna nickte. »Okay.« Sie sah auf den Wagen hinter ihm, dann begegnete sie seinem Blick noch einmal. »Ich muss jetzt los und Carly nach Hause bringen.«

»Ja.«

Keiner von ihnen bewegte sich.

Aleck wollte sich vorbeugen und die faszinierende Frau vor ihm küssen, wusste aber, dass es zu früh war. Er begnügte sich damit, ihre Hand zu drücken. »Fahr vorsichtig. Wäre es anmaßend von mir, dich zu bitten, mir Bescheid zu geben, wenn du zu Hause bist?«

»Nein, wenn du dasselbe tust«, sagte Kenna.

»Abgemacht.« Seltsamerweise hatte ihn noch nie jemand gebeten, ihm Bescheid zu geben, wenn er wohlbehalten irgendwo ankam. Vielleicht lag es daran, dass er ein Mann war. Vielleicht lag es daran, dass er ein SEAL war. Aber er konnte nicht leugnen, dass es sich gut anfühlte.

Er zwang sich, ihre Hand loszulassen, und griff nach der Wagentür. Er öffnete sie und beugte sich vor, nachdem sie sich gesetzt hatte. »Passt auf euch auf, Ladies. Carly, ich bin froh, dass du in Ordnung bist. Und fürs Protokoll ... mit Jag wirst du *immer* hundertprozentig sicher sein. Er ist einer von den Guten.«

»Ich will nur nicht, dass er sich falsche Hoffnungen macht«, antwortete sie leise.

»Er wird sich nach dir richten«, versicherte Aleck ihr. Und das würde er. Das bedeutete nicht, dass er nicht alles in seiner Macht Stehende tun würde, um ihre Meinung zu ändern. Sein Teamkamerad hatte heute Abend auf jeden Fall den Blick nicht von Carly nehmen können. Sein Interesse an ihr war offensichtlich.

Es war gut gewesen, dass er Carly weggeführt hatte. Denn wenn Jag geblieben und sich mit Shawn angelegt hätte, wäre dieser nicht so glimpflich davongekommen, daran hatte Aleck keinen Zweifel.

»Danke, dass du uns zum Wagen gebracht hast«, sagte Kenna.

»Gern geschehen. Bis bald.«

Kenna nickte und einmal mehr musste sich Aleck zwingen, sich nicht vorzubeugen und sie zu küssen. Er schloss die Tür und steckte die Hände in die Hosentaschen. Er nickte den Frauen zu und ging zu den Aufzügen.

Scheiße, er war total verknallt.

Er hatte es erst bei Mustang erlebt, dann bei Midas. Und jetzt verhielt er sich genauso wie seine Freunde, nachdem sie Elodie und Lexie kennengelernt hatten. Aber anstatt darüber besorgt zu sein, war er zufrieden.

Es war kaum zu glauben, dass er vor vierundzwanzig Stunden nicht einmal gewusst hatte, dass Kenna existiert. Es fühlte sich an, als hätte sich sein gesamtes Leben verändert, seit er sie getroffen hatte. Das klang verrückt und das wusste er, aber es war ihm egal.

Vielleicht würden er und Kenna nicht miteinander auskommen. Sie müssten sich erst kennenlernen. Aber Aleck hatte das Gefühl, dass sich eine dauerhafte Beziehung daraus entwickeln könnte ... und das war hundertprozentig in Ordnung für ihn.

Lächelnd begrüßte er Jag mit einem Grinsen und sie gingen den Weg hinunter zu einem anderen Parkhaus, wo Aleck seinen Jeep abgestellt hatte. Beide schwiegen und waren in ihren Gedanken verloren. Die Dinge hatten sich an diesem Abend für beide verändert. Es gab viel zu verarbeiten.

# KAPITEL SECHS

Eine Woche war es her, seit Kenna Marshall das letzte Mal gesehen hatte. Ihr war fast schwindelig bei dem Gedanken, ihn später an diesem Morgen wiederzutreffen.

Obwohl sie sich nicht gesehen hatten, hatten sie sich jeden Tag unterhalten. Sie hatte ihm eine SMS geschickt, sobald sie von der Arbeit nach Hause gekommen war, und zehn Minuten später hatte sie eine Nachricht von ihm bekommen. Er hatte sie auch wissen lassen, dass er zu Hause war. Obwohl es schon spät war, hatten sie sich noch dreißig Minuten lang per SMS unterhalten, bevor sie schlafen gingen.

Als sie am nächsten Morgen aufgewacht war, hatte Marshall ihr bereits eine Guten-Morgen-Nachricht hinterlassen.

Sie hatte nicht übertrieben, sie mochte es, SMS zu schreiben, und verwendete dabei gern Emojis. Und bisher hatte er sich nicht darüber beschwert, wie oft sie ihm Nachrichten schickte. Kenna dachte an die Situation im Parkhaus zurück, als er zugegeben hatte, dass ihm der Gedanke gefiel,

SMS von ihr zu bekommen, weil es bedeutete, dass sie an ihn dachte.

Damit lag er nicht falsch.

Kenna musste die ganze Zeit an Marshall denken. Er faszinierte sie. Sie hatte beim Duke's viele Militärangehörige kennengelernt, aber etwas an Marshall und seinen Freunden schien anders zu sein – intensiver. Wahrscheinlich lag es daran, dass sie Navy SEALs waren, aber sie glaubte nicht, dass es der einzige Grund war.

Sie waren definitiv sehr beschützerisch. Sie erinnerte sich, wie schnell Mustang hinter ihr aufgetaucht war und sie von Shawn weggezogen hatte, wie schnell Jag Carly aus Shawns Griff befreit hatte und wie leicht Marshall und Midas ihn auf dem Boden fixiert hatten. Aber das war nicht alles.

Sie waren gute Männer. Kenna würde ihr Leben darauf verwetten. Sie konnte Menschen ziemlich gut einschätzen. In ihrer jahrelangen Tätigkeit als Kellnerin hatte sie gelernt, Gäste auf den ersten Blick einschätzen zu können. Sie erkannte sofort, welche Gäste Touristen waren, wer mit Trinkgeld wahrscheinlich geizig sein würde und welche Kunden lästig werden würden. Und sie lag selten falsch.

Marshall hätte sauer auf sie sein können, weil sie seine Trainingseinheit unterbrochen hatte. Er hätte sie anschreien und ihr sagen können, dass sie verschwinden soll. Bei ihrem ersten Treffen hätte er ebenfalls sauer werden können, weil er mit einer Verabredung gerechnet hatte, aber stattdessen musste sie arbeiten. Nach allem, was passiert war, hätte er mit ihr und Carly nichts mehr zu tun haben wollen, weil ihm das ganze Theater zu viel Drama war. Aber das schien nicht der Fall zu sein.

Carly wusste, dass Männer im Allgemeinen gut darin waren, ihre Macken vor anderen zu verbergen. Serienmörder trugen nicht gerade ein Schild um den Hals, das die

Leute vor ihnen warnte. Sie hatte genügend Krimis gesehen, um zu wissen, dass die meisten Leute, die mit Mördern Kontakt hatten, sagten, dass sie »normal aussahen«.

Auch wenn Marshall nicht perfekt war, war er mit Sicherheit der interessanteste Mann, den sie seit langer Zeit kennengelernt hatte. Und aus irgendeinem verrückten Grund schien er sie auch zu mögen. Nicht dass Kenna dachte, dass man sie nicht mögen könnte, aber ihr Liebesleben war in letzter Zeit ziemlich erbärmlich gewesen. Also war es schön – wirklich schön – zu sehen, wie sehr Marshall sie mochte.

Sie freute sich darauf, ihn heute in der Nähe das Navy-Stützpunktes zu treffen, wo er ihr eine Tour geben würde. Sie hatten nicht viel Zeit, da es Freitag war und sie später noch arbeiten musste, aber er hatte von seinem Kommandanten die Erlaubnis bekommen, ein paar Stunden freizunehmen.

Marshall hatte angeboten, in die Stadt zu kommen, um sie abzuholen und zum Stützpunkt zurückzubringen, aber sie hatte abgelehnt. Kenna mochte ihn, aber sie war noch nicht bereit, ihm zu zeigen, wo sie wohnte. Das wäre nicht klug, obwohl er erstaunlich zu sein schien und sie sich bei ihm sicher fühlte.

Ihr Telefon vibrierte und sie lächelte, als sie die SMS von Marshall sah.

*Marshall*: Ich freue mich auf heute. Es fühlt sich an, als wäre es einen Monat her, seit ich dich gesehen habe.

*Kenna*: Ich mich auch (und bitte sag mir, dass du deine Uniform trägst!). Und mir geht es genauso.

*Marshall*: Ich habe meine Trainingsuniform an. Nichts Besonderes.

•  •  •

Kenna verdrehte die Augen. Diese Kerle hatten keine Ahnung, wie sehr Frauen sich wünschten, einen Mann in Uniform zu sehen. Es gab keine Erklärung dafür, zumindest nicht für sie. Es war einfach so. Und sie konnte es kaum erwarten, Marshall in seiner zu sehen. Er sah schon heiß in Jeans und einem schwarzen T-Shirt aus, aber im Tarnanzug? Ihr würde das Herz stehen bleiben.

*Marshall:* Hat es dir die Sprache verschlagen?

*Kenna:* Ich versuche nur, nicht auf mein Handy zu sabbern, wenn ich mir dich in Uniform vorstelle. Besteht die Chance, dass ich dich eines Tages in deiner weißen Uniform sehen kann?

*Marshall:* Ich bin mir sicher, dass sich das arrangieren lässt. ;)

Scheiße, hatte er gerade das Augenzwinkern-Emoji benutzt? Kenna konnte nicht aufhören zu lächeln.

*Kenna:* Bist du dir sicher, dass du die Zeit hast, mich heute herumzuführen?

*Marshall:* Auf jeden Fall. Nur der Dritte Weltkrieg könnte mich von unserem Date heute abhalten.

*Kenna:* Also ist es ein Date?

*Marshall:* Ja.

Ein Wort. Kenna konnte den Nachdruck in seiner Antwort förmlich fühlen.

. . .

*Kenna*: Cool. Wir treffen uns also in einer Stunde auf dem Parkplatz am Pearl Harbor Denkmal?

*Marshall*: Ich kann dich immer noch abholen, wenn du willst.

*Kenna*: Das weiß ich zu schätzen, aber ... auch wenn wir während der letzten Woche viel geschrieben haben und ich dich sehr mag, fühle ich mich noch nicht wohl dabei, dir zu sagen, wo ich wohne. Tut mir leid.

*Marshall*: Das muss dir nicht leidtun. Ich fühle mich auch nicht wohl dabei, dir zu sagen, wo ich wohne.

Kenna war sich nicht sicher, ob er einen Witz machte oder nicht. Es war schwer, so etwas aus einer SMS zu entnehmen. Und da er kein lachendes Emoji benutzt hatte, um ihr bei der Deutung zu helfen, beschloss sie, es nicht zu hinterfragen.

*Kenna*: Du hast einen gelben Jeep, oder?

*Marshall*: Ja. Ich schreibe dir, wenn ich in der Nähe bin. Ich möchte nicht, dass andere Typen mit gelben Jeeps meiner Verabredung zuhupen.

Kenna schickte ein Emoji mit verdrehten Augen.

*Kenna*: Ich bin mir nicht sicher, ob du dir deswegen Sorgen machen musst.

*Marshall*: Ihr Verlust ist mein Gewinn. Ich muss jetzt Schluss machen. Wir sehen uns in einer Stunde. Fahr vorsichtig.

*Kenna*: Das werde ich. Bis später.

*Marshall*: Bis später.

Kenna lehnte sich auf ihrer Couch zurück und konnte sich ein Lächeln nicht verkneifen. Eines der Dinge, die sie an Marshall am meisten mochte, war, dass er sie zum Lachen brachte. Er machte sie einfach glücklich, was sich wirklich gut anfühlte.

Er hatte bewiesen, ein guter Zuhörer zu sein. Als sie nach einem besonders anstrengenden Abend mit Tischen voller Idioten nach Hause gekommen war, hatte sie ihm eine kurze SMS geschickt, dass sie müde war, und ihm eine gute Nacht gewünscht. Er hatte sofort zurückgeschrieben und gefragt, ob er sie anrufen könne.

Schließlich hatten sie eine Stunde lang geredet. Kenna hatte immer wieder über die frustrierenden Aspekte ihrer Arbeit gesprochen und darüber, wie dämlich sich manche Leute benahmen. Er hatte sie ausreden lassen und keine Witze darüber gemacht. Er hatte ihr zugehört. Dann hatte er einige seiner beschissensten Erfahrungen mit Leuten geteilt.

Dadurch fühlte sie sich ihm noch näher.

Aber die meiste Zeit, wenn sie sprachen oder SMS austauschten, waren sie locker und alberten herum. Er brachte sie zum Lächeln, so wie jetzt.

Kenna wusste, dass sie sich fertig machen musste. Sie legte ihr Handy zur Seite und stand auf. Sie machte sich ein Käsebrot und zog sich dann um. Sie hatte mit Marshall nicht darüber gesprochen, gemeinsam zu Mittag zu essen, vermutlich hatte er ohnehin keine Zeit. Sie wollte so viel vom Stützpunkt sehen, wie er ihr zeigen konnte. Sie konnte sich vielleicht an Privatstrände schleichen, aber ohne Eskorte oder Militärausweis war es nicht möglich, den

Navy-Stützpunkt zu betreten. Sie wollte schließlich nicht verhaftet werden.

---

Eine Stunde später stieg Kenna aus ihrem Chevrolet Malibu, als ein hellgelber Jeep hinter ihr anhielt. Marshall hatte ihr vor wenigen Minuten geschrieben, genau wie er es gesagt hatte. Das war eine weitere Sache, die sie an ihm schätzte; wenn er sagte, er würde etwas tun, dann tat er es auch.

»Hallo«, sagte sie, als sie aus ihrem Wagen stieg.

Obwohl sie erwartet hatte, dass er in seinem Wagen sitzen bleiben würde, als sie zu ihm kam, stieg Marshall aus, um sie zu begrüßen. Ihr blieb fast die Luft weg, als er zur Begrüßung mit seinen Lippen über ihre Wange strich.

»Hallo, du siehst super aus.«

Kenna hatte den Kuss nicht erwartet, aber es fühlte sich natürlich an. Er trat sofort zurück und drängte sie nicht weiter oder bereitete ihr Unbehagen. Sie hatte sich alle Mühe gegeben, heute gut auszusehen. Als er sie das erste Mal gesehen hatte, hatte sie Shorts und einen Sport-BH getragen und war halb nackt gewesen. Beim zweiten Mal trug sie ihre Arbeitskleidung – eine kurze Cargohose und ein Duke's T-Shirt. Heute hatte sie auf kurze Jeans und ein Hemd mit V-Ausschnitt gesetzt, das einen schönen Ausschnitt zeigte. Natürlich sehr geschmackvoll. Normalerweise trug sie Flipflops, wenn sie nicht bei der Arbeit oder Laufen war. Weil sie sich nicht sicher war, wie weit sie heute gehen würden, hatte sie sich heute aber für Turnschuhe entschieden. Ihr Haar trug sie offen, hatte aber ein Haargummi in ihrer Handtasche, um es zu einem Pferdeschwanz zusammenzubinden, falls es zu heiß werden würde.

Alles in allem war Kenna mit ihren Anstrengungen zufrieden und sehr erfreut, dass Marshall es bemerkt hatte.

»Danke«, sagte sie und strich sich eine Haarsträhne hinters Ohr, »du auch.« Und das tat er. Marshall hatte seine Navy-Tarnuniform an und sah genauso gut aus, wie sie es erwartet hatte. Sein dunkles Haar war ein bisschen zerzaust und er war glatt rasiert. Sie konnte sich nicht entscheiden, ob sie sein Gesicht lieber so glatt oder mit einem Dreitagebart mochte. Dann fragte sie sich, wie er mit einem richtigen Bart aussehen würde. Aber einem getrimmten, nicht lang und zottelig.

»Worüber denkst du so intensiv nach?«, fragte Marshall.

Kenna wusste, dass sie rot wurde. »Ähm ... ganz ehrlich?«

»Ja.«

»Ich habe versucht, mir vorzustellen, wie du mit Bart aussehen würdest.«

Marshall grinste, griff in seine Gesäßtasche und zog sein Handy heraus. Er tippte ein paarmal auf den Bildschirm, bevor er ihn ihr grinsend entgegenhielt.

Kenna nahm es in die Hand und warf einen Blick auf den Bildschirm. »Heilige Scheiße«, sagte sie leise. Sie betrachtete ein Bild von Marshall und seinen Teamkollegen. Sie waren in voller militärischer Ausrüstung, mit Helmen, kugelsicheren Westen und einer Tonne Zubehör an ihren Armen und Beinen und vor der Brust. Jeder hatte ein Gewehr in der Hand.

Aber was wirklich ihre Aufmerksamkeit erregte, war die Tatsache, dass alle einen Vollbart trugen.

»Wir waren schon eine ganze Weile auf Mission«, erklärte Marshall. »Wir hatten keine Zeit zum Rasieren, nicht dass es ganz oben auf unserer Prioritätenliste gestanden hätte. Als wir endlich wieder auf dem Stützpunkt waren, hat einer unserer Freunde das Bild gemacht.«

Kenna sah genauer hin. Er sah müde aus, aber sie konnte nicht leugnen, dass Marshall in voller Ausrüstung und mit Bart *heiß* aussah. Sie gab das Telefon zurück. »Ich mag den Bart, aber ich glaube, ich mag dich glatt rasiert lieber.«

»Ich mich auch«, stimmte er sofort zu. »Einen Bart zu haben erinnert mich ehrlich gesagt zu sehr an die Dinge, die ich während des Einsatzes gesehen und getan habe.«

»Das kann ich verstehen. Ich habe es noch nicht gesagt, aber danke für deinen Dienst an unserem Land. Für alles, was du getan hast.«

Marshall nickte und steckte sein Handy ein. »Bereit?«

»Jawohl.«

»Ich muss dich warnen«, sagte Marshall, als sie um seinen Jeep herumgingen. »Ich weiß nicht, ob diese Tour besonders aufregend sein wird.«

»Ich war noch nie auf einem Militärstützpunkt, also ist das in Ordnung.«

Er lächelte sie an, als er die Beifahrertür öffnete.

Kenna stieg ein und war überrascht, als Marshall ihr den Sicherheitsgurt reichte. Sie legte ihn an, als er ihre Tür schloss. Er ging herum und stieg auf der Fahrerseite ein.

»Du kannst schon mal deinen Ausweis herausholen. Du musst ihn vorzeigen, wenn wir durchs Tor fahren.«

Kenna kramte in ihrer Handtasche und holte ihren Ausweis heraus.

»Ich dachte, ich zeige dir zuerst den Pearl Harbor-Hickam Stützpunkt und dann fahren wir nach Ford Island. Ich möchte dir dort einen meiner Lieblingsorte zeigen.«

»Großartig«, antwortete Kenna. Sie hatte nicht wirklich viel darüber nachgedacht, was sie auf dem Stützpunkt tun würden, sie hatte sich einfach nur darauf gefreut, Marshall wiederzusehen und Zeit mit ihm zu verbringen.

Die Einfahrt durch das Tor war ereignislos, dann fuhr

Marshall sie herum. Zuerst durch eine der Wohnsiedlungen und sie war beeindruckt, wie sauber alles aussah.

»Wohnst du auf dem Stützpunkt?«, fragte sie.

»Nein.«

Sie wartete auf eine Erklärung, aber als er keine gab, fragte sie: »Weil du Single bist?«

»Nicht wirklich. Ich meine, ja, in diesen großen Häusern leben keine Junggesellen, die sind für Familien reserviert, aber ich lebe gern etwas abseits des Stützpunktes. Das gibt mir irgendwie das Gefühl, ein Leben zu haben.« Er lachte. »Das ist nicht gerade die beste Erklärung, tut mir leid.«

»Nein, das macht Sinn. Ich schätze, es wäre damit zu vergleichen, als würde ich im Outrigger Hotel direkt neben dem Duke's wohnen. Es würde sich anfühlen, als wäre ich den ganzen Tag bei der Arbeit.«

»Genau«, sagte Marshall mit einem kleinen Lächeln. »Also, wo wohnst du?«

Seine Frage war nicht gerade subtil, aber sie ließ sie durchgehen. »In einer kleinen Apartmentanlage nicht weit von Waikiki. Auf der anderen Seite des Ala Wai Canals. Aber es ist nahe genug, sodass ich zur Arbeit fahren kann, ohne die Schnellstraße nehmen zu müssen. Und bevor du zu aufgeregt wirst, das Gebäude hat nur zwei Etagen und nein, ich kann das Meer von meiner Wohnung aus nicht sehen.«

»Danach wollte ich gar nicht fragen«, sagte er.

»Das ist normalerweise das Erste, was die Leute wissen wollen. ›Du lebst in Hawaii? Kannst du von deiner Wohnung aus das Meer sehen?‹ Als hätte jeder, der hier lebt, einen perfekten Meeresblick.« Sie verdrehte die Augen. »Aber ich habe einen tollen Vermieter und meine Nachbarn sind ziemlich locker.«

»Das ist gut«, sagte Marshall.

Kenna fand es etwas seltsam, dass er das Thema fallen

ließ, aber er erinnerte sich wahrscheinlich daran, dass sie ihm nicht sagen wollte, wo genau sie wohnte. Was ihr jetzt albern erschien. Sie wünschte sich plötzlich, sie hätte sich von ihm abholen lassen, dann hätte sie mehr Zeit mit ihm gehabt.

Sie fuhren an einem Hundepark und einer Grundschule vorbei. Er zeigte ihr das Lebensmittelgeschäft und andere Einkaufsmöglichkeiten für die Soldaten. Im Grunde konnte man alles, was man brauchte, angefangen bei Snacks über Kleidung bis hin zu Werkzeugen, direkt hier auf dem Stützpunkt kaufen. Sie fuhren weiter und Marshall zeigte ihr das Gebäude, in dem er arbeitete. Er entschuldigte sich, dass er sie nicht mit auf eines der Schiffe im Hafen nehmen konnte, aber Kenna war allein von ihrem Anblick fasziniert.

»Der Stützpunkt ist nicht so groß, wie ich ihn mir vorgestellt hatte«, merkte sie an.

»Nun, die Navy braucht nicht so viel Platz wie die Armee«, erklärte Marshall. »Unser Spielplatz ist quasi draußen auf dem Meer.«

»Ja, das macht Sinn. Ihr habt ja keine Panzer, mit denen ihr herumfahren müsst.«

»Genau. Bist du bereit, nach Ford Island zu fahren?«

Kenna hatte keine Ahnung, wie der Stützpunkt aufgebaut war, und wusste nicht, was auf der Insel im Vergleich zu ihrem jetzigen Standort anders war, aber sie nickte trotzdem.

Marshall lächelte, als wüsste er, dass sie keine Ahnung hatte, aber er war ein Gentleman und kommentierte es nicht. Sie fuhren zurück durchs Tor, vorbei am Pearl-Harbor-Besuchercenter und auf eine Brücke. An einem weiteren Kontrollpunkt musste sie ihren Ausweis noch einmal vorzeigen, aber bald waren sie wieder unterwegs.

»Es fühlt sich an, als bekäme ich eine supergeheime Tour«, sagte Kenna.

Marshall lachte. »Es fühlt sich so an, aber ehrlich gesagt ist der Stützpunkt wie jede andere Nachbarschaft.«

Kenna war sich da nicht so sicher, aber sie sagte nichts dazu. Marshall fuhr durch ein anderes Wohngebiet, das kleiner war als das auf dem Hauptteil des Stützpunktes. Dann kamen sie an einem Hotel für Militärangehörige und einem weiteren Hundepark vorbei, bevor Marshall auf einen kleinen Parkplatz am Denkmal der USS Utah einbog. Er parkte und kam ihr hinter seinem Jeep entgegen. Er nahm ihre Hand und sie gingen den Weg über die Gedenkstätte entlang, der bis in den Hafen führte. Am Ende des Weges stand eine Gedenktafel, auf der beschrieben war, was auf dem Schiff während des Angriffs auf Pearl Harbor im Zweiten Weltkrieg passiert war. Im Wasser waren die Überreste des Schiffes zu sehen.

Außer ihnen war nur ein weiteres Paar da, aber bald nach der Ankunft von Marshall und Kenna gingen die beiden. Es war ruhig hier und Kenna nahm sich die Zeit, an die vierundfünfzig Männer zu denken, die ihr Leben verloren hatten und noch immer auf dem Schiff unter Wasser begraben waren. An diesem Ort zu sein ließ sie wirklich darüber nachdenken, was Marshall beruflich tat. Er war ein SEAL. Er saß nicht hinter einem Schreibtisch, sicher hier in Hawaii. Sie hatte keine Ahnung, wohin er geschickt wurde oder was er dort tat, aber es war ihr klar, dass er definitiv keinen sicheren Job hatte.

Sie trat näher, lehnte sich gegen ihn und legte ihren Kopf auf seinen Arm.

»Bist du okay?«, fragte Marshall leise.

Es schien angebracht zu sein, hier zu flüstern. Im Schatten dieses Schiffes, wo Matrosen wie Marshall ihr Leben verloren hatten.

»Ich habe in der Schule von dem Angriff auf Pearl Harbor gelernt«, sagte Kenna. »Und über den Holocaust und den Vietnamkrieg und andere Konflikte auf der ganzen Welt. Aber es waren immer nur Worte auf einer Seite in einem Buch. Fakten zum Auswendiglernen für einen Test. Hier zu stehen und dieses zerbombte Schiff zu sehen, ist so real. Und jetzt, wo ich dich kenne und weiß, was du tust, scheint es einfach ... persönlicher zu sein.«

»Es war nicht meine Absicht, dich durch diesen Ausflug traurig zu machen«, sagte Marshall.

»Ich weiß. Und ich bin nicht traurig ... nicht wirklich«, sagte Kenna und versuchte zu erklären, wie sie sich fühlte. »Wir haben uns erst vor einer Woche kennengelernt und ich bin mir noch nicht einmal sicher, ob wir wirklich eine Beziehung haben, aber wenn ich darüber lese, was hier passiert ist und wie viele Männer dabei gestorben sind, mache ich mir umso mehr Sorgen um dich.«

Marshall legte seinen Arm um ihre Schulter und zog sie an sich. »Die Umstände waren ganz anders«, sagte er zu ihr. »Pearl Harbour wurde ohne Vorankündigung angegriffen. Die Männer auf den Schiffen konnten nicht viel tun, um sich in Sicherheit zu bringen. Mein Team und ich lassen uns auf keine Situation ein, ohne vorher gründlich recherchiert zu haben.«

»Das heißt nicht, dass nicht trotzdem etwas schiefgehen kann«, protestierte Kenna.

»Da hast du recht, das heißt es nicht. Aber wir planen für jede Eventualität im Voraus, die wir uns vorstellen können. Und, ohne kleinreden zu wollen, wie gefährlich meine Arbeit ist, aber du könntest jeden Tag auch im Straßenverkehr getötet werden. Ich halte mein Leben nicht für selbstverständlich und bin so vorsichtig wie möglich, aber Scheiße passiert leider. Unfälle, Herzinfarkte, Blitzeinschläge, es gibt hundert verschiedene Möglichkeiten, wie du und ich auf offener Straße sterben könnten. Wahrscheinlich bin ich sogar sicherer, wenn ich mit meinem Team am anderen Ende der Welt Terroristen jage, als du, wenn du im Duke's arbeitest.«

»Da bin ich mir nicht so sicher, aber vielleicht hast du recht«, gab Kenna zurück.

»Ich weiß.«

Sie verdrehte die Augen und drehte sich um, damit sie Marshalls Blick begegnen konnte. »Entschuldige, dass ich die Stimmung vermiest habe.«

»Du hast die Stimmung nicht vermiest. Und um auf noch etwas einzugehen, das du angesprochen hast ... es ist in Ordnung, dass du dir über unsere Beziehung noch nicht sicher bist, aber wenn es nach mir geht, sind wir zusammen.«

Kenna drehte sich der Magen um. »Ach ja?«

»Ja«, sagte er mit einem Lächeln. »Ich kann meine Mittagspause schon kaum mehr erwarten, damit ich dich anrufen und deine Stimme hören kann. Ich schaue ständig auf mein Handy, um zu sehen, ob du mir eine Nachricht geschickt hast, und die anderen machen sich schon lustig über mich ... aber das ist mir egal. Ich denke nicht einmal daran zu schlafen, bis du mir eine SMS geschickt hast, um mir mitzuteilen, dass du nach der Arbeit wohlbehalten zu Hause angekommen bist.«

Kenna liebte alles, was er gerade gesagt hatte. »Ich bin noch nie mit einem Soldaten zusammen gewesen«, gab sie zu. »Und da wir gerade ehrlich miteinander sind, es macht mir Angst, dass du ein SEAL bist. Ich kann nicht mehr aufhören, darüber nachzudenken, wie gefährlich deine Arbeit ist.«

»Dagegen kann ich nicht viel tun, außer dir zu sagen, dass mein Team und ich kein Risiko eingehen. Vor allem jetzt, da Mustang verheiratet und Midas mit Lexie zusammen ist. Wenn wir auf Mission geschickt werden, werde ich dir nicht sagen können, wohin wir gehen oder wann wir wiederkommen. Ist das für dich ein Ausschlusskriterium?«

Kenna dachte für einen langen Moment darüber nach. Sie war sich der Gründe natürlich bewusst, warum er ihr nichts über seine Missionen erzählen dufte, aber emotional war es ein harter Brocken.

Aber dann dachte sie an die letzte Woche. Wie viel sie gelacht hatte, wenn sie mit Marshall gesprochen hatte. Wie besonders sie sich gefühlt hatte, obwohl sie einander nicht gesehen hatten. Wie schön es war, jemanden zu haben, der sich um ihr Wohlergehen sorgte und der sich zusammen mit ihr über ihre Arschlochgäste ärgerte.

Mit den Gefahren des täglichen Lebens hatte er ein gutes Argument vorgebracht. Es war offensichtlich, dass Marshall seine Arbeit mochte. Und sie konnte nur vermuten, dass er gut darin war. Darüber hinaus war sein SEAL-Team auf alles vorbereitet, wenn sie im Einsatz waren. Das bedeutete nicht, dass sie nicht erschossen oder von einem dieser Raketendinger in die Luft gejagt werden konnten ... aber sie musste ihm einfach vertrauen.

»Nein«, beantwortete sie seine Frage schließlich.

Marshall seufzte erleichtert. »Puh!« Pantomimisch wischte er sich den Schweiß von der Stirn. Dann wurde er ernst. »Sprich mit Elodie und Lexie«, sagte er. »Sie können dir erzählen, wie mein Team und ich arbeiten. Sie haben es selbst erlebt. Ich bin mir sicher, dass sie sich auch gern mit dir über ihre Gefühle zu unseren Einsätzen austauschen. Eines der wichtigsten Dinge für Partner von Soldaten ist es, gute Freunde zu haben. Jemanden, den sie anrufen können, wenn sie Angst haben oder sich Sorgen machen. Jemanden, der mitfühlen kann, wie sie sich fühlen und der für sie da ist, egal was passiert. Und ich kann dir versichern, dass Elodie und Lexie für dich da sein werden.«

Kenna starrte ihn an. »Du klingst, als wäre das eine superlangfristige Sache.«

»Ich hoffe, dass es das ist. Ich werde auch nicht jünger und der Gedanke, ständig mit anderen Frauen ausgehen zu müssen, bereitet mir Bauchschmerzen. Ich kann nicht in die Zukunft sehen. Ich weiß nicht, wo wir in einem Monat, einem Jahr, in zehn Jahren sein werden, aber ich sage dir eins – du bist für mich keine Affäre, Kenna.«

»Die meisten Leute würden wahrscheinlich einen Herzinfarkt bekommen, wenn jemand nach einer Woche über eine Langzeitbeziehung oder – Gott bewahre – das Heiraten spricht«, sagte Kenna.

»Ich bin nicht wie die meisten Männer«, sagte Marshall einfach. »Ich weiß, was wichtig ist – Familie, Freunde, Beziehungen. Nicht diese materielle Scheiße. Nicht der Beliebteste zu sein oder so viele Leute wie möglich zu treffen. Ich will, was meine Freunde haben. Ich möchte von einer Mission nach Hause kommen und wissen, dass die Frau, die ich liebe, auf mich wartet, und mir sicher sein, dass sie sich genauso darauf freut, mich wiederzusehen.«

»Marshall«, flüsterte Kenna, nicht sicher, was sie sagen sollte.

»Entschuldige, ich will dich nicht verunsichern. Aber ... ja, soweit es mich betrifft, sind wir in einer Beziehung. Wir werden es langsam angehen lassen und herausfinden, was passiert.«

»Okay.«

»Okay«, wiederholte er. »Bist du bereit weiterzugehen?«

Kenna blickte noch einmal zu dem rostigen Metallklumpen im Meer. Sie könnte Angst haben, eine Beziehung mit Marshall einzugehen. Sie könnte ihn wegstoßen, weil sie Angst hatte, er könnte verletzt werden, oder sie selbst könnte emotional verletzt werden ... aber sie hatte keine Angst. »Ja«, sagte sie leise.

»Gut, weil ich dir noch etwas Aufregendes zu zeigen habe – meinen Lieblingsplatz auf der Insel. Obwohl ich nach deiner Reaktion auf dieses Denkmal jetzt ein bisschen nervös bin.«

»Brauchst du nicht. Ich wusste nicht einmal, dass es dieses Denkmal gibt, und ich fühle mich geehrt, dass ich es sehen durfte«, sagte Kenna.

»Alles klar. Geht es dir sonst gut? Hast du Hunger? Ist es zu warm?«

»Mir geht es gut. Ich war mir nicht sicher, ob wir essen gehen würden, also habe ich ein Sandwich gegessen, bevor ich losgefahren bin.«

Marshall grinste.

»Was?«, fragte Kenna.

»Du bist einfach so ... erfrischend. Du hast Hunger, also isst du. Du planst im Voraus. Du gehst nicht einfach von irgendetwas aus. Ich sehe schon, dass ich mich schwer ins Zeug legen muss, wenn ich dich verwöhnen will.«

Kenna zuckte die Achseln. »Ich bin schon lange allein. Und glaub mir, du willst nicht in meiner Nähe sein, wenn ich Hunger habe. Dann verwandle ich mich in eine Furie.«

»Das glaube ich nicht«, sagte Marshall, legte eine Hand auf ihren Rücken und führte sie den Gehweg entlang in Richtung Parkplatz.

»Ich meine es ernst«, sagte sie.

»Notiert«, sagte Marshall. »Ich werde dafür sorgen, für alle Fälle immer einen Snack für dich dabeizuhaben.«

Kenna lächelte. »Ich habe normalerweise meine eigenen Snacks dabei«, informierte sie ihn.

»Richtig. Dann werde ich unsere Verabredungen in Zukunft besser planen und dich wissen lassen, ob wir essen gehen oder nicht.«

»Jetzt fühle ich mich schlecht«, sagte Kenna. »Ich werde

ja nicht gleich sterben, wenn ich nicht zu einer bestimmten Zeit esse.«

»Ich weiß«, sagte Marshall, als sie sich seinem Jeep näherten. »Da sind wir.«

Er öffnete ihr wieder die Tür und reichte ihr den Sicherheitsgurt, als sie sich hinsetzte. Als er selbst hinter dem Lenkrad saß, platzte es erneut aus ihr heraus: »Der andere Grund, warum ich Angst habe, ist, dass du so ... perfekt zu sein scheinst.«

Marshall lachte, als er vom Parkplatz fuhr. »Ich bin nicht perfekt, Kenna. Nicht einmal ansatzweise.«

»Du findest die richtigen Worte, hältst mir die Tür auf und hast mich kein einziges Mal verärgert. Das macht mich nervös.«

»Ich wurde so erzogen, meine Freundin so zu behandeln, als wäre sie der wichtigste Mensch auf Erden. Mein Vater hat dafür gesorgt, dass ich weiß, wie wichtig kleine Gesten in einer Beziehung sein können. Klar, große Gesten sind schön, aber es sind die alltäglichen Dinge, die den Unterschied machen. Die Tür für dich zu öffnen, dir den Sicherheitsgurt zu reichen, damit du dich nicht verrenken musst, deine Hand zu halten ... das ist ganz einfach. Ich bin mir sicher, dass ich dich früher oder später verärgern werde. Das ist unvermeidlich. Ich hoffe nur, dass die kleinen Dinge es ausgleichen werden.«

Kenna hatte das Gefühl, dass sie es tun würden.

»Was ist mit dir?«, fragt er.

»Was soll mit mir sein?«, fragte Kenna verwirrt.

»Aus meiner Sicht bist du es, die perfekt ist. Du bist ins Meer gesprungen, um mich zu retten, als du dachtest, ich würde ertrinken. Alle Angestellten des Duke's respektieren und mögen dich ganz offensichtlich. Du bist deinem Herzen gefolgt und nach Hawaii gezogen, auch wenn es wahrscheinlich beängstigend war. Du bist schön, lustig und irgendwie hast du es geschafft, dass ich SMS jetzt tatsächlich mag.«

Kenna lachte. »Guter Punkt. Aber ich bin auch nicht perfekt, Marshall.«

»Also keiner von uns ist perfekt und wir werden Dinge vermasseln, aber wir werden uns ein stabiles Fundament bauen, damit wir schwere Unwetter überstehen können, die früher oder später kommen werden«, sagte Marshall mit Bestimmtheit.

Wenn er es so ausdrückte, konnte Kenna nichts dagegen einwenden. Und erstaunlicherweise linderte es ihre Befürchtung, dass er ihr nur seine gute Seite zeigte und verschleiern wollte, wie er wirklich war. »Fürs Protokoll ... ich mag es, wenn du mir die Tür öffnest«, sagte Kenna.

Marshall zuckte die Achseln. »Manche Leute mögen das nicht. Sie denken, es ist erniedrigend, als würde ich glauben, sie könnten es nicht selbst.«

»Ich nicht. Es gefällt mir, wenn jemand höflich ist«, sagte Kenna. »Bei der Arbeit sehe ich ständig Leute, die sich entweder von ihrer besten oder schlechtesten Seite zeigen. Wenn mich also jemand respektvoll und zuvorkommend behandelt, nehme ich das zur Kenntnis.«

Marshall lächelte und Kenna wollte am liebsten die Zeit anhalten. Der Mann war wirklich wunderschön. Es war kaum zu glauben, dass sie hier mit ihm saß und dass er eine ernsthafte Beziehung mit ihr wollte.

Sie fuhren über die Insel und Marshall wies auf einige Dinge hin – ein Gefängnis, wo Gefangene der Navy festgehalten wurden, Kai Beach, den kleinen Sandstrand für die Anwohner der Insel, einige der Trainingszentren und das Pearl Harbor Aviation Museum. Sie fuhren am Mahnmal für das Schlachtschiff Missouri vorbei, aber anstatt anzuhalten, sagte er: »Wir können ein anderes Mal wiederkommen, damit du an Bord gehen kannst ... wenn du willst.«

»Das würde ich gern«, sagte Kenna sofort. Sie wollte sogar selbst ein paar Nachforschungen anstellen, bevor sie das taten. Sie fühlte sich erbärmlich, dass sie so wenig über die Geschichte ihres eigenen Landes wusste, und nahm an, dass es umso bewegender wäre, wenn sie die Geschichte um die USS Missouri kannte, wenn sie an Bord des Schiffes ging.

Marshall bog kurz vor dem Parkplatz für das Schlachtschiff in eine kleine Straße ein und fuhr dann nach rechts auf einen Schotterweg. Er stellte seinen Jeep am Straßenrand ab und stellte den Motor aus.

»Warst du schon einmal beim USS Arizona Mahnmal?«

»Ja, das war eines der ersten Dinge, die ich gemacht habe, als ich hierhergezogen bin«, sagte Kenna. »Es war sehr bewegend.«

»Und?«

Sie war sich nicht sicher, worauf er hinauswollte, beschloss aber, ehrlich zu sein. »Es war voll. Einer der Touristen hat sich auf der kurzen Bootsfahrt zu der Gedenkstätte übergeben. Die Leute waren laut und irgendwie unhöflich.«

Marshall nickte, als wäre er nicht überrascht. »Warte hier«, sagte er, als er aus dem Jeep ausstieg. Er ging herum, öffnete ihre Tür und streckte die Hand aus. Kenna nahm sie und ließ sich von ihm helfen. Aber anstatt loszulassen, verstärkte er seinen Griff und ging auf einen schmalen Pfad zwischen den Bäumen zu.

Kenna folgte ihm, ohne Fragen zu stellen. Sie nahm an, dass es vielleicht naiv war, sich von einem Mann, den sie erst seit einer Woche kannte, in ein Wäldchen führen zu lassen, aber sie vertraute Marshall.

Nachdem sie eine kurze Strecke zurückgelegt hatten, bog er von dem kleinen Pfad ab und ging durch ein paar Büsche. Der Boden war etwas schlammig und sie war froh,

SUSAN STOKER

dass sie Turnschuhe trug. Kenna senkte den Kopf und folgte Marshall wortlos.

Ungefähr zwanzig Sekunden später trat sie aus dem Unterholz auf einen felsigen Küstenstreifen. Die Flut umspülte sanft die Felsen und er deutete nach vorn. »Das ist mein Lieblingsblick auf das Mahnmal«, sagte er leise.

Kenna schaute auf und holte tief Luft. Das USS Arizona Mahnmal, zu dem sie bei ihrem Besuch mit einem Boot fahren musste, lag direkt vor ihnen. Sie betrachtete es jetzt von der anderen Seite. Sie konnte Vögel zwitschern und in der Ferne irgendwo Kinder auf einem Spielplatz hören.

»Hier, setz dich«, sagte Marshall und deutete auf einen großen flachen Felsbrocken am Ufer.

Ohne den Blick von der Gedenkstätte abzuwenden, setzte Kenna sich. Es war mehr als offensichtlich, dass Marshall schon einmal hier gewesen war. Er setzte sich neben sie auf den Felsen und sie lehnte sich an ihn. Sie redeten nicht, sondern genossen nur den Ausblick.

Nach einer Weile sagte Marshall: »Ich komme manchmal hierher, wenn ich von der Navy frustriert bin. Wenn es sich so anfühlt, als mache das, was ich tue, keinen Unterschied. Dann schaue ich mir dieses Denkmal an und erinnere mich daran, dass meine Arbeit wichtig ist. Wenn wir einen Feind ausschalten können, der nach Amerika kommen will, um zu versuchen, so viele Menschen wie möglich zu töten, dann ist das, was ich tue, es wert. Wenn mein Team und ich einen Terroristenanführer ausschalten können, der einen Anschlag geplant hat, wie den, der hier neunzehnhunderteinundvierzig stattgefunden hat, ist es die ganze Angst und Mühe wert. Ich bin nur ein Mann, aber jeder Einzelne von denen, die vor all den Jahren auf diesem Schiff gestorben sind, war auch nur ein Mann. Sie hatten Familien, die sie geliebt haben, Zweifel und sie alle dienten mitten in einem Krieg ihrem Vaterland. Ich respektiere sie, und hier zu sein hilft mir dabei, mich zu erden.«

Kenna drückte seine Hand fester. »Ich bin stolz auf dich«, sagte sie leise zu ihm. »Genau wie ich stolz auf die Männer unter diesen Wellen bin, von denen ich nichts gewusst habe. Sie hatten Familien, die sich Sorgen um sie gemacht haben. Sie waren besorgt, was der Krieg für sie bedeuten würde. Obwohl ich das Gefühl habe, dass ich mich nie wohl dabei fühlen werde, wenn du auf eine Mission gehst, bedeutet das nicht, dass ich nicht stolz auf dich bin.«

Marshall nickte.

Für eine Weile saßen sie auf dem Felsen und hörten dem Plätschern der Wellen zu, die ans Ufer schlugen.

»Bist du bereit zu gehen?«, fragte Marshall.

Das war sie nicht, aber Kenna nickte trotzdem. Er musste wieder zur Arbeit und konnte nicht den ganzen Tag mit ihr hier draußen sitzen. »Danke, dass du mich hierher mitgenommen hast.«

»Jederzeit. Das meine ich ernst. Wenn du eine Pause brauchst, lass es mich wissen und ich bringe dich hierher, damit du mit meinen Homies abhängen kannst, solange du willst.«

Kenna lachte. »Mit deinen Homies? Wer redet denn so?«

»Niemand, aber es hat dich zum Lächeln gebracht«, sagte Marshall.

»Das hat es.«

Er stand auf und zog sie neben sich hoch. Der Boden musste uneben sein, denn er erschien ihr noch größer als gewöhnlich. Mit einem intensiven Gesichtsausdruck sah er auf sie herab.

»Was?«, flüsterte Kenna.

»Ich möchte dich küssen, aber ich weiß nicht, ob es zu früh wäre.«

»Es ist nicht zu früh«, ermutigte sie ihn.

Sie sah, wie sich seine Lippen nach oben bewegten, bevor er den Kopf senkte. Kenna stellte sich auf die Zehenspitzen, um ihm entgegenzukommen.

In der Sekunde, in der ihre Lippen sich trafen, zuckte sie zusammen, als hätte sie einen Schlag bekommen, aber sie zog sich nicht zurück.

Gott, dieser Mann war tödlich.

Er neigte den Kopf und legte seine Hände hinter ihren Nacken. Er packte sie nicht oder zwang ihren Kopf in die eine oder andere Richtung. Seine große Handfläche ruhte einfach auf ihrer Haut. Gänsehaut zog über ihre Arme, als er sie langsam und zärtlich küsste. Mit dem Mund nippte er an ihrem und als sie dachte, sie würde verrückt werden, leckte er mit seiner Zunge über ihre Lippen.

Sie öffnete sie bereitwillig. Auch dann wurde er nicht aggressiv. Langsam strich er mit seiner Zunge um ihre und sie erforschten, was ihnen gefiel. Um ehrlich zu sein, mochte Kenna *alles* an diesem Mann. Er schob seine Zunge in ihren Mund und ließ sie die Kontrolle über den Kuss übernehmen.

Es fühlte sich an, als würde sie aufgrund Sauerstoffmangels gleich ohnmächtig werden, doch dann zog Marshall sich schließlich zurück. Seine Hand ruhte weiter auf ihrem Nacken. Er starrte auf sie herab, als wäre sie ein Fabelwesen. »Ich hätte nicht gedacht, dass dieser Ort noch spezieller für mich werden könnte«, sagte er, »aber ich habe mich geirrt.«

Scheiße, wollte er sie umbringen? Anstatt zu antworten, legte Kenna ihre Wange an seine Brust und lehnte sich gegen ihn. Er legte sofort seine Arme um sie und hielt sie fest. Die Umarmung fühlte sich unglaublich an.

Sie fühlte förmlich, wie er seufzte, kurz bevor er sich zurückzog. »Du hast keine Ahnung, wie sehr ich es hasse, das sagen zu müssen, aber ich muss los.«

»Ich weiß«, sagte sie. »Wie kommt es, dass die Zeit zu rennen scheint, wenn etwas Erstaunliches geschieht? Aber wenn etwas besonders beschissen ist, scheint sie nicht zu vergehen.«

Marshall lachte leise. »Ja, ich weiß genau, was du meinst. Manchmal fühlt es sich so an, als dauerten unsere Missionen wochenlang, obwohl es in Wirklichkeit nur ein paar Tage sind. Und wenn ich Urlaub habe, vergeht die Zeit natürlich wie im Flug.«

Kenna lächelte. »Dasselbe gilt für schlechte Schichten bei der Arbeit. Wenn ich unausstehliche Gäste habe, scheinen sie den ganzen Abend an ihrem Tisch sitzen zu bleiben. Und wenn ich nette, freundliche Gäste habe, scheint es, als würden sie nach dem Essen sofort davonlaufen.«

Sie lächelten sich einen Moment lang zu.

»Im Ernst, danke, dass du mir deinen besonderen Platz gezeigt hast«, sagte Kenna.

»Gern geschehen«, sagte Marshall. Dann beugte er sich hinunter und küsste sie auf die Stirn, bevor er ihre Hand nahm und sie zurück durch die Büsche und über den Weg zu seinem Jeep gingen.

Die Zeit war viel zu schnell vergangen. Sie saß wieder auf dem Beifahrersitz und sie steuerten auf die Brücke zu. Um die Stimmung aufzuhellen, fragte sie: »Siehst du Elodie und Lexie oft?«

»Oft genug. Warum?«, fragte Marshall.

»Ich wollte nur, dass du ihnen erzählst, dass unsere Gäste immer noch über die mysteriöse Kellnerin sprechen, die Verbindungen zum *Jurassic Park* Produzenten hat. Ich glaube, Paulo und Kaleen halten das Gerücht in jeder ihrer Schichten am Laufen. Aber es war wirklich erstaunlich, wie viele Leute sich während der letzten Woche außerordentlich nett verhalten haben.«

»Ich werde sie wissen lassen, dass ihr Plan ein Erfolg war und ist. Obwohl ich mir sicher bin, dass sie das lieber von *dir* als von mir hören würden. Ich kann dir ihre Nummern geben.«

»Das wäre seltsam«, wandte Kenna ein.

»Nein, wäre es nicht«, konterte Marshall. »Glaub mir, sie würden gern von dir hören.«

Kenna war sich nicht sicher, ob sie Leuten schreiben sollte, die sie nicht wirklich kannte, aber andererseits hatte sie die beiden Frauen wirklich gemocht und hätte nichts dagegen, sie besser kennenzulernen. Außerdem würden sie sich wahrscheinlich öfter sehen, wenn sie und Marshall wirklich ein Paar werden sollten. »Okay, ich hätte gern ihre Nummern.«

»Großartig.«

Viel zu schnell hatten sie den Parkplatz erreicht, wo ihr Wagen stand. Marshall hielt dahinter an, ließ seinen Jeep laufen und stieg aus. Kenna rutschte vom Sitz und traf sich hinter dem Wagen mit ihm. Sie gingen auf ihren Chevrolet Malibu zu und nachdem sie die Türen entriegelt und ihre Handtasche auf den Sitz gestellt hatte, drehte sie sich zu ihm um. »Ich hatte sehr viel Spaß heute.«

»Ich auch.«

»Da du mich heute herumgeführt hast, möchtest du mich am Sonntag begleiten, um einen neuen Privatstrand auszukundschaften?«, platzte Kenna heraus. Sie hatte überlegt, wie sie ihn nach einer Verabredung fragen sollte, war aber nervös gewesen, was ihr jetzt albern vorkam.

»Ja«, antwortete er kurz und bündig. »Du arbeitest heute Abend, richtig?«

»Ja.«

»Wie geht es Carly?«

Kenna war nicht überrascht, dass er nach ihrer Freundin fragte. »Sie ist in Ordnung. Sie ist nervös, seit Shawn die einstweilige Verfügung zugestellt wurde, aber sie hat ihn seither nicht mehr gesehen.«

»Gut, glaubst du, er wird noch einmal ins Duke's kommen?«, fragte Marshall.

»Das bezweifle ich«, sagte Kenna ehrlich. »Ich meine, er darf sich ihr nicht mehr als auf einhundertfünfzig Meter nähern und es würde zu viele Zeugen geben, wenn er dort auftauchen sollte. Er wäre eher der Typ, der versucht, sie in ihrer Wohnung zu erwischen oder so.«

Marshall runzelte die Stirn.

»Keine Sorge, einer der Männer von der Arbeit bringt sie jeden Abend nach Hause. Und obwohl du das wahrscheinlich weißt, ruft dein Freund Jag sie jeden Abend an und bleibt am Telefon, bis sie in ihrer Wohnung ist.«

»Tut er das?«, fragte Marshall.

»Das wusstest du nicht?«

»Er hat nichts davon erzählt.«

»Nun, er tut es und sie gibt es vielleicht nicht zu, aber ich glaube, es ist eine Erleichterung für sie. Jedenfalls geht es ihr gut.«

Marshall nickte. »Nun, wenn du dieses Arschloch zufällig siehst, zögere nicht, die Polizei zu rufen, und sie wird seinen Arsch ins Gefängnis verfrachten.«

»Werde ich.«

»Melde dich, wenn du nach Hause kommst«, sagte Marshall.

Kenna lächelte und nickte.

Marshall streckte die Hand aus und strich über ihr Haar. »Fürs Protokoll, ich würde dich gern noch einmal küssen, aber da ich in Uniform bin und wir uns an einem öffentlichen Ort aufhalten, ist das wahrscheinlich keine gute Idee.«

»Zuneigungsbekundungen in der Öffentlichkeit sind in Uniform nicht erlaubt?«, fragte Kenna stirnrunzelnd.

»Nein, das ist es nicht. Aber deine Lippen machen

süchtig und ich könnte wahrscheinlich nicht mehr aufhören.«

Kenna lächelte. »Oh.«

»Also, kann ich dich am Sonntag abholen oder wollen wir uns irgendwo treffen?«

»Wenn es dir nicht zu viel Mühe macht, kannst du mich gern abholen«, sagte sie etwas schüchtern. Es war für sie ein großer Schritt in ihrer Beziehung, ihm ihre Adresse zu geben, ob ihm das nun bewusst war oder nicht. Aber sie hätte wissen müssen, dass er es bemerken würde.

»Ich schwöre dir, dass du es nicht bereuen wirst«, sagte er und strich sanft mit seinem Daumen über ihre Wange.

»Ist elf Uhr in Ordnung?«, fragte sie, nicht sicher, was sie sonst sagen sollte.

»Perfekt. Soll ich etwas zum Mittagessen mitbringen?«

Kenna hatte gar nicht ans Essen gedacht, aber es wäre eine gute Idee, wenn sie den ganzen Tag am Strand rumhängen würden – vorausgesetzt sie würden nicht rausgeschmissen werden. »Das wäre großartig.«

»Gibt es etwas, das du nicht magst?«, fragte Marshall.

»Nicht wirklich. Ich meine, der Strand ist nicht wirklich der richtige Ort für Dinge wie Meeresfrüchte, aber im Allgemeinen esse ich alles.«

»Okay, ich werde mir etwas Leichtes einfallen lassen, das bei der Hitze nicht verdirbt. Kenna?«

»Ja?«

Marshall schüttelte den Kopf, als hätte er es sich anders überlegt und wollte die Frage, die ihm gerade durch den Kopf gegangen war, lieber nicht stellen.

»Was, Marshall?«, fragte Kenna.

»Ich wollte dir nur sagen, wie sehr ich mich auf das Wochenende freue.«

Sie lächelte ihn an. »Ich mich auch«, sagte sie leise. »Ich

weiß nicht, was es mit dir auf sich hat, aber es fühlt sich an, als würde ich dich schon ewig kennen.«

»Mir geht es genauso«, stimmte er zu. »Fahr vorsichtig und vergiss nicht, mir zu schreiben, wenn du nach Hause kommst, damit ich weiß, dass du gut angekommen bist.«

Kenna nickte und trat dann auf ihn zu. Sie stellte sich auf die Zehenspitzen und küsste ihn leicht und kurz. »Ich hatte heute einen sehr schönen Tag. Vielen Dank.«

»Ich bin nur froh, dass wir am Wochenende mehr Zeit haben werden«, sagte er.

»Ich auch.«

Marshall trat langsam von ihr zurück, als wollte er nicht gehen. Kenna kannte das Gefühl genau. Sie stand neben ihrem Wagen, bis er wieder in seinem Jeep war. Erst dann stieg sie selbst ein. Sie folgte ihm vom Parkplatz und winkte, als er nach links und sie nach rechts abbog.

Nachdem sie zu Hause eingetroffen und Marshall eine SMS geschickt hatte, um ihm mitzuteilen, dass sie ohne Zwischenfälle angekommen war, stand sie mit einem albernen Grinsen mitten in ihrer Wohnung. Es hatte etwas ... Beruhigendes ... mit Marshall zusammen zu sein. Sie kümmerte sich nicht darum, wo sie waren oder was sie taten, sie hatte einfach das Gefühl, dass er sich um alle Details kümmern würde. Er würde dafür sorgen, dass es ihr gut ging.

Hatte sie sich jemals mit einem anderen Mann so gefühlt?

Sie glaubte nicht.

Als Kenna auf die Uhr sah, stellte sie fest, dass sie noch ein paar Stunden Zeit hatte, bevor sie zur Arbeit musste. Sie beschloss, die Zeit damit zu verbringen, im Internet zu surfen und den perfekten Strand für das Wochenende zu finden. Es musste ein Ort mit den besten Bewertungen sein, der aber nicht allzu schwer zu erreichen war. Sie wollte nicht, dass Marshall den ganzen Weg bis zur Nordküste fahren müsste. Die Fahrt zur Ostküste könnte auch eine Weile dauern. Also beschloss sie, sich auf Strände auf der Westseite in der Nähe des Navy-Stützpunktes zu konzentrieren. Sie hasste den Gedanken, dass er bis nach Waikiki fahren müsste, um sie abzuholen, nur um den gleichen Weg dann wieder zurückzufahren. Aber hoffentlich würde sie einen Strand finden, der den Aufwand wert sein würde.

Marshall hatte angeboten, sie abzuholen, was äußerst rücksichtsvoll war. Vor allem, wenn man bedachte, dass es so früh in ihrer Beziehung war. An Marshall gefiel ihr besonders seine Bodenständigkeit. Als SEAL verdiente er wahrscheinlich mehr Geld als durchschnittliche Seemänner, aber vielleicht auch nicht. Sie hatte keine Ahnung. Vielleicht hatte er nicht darüber gesprochen, wo er wohnte, weil es ihm peinlich war. Nachdem er ihre nicht besonders aufregende Wohnung gesehen hätte, würde er sich hoffentlich ein wenig entspannen. Anders als sein etwas versnobter Kommentar am ersten Abend vermuten ließ, schien er viel mehr so wie sie zu sein ... Mittelklasse, genügend Geld für die wichtigen Dinge im Leben, aber nicht viel mehr.

Lächelnd setzte sich Kenna auf ihre Couch und schaltete ihren Laptop ein. Sie erinnerte sich, dass sie bei einer ihrer letzten Suchen einen Privatstrand gesehen hatte, der perfekt sein könnte. Die Eigentumswohnungen in Coral Springs sahen edel und vornehm aus und der Strand war ein Traum. Sie glaubte, dass sie sich mit Marshall an ihrer Seite einfach hineinschleichen könnte. Als Paar könnten sie sich unter die Anwohner mischen und es würde so aussehen, als gehörten sie dazu. Sonntag konnte nicht früh genug kommen.

# KAPITEL SIEBEN

Aleck lächelte, als er auf sein Handy sah, und steckte es dann wieder in seine Tasche.

»Lass mich raten, das war Kenna«, sagte Midas mit einem Lächeln.

Aleck zuckte die Achseln und nickte.

»Es läuft gut zwischen euch«, merkte Mustang an. Es war keine Frage.

»Ja, sie ist großartig«, sagte Aleck.

»Das freut mich für dich, Bruder«, sagte Pid.

Sie hatten gerade eine kurze Pause von den intensiven Besprechungen, an denen sie den ganzen Morgen teilgenommen hatten. Im Iran wurde ein Amerikaner inhaftiert, weil er vermeintlich gegen ein Gesetz verstoßen hatte. Es hatte Gespräche über seine Freilassung gegeben, die aber gescheitert waren. Jetzt wurden andere Alternativen diskutiert, unter anderem der Einsatz einer Spezialeinheit, um den Mann zu befreien. Aber so ein Einsatz im Iran, ohne Zustimmung der Regierung, wäre sehr riskant. Das SEAL-Team durfte auf keinen Fall entdeckt und selbst eingesperrt werden.

»Danke«, sagte Aleck zu seinen Freunden, »aber ich könnte einen Rat gebrauchen.« Er zögerte nicht, seine Teamkameraden nach ihrer Meinung zu fragen. Mustang und Midas hatten selbst Frauen und konnten ihm ihre Sicht der Dinge aufzeigen. Und die anderen wären auch immer bereit, ihm ihre Meinung zu sagen.

»Schieß los«, sagte Pid.

»Was ist los?«, fragte Midas.

Die anderen nickten ihm ebenfalls zu und ließen ihn wissen, dass sie helfen würden, so gut sie konnten.

»Ihr wisst noch, wie ich es am ersten Abend im Duke's fast vermasselt hätte?«, fragte Aleck.

»Du meinst, als du ihr im Grunde gesagt hast, dass du ihre Arbeit nicht gutheißt?«, antwortete Slate.

Aleck seufzte. »Das habe ich so nicht gesagt«, grummelte er. »Und glaub mir, ich hatte definitiv Zeit, darüber nachzudenken. Kenna liebt ihre Arbeit und sie ist gut darin. Wenn nur jeder eine Arbeit haben könnte, die ihm Spaß macht.« Aleck freute sich wirklich für Kenna. Sie lebte an dem Ort, den sie liebte, und hatte einen Job, der perfekt zu ihrer extrovertierten Persönlichkeit passte. Wen kümmerte es also, dass sie nicht so viel Geld verdiente? Wenn die Dinge so liefen, wie er zu hoffen begann, würde sie es nicht brauchen. Denn er hatte genug für sie beide.

»Erzähl weiter«, drängte Mustang.

»Also, ich glaube, sie hat den Eindruck, dass ich als Matrose nicht so viel Geld verdiene, womit sie normalerweise recht hätte. Aber bei unserem Rang und mit der Risikozulage, ganz zu schweigen von Wohngeld und Lebenskostenzulage, würde ich auch ohne meinen Treuhandfonds gut zurechtkommen«, sagte Aleck.

»Und jetzt fragst du dich, wie und ob du ihr sagen sollst, dass du reich bist«, sagte Jag.

DIE SUCHE NACH KENNA

Aleck nickte. »Ja, und dass ich in einem verdammten Penthouse in Coral Springs lebe. Ich möchte nicht, dass sie sich komisch vorkommt, weil ich viel Geld habe und sie nicht. Aber je länger ich es vor ihr verberge, umso schwieriger wird es herauszufinden, wie ich es ihr am besten mitteile.«

»Sag es ihr einfach«, schlug Slate vor.

Aleck war nicht gerade überrascht über den Vorschlag seines Freundes. Er war nicht der Typ dafür, die Dinge komplizierter zu machen, als sie waren.

»Nein Mann, damit kann man nicht einfach herausplatzen. Er muss mit Feingefühl vorgehen«, sagte Mustang.

»Da stimme ich zu«, sagte Midas mit einem Nicken.

»Aber wie?«, fragte Pid. »Das ist nicht etwas, das man in einem lockeren Gespräch einfach fallen lässt. Er kann nicht einfach sagen: ›Ach, ich wohne übrigens in einem Penthouse‹, und glauben, damit wäre das erledigt.«

»Warum nicht?«, hakte Slate nach. »Es stimmt doch.«

»Darum!«, rief Pid aus.

»Wird sie durchdrehen, weil er kein verarmter Soldat ist? Nur wenn sie verrückt ist«, sagte Slate achselzuckend.

»Sie ist nicht verrückt«, entgegnete Aleck kopfschüttelnd.

»Ich stimme zu, dass es eine größere Sache wird, je länger du damit wartest, es ihr zu erzählen«, sagte Midas. »Aber ich denke, du musst eine geeignete Art finden, es ihr zu sagen, ohne dass es sich anhört, als würdest du damit prahlen oder so.«

»Du weißt, dass ich nie mit Geld prahle«, sagte Aleck etwas genervt.

»Ich weiß es und ich behaupte auch nicht, dass du es tust, aber Kenna kennt dich noch nicht so gut«, erwiderte Midas.

»Also, hat jemand eine Idee?«, fragte Aleck.

Niemand sagte etwas.

»Scheiße«, murmelte er.

Seine Freunde sahen ihn entschuldigend an. Aleck musste es selbst herausfinden. Es war nicht so, als hätte er Kenna gesagt, dass er kaum auskommen würde, und sie hatte ihn einen Snob genannt, also wäre sie vielleicht gar nicht überrascht. Er mochte es jedenfalls nicht, ein so großes Detail in seinem Leben geheim zu halten, auch wenn es keinen Unterschied machte, wie er für sie empfand.

Aleck war mit Frauen ausgegangen, die keinen Hehl daraus gemacht hatten, wie begeistert sie waren, dass er es sich leisten konnte, ihnen Geschenke zu machen und sie die ganze Zeit einzuladen. Zunächst hatte es ihn nicht gestört. Aber je älter er wurde, desto mehr wollte er eine Frau finden, die auf *ihn* stand und nicht nur an dem interessiert war, was er ihr geben konnte. Und je mehr er mit Kenna sprach und Zeit mit ihr verbrachte, desto sicherer war er sich, dass sie nicht so war.

Also musste er seine Bedenken herunterschlucken und es ihr einfach sagen.

»Wie geht es ihrer Freundin Carly?«, fragte Pid.

»Gut, soweit ich weiß«, antwortete Aleck.

Zur gleichen Zeit sagte Jag: »Gut.«

Alle drehten sich um und starrten ihn an.

»Du hast mit ihr gesprochen?«, fragte Mustang.

Jag zuckte mit den Schultern. »Das ist keine große Sache, aber ja. Wir schreiben ab und zu. Und sie ruft mich manchmal an, wenn sie auf dem Weg zu ihrer Wohnung ist, aus Sicherheitsgründen versteht sich.«

Alle grinsten.

»Im Ernst, sie ist im Moment hundertprozentig nicht an einer Verabredung interessiert. Wir sind einfach Freunde. Ich möchte nur sichergehen, dass dieses Arschloch von Ex-

Freund die Verfügung befolgt und sie nicht belästigt«, sagte Jag.

»Und tut er das?«, hakte Slate nach.

»Bis jetzt ja, aber es sind erst ein paar Tage und wir wissen alle, dass Arschlöcher sich nicht einfach so in ihr Loch verziehen.«

Aleck nickte. Das stimmte. Er machte sich auch Sorgen um Kenna, da sie sich ebenfalls mit Shawn angelegt hatte. Er war definitiv nicht glücklich darüber.

»Oh, hey, wenn ihr übernächste Woche nicht zu sehr beschäftigt seid, könnte Lexie etwas Hilfe beim Umzug in die neue Food For All Niederlassung gebrauchen«, sagte Midas.

»Ist es endlich so weit?«, fragte Pid.

»Ja, an dem neuen Standort gibt es nicht viele Möbel, aber ihre Chefin Natalie erlaubt ihr, ein paar Sachen vom Standort in der Innenstadt mitzunehmen.«

»Brauchen sie eine Spende, um weitere Dinge anzuschaffen?«, fragte Aleck. Es spielte keine Rolle, wie die Antwort auf seine Frage lautete ... er hatte bereits vor, dafür zu sorgen, dass Lexie für ihren neuen Standort in Barber's Point alles hatte, was sie brauchte, um erfolgreich zu sein. Es war näher an Midas' Haus und würde den Bewohnern in dieser Gegend wirklich helfen. Bis in die Innenstadt von Honolulu zu fahren kam für die bedürftigen Familien dort definitiv nicht infrage.

»Das würde der Organisation sicher helfen«, sagte Midas diplomatisch.

Aleck nickte.

»Elodie freut sich sehr, dass sie mit ihr arbeiten kann«, warf Mustang ein. »Sie hat alle möglichen Rezepte für gesunde Snacks recherchiert. Sie spricht auch darüber, dass sie eventuell Abendessen anbieten wollen. Sie hat mir erzählt, dass Lexie nach Freiwilligen sucht, die die Mahlzeiten zu den Leuten nach Hause liefern, die es nicht bis ins Stadtzentrum schaffen.«

»Lexie hat mir auch davon erzählt«, sagte Midas. »Ich glaube, Ashlyn ist daran interessiert zu helfen. Vielleicht will sie sogar die Leitung für diesen Teil des Programms übernehmen«, knurrte Slate.

Alle sahen zu ihrem Freund hinüber.

»Das gefällt dir nicht?«, fragte Midas.

Slate zuckte mit den Schultern. »Ich denke nur, dass es für eine Frau nicht sicher ist, zu Fremden nach Hause zu fahren.«

»Da stimme ich zu«, sagte Pid.

»Ich auch«, fügte Midas hinzu. »Aber niemand hat gesagt, dass sie allein sein muss. Und wenn ich eine Sache über Ashlyn gelernt habe, dann, dass sie sich von niemandem sagen lässt, was sie tun oder lassen kann. Das würde sie nur noch entschlossener machen, der Person das Gegenteil zu beweisen.«

Aleck hörte den warnenden Tonfall in der Stimme seines Teamkameraden und fragte sich, ob es an Slate gerichtet war. Er wollte gerade den Mund öffnen, um einen sarkastischen Kommentar abzugeben, als ihre Unterhaltung von einer tiefen Stimme hinter ihnen unterbrochen wurde.

»Ah ja, der smarte Aleck dreht durch und klopft sich selbst noch auf die Schulter.«

Aleck seufzte und wusste genau, wer hinter ihm im Flur stand. Er drehte sich um und sah dem Matrosen ins Gesicht, der ihn seit seiner Ankunft auf dem Stützpunkt nervte.

Kylo Braun.

»Wovon zur Hölle redest du?«, fragte Pid den anderen Mann.

»Ich gratuliere nur dem großen, bösen SEAL, dass er einen wehrlosen Zivilisten angegriffen und für Aufruhr gesorgt hat«, sagte Braun.

Aleck verschränkte die Arme vor der Brust und starrte den anderen Mann an. Kylo mochte ihn schon seit ihrem ersten Aufeinandertreffen nicht. Sie hatten alle gemeinsam an einem Lauf teilgenommen und ein kleines Mädchen hatte nicht aufgepasst und war direkt vor einen herannahenden Geländewagen auf die Straße gelaufen, der viel zu schnell fuhr.

Braun hatte geschrien: »Pass auf!«

Aleck hatte gehandelt. Er hatte das Kind gerade noch rechtzeitig erreicht, war auf die Kleine zugesprungen und hatte sie mit wenigen Zentimetern Abstand von dem herannahenden Fahrzeug aus dem Weg gerissen. Er hatte sich einen großen Teil seiner Haut aufgeschürft ... und war vom Kommandanten des Stützpunktes belobigt worden.

Aleck vermutete, dass er Braun in Verlegenheit gebracht hatte, weil *er* nicht versucht hatte, etwas zu tun, obwohl er näher an dem Mädchen gewesen war. Wahrscheinlich half es auch nicht, dass seine Kameraden ihm höchstwahrscheinlich die Hölle heißgemacht hatten. Von diesem Moment an hatte es sich Braun zur Aufgabe gemacht, Aleck ein Dorn im Auge zu sein.

»Danke«, sagte Aleck, obwohl er wusste, dass es nicht das war, was Braun hören wollte. Er hatte sich bemüht, dem Mann aus dem Weg zu gehen, besonders nachdem er seine Dienstakte gelesen hatte. Er hätte darauf keinen Zugriff haben sollen, aber eines Tages war ein Umschlag in seiner Wohnung aufgetaucht und Aleck hatte nicht widerstehen können, ihn zu öffnen.

Irgendwie hatte Baker Rawlins von Brauns feindseliger Haltung gegenüber Aleck Wind bekommen und die Unterlagen beschafft. Baker war niemand, mit dem Aleck sich *jemals* anlegen wollte. Der Mann war verdammt gruselig und konnte so ziemlich jede Information über jeden beschaffen, wie der Umschlag mit Brauns Akte bewies, der vor seiner Tür aufgetaucht war.

Offenbar hatte Braun versucht, ein SEAL zu werden, es aber nicht geschafft. Er war ziemlich früh im Prozess gescheitert und hatte es nicht einmal bis in die Grundausbildung geschafft, da er die psychologische Untersuchung nicht bestanden hatte, was nicht gerade überraschend war. Der Mann war ein Tyrann, der es hasste, nicht im Mittelpunkt zu stehen.

Die Tatsache, dass die SEAL-Teams auf dem Stützpunkt definitiv bevorzugt behandelt wurden, passte ihm wahrscheinlich auch nicht. Unabhängig davon scheute Braun keine Mühe, den Teams Schwierigkeiten zu bereiten. Und aus irgendeinem Grund hatte er es ganz besonders auf Aleck abgesehen.

»Gib es auf«, sagte Mustang zu ihm.

»Was aufgeben?«, fragte Braun nicht besonders unschuldig. »Ich gratuliere nur einem Matrosen zu seiner guten Arbeit.«

»Du bist nur sauer, dass Aleck wieder einmal Gutes für die Gemeinschaft tut, während du mit deinem Arsch hier drinnen sitzt und Däumchen drehst«, sagte Jag in einem tiefen, tödlichen Tonfall.

Jag war normalerweise nicht der Erste, der sich in eine verbale Konfrontation stürzte. Weder auf Mission noch hier zu Hause auf dem Stützpunkt. Aber er war immer einer der Ersten, wenn einer seiner Kameraden bedroht wurde. Aleck war sich nicht sicher, warum er sich plötzlich so über dieses Arschloch ärgerte, aber er hatte das Gefühl, dass die Sache außer Kontrolle geraten könnte, wenn nicht etwas dagegen unternommen wurde.

»Ich weiß das Lob zu schätzen«, sagte Aleck und trat zwischen Jag und Braun. Eine körperliche Auseinandersetzung wäre keine gute Idee, auch wenn der andere Mann alles daransetzte, sie zu provozieren.

»Du bist ein Arschloch«, zischte Braun, als endlich seine wahren Gefühle zum Vorschein kamen. »Du denkst, du bist knallhart und besser als alle anderen, nur weil du ein SEAL bist.«

»Nein«, erwiderte Aleck. »Ich bin nicht besser als alle anderen, weil ich ein SEAL bin, aber ich bin definitiv aufmerksamer als ein durchschnittlicher Matrose, weil ich darauf trainiert wurde. Und wenn das bedeutet, dass ich einem kleinen Mädchen oder einer erwachsenen Frau helfen kann, die belästigt wird, dann gehst du besser davon aus, dass ich das auch tue. Wann hast *du* dich das letzte Mal für jemand anderen eingesetzt, Braun? Vielleicht solltest du zur Abwechslung versuchen, dich für andere einzusetzen, anstatt sie niederzumachen. Ich glaube, du wirst feststellen, dass es dich glücklicher macht.«

»Fick dich«, gab Braun mit verengten Augen zurück. »Ich hätte das Mädchen gerettet, aber du hast mich aus dem Weg geschubst, um den Ruhm einzuheimsen.«

»Siehst du, da ist dein Denkfehler«, sagte Mustang. »Aleck hat sich nicht in Gefahr gebracht, um einen Schulterklopfer zu bekommen. Er hat es getan, weil es das Richtige war.«

»Wie auch immer«, sagte Braun mit einem Augenrollen. »Pass lieber auf, was du tust. Eines Tages wird jemand enthüllen, dass du kein Superheld bist, und dann wirst du tief fallen.«

»War das eine Drohung?«, fragte Slate und trat auf ihn zu.

Um zu beweisen, dass er nicht ganz bescheuert war, trat Braun einen Schritt zurück. »Nein«, sagte er, klang aber nicht mehr annähernd so großspurig wie noch vor einer Sekunde. »Nur eine Tatsache. Du bist nicht kugelsicher,

Smart Aleck. Und eines Tages wirst du dein wahres Gesicht zeigen und ich werde da sein, um es zu sehen.«

Dann, als wüsste er, dass er kurz davor stand, von einer Gruppe SEALs zu Boden geworfen zu werden, drehte Braun sich um und ging davon, als hätte er nicht gerade einen von ihnen bedroht.

Aleck ballte die Hände zu Fäusten. »Was für ein Arschloch«, murmelte er.

»Bitte lass mich ihm hinterhergehen und eine Lektion erteilen«, sagte Slate zu Mustang.

Aber ihr Teamleiter schüttelte den Kopf. »Nein, den Ärger, den du dafür bekommen würdest, können wir nicht gebrauchen. Er ist es nicht wert.«

»Oh, es wäre es absolut wert, ihm das Gesicht einzuschlagen«, sagte Slate.

Aleck holte tief Luft. Er mochte es nicht, wie unverhohlen Braun ihm gedroht hatte, aber er würde sich nicht auf sein Niveau begeben und er wollte auch nicht, dass einer seiner Freunde in Schwierigkeiten geriet.

»Ignoriert ihn«, sagte Aleck zu Slate und den anderen. »Er hasst mich, seit der ganze Stützpunkt von seiner Feigheit erfahren hat. Es ist in Ordnung.«

»Stellt euch vor, er wäre irgendwie durchgerutscht und am Ende ein SEAL geworden«, merkte Pid schaudernd an. »Das wäre eine verdammte Katastrophe.«

Aleck musste zustimmen. Es war lohnend, in einem SEAL-Team zu sein, aber es war auch eines der schwierigsten Dinge, die er je getan hatte. Er verließ sich auf die fünf Männer in seinem Team und wusste, dass sie ihn immer unterstützen würden, egal in welcher Situation. Aber wenn Braun in seinem Team wäre, könnte man dem Mann nicht weiter trauen, als man ihn werfen könnte, was keine gute Sache war, wenn man sich tief in feindlichem Territorium befand.

»Du musst auf dich aufpassen«, mahnte Mustang. »Ich traue diesem Typen nicht.«

»Das werde ich«, sagte Aleck.

»Ich meine es ernst. Wir haben alle den Bericht gelesen, den Baker dir geschickt hat. Er ist mental instabil. Es ist nicht absehbar, was er tun könnte, um dich zu Fall zu bringen«, sagte Mustang.

Es war nicht Alecks stolzester Moment gewesen, als er die Informationen, die Baker ihm geschickt hatte, mit seinem Team geteilt hatte. Aber sie teilten alles miteinander und Aleck wusste zweifellos, dass keiner von ihnen jemals zugeben würde, wie er an Brauns Akte gekommen war. Das war die Art von Verbindung, die SEALs untereinander hatten.

»Ich werde vorsichtig sein«, sagte Aleck.

»Okay, lass uns wieder reingehen und sehen, ob wir mehr über diese Situation im Iran herausfinden können. Ich will nicht wirklich das Gebirge überqueren müssen, um ins Land zu gelangen. Hoffen wir, dass die Verhandlungen erfolgreich sind und wir den Kerl nicht rausholen müssen«, sagte Mustang.

»Ach, komm schon, eine fünfzig Kilometer lange Wanderung über einen Dreitausender in feindlichem Gebiet ist doch ein Spaziergang«, scherzte Aleck.

Mustang schüttelte nur den Kopf und ging zurück in den Konferenzraum, damit sie weiter Karten und Informationen studieren konnten.

Der Rest des Teams folgte. Aleck öffnete die Tür und hielt sie seinen Freunden auf. Slate war der Letzte, blieb einen Moment und ließ die anderen vorangehen, damit sie nicht hörten, was er zu sagen hatte.

»Wenn du willst, dass ich ihm eine verpasse, musst du es nur sagen«, sagte Slate zu Aleck.

»Das weiß ich zu schätzen«, sagte Aleck. »Aber der Tag,

an dem ich nicht mehr mit so einem Waschlappen umgehen kann, ist der Tag, an dem mir mein SEAL-Abzeichen weggenommen werden sollte.«

Slate musterte ihn lange, bevor er einmal nickte. Dann folgten sie beide dem Rest des Teams in den Raum.

# KAPITEL ACHT

Über eine Woche später öffnete Kenna ihre Wohnungstür und strahlte Marshall an. Ihre Pläne für den Sonntag zuvor hatten sie absagen müssen, weil Marshall an einer Trainingseinheit teilnehmen musste. Aber an diesem Sonntag hatten beide frei und sie würden versuchen, sich auf den privaten Strand der Coral Springs Apartmentanlage zu schleichen, wie sie es schon eine ganze Weile geplant hatte.

»Hallo«, sagte sie glücklich. Er sah gut aus, wirklich gut. Sie genoss es, ihn in seiner Uniform zu sehen, aber Kenna glaubte, dass sie diesen lockeren Marshall noch mehr mochte. Er trug eine kurze Hose, die wie eine Badehose aussah, und dazu ein weißes T-Shirt mit einer großen Ananas darauf. Es war skurril und schien charakterlos. Was ihr noch mehr gefiel.

»Hallo zurück«, sagte er, bevor er ihr näher kam und nach ihr griff. Obwohl es erst ihre zweite richtige Verabredung war, fühlte Kenna sich wohl, als er einen Kuss einleitete. Wahrscheinlich wegen der vielen Stunden, die sie am Telefon und mit SMS schreiben mit ihm verbracht hatte.

Als er sich vorbeugte, zögerte sie nicht im Geringsten.

Sie wollte diesen Mann.

Seine Lippen berührten ihre und Kenna stieß geistig einen kleinen Freudenschrei aus.

Dieser Kuss war selbstbewusster und hungriger als ihr erster, und zwar auf beiden Seiten.

Kenna zwang sich schließlich, sich zurückzuziehen, als sie ihn nur noch in ihre Wohnung ziehen und auf ihr Bett werfen wollte.

Sie unterhielten sich weiterhin jeden Abend, wenn sie von der Arbeit nach Hause kam. Was als SMS begonnen hatte, um ihn wissen zu lassen, dass sie zu Hause eingetroffen war, führte jedes Mal dazu, dass Marshall fragte, ob er sie anrufen dürfe. Jeden Abend der vergangenen Woche war sie mit der Erinnerung an seine tiefe Stimme eingeschlafen. Sie hatte sogar ein- oder zweimal masturbiert, während sie daran dachte, dass er mit seiner grollenden Stimme Dinge sagte, die nicht sehr unschuldig waren.

Marshall leckte sich sinnlich über die Lippen und Kenna musste sich beherrschen, ihn nicht gleich anzuspringen. Es war schon eine Weile her, seit sie mit einem Mann zusammen gewesen war, und sie hatte das Gefühl, dass Marshall das Warten wert sein würde. Zumindest hoffte sie es. Gott, wenn er schlecht im Bett war oder einen winzigen Schwanz hatte, wäre sie am Boden zerstört.

»Worüber denkst du so intensiv nach?«, fragte Marshall.

Kenna wurde rot. Sie würde ihm auf keinen Fall sagen, dass sie an die Größe seines Schwanzes gedacht hatte. »Ich freue mich einfach, dich zu sehen«, wich sie seiner Frage aus.

Er grinste, als wüsste er, dass sie ihn geradeheraus anlog. Aber als der Gentleman, als der er sich immer wieder bewiesen hatte, lächelte er sie nur an. »Ich mich auch«, sagte er, hob eine Hand und strich ihr eine Haarsträhne hinters Ohr.

Sie liebte es, wenn er das tat. Sie liebte die Hände dieses Mannes *überall* auf ihr.

»Komm, lass mich dir meine Wohnung zeigen. Es ist nichts Besonderes, aber es ist mein Zuhause.« Kenna gestikulierte hinter sich und Marshall kam herein und schloss die Tür. Sie führte ihn durch die kleine Küche, ohne auf die zerschundene Arbeitsplatte oder die Geräte einzugehen, die wahrscheinlich seit zwanzig Jahren dort standen.

»Ich mag es, dass ich fernsehen kann, während ich in der Küche bin«, sagte sie und hob die positiven Aspekte ihrer Wohnung hervor. »Ich verpasse nichts, wenn ich Geschirr spüle oder mein Popcorn aus der Mikrowelle nehme.«

Dann führte sie ihn in den kleinen Wohnbereich. »Hier verbringe ich viel Zeit. Ich weiß, dass der Sitzsack ein wenig lächerlich für jemanden in meinem Alter aussieht, aber es ist das gemütlichste Ding der Welt.«

Marshall hob eine Augenbraue.

»Was, glaubst du mir nicht? Los! Setz dich rein.«

»Es ist in Ordnung, ich glaube dir«, sagte Marshall.

»Nein, nachdem ich dein skeptisches Gesicht gesehen habe, musst du es tun.«

»Mein skeptisches Gesicht?«, fragte er lachend.

»Ja, allerdings. Gib es zu, du hast ihn dir angeschaut und fandest es lächerlich«, neckte Kenna.

»Ich werde in diesem Fall auf mein Recht pochen, die Aussage zu verweigern«, sagte Marshall, als er auf den riesigen Sitzsack zuging.

Er ließ sich darin nieder und wackelte herum, bis er sich wohlfühlte.

»Es ist ein Lovesac. Ich weiß, ich weiß, der Name ist schrecklich, aber ich habe viel recherchiert und es gab erstaunliche Kritiken. Und ob du es glaubst oder nicht, es ist nicht einmal der größte, den sie hatten. Ich habe den zweitgrößten genommen und wahrscheinlich hätte auch noch eine Nummer kleiner genügt. Ich bin schon oft in diesem Ding eingeschlafen, weil er bequem ist. Ab und zu muss ich ihn umdrehen und auffüllen, aber ansonsten ist er perfekt.«

»Eine Sache stimmt nicht«, sagte Marshall.

Kenna runzelte die Stirn. »Was?«

Er streckte seine Hand aus und ohne nachzudenken, ergriff Kenna sie.

Sofort zog er sie zu sich und mit einem Quietschen landete Kenna halb auf ihm und halb neben ihm auf dem übergroßen Sitzsack.

»Dass du nicht hier neben mir bist«, sagte er und beendete seinen Gedanken.

Kenna lachte. »Meine Güte, Marshall, ich dachte, da stimmt wirklich etwas nicht«, schimpfte sie.

»Was mich betrifft, stehe ich zu meiner Aussage.«

Kenna klebte förmlich an Marshalls Seite. Durch den Sitzsack wurden sie noch enger aneinandergepresst, als wenn sie in einem Bett lägen. Ihre Hand ruhte auf seiner Brust und sie konnte das Pochen seines Herzens unter ihren Fingern spüren. Sie starrte ihn an, als er ihr in die Augen sah.

»Du siehst toll aus«, sagte Marshall leise.

»Vielen Dank.« Kenna glaubte nicht, dass sie etwas Besonderes trug. Sie hatte ein buntes Kleid an, das bis zu den Knien reichte. Es war schwarz mit großen lila und gelben Hibiskusblüten. Das Muster war sehr grell, aber als sie das Kleid in einem der legendären ABC-Stores in Waikiki gesehen hatte, hatte sie nicht widerstehen können.

»Ich habe dich noch nicht in einem Kleid gesehen«, merkte Marshall an.

»Es ist nicht wirklich ein Kleid«, gab Kenna zu. »Nur etwas, das ich über meinem Badeanzug tragen kann.«

»Bitte sag mir, dass du einen Bikini darunter trägst«, sagte Marshall mit einem Augenzwinkern.

Kenna verdrehte die Augen. »So ein Typ bist du also.«

»Ja, das bin ich sicher«, stimmte er zu.

»Ich besitze keinen Bikini. Ich bin ziemlich zufrieden mit meinem Aussehen, aber ich fühle mich einfach wohler im Badeanzug.«

»Du musst dir keine Sorgen machen«, beruhigte Marshall sie. »Vergiss nicht, dass ich dich nur in Sport-BH und kurzer Hose gesehen habe, als du auf mich gesprungen bist.«

»Erinnere mich nicht daran«, stöhnte Kenna und rümpfte die Nase. »Und ich bin nicht auf dich gesprungen.«

Marshall hob die Hand und strich mit der Rückseite seiner Finger über ihre Wange, bevor er seine Hand in ihren Nacken legte.

Sie bekam Gänsehaut auf den Armen, und das bemerkte er natürlich.

»Magst du es, wenn ich dich so halte?«, fragte er.

Kenna nickte. »Es ist schon eine Weile her, dass jemand mich so berührt hat. Wenn du mich packen und herumschleppen würdest, würde ich das nicht mögen. Aber du berührst mich mit der perfekten Mischung aus Sanftmut und Bestimmtheit.«

»Wenn dir irgendetwas nicht gefällt, was ich tue, musst du es nur sagen oder mich wegschubsen oder so«, sagte Marshall. »Ich mag es, dich zu berühren. Es fühlt sich an wie eine Belohnung, nachdem ich dich die ganze Woche nicht gesehen habe. Versteh mich nicht falsch, ich genieße es, mit dir zu reden und dich kennenzulernen, aber ich habe es vermisst ... persönlich bei dir zu sein.«

»Es ist erst unsere zweite Verabredung.« Kenna fühlte sich verpflichtet, darauf hinzuweisen, obwohl sie genauso dachte wie er.

»Und?«, fragte er. »Ich kenne dich, Kenna Madigan. Und was ich über dich weiß, gefällt mir sehr gut. Mit dir zusammen zu sein ist das Tüpfelchen auf dem i.«

»Scheiße, du bist zu nett. Du musst aufhören«, bettelte Kenna.

»Nein, das geht nicht«, entgegnete Marshall mit einem Lächeln. »Und du hast übrigens recht.«

»Womit?«

»Das ist der beste Sitzsack, in dem ich je gesessen habe, und jetzt möchte ich einen für mich selbst bestellen.«

»Sie sind superteuer«, sagte Kenna. »Wie wäre es, wenn du dir meinen ausleihst, wenn du in Stimmung bist?«

»Jeden Abend?«, erwiderte er.

Kenna wusste nicht, ob er Witze machte, und entschied, dass es so sein musste. Sein Spitzname war schließlich Schlaumeier. »Sicher. Du kannst auch einfach in meinem Sitzsack wohnen«, scherzte sie.

Er antwortete nicht, aber strich mit seinem Daumen über die empfindliche Haut ihres Nackens, während er sie anstarrte.

»Ich muss dich warnen, es ist schwer, wieder aufzustehen«, sagte sie.

Marshall leckte sich über die Lippen und plötzlich hatte Kenna keine Lust mehr, irgendwohin zu gehen. Sie ergriff die Initiative und beugte sich zu ihm vor. Sie spürte, wie er den Griff in ihrem Nacken bei ihrer Bewegung leicht festigte.

Kenna wusste nicht, wie lange sie in ihrem Sitzsack herumgemacht hatten. Sie wusste nur, dass er seine Hand unter ihr Kleid bis auf ihren nackten Oberschenkel geschoben hatte. Sie hatte ihre eigene Hand unter sein T-Shirt gesteckt. Er bestand aus nichts als steinharten Muskeln und sie kam sich extrem stark vor, als er tief Luft holte, als sie mit ihrer Hand über seine Brustwarzen strich.

Er zog sich zurück und atmete tief durch die Nase ein, bevor er sagte: »Heilige Scheiße, Frau.«

Kenna lächelte. Sie konnte ihn noch auf ihren Lippen schmecken und sie wollte wirklich mehr. Aber sie war sich bewusst, dass es technisch gesehen erst ihre zweite Verabredung war. Sie schämte sich ihrer Sexualität nicht, aber sie hatte Angst, sich Hals über Kopf in ihn zu verlieben und dann etwas über ihn herauszufinden, womit sie nicht leben könnte ... und was ihr das Herz brechen würde.

»Dieser Sitzsack ist tödlich«, scherzte er.

»Allerdings«, bestätigte sie.

»Komm schon, wir müssen aufstehen, bevor ich eine Grenze überschreite, von der ich geschworen habe, dass ich sie heute nicht überschreiten werde.«

Kenna neigte den Kopf und starrte ihn an. »Ach ja?«

»Ja, ich will dich, Kenna. Ich glaube, das ist keine Überraschung«, sagte er und nickte in Richtung seines harten Schwanzes. Es war ihr nicht entgangen, aber sie versuchte, höflich zu sein und ihn nicht anzustarren.

»Aber ich möchte auch mehr Zeit mit dir verbringen, bevor wir unsere körperliche Beziehung vertiefen.«

Und da war er wieder, rücksichtsvoll und unwiderstehlich. »Erzähl mir etwas Negatives über dich«, platzte sie heraus.

Marshall lächelte, als könnte er ihre Gedanken lesen. »Ich trinke direkt aus der Verpackung. Milch, Orangensaft, Limonade ... was auch immer«, sagte er, ohne zu zögern. »Und du?«

Kenna lächelte. Das war eklig, aber sie könnte wahrscheinlich damit leben. Es war nicht so, als würden sie nicht ohnehin Speichel austauschen. »Ich hasse es, Geschirr zu spülen, und lasse es normalerweise stehen, bis nichts mehr in die Spüle passt und ich nachgeben und es machen muss.«

»Ich habe eine Spülmaschine«, sagte er zu ihr.

»Ja, ja, ja«, trällerte sie.

Marshall lachte. »Bist du bereit zu gehen?«, fragte er.

Kenna nickte.

»Okay, ich werde dich hochdrücken, damit du aufstehen kannst.«

Kenna wusste, wie sie am besten aus dem Sitzsack aufstehen konnte, also war es kein Problem für sie. Natürlich berührte sie ihn dabei etwas unsittlich, einfach weil sie es konnte.

Marshall grinste nur, kommentierte ihre Kühnheit aber nicht. Er hob eine Hand.

Kenna packte sie und gemeinsam hievten sie ihn aus dem Sitz. Er stand auf und schüttelte den Kopf. »Ich muss wahrscheinlich noch eine andere nervige Sache über mich zugeben«, sagte er.

»Ja?«

»Ja, ich kann überall und jederzeit einschlafen, normalerweise innerhalb von fünf Minuten. In diesem Ding?«, sagte er mit einem Kopfschütteln. »Wahrscheinlich unter zwei.«

Kenna mochte den Gedanken, ihn hier schlafen zu sehen, während sie in ihrer Wohnung herumgeisterte. Es schien behaglich. »Ich bin sicher, du hast aufgrund deiner Arbeit gelernt, überall einschlafen zu können. Ich nehme an, wenn du Schlaf brauchst, dann kannst du ihn dir holen, egal wo du bist. Damit komme ich klar. Aber die eigentliche Frage ist ... schnarchst du?«

»Nein«, sagte er mit völlig ernstem Gesicht, aber etwas in seinem Blick ließ Kenna glauben, dass er nicht ganz ehrlich war.

»Ich glaube nicht, dass Schnarchen in deinem Beruf sicher wäre.«

»Ist es nicht«, sagte Marshall. »Deshalb tritt mich einer

meiner Teamkameraden, wenn ich anfangen sollte, bis ich mich umdrehe und aufhöre.«

Kenna lachte. »Notiert, tritt den Mann, wenn er schnarcht.« Als sie das sagte, überlegte sie, was das wirklich bedeuten würde. Dass sie zusammen im selben Bett wären. Und natürlich kam sie dabei auf leidenschaftlichere Gedanken – schon wieder.

»Also, in diesem Sinne sollten wir nun *wirklich* gehen. Hast du alles, was du für heute brauchst?«, fragte er und nickte zu der großen Tasche auf dem Boden.

»Ja, ich habe für alle Fälle ein zusätzliches Handtuch eingepackt und ich habe jede Menge Snacks und Bargeld dabei. Ich habe keine Ahnung, ob am Strand eine Bar oder ein Imbiss in der Nähe ist oder so, aber ich möchte nicht riskieren, ohne Mittagessen oder etwas zu trinken zu enden, sollten wir nicht rechtzeitig zurückkommen.«

»Willst du mir noch sagen, wohin wir fahren?«, fragte Marshall, als er ihre Tasche über seine Schulter hob und seine andere Hand auf ihren Rücken legte, um sie zur Tür zu führen.

»Nein«, sagte Kenna grinsend. »Es ist ein Geheimnis. Aber glaub mir, es ist mondän und vornehm und der Strand sieht fantastisch aus, soweit ich es online gesehen habe.«

»Hast du einen Plan, wie wir an den Strand kommen?«, fragte Marshall.

»Ja, darin bin ich Profi.«

»Wurdest du schon einmal von einem Grundstück vertrieben?«

»Natürlich«, gab Kenna zu. »Wahrscheinlich die Hälfte der Zeit. Aber die Male, wo ich unter dem Radar bleiben konnte, haben sich so gelohnt.«

»Gut, dann lass uns dieses Abenteuer beginnen. Ich bin supergespannt auf diesen Strand mit goldenem Sand, Nixen und perfektem Wasser zum Schnorcheln.«

Kenna brach in Gelächter aus, als sie ihre Tür hinter sich schloss. »Da bin ich mir nicht so sicher«, sagte sie.

»So wie du über diese Privatstrände sprichst, dachte ich, dass sie mit Diamanten oder so gesäumt sein müssen«, scherzte Marshall.

»Magst du Sandstrand?«, fragte Kenna, als sie den Flur hinunter zum Treppenhaus gingen. Der Aufzug im Gebäude war schon seit Monaten kaputt. Es machte ihr nichts aus. So blieb sie in Form und konnte ein paar der Kalorien verbrennen, die sie während ihrer Schichten im Duke's zu sich nahm.

»Ich hasse Strand«, sagte Marshall.

Kenna sah ihn schockiert an und hoffte, dass er Witze machte. »Ernsthaft?«

»Ja, ich meine, wer mag schon Sand in der Hose?«, fragte er.

Kopfschüttelnd sagte Kenna: »Nun, das ist sicher unangenehm. Aber wir haben nicht vor, im Sand herumzurollen. Ich kann mir vorstellen, dass Hell Week wahrscheinlich keine guten Erinnerungen an den Strand hinterlassen hat, oder?«

»Kaltes Wasser, rund um die Uhr mit Sand bedeckt sein und das Gefühl, als würde man buchstäblich erfrieren? Nein«, gab Marshall zurück. »Aber ich habe das Gefühl, wenn irgendjemand meine Meinung über Strände ändern kann, dann bist du es. Verdammt, du könntest wahrscheinlich meine Meinung über *alles* ändern, was ich nicht mag.«

Das war wirklich nett, das zu sagen. Kenna verliebte sich gerade in diesen Kerl. »Vertrau mir, ich habe Bilder von diesem Strand gesehen. Er ist perfekt. Es gibt auch eine Rasenfläche, auf der wir sitzen können, wenn du wirklich nicht in den Sand möchtest. Die Wellen sind dort nicht sehr hoch, aber online habe ich gesehen, dass es durch ein paar Felsen auf der Ostseite des Strandes Wellen gibt, die gut fürs Bodysurfen sind, während die Westseite ruhiger ist. Es gibt auch ein riesiges Schwimmbecken, falls wir eine Abwechslung brauchen. Und es gibt auch Sonnenschirme und Stühle. Es wird unglaublich sein.«

Marshall lächelte sie an. »Ich kann es kaum erwarten, den Tag zusammen mit dir zu verbringen«, sagte er. »Es ist egal, was wir machen, solange ich mit dir rumhängen kann.«

Kenna beugte sich zu ihm. »Mir geht es genauso.«

Den Rest des Weges die Treppe hinunter und hinaus auf den Parkplatz lächelte sie. Sie lächelte immer noch, als er die Tür zum Jeep für sie öffnete und ihr den Sicherheitsgurt reichte.

»Wohin soll ich fahren?«, fragte er, als er den Motor anließ, nachdem er auf der Fahrerseite eingestiegen war.

»Fahr auf die Schnellstraße in Richtung Navy-Stützpunkt.«

»Wird gemacht«, sagte Marshall, als er vom Parkplatz fuhr.

Kenna wusste, dass sie immer noch ein albernes Lächeln auf dem Gesicht hatte, aber sie freute sich so auf den heutigen Tag. Sie hoffte, dass sie und Marshall sich an den Strand schleichen konnten, ohne erwischt zu werden. Falls nötig, gab es in der Nähe auch einen öffentlichen Strand, aber sie hoffte, dass sie ihn nicht brauchen würden. Der Gedanke, mit Marshall etwas Unerlaubtes zu tun, ließ das Adrenalin durch ihre Adern rauschen.

Scheiße, sie war so am Arsch. Wenn sie schon so aufgeregt war, einen Tag mit diesem Mann zu verbringen, wie würde sie sich erst fühlen, wenn sie schließlich miteinander schliefen?

In ihrem Kopf gab es keinen Zweifel, dass sie im Bett landen würden. Und sie konnte es kaum erwarten.

# KAPITEL NEUN

Aleck rutschte das Herz in die Hose, als Kenna ihn bat, in den Parkplatz des Apartmentgebäudes von Coral Springs einzubiegen, zu dem der Privatstrand gehörte.

*Sein* Apartmentgebäude.

»Hier ist es«, flüsterte sie, als könnte ein Wachmann sie auf dem Parkplatz hören. »Ich will schon hierher, seit ich es online gesehen habe. Der Strand ist wunderschön, es gibt ein Schwimmbecken mit Rutsche und sogar Hängematten, die um eine Wiese mit Grillplätzen aufgereiht sind. Es ist perfekt.«

»Kein Ort ist perfekt«, murmelte Aleck. Er wusste, dass er ihr sagen sollte, dass er hier wohnte, und er öffnete den Mund, um genau das zu tun. Er wollte einen Witz darüber machen, dass er über all die Annehmlichkeiten Bescheid wusste, weil er jeden Monat hohe Gebühren für die Gemeinschaftsanlagen bezahlte. Aber sie ergriff wieder das Wort, bevor er dazu kam.

»Ich wette, die Leute hier wissen nicht einmal zu schätzen, was sie haben. Sie sitzen wahrscheinlich in ihren überteuerten Eigentumswohnungen und beschweren sich, dass es zu sonnig ist oder das Wasser zu blau oder so.« Sie verdrehte die Augen. »Ich verstehe reiche Leute nicht. So hübsch dieser Ort auch ist, es gibt keine Verbindung zu den Einheimischen hier. Die meisten meiner Nachbarn stammen aus Hawaii, sind großzügig und lustig und haben mich mit offenen Armen empfangen. Ich liebe es, in meiner Nachbarschaft herumzulaufen, mit den Kindern zu spielen und Teil einer Gemeinschaft zu sein. Ich wette, alle, die hier leben, stammen vom Festland und kennen wahrscheinlich nicht einmal ihre eigenen Nachbarn. Es ist irgendwie traurig.«

Scheiße, das war nicht gerade die Einleitung, auf die er für seine Offenbarung gewartet hatte. Aleck wollte, dass Kenna ihn mochte und ihn nicht für erbärmlich hielt. Da würde es nicht helfen zuzugeben, dass er ein Penthouse besaß.

Die nächste Gelegenheit, Kenna zu sagen, dass er hier lebte und zu den reichen Leuten gehörte, von denen sie scheinbar nicht viel zu halten schien, wurde wieder unterbrochen, als sie aufgeregt die Tür öffnete und aus dem Wagen sprang.

Nicht sicher, wie es weitergehen sollte, stieg Aleck auch langsam aus. Er griff auf den Rücksitz, schnappte sich ihre beiden Taschen und traf sich mit Kenna vor dem Jeep.

»Okay, so machen wir es«, sagte Kenna und griff nach ihrer Tasche.

Aleck gab sie ihr, weil er wusste, dass sie nicht sehr schwer war.

»Es gibt nur wenige Eingänge und der Strand ist eingezäunt. Wir müssen also durch den Haupteingang und die Eingangshalle gehen. Das kann knifflig werden, denn wenn es Sicherheitspersonal gibt, fragt es vielleicht nach unseren Ausweisen oder so. Aber wenn wir uns mitten in einem Gespräch befinden, werden sie vielleicht das Gefühl haben, dass es unhöflich wäre, uns zu unterbrechen. Wenn es einen Concierge gibt, könntest du ihm zunicken, wie du es so gut kannst. Was auch immer du tust, bleib einfach locker. Versuche, unschuldig auszusehen und dich einzufügen.« Sie kicherte. »Obwohl die Leute hier wahrscheinlich alle mit überteuerten Markenklamotten rumlaufen ... und du hast eine Ananas auf dem T-Shirt.«

»Hey, ich mag dieses Hemd«, sagte Aleck zu ihr.

Sie lächelte ihn an und tätschelte seine Brust. »Ich auch, aber ich glaube, die Leute hier würden lieber sterben, als so etwas zu tragen. Komm schon, wir bekommen das hin.«

Es war offensichtlich, dass Kenna sich darauf freute, an den Privatstrand zu kommen. Aleck war allerdings nicht besonders glücklich darüber, wie sie unentwegt ihre abfällige Meinung über die Anwohner zum Ausdruck brachte. Ja, die meisten Leute, die hier wohnten, hatten wahrscheinlich gut gefüllte Bankkonten, aber das bedeutete nicht, dass sie Arschlöcher waren. Er hing vielleicht nicht mit vielen von ihnen ab, aber er traf seine Nachbarn häufig und sie waren alle sehr nett.

Da er die Stimmung nicht vermiesen wollte, weil Kenna so aufgeregt war, nahm er ihre Hand und sie gingen zum Eingang. Aleck wusste, dass sie scheitern würden, wenn sie wirklich versuchen würden, unbemerkt Zugang zu der Anlage zu bekommen. Der Sicherheitsdienst hier war erstklassig und niemand kam unbemerkt an der Rezeption vorbei, ohne sich auszuweisen oder anzumelden, wen er besuchen wollte.

Aber er folgte Kennas Plan. Die Idee, sich hineinzuschleichen, gefiel ihr sichtlich. Der Moment, zuzugeben, dass er hier wohnte, war definitiv vorbei und er bekam ein ungutes Gefühl in seinem Bauch. Er hätte sofort etwas sagen sollen, als er bemerkt hatte, welchen Strand sie besuchen wollte.

Er hatte sich bereits in Bezug auf ihre Arbeit im Ton vergriffen und wollte nichts anderes sagen, das ihr das Gefühl geben könnte, sie wären nicht kompatibel. Und ganz offensichtlich schien sie zu glauben, dass sie mit reichen Leuten nichts gemeinsam hatte.

Jetzt müsste er eine andere Gelegenheit finden, es ihr zu sagen.

*Komische Sache, erinnerst du dich an den Tag, wo wir zu diesem Privatstrand gegangen sind? Nun, ich wohne in dieser Wohnanlage.*

Scheiße, das würde nicht funktionieren. Er müsste sich etwas viel Besseres einfallen lassen. Wenn sie ihm nicht verzeihen konnte, dass er es nicht früher zugegeben hatte, nun ... zumindest hatte er ihr dann dieses Abenteuer schenken können.

»Marshall, du musst aufpassen«, schimpfte Kenna. »Wir haben nur eine Chance und ich möchte diesen Strand unbedingt sehen.«

»Was passiert, wenn wir erwischt werden?«, fragte er.

Kenna rümpfte entzückend die Nase. »Zur Not habe ich einen anderen Strand im Sinn, aber der ist nicht so schön wie dieser.«

»Es ist mir egal, wohin wir gehen oder was wir tun«, sagte Aleck. »Ich freue mich einfach, Zeit mit *dir* zu verbringen.«

Sie sah zu ihm auf und lächelte. »Wow, ich denke, das ist das Schönste, was jemals jemand zu mir gesagt hat.«

»Es ist wahr. Ein ausgefallener Privatstrand, in deinem tollen Sitzsack rumhängen oder in einem heruntergekommenen Restaurant ein Sandwich mit Erdnussbutter und Marmelade essen. Ich bin einfach gern mit dir zusammen. Du machst mich glücklich.«

Aleck bereute die Worte in der Sekunde, in der sie seinen Mund verlassen hatten, weil sie so kitschig klangen.

Aber er änderte seine Meinung, als Kenna stehen blieb und sich an ihn lehnte. Aleck legte seinen Arm um ihre Taille und zog sie an sich.

»Du machst mich auch glücklich. Ich kann in miserabler Stimmung sein, aber wenn ich eine SMS von dir bekomme, vergesse ich alles, was mich aufregt, und fühle mich besser. Ich erkenne mich in letzter Zeit selbst nicht wieder.«

Nichts auf der Welt hätte Aleck in diesem Moment davon abhalten können, sich zu ihr hinunterzubeugen und sie zu küssen. Er war sich bewusst, wo sie waren, also hielt er den Kuss leicht, aber er war immer noch intensiv.

Kenna legte ihre Hand auf seine Wange, aber sie sagte nichts.

Ein lautes Hupen erschreckte sie und Aleck lachte, als er sie von der Mitte der Straße auf den Gehweg zog. Er winkte dem Mann hinter dem Steuer des großen Geländewagens entschuldigend zu und sah, wie der Mann lachte, als er weiterfuhr.

Kenna holte tief Luft. »Okay, es ist so weit. Verhalte dich normal.«

Aleck wusste nicht, ob sie es eigentlich eher zu sich selbst sagte, aber er nickte trotzdem.

Als sie sich dem Eingang näherten, fing sie an, darüber zu plappern, was sie später noch im Lebensmittelgeschäft einkaufen müssten.

Aleck wusste, dass sie ein Thema gewählt hatte, das den Eindruck erwecken sollte, dass sie hier lebten. Er konnte sich nicht helfen und hoffte, dass die Zeit wirklich einmal kommen würde, in der sie gemeinsam einkaufen gingen oder sich Nachrichten hinterließen, was besorgt werden müsste. Es war überraschend, da er vor Kenna nie in Betracht gezogen hatte, mit einer Frau zusammenzuleben. Aber mit ihr konnte er es sich vorstellen.

Die Türen öffneten sich automatisch und sie betraten

den Eingangsbereich des Wohngebäudes. Wie Kenna es gesagt hatte, nickte er dem Wachmann zu, als sie sich dem Empfangsbereich näherten. Natürlich kannte er Robert ziemlich gut. Vor ein paar Monaten war er sehr früh am Morgen von einer Mission nach Hause gekommen und sie hatten sich unterhalten. Robert hatte einen Bruder bei der Armee. Er wollte, dass Aleck wusste, dass er seinen Dienst an ihrem Land zu schätzten wusste.

Kenna hielt seine Hand fest, als ginge es um ihr Leben, und begann, noch schneller zu sprechen. Aleck wollte diese Farce jetzt am liebsten beenden. Es gefiel ihm nicht, wie aufgeregt sie war. Aber jetzt war definitiv nicht der richtige Zeitpunkt. Es wäre ihr peinlich, wenn er ihr jetzt sagen würde, dass er hier lebte, nachdem sie sich so sehr bemüht hatte, so zu wirken, als gehörten sie dazu.

Sie gingen an Robert vorbei, der wieder auf die Papiere auf seinem Schreibtisch schaute. Sie gingen auf die Türen am anderen Ende der Eingangshalle zu, die hinaus zu der Rasenfläche führten, wo Aleck mit seinem Team schon oft gegrillt hatte.

In der Sekunde, in der sich die Tür hinter ihnen schloss, wandte Kenna sich mit einem breiten Lächeln im Gesicht zu ihm um. »Wir haben es geschafft!«, sagte sie halb flüsternd, halb kreischend. Dann umarmte sie ihn noch einmal.

Jetzt war es *Aleck*, dem es zu peinlich war zuzugeben, dass sie nur an Robert vorbeigekommen waren, weil er den Mann kannte – weil er hier wohnte.

»Das war wunderbar!«, sagte Kenna und ihr Lächeln erhellte ihr Gesicht.

Aleck wollte ihre Energie und ihren Enthusiasmus am liebsten einfangen, damit er beides wieder herausholen könnte, wenn er es am dringendsten brauchte ... wahrscheinlich direkt nachdem er ihr gesagt hätte, dass sie sich nicht »hineingeschlichen« hatten.

»Komm schon, ich möchte diesen Strand sehen. Und ich sage dir, er sollte jetzt besser meinen Erwartungen entsprechen.« Sie kicherte. »Mann, mein Herz schlägt wie verrückt und ich zittere von all dem Adrenalin«, sagte sie, als sie zum Strand gingen.

Aleck kam näher und legte seinen Arm um ihre Schultern, während sie gingen. »Das hat dir gefallen.« Es war keine Frage.

»Ich mag es zu gewinnen«, sagte sie mit einem Grinsen. »Den Stress mag ich nicht wirklich, wenn man gegen das Gesetz verstößt.«

Aleck konnte nicht anders, als zu lachen. »Ich bin mir nicht sicher, ob es gegen das Gesetz verstößt, sich an einen Privatstrand zu schleichen.«

Kenna zuckte die Achseln. »Ich bin ein anständiger Mensch«, sagte sie offen. »Ich mag es nicht, Regeln zu brechen. Das habe ich noch nie gemocht.«

»Nun, jetzt sind wir hier. Und für alle anderen gehören wir dazu. Also keine Schuldgefühle, okay?«

»Absolut nicht«, sagte Kenna glücklich.

Dann löste sie sich von ihm und ging voraus, wo die Grasfläche endete und der Strand begann. Sie blieb stehen und er holte sie ein.

»Es ist wunderschön«, hauchte sie.

Und das war es. Obwohl Aleck kein Strandmensch war, konnte er die Anziehungskraft durchaus verstehen. Und die Verwaltung seiner Wohnanlage war immer darum bemüht, den Strand so einladend wie möglich zu halten. Am gesamten Strand waren Sonnenschirme und Liegestühle mit ausreichendem Abstand verteilt. Jeden Abend wurde der Sand geharkt, um ihn zu glätten und Blätter, Stöcke und anderen Schmutz zu beseitigen. Es gab einen Unterstand, wo die Anwohner sich Surfboards, Schnorchelausrüstung und sogar aufblasbares Wasserspielzeug ausleihen konnten. An einem kleinen Stand wurden Snacks und alkoholische sowie alkoholfreie Getränke in Dosen verkauft. Sogar die Toiletten wurden stündlich gereinigt und gewartet, um sicherzustellen, dass sie den Standards der Anlage entsprachen.

»Wo möchtest du sitzen?«, fragte Aleck.

»Oh, ähm … irgendwo abseits der Hütte mit den Angestellten. Ich will nicht, dass sich jemand wundert, wer wir sind, und uns nach unseren Ausweisen fragt. Vielleicht da drüben am anderen Ende?«

Wieder einmal fraßen Aleck die Schuldgefühle auf. Er hasste es, dass Kenna sich immer noch Sorgen machte, erwischt zu werden. Er wollte ihr versichern, dass niemand sie rausschmeißen würde, aber sie würde wahrscheinlich fragen, *wieso* er sich da so sicher war.

Vielleicht wäre das ein geeigneter Weg, sie auf das Thema zu lenken. Dann könnte er alles zugeben.

Aber er kämpfte wieder zu lange mit seinem Gewissen. Kenna griff nach seiner Hand und führte ihn zu dem Sonnenschirm, der am weitesten von den Ständen mit den Mitarbeitern der Anlage entfernt war.

Kenna fummelte mit dem Schirm und den Stühlen herum, bis sie mit dem Arrangement vollkommen zufrieden war. »Sieh nur, es werden sogar Handtücher zur Verfügung gestellt«, sagte sie mit einem zufriedenen Lächeln. »Und sie sind sogar flauschig und dick.« Sie breitete ein blau-weiß gestreiftes Handtuch mit dem Namen der Wohnanlage auf ihrem Stuhl aus und griff dann nach dem Saum ihres Kleides.

Aleck hätte sich fast an seiner Zunge verschluckt, als er Kenna in ihrem schwarz-roten Badeanzug sah. Er war sehr unauffällig im Vergleich zu anderen Badeanzügen, die viele Frauen heutzutage trugen. Aber er war an den Oberschenkeln hoch ausgeschnitten und hatte einen Ausschnitt, der ein bisschen Dekolleté zeigte.

Sie drehte sich um, um etwas aus ihrer Tasche zu holen, und Aleck blieb die Luft weg.

Als sie sich zum ersten Mal begegnet waren, hatte er ihren Hintern angesehen, als sie aus dem Wasser geklettert war, aber das hier war so viel besser. Ihr Badeanzug war im Grunde rückenfrei. Im Nacken war er mit einer Schleife zusammengebunden und ihr Hintern war bedeckt, aber ansonsten konnte er ihren nackten Rücken sehen.

Ohne nachzudenken, ging Aleck auf sie zu, streckte die Hände aus und streichelte über ihre glatte Haut.

Kenna zuckte überrascht zusammen, entspannte sich dann aber, als er mit den Händen über ihre Wirbelsäule nach oben fuhr.

»Marshall?«, fragte sie.

»Du bist so verdammt schön«, sagte Aleck sanft, als er sie streichelte. Er presste mit den Daumen leicht auf die Muskeln ihrer Schultern und sie presste sie gegen ihn.

»Das fühlt sich so gut an«, stöhnte sie.

Aleck zuckte der Schwanz. Verdammt, das wollte er sie sagen hören, wenn sie beide nackt in seinem Bett lagen und er …

»Wo du gerade hinter mir stehst, wärst du so nett, mir etwas davon auf den Rücken zu reiben?«, fragte sie und hielt ihm grinsend eine Tube Sonnencreme entgegen.

So viel zu seinem Tagtraum. Aber Aleck war entschlossen, es ihr mit gleicher Münze heimzuzahlen. Obwohl sie in ihrem Sitzsack bereits etwas Hingabe gezeigt hatte, beschloss er, ein bisschen mit ihr zu spielen.

»Natürlich«, entgegnete er und nahm die Sonnencreme. Sie hatte den Kopf zu ihm herumgedreht und beobachtete ihn, als er sein T-Shirt über den Kopf zog und es neben sich auf den Stuhl warf.

Kenna bekam große Augen und starrte ihn an.

Aleck grinste innerlich. Er wusste, dass er gut in Form war. Er und seine Teamkameraden arbeiteten hart daran, ihre Körper in Topzustand zu halten.

»Heilige Scheiße«, flüsterte sie und drehte sich langsam zu ihm um. »Ich habe vorhin deine Bauchmuskeln gespürt, aber verdammt, Marshall. Das sieht aus wie ein Siebenundzwanzig-Pack. Ich wusste gar nicht, dass der Bauch so viele Muskeln hat.«

Er lachte. »Das ist nur ein normales Sixpack«, sagte er zu ihr und spannte seine Muskeln an, um für sie zu posen.

Sie streckte die Hand aus und strich über seinen Bauch, so wie er es mit seinen Händen auf ihrem Rücken getan hatte. »Verdammt!«, wiederholte sie sich.

»Dreh dich um«, forderte er, »damit ich dich einreiben kann.«

Es dauerte einen Moment, bis sie ihre Hand von seiner Haut entfernte, aber dann holte sie tief Luft und drehte sich um, sodass sie ihm wieder den Rücken zuwandte.

Aleck gab eine gute Portion der nach Kokosnuss riechenden Lotion auf seine Hände und machte sich an die Arbeit. Er strich über ihre Wirbelsäule und genoss es, wie sie sich unter seiner Berührung wölbte. Er nahm sich Zeit und stellte sicher, dass jeder Zentimeter ihrer freiliegenden Haut gründlich eingecremt war. Nachdem er fertig war, konnte er seine Hände nicht von ihr nehmen.

Mit den Fingern glitt er knapp unter das Gummiband ihres Badeanzugs und streichelte über ihren Hintern.

»Marshall ...«, beschwerte sie sich schwach.

»Ja?«, fragte er unschuldig. Er achtete darauf, nicht unanständig zu sein, obwohl er nichts lieber wollte, als herumzugreifen und seine Finger in die Vorderseite ihres Anzugs zu stecken und sie mit ihrem Hintern gegen sich zu drücken. Bei dem Gedanken zuckte Alecks Schwanz erneut.

Kenna sah ihn über ihre Schulter hinweg an. »Ich will dich.«

Aleck hätte sich fast verschluckt, tat aber sein Bestes, um die Kontrolle zu behalten. »Ich will dich auch«, sagte er, als er einen Finger tiefer unter ihren Badeanzug schob. Er genoss noch eine Sekunde lang das Gefühl ihrer seidigen Haut, bevor er seine Hand in sicheres Gebiet bewegte. Er legte seine Hände auf ihre Schultern, beugte sich vor und küsste sie auf die Schläfe. »Was die Sonnencreme anbelangt, bist du fertig«, sagte er zu ihr.

Kenna kicherte und holte tief Luft.

Aleck wusste, dass er sich für den Rest seines Lebens an diesen Moment erinnern würde. Die Meeresbrise, der Geruch von Kokosnuss und Kenna in seinen Armen.

»Gut, dreh dich um, ich creme dich auch ein.«

Aleck zog eine Augenbraue hoch. »Ich dachte, du wolltest nicht rausgeschmissen werden?«

Sie lachte und verdrehte die Augen. »Dreh dich um«, wiederholte sie.

Als Aleck sich umdrehte, bemerkte er, dass er sich trotz der Schuldgefühle, die er immer noch hatte, sehr amüsierte. Es machte Spaß mit Kenna. Sie war sinnlich, nicht zu schüchtern und mochte offenbar ihre kleinen Spielchen.

Ihre Hände auf ihm zu spüren war die reinste Qual, aber er versuchte, sich zu beherrschen. Was er *wirklich* tun wollte, war, Kenna über seine Schulter zu werfen und in sein Bett zu bringen. Aber bis er herausgefunden hatte, wie er ihr von seinem Treuhandfonds erzählen sollte, würde er sich mit ihrer Berührung zufriedengeben müssen.

Kenna ließ sich Zeit, die Sonnencreme auf seinem Rücken zu verteilen, aber Aleck hatte nichts dagegen. Schließlich, nachdem sie den Rest ihrer Körper eingecremt hatten, legten sie sich beide auf die Liegestühle.

Aleck hörte, wie Kenna leise lachte. Er drehte den Kopf herum, um sie anzusehen. »Was ist so lustig?«, fragte er.

Sie nickte in Richtung seines Schoßes. »Das sieht nicht bequem aus«, scherzte sie.

Aleck zuckte mit den Schultern. »Was hast du erwartet, nachdem du mich so berührt hast?«, fragte er und hatte das Gefühl, dass er den ganzen Tag halbsteif sein würde. »Außerdem«, sagte er und deutete auf ihre Brust, »du bist selbst nicht besser.«

Er hätte früher niemals auf die harten Nippel einer Frau aufmerksam gemacht. Aber mit Kenna war alles anders.

Sie lachte einfach. »Der Punkt geht an dich«, sagte sie.

Sie schwiegen für ein paar Minuten. Dann sagte Kenna: »Das gefällt mir.«

»Der Strand?«, fragte Aleck.

»Ja, aber nicht nur das. Ich meine dich und mich. Ich fühle mich wohl mit dir. Du machst mich an und ich schäme mich nicht dafür. Ich mag es, wie offen und ehrlich wir sind.«

Natürlich ging seiner Erektion bei ihren Worten die Luft aus, als hätte sie eine Nadel in einen Ballon gesteckt.

Scheiße, er war *nicht* ehrlich, und je länger er es hinauszögerte, desto schlechter fühlte er sich.

»Ich mag es, Zeit mit dir zu verbringen«, brachte er nach einem Moment heraus. Dann suchte Aleck den Kontakt mit ihr und befürchtete, dass seine Täuschung sie am Ende verstoßen würde. Er griff nach ihrer Hand. Ohne zu zögern, verschränkte sie ihre Finger mit seinen.

---

Kenna lachte, als sie auf einer weiteren Welle bis zum Ufer ritt. Sie und Marshall waren stundenlang am Strand gewesen und irgendwann hatte er vorgeschlagen, sich zwei

Surfboards auszuleihen. Zunächst hatte sie Bedenken gehabt, dass die Mitarbeiter bemerken könnten, dass sie nicht hier wohnten, aber schließlich hatte er sie überzeugt.

Er war nicht nur mit den Surfboards, sondern auch mit zwei Getränken und Brezeln wiedergekommen.

Zuerst hatte Marshall unter dem Sonnenschirm gesessen und sie beobachtet, während sie im Meer war, aber schließlich hatte er sich ihr angeschlossen und über den Sand in seiner Hose geschimpft. Sie hatten eine Wasserschlacht gemacht, waren um die Wette geschwommen – wobei Kenna haushoch verloren hatte – und dann hatten sie sich die Surfbretter geschnappt.

Wie sie vermutet hatte, war Marshall ein Naturtalent. Natürlich fühlte er sich als SEAL wohl im Wasser, aber es ging weit darüber hinaus. Er sah im Meer aus wie zu Hause. Er spuckte nicht ständig das salzige Wasser aus und es sah nicht so aus, als störte ihn die Sonne. Selbst als er von einer Welle überrascht wurde, sah er aus wie Neptun, der lachend aus dem Wasser aufstieg, während glitzernde Wassertropfen über seinen Körper rollten.

Und ihn nur in Badehose zu sehen war nicht gerade unangenehm. Kenna glaubte, dass sie sich für den Rest ihres Lebens an den Moment erinnern würde, als er sein T-Shirt ausgezogen hatte. Sie hatte natürlich vermutet, dass er in hervorragender Form war, aber seine Muskeln aus nächster Nähe zu sehen war fast eine Offenbarung. Sie hatte seine Bauchmuskeln kommentiert, aber was wirklich ihre Aufmerksamkeit erregt hatte, waren die V-Muskeln neben seinen Hüften bis hinunter in seine Leistengegend.

Und sein Schwanz.

Großer Gott, Kenna war keine Jungfrau mehr und sie hatte schon viele Schwänze gesehen, aber sie hatte das Gefühl, nach Marshall wäre sie für alle anderen Männer ruiniert. Er war lang und dick, soweit sie es durch seine

Badehose erkennen konnte. Und sie mochte es, wie selbstbewusst er in Bezug auf seinen Körper war.

Jeder Gedanke, anständig zu bleiben, war verflogen, als er nur noch in Badehose vor ihr stand. Sie wollte diesen Mann. Sie wollte mit ihm ins Bett und unanständige Dinge tun und ihn tief in sich spüren. Sie wollte seinen Schwanz in den Mund nehmen und ihm den Verstand rauben.

Im Grunde wollte sie alle Fantasien mit ihm ausleben, die ihr durch den Kopf gegangen waren, seit sie seinen nackten Oberkörper gesehen und seine Erektion gespürt hatte.

Aber sie konnte nicht leugnen, dass sie das Vorspiel genoss. Seine Finger auf ihrem Rücken hatten sich himmlisch angefühlt, und sie hatte gespürt, wie sie vor Aufregung feucht geworden war, als diese Finger unter ihren Badeanzug geglitten waren. Und ihn zu berühren war genauso aufregend gewesen.

Ja, sie hatten sich beide auf dieses Vorspiel eingelassen. Es war aufregend zu spüren, wie die Vorfreude durch ihre Adern floss.

Es war schön zu wissen, dass neben ihrer intellektuellen Verbindung auch die körperliche Chemie zwischen ihnen zu passen schien. Vielleicht war es oberflächlich von ihr, das zu sagen, aber so sehr sie einen Mann wollte, mit dem sie reden konnte, wollte sie auch, dass sie im Bett zusammenpassten.

Und sie hatte keinen Zweifel, dass Marshall ihre Welt auf den Kopf stellen würde, wenn sie ihrer Lust endlich freien Lauf ließen.

»Achtung!«, rief Marshall hinter ihr. Kenna war so in Gedanken versunken, dass sie vergessen hatte, wo sie waren. Sie drehte sich um und kreischte wie ein kleines Mädchen, als sie sah, wie Marshall auf seinem Surfboard auf sie zuraste. Sie wollte aufstehen, aber eine Welle schlug ihr die

Beine weg. Sie lachte und tat ihr Bestes, um Marshall auszuweichen.

Für den Bruchteil einer Sekunde fuhr er mit seinem Board direkt über sie, aber Marshall, der Wasserexperte, warf sich zur Seite, um sie nicht zu zerquetschen.

Kenna spürte, wie er seine Arme um sie schlang und sie nach oben zog. Dann sah sie Marshalls besorgten Gesichtsausdruck. »Scheiße, Kenna, geht es dir gut? Ich dachte, du würdest aus dem Weg gehen.«

Sie konnte nicht anders, als wieder zu lachen. Sie war so unglaublich glücklich, sie konnte es nicht zurückhalten.

Marshall starrte sie an, als hätte sie den Verstand verloren, und sah aus, als würde er sie gleich aus dem Wasser ziehen und einen Krankenwagen rufen. Er brachte sie näher ans Ufer.

Kenna versuchte, sich zu beherrschen. Dann warf sie sich in seine Arme. Marshall stolperte und ging in der Brandung auf die Knie. Sie legte eine Hand auf seine Brust und drückte ihn hinunter, bis er saß. Dann setzte sie sich auf ihn und legte ihre Arme um seinen Hals. »Mir geht es gut«, sagte sie. »Ich habe nicht aufgepasst. Geschieht mir recht.«

»Ich hätte dich fast überfahren«, murmelte Marshall und ließ seine Hände über ihren Rücken gleiten, während er sie an sich drückte.

Kenna rutschte auf seinen Schoß, bis sie seinen Schwanz zwischen ihren Beinen spüren konnte. Es war eine intime Position, auch wenn sie beide nicht erregt waren. Sie liebte es, ihm so nahe zu sein. »Aber du hast es nicht«, beruhigte sie ihn.

Marshall begegnete ihrem Blick und nickte. Er glaubte ihr schließlich, dass es ihr gut ging. Er fuhr mit seiner Hand durch ihr Haar, griff hinein und zog leicht daran, bis sie den Kopf hob. Dann beugte er sich vor und küsste sie aufs Kinn.

Er lockerte seinen Griff ein wenig, ließ aber ihr Haar nicht los.

Kenna senkte den Kopf wieder und wackelte auf seinem Schoß herum. Ja, okay, jetzt war sie angemacht und sie konnte fühlen, wie Marshalls Schwanz an ihrer Muschi pochte. Die Wellen umspülten sie und die Sonne brannte auf ihren Köpfen. Kenna wusste, dass noch andere Leute am Strand waren und den schönen Tag genossen, aber sie hatte nur Augen für diesen einen Mann.

Sie sah ihn an, leckte sich über die Lippen und schmeckte das Salz. Sie wusste, dass sie den heutigen Tag zusammen mit Marshall nie vergessen würde.

»Sieh mich nicht so an«, sagte er.

»Wie?«, fragte Kenna.

»Als wolltest du mich sofort ausziehen und dich hier am Strand auf mich stürzen.«

»Ich kann nichts dafür«, gab Kenna zu.

»Frau, weißt du, wie fatal das wäre?«

Sie blinzelte überrascht. »Was?«

»Sex on the Beach ist ein tolles fruchtiges Getränk, aber tatsächlich Sex am Strand zu haben ist die schlechteste Idee aller Zeiten. Ich kann mir nichts Schlimmeres vorstellen als Sand auf meinem Schwanz, wenn ich dich ficken will.«

Bei seinen Worten zitterte sie vor Aufregung. »Hast du es schon einmal getan?«

»Hörst du mir überhaupt zu, Frau?«, fragte er in gespielter Verzweiflung. »Nein, verdammt!«

»Wir müssten vorsichtig sein«, überlegte sie. »Aber ich habe das Gefühl, du würdest einen Weg finden, dass es funktionieren könnte.«

Marshall schüttelte bereits den Kopf. »Nein, das wird nicht passieren. Wir können Sex auf einem Boot haben, in einer Hütte am Strand, auf einer Wiese *in der Nähe* des Strandes, aber im Sand? Auf keinen Fall!«

Kenna kicherte.

»Hey Leute, sind das eure?«, fragte ein Mann in der Nähe.

Kenna drehte sich um und sah einen Kerl, der ihre Surfboards festhielt.

»Ja, danke! Könntest du sie einfach an den Strand legen? Wir werden sie in einer Sekunde holen.«

»Kein Problem«, sagte der Mann mit einem Lächeln. »Wenn ich ein hübsches Mädchen auf dem Schoß hätte, würde ich mich auch nicht mit Surfbrettern beschäftigen wollen.«

Kenna lächelte ihn an und sah dann zurück zu Marshall. Er beobachtete sie mit einem intensiven Ausdruck in den Augen, den sie nicht deuten konnte. Er legte eine Hand hinter ihren Rücken und drückte sie noch fester an sich.

»Ich bin nicht perfekt«, sagte er.

Kenna runzelte die Stirn. Das war nicht gerade das, was sie jetzt von ihm erwartet hatte. »Wir haben dieses Gespräch bereits geführt. Ich weiß, dass du nicht perfekt bist.«

»Nein, ich meine es ernst. Ich habe in meinem Leben Dinge getan, die jedem vernünftigen Menschen Angst einjagen würden. Wenn ich schlecht gelaunt bin, kann ich Fremden und sogar meinen Freunden gegenüber ein Arschloch sein. Ich bin zynisch und wenn ich jemanden am Straßenrand herumlungern sehe, gehe ich sofort davon aus, dass er ein Betrüger ist, der versucht, Geld für Drogen zu beschaffen. Ich bin im Allgemeinen misstrauisch, was die Absichten anderer Leute angeht, und meine Nachbarn kenne ich wirklich nicht besonders gut.«

»Marshall ...«, begann Kenna, aber er redete weiter.

»Ich möchte der Mann sein, für den du mich hältst, aber ich bin auch nur ein Mensch. Ich sage ständig dumme Dinge und habe Angst, dass du feststellst, dass ich nicht der Mann bin, den du dir in deinem Kopf aufgebaut hast, und dass du mit mir Schluss machen wirst. Ich möchte, dass du mit mir darüber sprichst, wenn ich etwas tue, das du nicht magst, oder wenn du etwas über mich hörst, das dich sauer macht oder das du nicht verstehst. Wenn meine Erklärung dann nicht gut genug ist, kannst du gehen.«

»Ich werde nicht gehen.« Kenna hatte keine Ahnung, woher das jetzt kam, aber sie wollte ihn unbedingt beruhigen.

»Ich glaube, ich brauche dich, Kenna«, sagte er. »Du musst mich aus meiner Schale holen und mich zwingen, das Gute in der Welt zu sehen anstatt nur das Schlechte. Es ist so lange her, dass ich jemanden getroffen habe, bei dem ich das Gefühl hatte, ich könnte einfach ich selbst sein. Einfach Marshall anstatt Aleck der Schlaumeier.«

Kenna beugte sich vor und lehnte ihre Stirn gegen seine. »Du hast mich«, versicherte sie ihm ernst.

»Versprich es mir«, forderte er und legte eine Hand in ihren Nacken. »Versprich mir, mit mir zu reden, wenn du Scheiße über mich hörst, die dich stört.«

Langsam wurde Kenna nervös. »Was für Scheiße?«

Er schüttelte den Kopf. »Versprich es mir«, wiederholte er und drückte ihren Nacken. Nicht stark, aber fest genug, um ihre Aufmerksamkeit zu erregen.

»Ich verspreche es«, flüsterte sie.

Bei ihren Worten schien sich jeder Muskel in Marshalls Körper zu lockern. Er fuhr mit seinem Daumen über ihren Nacken, als entschuldigte er sich dafür, wie fest er sie gepackt hatte. »Gut, vielen Dank für heute, Kenna. Ich kann mich an keine Verabredung erinnern, die ich so genossen hätte wie diese.«

»Danke, dass du mich beruhigt hast und mitgekommen bist. Ich wusste, dass dieser Strand großartig sein würde.«

»Du kannst ab jetzt jedes Mal auf mich zählen, wenn du wieder einen Privatstrand erobern möchtest. Obwohl ich mir nicht sicher bin, dass wir immer so erfolgreich sein werden wie heute.«

»Ja, genau. Es war fast zu einfach. Aber einem geschenkten Gaul schaut man nicht ins Maul«, sagte sie.

Marshall lachte. »Das ist ein seltsames Sprichwort. Ich meine, warum willst du überhaupt einem Pferd ins Maul schauen?«

»Ich weiß es nicht. Aber jetzt möchte ich den Ursprung dieses Sprichworts herausfinden«, sagte Kenna mit einem Grinsen.

»Nun, unsere Handys sind in unseren Taschen ...«, sagte er und verstummte.

»Das ist eines der Dinge, die ich so sehr an dir mag ... du glaubst nicht, dass manche Dinge, über die ich nachdenke, komisch sind. Und bis jetzt hast du alle verrückten Dinge, die ich machen möchte, mitgemacht.«

Marshall lächelte. Dann küsste er sie und leckte das Salz von ihren Lippen, bevor er seine Hände auf ihre Oberarme legte. »Bereit für eine Pause vom Wasser?«

Kenna nickte.

»Ich auch. Und nachdem ich hier gesessen habe, habe ich tatsächlich Sand in der Hose.«

Kenna konnte nicht anders, als zu lachen. Sie rutschte rückwärts von ihm herunter, stand auf und streckte ihre Hand aus. »Komm schon, du Riesenbaby. Ich kann nicht glauben, dass du ein SEAL bist, der so viel über Sand im Po jammert.«

»Hey, ich habe in der Grundausbildung schnell gelernt, dass es einfach kein Zuckerschlecken ist. Es scheuert, es scheuert ungemein«, sagte er und legte seine Hand in ihre.

Er stand auf und stolperte nicht einmal, als eine Welle gegen seine Beine krachte. Er fühlte sich im Wasser wirklich wohl und Kenna fand das höllisch sexy. Das Bild davon, wie sie sich im Meer liebten, schoss ihr durch den Kopf, bevor sie den Gedanken beiseiteschob. Heute ging es nicht um Sex, sondern darum, sich besser kennenzulernen. Aber sie war sich ziemlich sicher, dass Sex in nicht allzu ferner Zukunft auf sie wartete.

Marshall schnappte sich ihre Surfboards und sie gingen zurück zu ihren Liegestühlen. Er bestand darauf, ihr ein kühles Wasser und einen weiteren Snack zu besorgen, ohne dass sie überhaupt darum gebeten hatte.

Als sie ihm nachsah, dachte Kenna darüber nach, was er im Wasser gesagt hatte. Sie hatte keine Ahnung, was sie seiner Meinung nach über ihn herausfinden könnte. Sie wusste, dass er ein SEAL war. Sie wusste, dass er Menschen getötet hatte. Sie wusste, dass er nicht immer ein glücklicher Mensch war. Aber es musste eine große Sache sein, wenn er sich solche Sorgen darum machte. Sie konnte sich nicht vorstellen, dass irgendetwas ihre Gefühle für ihn ändern würde, aber wenn es jemals dazu kommen sollte, würde sie ihr Versprechen halten und mit ihm darüber reden, bevor sie vorschnelle Schlüsse in Bezug auf ihre Beziehung zog.

Sie verdrängte das seltsame Gespräch aus ihrem Kopf, setzte sich auf ihren Stuhl und seufzte zufrieden. Dieser Strand war perfekt. Alle waren höflich und freundlich gewesen und sie hatte kein einziges Stück Müll entdeckt. Sie hatte sich auch keine Sorgen machen müssen, dass jemand ihre Sachen stehlen könnte, während sie im Wasser waren, was wirklich eine Erleichterung war. Geld zu haben könnte vielleicht doch nicht so schlecht sein, wenn es bedeutete, an einem Ort wie diesem seine Freizeit verbringen zu können.

Kenna schloss die Augen und entspannte sich. Der Tag würde noch früh genug enden, im Moment wollte sie jede Sekunde genießen, die sie noch mit Marshall verbringen konnte.

Sie waren länger am Strand geblieben, als sie geplant hatte. Marshall hatte auf dem Rückweg zu ihrer Wohnung bei einem Wendy's angehalten, damit sie sich einen Hamburger und Pommes frites zum Abendessen holen konnte. Er hatte angeboten, sie zum Abendessen in ein Restaurant einzuladen, aber sie liebte Fast Food. Sie konnte es nicht so oft essen, wie sie wollte, aber sie liebte Pommes frites. Das bedeutete, dass sie am nächsten Morgen einen längeren Lauf machen musste, aber das war ein Preis, den sie zu zahlen bereit war.

Davon abgesehen war sie nicht angemessen gekleidet, um zu Helena oder in ein anderes Restaurant zu gehen. Sie hatte immer noch ihren Badeanzug an, ihr Haar war vom Salzwasser und dem Wind durcheinander und sie hatte keine Lust, mit jemand anderem als Marshall zu reden.

Ja, sie war extrovertiert, aber auch sie hatte ihre Grenzen. Und der heutige Tag allein mit Marshall war so schön gewesen, dass sie im Moment keine Lust auf andere Menschen hatte.

Kenna wollte ihn unbedingt bitten, mit in ihre Wohnung zu kommen. Sie könnten zusammen essen – Marshall hatte sich auch einen Burger gekauft – und dann könnte sie vielleicht vorschlagen, unter die Dusche zu springen. Nicht dass sie zusammen in ihre winzige Dusche passen würde, aber eine Frau durfte auch Fantasien haben.

Kenna schüttelte den Kopf. Sie wusste, dass sie das nicht tun würde. Der Tag war perfekt gewesen und sie wollte es nicht vermasseln. Nicht dass es etwas vermasseln würde, mehr Zeit mit Marshall zu verbringen, aber es war nicht der richtige Zeitpunkt, um sich körperlich näher zu kommen.

»Woran denkst du da drüben?«, fragte Marshall.

Vielleicht lag es daran, dass sie so entspannt war und

einen so tollen Tag gehabt hatte, aber Kenna antwortete ganz offen: »Ob ich dich bitten sollte, mit reinzukommen, oder nicht. Und ob ich vorschlagen sollte, dass wir gemeinsam duschen, um Wasser zu sparen. Aber dann wurde mir klar, dass wir sowieso nicht zusammen in meine Dusche passen würden. Und außerdem fühlt es sich dafür nicht wie der richtige Zeitpunkt an.«

Marshall griff nach ihrer Hand und sie verschränkte glücklich ihre Finger mit seinen.

»Ich denke, wir wissen beide, wohin diese Beziehung führt. Zumindest weiß ich, was ich will. Aber ich stimme dir zu, heute ist nicht der richtige Zeitpunkt dafür.«

Kenna seufzte erleichtert.

Für den Rest der Fahrt zu ihrer Wohnung sprachen sie nicht, aber es war eine angenehme Stille.

Als sie ankamen, parkte er auf einem freien Parkplatz, stellte den Motor ab und drehte sich zu ihr um. »Wie sieht dein Zeitplan für diese Woche aus?«

»Ich arbeite Montag, Dienstag, Donnerstag, Freitag und Samstag«, antwortete sie. »Ich habe ein paar Besorgungen zu erledigen, aber morgen früh werde ich als Erstes einen langen Lauf machen.«

»Spring nicht wieder auf ahnungslose Taucher«, neckte Marshall.

Kenna kicherte. »Ich bin nicht auf dich gesprungen, und ich glaube, ich habe meine Lektion gelernt«, sagte sie. »Was ist mit dir?«

»Training und Besprechungen. Es besteht die Möglichkeit, dass wir auf Mission müssen, aber wir warten noch ab, wie sich die Dinge entwickeln. Hoffentlich können die Verantwortlichen sich einigen und wir müssen nirgendwo hin.«

Kennas Bauch verkrampfte sich, aber sie nickte nur. »Das hoffe ich auch.«

»Wusstest du, dass Lexie bei Food For All in der Innenstadt arbeitet?«, fragte er.

Kenna war dankbar für den Themenwechsel. Sie war noch nicht bereit, darüber nachzudenken, dass Marshall und seine Teamkameraden in eine gefährliche Situation geraten könnten. »Sie hat es erwähnt, als wir uns das letzte Mal geschrieben haben. Sie hat einen ihrer Lieblingsgäste erwähnt, den sie häufig besucht. Ich glaube, er heißt Theo.«

»Ja, so heißt er. Wie auch immer, sie wird die Leitung einer neuen Zweigstelle in Barbers Point übernehmen, die diese Woche eröffnet wird. Die anderen Männer und ich werden beim Umzug einiger Sachen helfen. Wenn du Zeit und Lust hast, hätte sie sicher nichts dagegen, wenn du bei der Einrichtung der neuen Räume helfen könntest. Elodie wird sich dort ebenfalls ehrenamtlich engagieren. Sie will gesunde und etwas bessere Snacks für die bedürftigen Menschen in der Gegend machen.«

»Ich würde gern helfen«, sagte sie ehrlich.

»Großartig«, erwiderte er mit einem Lächeln.

Kenna musterte ihn eine Sekunde lang und sagte dann: »Es ist dir wirklich wichtig, dass ich mit Lexie und Elodie auskomme, oder?«

»Ja«, sagte er, ohne zu zögern. »Zunächst einmal, sie sind großartig, und ich weiß, dass ihr euch gut verstehen werdet, sobald ihr euch besser kennengelernt habt. Und zweitens verbringen sie viel Zeit mit dem Team. Wie ich bereits erwähnt habe, können sie dir eine große Hilfe und Unterstützung sein, wenn ich auf Mission muss.«

Kenna lächelte.

»Was?«, fragte er.

»Ich mag es einfach, wenn du langfristige Pläne machst.«

Marshall beugte sich vor und legte seine Hand noch

einmal in ihren Nacken. Es war offensichtlich sein Weg, ihre Aufmerksamkeit zu erregen. Und sie liebte es.

»Ich war mir schon vorher ziemlich sicher, dass ich eine ernste Beziehung mit dir wollte, aber nach dem heutigen Tag bin ich mir absolut sicher. Du bist alles, was ich je von einer Frau wollte, Kenna. Du bist lustig, aufgeschlossen, nett, freundlich, es macht Spaß, mit dir zusammen zu sein, und ich kann nicht leugnen, dass ich mich körperlich zu dir hingezogen fühle. Und bevor du etwas sagst, ich weiß, dass du nicht perfekt bist. Wir haben bereits besprochen, dass ich es auch nicht bin. Aber deine guten Eigenschaften überwiegen so stark, dass ich niemals über eine Schwäche, wie nicht abzuwaschen, sauer sein könnte. Lexie und Elodie sind nicht nur die Partnerinnen meiner Freunde, sie sind auch meine Freundinnen. Ich möchte unbedingt, dass ihr miteinander auskommt.«

»Das werden wir«, sagte Kenna, »daran habe ich keinen Zweifel. Ich mag sie jetzt schon. Dass sie im Duke's diese Geschichte in die Welt gesetzt haben, um mir zu helfen, dass diese Schlampen netter sind, sagt viel darüber aus, was für Menschen sie sind.«

»Gut, wirst du allein mit ihnen klarkommen? Ich kann tagsüber nicht von der Arbeit weg, um zu helfen. Wir haben vor, die großen Sachen Anfang der Woche rüberzubringen.«

»Marshall, ich bin eine professionelle Kellnerin. Ich kann mit jedem über alles reden. Das werde ich hinbekommen.« Sie fand es süß, dass er sich Sorgen machte.

»Okay, gut, aber fürs Protokoll ...«

Als er nicht fortfuhr, fragte Kenna: »Ja?«

»Wenn du mich zum Essen und Duschen reingebeten hättest, hätte ich Ja gesagt. Das hätte ich dir nicht abschlagen können.«

Kenna lächelte. Sie mochte den Gedanken, diese Art von Macht über ihn zu haben ... dieselbe Macht, die er über sie hatte. Kenna beugte sich nach vorn und küsste ihn. Er übernahm schnell die Führung, hielt sie im Nacken fest und verschlang sie.

Sie keuchten beide, als sie sich endlich voneinander trennten, um Luft zu holen.

»Verdammt«, hauchte Kenna.

»Ja«, stimmte Marshall zu. »Komm, ich bringe dich hoch.«

»Glaubst du, das ist eine gute Idee?«, neckte Kenna. Sie konnte fühlen, wie ihre Brustwarzen gegen ihren Badeanzug drückten, und sie war feucht zwischen den Beinen.

»Ich will nur dafür sorgen, dass du sicher reinkommst. Ich wäre ein schlechter Freund, wenn ich dich auf dem Parkplatz allein zurücklasse.«

Kenna schüttelte den Kopf. »Nein, das wäre normal.«

»Ich bin nicht normal«, sagte Marshall. Dann küsste er sie fest und schnell und drehte sich um, um aus dem Jeep auszusteigen.

Kenna wusste, dass sie wie eine Verrückte lächelte, aber sie konnte nicht aufhören. Marshall nahm ihre Tasche und ihre Hand und sie gingen ins Haus.

In weniger als einer Minute waren sie an ihrer Tür. Marshall reichte ihr die Strandtasche mit ihrem Essen, das er hineingelegt hatte. Er zog sie in eine lange, innige Umarmung an sich. Dann trat er zurück, als sie die Tür aufschloss.

»Gute Nacht«, sagte er.

Kenna war ein wenig beleidigt, dass er ihr keinen Abschiedskuss geben würde, aber sie hatte das Gefühl, dass sie definitiv drinnen landen würden, wenn er es tat. »Gleichfalls, gib mir Bescheid, wenn du zu Hause ankommst.«

Er nickte. »Du hast nächsten Sonntag frei, oder?«

»Ja.«

»Ich würde dich gern zu mir einladen und für dich kochen ... wenn das in Ordnung ist.«

Kenna wurde ganz aufgeregt. »Du kannst kochen?«

Marshall lachte. »Ich bin kein Chefkoch wie Elodie, aber sie hat mir ein paar Tipps gegeben und ich kann ein Steak grillen.«

»Das klingt gut. Willst du am Morgen mit mir zum Flohmarkt im Aloha-Stadion gehen?«, fragte sie.

»Ja«, antwortete er sofort.

Kenna lächelte. »Warst du schon einmal dort?«

»Nein.«

»Es wird dir gefallen. Sie haben alles von Kleidung über Souvenirs und gutes Essen bis hin zu Antiquitäten. Ich mag es, mich mit den Künstlern zu unterhalten. Sie haben meistens erstaunlich interessante Geschichten.«

Marshall lächelte. »Ich mag es, wenn du dich so darauf freust, etwas zu unternehmen«, sagte er. »Wir können die Logistik später besprechen.«

»Klingt gut.«

»Pass auf dich auf nächste Woche.«

»Das werde ich«, beruhigte Kenna ihn.

Für eine Sekunde standen sie beide stocksteif da und starrten sich an, bevor Marshall tief Luft holte und sich zurückzog.

Kenna sah ihm nach, als er rückwärts den Flur hinunterging.

»Geh rein«, verlangte er.

Es war beruhigend, dass er die gleiche Anziehungskraft zu ihr verspürte wie sie zu ihm. Kenna winkte ihm kurz zu, dann stieß sie die Tür auf und ging in ihre Wohnung.

Sie schloss die Tür und lehnte sich mit einem breiten Lächeln im Gesicht dagegen. Man konnte mit Sicherheit sagen, dass sie sich bis über beide Ohren in Marshall Smart verliebt hatte. Sie hatte keine Ahnung, worüber er so beunruhigt war, sollte sie davon erfahren, aber sie hatte das Gefühl, was auch immer es war, es würde ihr nichts ausmachen.

Sie war so glücklich wie schon lange nicht mehr. Kenna holte ihr Abendessen aus der Strandtasche und ging zum Sofa. Erst essen, dann duschen, dann würde sie Lexie schreiben und herausfinden, wie sie ihr mit dem neuen Standort von Food For All helfen konnte.

Es würde eine arbeitsreiche Woche sein und Kenna freute sich jetzt schon darauf, Marshall am nächsten Sonntag wiederzusehen. Ja, sie würden im Laufe der Woche miteinander reden, aber zu sehen, wo er lebte und wie er für sie kochte ... das schien der perfekte Zeitpunkt zu sein, um ihre körperliche Beziehung zu vertiefen.

Es so auszudrücken klang fast zu anständig. In Wirklichkeit wollte Kenna Marshall so sehr ficken, wie sie es seit Langem nicht mehr gewollt hatte. Und sie hatte das Gefühl, dass es am nächsten Wochenende so weit wäre.

Sie lächelte immer noch, als sie einen großen Bissen von ihrem Burger nahm. Er war lauwarm, aber nichts könnte ihr die schöne Erinnerung an diesen Tag verderben.

# KAPITEL ZEHN

Die Woche verging schnell. Zwischen Training, Besorgungen, Gesprächen mit Marshall und der Arbeit war die Zeit wie im Flug vergangen.

Es war bereits Mittwochmorgen und Kenna war auf dem Weg zu Barbers Point, um sich dort mit Lexie, Elodie und einer anderen Frau namens Ashlyn zu treffen, die mit Lexie zusammenarbeitete, um den neuen Standort für Food For All einzurichten. Sie hatte sogar Carly davon überzeugt mitzukommen. Sie hatte Marshall nichts vorgemacht, sie konnte mit jedem über alles reden, aber sie war froh, dass Carly zugesagt hatte, sie zu begleiten.

Kenna machte sich außerdem Sorgen um ihre Freundin. Carly war seit der Konfrontation mit Shawn im Duke's nirgendwo mehr hingegangen. Sie hatte es vorgezogen, so viel Zeit wie möglich in ihrer Wohnung zu verbringen, bis es Zeit war, zur Arbeit zu gehen. Es war nicht so, dass Kenna ihr Vorwürfe machte. Wenn Shawn *ihr* Ex-Freund wäre, wäre sie auch sehr vorsichtig, aber es war nicht gerade gut für Carly, sich zu verschanzen.

Ein Grund mehr, Shawn zu hassen.

Aber heute hatte sie Carly überzeugt mitzukommen und sie freute sich darauf, Zeit mit ihrer Freundin außerhalb der Arbeit zu verbringen.

Als sie zur Westseite der Insel fuhren, fragte Kenna so gelassen wie sie konnte: »Also ... wie läuft es mit Jag? Redet ihr noch miteinander?«

»Es läuft okay. Und ja.«

Kenna konnte erkennen, dass Carly nicht über den gut aussehenden SEAL sprechen wollte, aber sie war nicht bereit, das Thema fallen zu lassen. »Marshall hat gesagt, er macht sich Sorgen um dich.«

Carly seufzte und sah zu Kenna hinüber. »Hör zu, ich weiß, dass du mit Marshall wahnsinnig glücklich bist, aber denk nicht einmal daran, dass ich etwas mit seinem Freund anfangen werde. Ich bin fertig mit Männern. Das meine ich ernst. Vielleicht nicht für immer, aber auf absehbare Zeit, okay?«

»Okay, okay«, sagte Kenna. »Ich möchte, dass du glücklich bist. Und nur weil Shawn nicht der richtige Mann für dich war, heißt das nicht, dass es nicht jemand anderes sein könnte. Ganz zu schweigen davon, dass nicht alle Männer Arschlöcher sind.«

»Ich weiß. Und ich mag Jag wirklich. Er ist nett und ich fühle mich sicher bei ihm. Aber ich bin immer noch nicht bereit. Ich habe das Gefühl, dass ich erst wieder auf eigenen Füßen stehen und lernen muss, alleine glücklich zu sein. Es wäre ihm gegenüber nicht fair, mit ihm auszugehen, wenn ich nicht bereit dafür bin.«

»Ich verstehe«, sagte Kenna. Sie hatte das Gefühl, dass Carly es nicht bereuen würde, wenn sie Jag eine Chance gäbe, aber *sie* musste diejenige sein, die entschied, wann sie dazu bereit war. »Danke, dass du heute mitkommst«, sagte sie und wechselte das Thema.

Carly lächelte. »Danke, dass du mich gefragt hast. Ich

weiß, dass ich mehr rausgehen muss, aber ich habe Angst, dass Shawn mir auflauert, sobald ich meine Wohnung verlasse.«

»Ich verstehe. Aber heute wird dir niemand wehtun. Es wird Spaß machen.«

»Wer ist noch da? Kommt außer den beiden Frauen im Duke's neulich noch jemand?«

»Ja, Elodie und Lexie werden da sein. Lexie arbeitet für Food For All und sie eröffnen diesen neuen Standort. Sie ist anscheinend dafür verantwortlich, alles einzurichten. Eine andere Frau, die mit ihr zusammenarbeitet, wird auch da sein, soweit ich weiß. Ihr Name ist Ashlyn.«

»Cool, die Männer kommen also nicht?«, fragte Carly etwas zu lässig.

Kenna unterdrückte ein Grinsen. Sie hatte das Gefühl, dass Jag Carly bald soweit hätte, wenn er noch ein bisschen Geduld hätte. »Nein, sie müssen arbeiten. Ich glaube, sie haben gestern geholfen, die größeren Möbel einzuräumen.«

Carly nickte.

Den Rest des Weges zu Barbers Point unterhielten sie sich über die Arbeit und ihre Schichten. Kenna parkte einen Block vom Food For All Gebäude entfernt auf einem Parkplatz. Sie und Carly stiegen aus ihrem treuen Chevy und gingen den Bürgersteig hinunter.

Die Fenster des Gebäudes waren mit hellbraunem Papier abgedeckt, was der Öffentlichkeit zeigte, dass sie noch nicht geöffnet hatten. Lexie hatte Kenna gesagt, sie sollten einfach reinkommen, wenn sie eintrafen.

Kenna stieß die Tür auf und sie betraten einen großen, hellen und einladend wirkenden Raum. Sie lächelte. Wenn sie Pech im Leben gehabt hätte und sich schlecht fühlen würde, weil sie um Hilfe bitten musste, um sich selbst oder ihre Familie zu ernähren, würde sie sich sofort besser fühlen, sobald sie den Raum betreten hatte. Er war kein bisschen deprimierend. Er wirkte fast fröhlich. Die Wände waren strahlend weiß und die Beleuchtung war lebendig, aber ohne grelles Licht von Leuchtstoffröhren. Und sobald das Papier von den Fenstern verschwunden war, würde dieser Ort durch das Sonnenlicht noch freundlicher werden.

»Hallo!«

»Super, Kenna und Carly sind da!«

»Schön, dich wiederzusehen!«

Die herzliche Begrüßung der drei Frauen ließ Kenna noch breiter lächeln. Es erinnerte sie an die alte Fernsehserie *Cheers*, wo Norm jedes Mal von allen begrüßt wurde, wenn er die Kneipe betrat.

Kenna winkte allen zu. »Hallo! Ihr erinnert euch noch an Carly, oder?«

»Wie könnten wir die beste Kellnerin aller Zeiten vergessen?«, sagte Elodie mit einem Grinsen.

»Und das ist Ashlyn. Sie arbeitet mit mir bei Food For All zusammen«, sagte Lexie.

»Schön, dich kennenzulernen«, sagte Kenna höflich.

»Gleichfalls. Ich habe von Lexie schon viel über dich gehört«, sagte Ashlyn.

»Ihr könnte eure Taschen dort drüben abstellen«, sagte Lexie und zeigte auf einen Tisch an der Wand, auf dem ihre eigenen Taschen standen. »Dann machen wir uns an die Arbeit.«

»Was machen wir heute?«, fragte Kenna, als sie zum Tisch ging.

»Die Oberaufseherin hat eine ganze Liste mit Aufgaben«, scherzte Ashlyn.

»Ach, halt die Klappe«, sagte Lexie und warf ein zerknülltes Blatt Papier nach ihrer Freundin.

Alle lachten.

Kenna hatte das Gefühl, dass sie heute eine Menge Spaß

haben würden. Das brauchte sie. Es war schön, mit ein paar Frauen außerhalb der Arbeit Kontakt zu haben.

Kenna hörte, wie die Tür erneut geöffnet wurde, und sah, wie ein Mann den Raum betrat. Er war groß, ziemlich dünn und hatte langes, zerzaustes Haar. Seine Lippen bewegten sich, als würde er mit sich selbst sprechen, aber es war nichts zu hören. Er starrte auf den Boden, als er in der Nähe der Tür stehen blieb. Er trug eine große Tasche voller leerer Dosen und seine Kleidung war abgenutzt.

Kenna wartete darauf, dass Lexie oder Ashlyn dem Mann sagten, dass sie noch nicht geöffnet hatten. Aber stattdessen begrüßte Lexie den Mann mit seinem Namen.

»Hallo Theo, hast du letzte Nacht gut geschlafen?«

Er nickte, hob aber weder den Kopf noch antwortete er verbal.

»Gut, glaubst du, es wird dir hier gefallen, anstatt in die Innenstadt zu gehen?«

Daraufhin sah Theo zum ersten Mal auf. Er starrte Lexie an, als hätte sie ihm gerade den Himmel auf Erden versprochen. »Ich mag mein Bett und mein Zimmer. Es ist still und es gibt einen Park in der Nähe mit Bäumen.«

»Du magst Bäume, nicht wahr?«, fragte Lexie sanft.

Theo sah wieder hinunter auf seine Füße und nickte.

»Gut, wir fangen hier gerade erst an. Du kannst bleiben, wenn du willst.«

»Bleiben«, murmelte Theo leise.

Kenna erschreckte sich, als Ashlyn leise neben ihr zu reden anfing. Kenna hatte sie nicht kommen hören. »Theo hat geholfen, ihr das Leben zu retten. Lexie würde alles für ihn tun. Er beschützt sie auf seine Weise. Sobald feststand, dass sie hier arbeiten würde, hat sie alles daran gesetzt, dass er mit hierherziehen kann. Sie hat ihn gefragt, ob er hierherkommen wolle, und er hat zugestimmt. Dann hat sie eine Einzimmerwohnung für ihn gemietet und es scheint ihm wirklich gut zu gehen.«

Kenna kannte die Details von Lexies Geschichte nicht und war sehr neugierig, was passiert war und wie dieser ehemalige Obdachlose ihrer neuen Freundin das Leben gerettet hatte. Aber jetzt war nicht der richtige Zeitpunkt, um danach zu fragen.

Theo schlurfte in die Ecke zu einem kleinen Tisch und setzte sich auf einen Stuhl. Er stellte seine Tasche zwischen seine Beine, als dachte er, eine der Frauen könnte sie ihm wegnehmen. Kenna nahm keinen Anstoß daran. Wenn sie obdachlos wäre, wäre sie wahrscheinlich auch paranoid, dass jemand ihre Sachen stehlen könnte.

Lexie ging zu einer Kühlbox und holte eine Flasche Wasser heraus. Sie brachte sie zu Theo und stellte sie wortlos auf den Tisch. Dann wandte sie sich an die Frauen und sagte: »Okay, Elodie möchte zuerst den hinteren Raum einrichten, damit wir das Programm für die Snacks so schnell wie möglich starten können. Dazu müssen einige der Regale verschoben werden, die die Jungs gestern gebracht haben. Wir müssen außerdem den Boden fegen, die Toiletten putzen, die Tische und Stühle aufstellen und generell alles so einladend wie möglich gestalten.«

Ashlyn stöhnte und beugte sich mit einer Hand im Rücken nach vorn, als wäre sie einhundert Jahre alt.

Alle lachten.

»Obwohl ich es mag, wie hell dieser Raum ist, ist es ein wenig ... krass. Ich dachte, bevor wir auspacken oder mit dem Putzen beginnen, könnten wir vielleicht die Wände streichen. Ich hätte gern ein farbenfrohes Wandbild wie in Kakaako.«

»Was ist das?«, fragte Carly.

»Ein Viertel zwischen Waikiki und der Innenstadt von Honolulu. Früher war es eine industrielle Geisterstadt hauptsächlich mit Autowerkstätten und alten Lagerhallen. Aber eine Reihe von ortansässigen Künstlern hat die alten Gebäude zu Leinwänden umfunktioniert, und das hat die Gegend wiederbelebt. Inzwischen gibt es dort eine Reihe von Brauereien und anderen Unternehmen. Einmal im Monat gibt es sogar ein Treffen von Imbisswagen.«

»Wieso weiß ich nichts davon?«, fragte Kenna niemanden im Speziellen.

»Weil du keinen Grund hast, dorthin zu fahren«, warf Elodie ein.

»Jetzt habe ich einen«, erwiderte Kenna. »Carly und ich werden auf dem Rückweg nach Waikiki durchfahren.«

»Großartig«, sagte Ashlyn mit einem Lächeln.

»Also ... wer wird dieses Wandgemälde anfertigen, Lexie? Ich habe kein künstlerisches Talent und ich glaube, du auch nicht«, sagte Elodie.

»Ich bin raus«, stimmte Ashlyn zu.

»Ich nehme an, keine von euch ist Künstlerin?«, fragte Lexie an Kenna und Carly gerichtet.

»Tut mir leid, ich nicht«, sagte Kenna.

»Ich kann nicht einmal eine gerade Linie ziehen«, stimmte Carly zu.

»Mist, so viel zu meiner großartigen Idee«, sagte Lexie seufzend.

»Ich kann zeichnen.«

Alle fünf Frauen drehten sich zu Theo um. Er saß immer noch am Tisch, blickte auf die Tischplatte und zeichnete mit dem Finger imaginäre Kreise in den Staub auf der Tischplatte.

Lexie ging zu ihm hinüber und hockte sich neben seinen Stuhl. »Du kannst zeichnen, Theo?«

Er nickte.

Lexie drehte sich um und deutete auf Elodie. »Bringst du mir bitte ein Blatt Papier und einen Stift?«

Elodie eilte zu dem Tisch mit ihren Taschen, holte ein Blatt Papier aus einer Mappe und brachte es Theo und Lexie.

Kenna beobachtete interessiert, wie Lexie sich ihrem unkonventionellen Freund zuwandte und die Utensilien vor ihm auf den Tisch legte. »Kannst du mir etwas zeichnen?«

»Ja.«

»Vielleicht das Meer mit einem hübschen Strand, einigen Häusern und einem Berg.«

»Wie bei Diamond Head?«, fragte Theo und sah zu ihr auf.

»Ja, genau. Und vielleicht noch irgendwo ein heller Regenbogen dazu. Jeder mag Regenbögen. Sie machen glücklich.«

Theo nickte und beugte sich über das Papier.

Lexie stand auf und wich vom Tisch zurück, um Theo Platz zu geben.

»Glaubst du wirklich, dass er zeichnen kann?«, flüsterte Carly, als Lexie zu den Frauen zurückkam.

»Das hoffe ich auf jeden Fall. Sonst werden die Wände hier drinnen sehr langweilig bleiben«, sagte Lexie. »Wir haben im Moment nicht das Geld, einen Künstler zu engagieren.«

»Wir könnten Aleck fragen«, schlug Elodie vor.

Kenna blinzelte überrascht bei dieser Bemerkung, die aus heiterem Himmel kam.

»Könnten wir«, stimmte Lexie zu, »aber er hat schon so viel gespendet, dass ich ihn nur ungern um etwas anderes bitten möchte.«

»Er kann es sich leisten«, sagte Elodie lässig.

»Ich weiß, aber ich will ihn nicht ausnutzen. Vor allem nicht, wenn ich später vielleicht tatsächlich noch etwas anderes von ihm brauche.«

Elodie und Ashlyn nickten zustimmend, aber Kenna sah Carly nur verwirrt an.

Elodie fing ihren Blick auf und fragte: »Was ist los?«

Kenna zuckte die Achseln. »Ich glaube, ich bin nur verwirrt darüber, warum du Marshall um Geld bitten würdest.«

»Er ist stinkreich«, sagte Lexie beiläufig, während sie bereits Stühle aufstellte. »Du würdest es nie glauben, wenn du ihn siehst oder mit ihm redest. Er ist einer dieser Millionäre, die auf dem Boden der Tatsachen geblieben sind. Ich schwöre, dass ich ihn nicht ausnutze. Deshalb würde ich ihn auch nicht darum bitten, für einen Künstler zu bezahlen, um ein Wandbild anzufertigen. Er war auch so schon mehr als großzügig.«

Kenna hing immer noch am ersten Teil ihrer Aussage fest und hatte Mühe, darüber hinwegzukommen, dass Marshall *Millionär* war.

»Du wusstest das nicht? Oh, es tut mir leid, wenn wir die Katze aus dem Sack gelassen haben«, sagte Elodie sanft. »Er prahlt nicht gern damit, dass seine Eltern eine Menge Geld mit Immobilien verdienen und einen Treuhandfonds für ihn eingerichtet haben.«

»Und er zahlt ihnen sogar den Preis für sein Penthouse in Coral Springs ab. Er hat uns erzählt, dass sie es als Ferienwohnung gekauft haben. Aber als er hier stationiert wurde, haben sie darauf bestanden, dass er dort einzieht. Sie haben es auf seinen Namen umgeschrieben«, erklärte Lexie.

Kenna erstarrte vollkommen, als sie hörte, wo Marshall wohnte.

Gott, was war sie für eine Idiotin.

Kein Wunder, dass es so einfach gewesen war, an den Privatstrand zu gelangen. Marshall *wohnte* dort. Und er hatte kein Wort gesagt.

Sie fühlte sich gedemütigt.

Und einfach so war die beste Verabredung, die sie in ihrem ganzen Leben gehabt hatte, verdorben.

Carly bemerkte offensichtlich, wie aufgebracht sie war, obwohl sie nicht wusste warum. Sie legte eine Hand auf Kennas Arm.

Kenna wusste, dass sie etwas sagen sollte, aber sie musste immer noch die Tatsache verarbeiten, dass Marshall in all den Gesprächen, die sie geführt hatten, kein Wort darüber verloren hatte, wie reich er war. Das tat furchtbar weh.

Sie wurde aus der peinlichen Stille gerettet, als Theo sagte: »Fertig!«

Alle richteten die Aufmerksamkeit auf ihn, als er den Stift auf den Tisch legte. Lexie ging hinüber und hob das Blatt auf. Die Überraschung stand ihr ins Gesicht geschrieben.

»Kannst du das noch mal zeichnen? Aber auf die Wand? Und viel größer?«, fragte sie ihn.

Theo nickte.

Kenna wandte sich mit einem breiten Lächeln im Gesicht zu den Frauen um. »Sieht so aus, als hätten wir unseren Künstler gefunden«, sagte sie.

Elodie und Ashlyn jubelten und eilten hinüber, um zu sehen, was Theo gezeichnet hatte. Carly nutzte die Gelegenheit, um Kenna leise zu fragen: »Alles in Ordnung?«

»Nein«, antwortete sie ehrlich. »Aber darüber werde ich jetzt nicht nachdenken. Wir haben viel zu tun und ich möchte alle hier kennenlernen. Ich kann das nicht tun und gleichzeitig darüber nachdenken, wie sehr Marshall mich belogen hat.«

Carly runzelte die Stirn. »Okay, aber ich bin hier, wenn du reden willst.«

»Danke«, sagte Kenna. »Das bedeutet mir viel.«

Carly nickte und zog Kenna zu Theo, um seine Zeichnung zu sehen. Sie ging freiwillig, denn sie wollte vergessen, was sie gerade über Marshall erfahren hatte. Es war zu verletzend, um jetzt darüber nachzudenken.

Der Rest des Vormittags und der frühe Nachmittag vergingen wie im Flug. Elodie bestellte Mittagessen für alle, Burger, Pommes frites und Malasadas zum Nachtisch. Theo erwies sich als unglaublich talentiert. Er mochte eine geistige Behinderung und fragwürdige Hygienestandards haben, aber das tat seiner künstlerischen Begabung offensichtlich keinen Abbruch. Nachdem er die Strandszene auf der Wand fertig gezeichnet hatte, hatten alle damit begonnen, es auszumalen, als Kenna und Carly aufbrechen mussten.

Da Carly an diesem Abend arbeiten musste, müsste sie zuvor noch einmal nach Hause, um sich umzuziehen und für ihre Schicht fertig zu machen. Sie hatten nicht viel Fortschritt mit der Einrichtung des Raumes gemacht, aber Kenna war begeistert, wie gut alle miteinander auskamen. Elodie und Lexie waren genauso lustig wie an dem Abend im Duke's.

Kenna hatte die Kurzfassung ihrer Geschichten gehört und war entsetzt gewesen. Sie war nicht allzu sehr überrascht zu hören, wie Marshall und sein SEAL-Team sich zusammengeschlossen hatten, um die Frauen zu retten. Sie war auch sehr an den Missionen interessiert gewesen, auf denen sie Elodie und Lexie erst kennengelernt hatten. Es war schwer für sie, sich Marshall in vollem SEAL-Modus vorzustellen, aber sie hatte das Gefühl, dass es beeindruckend wäre.

Über Marshall und seine Freunde zu hören war auch ein wenig schmerzhaft. Es erinnerte sie an seine Täuschung. Dabei half es nicht, dass Lexie immer wieder über den Meeresblick von seiner Penthouse-Wohnung in Coral Springs schwärmte.

Aber jedes Mal, wenn das Gespräch auf ihn kam, weigerte Kenna sich, darauf einzugehen. Sie würde heute Abend viel Zeit haben, um über alles nachzudenken, worüber sie gesprochen hatten.

Ashlyn war genauso nett wie die beiden anderen Frauen. Und es hatte Kenna überrascht, als Lexie anfing, sie wegen Slate aufzuziehen. Der Mann war ihr eher ungeduldig und nicht sonderlich an einer Beziehung interessiert erschienen. Sie kannte ihn allerdings nicht sehr gut. Ashlyn hingegen war kontaktfreudig und quirlig und Kenna hatte Schwierigkeiten, sie sich mit Slate vorzustellen.

Natürlich wurde das Gespräch dann auf Carly, ihren Ex-Freund und Jag gelenkt. Carly hatte sich geöffnet und über Shawn gesprochen und wie gut die Dinge zuerst gelaufen waren, bis seine Persönlichkeit sich komplett geändert hatte. Lexie und Elodie erzählten Ashlyn alles darüber, was im Duke's passiert war und wie Kenna ihn geschubst hatte, um ihn dazu zu bringen, Carly loszulassen, bevor Midas und Marshall ihn dingfest gemacht hatten.

Als Kenna und Carly gingen, waren aus den fünf Frauen Freundinnen geworden. Alle hatten noch einmal ihre Telefonnummern miteinander ausgetauscht und Kenna fühlte sich gut, neue Freundinnen gefunden zu haben. Sie genoss es auch, mit den Frauen auf der Arbeit zu reden, aber es war schön, nicht ständig fachsimpeln zu müssen.

Nachdem Kenna versprochen hatte, sich bald wieder zu melden, um sich noch einmal zu verabreden, ging sie mit Carly zu ihrem Wagen.

Keiner sprach, bis sie auf dem Rückweg nach Waikiki waren.

»Willst du darüber reden?«, fragte Carly.

Kenna brauchte nicht zu fragen, was sie meinte. Sie wusste es. Seufzend schüttelte sie den Kopf. »Ich hatte keine Ahnung. Ich fühle mich wie eine Idiotin.«

»Das tut mir leid«, sagte Carly.

»Die Sache ist die, ich habe ihm mehr als einmal gesagt, dass ich es hasse, angelogen zu werden. Und trotzdem hat er so ein Geheimnis vor mir.«

»Aber hat er dich wirklich angelogen?«, fragte Carly.

»Natürlich hat er das. Ich hatte keine Ahnung, dass er Millionär ist«, rief Kenna aus.

»Aber hat er behauptet, dass er es *nicht* ist?«, hakte Carly nach.

»Warum bist du auf seiner Seite?«, fragte Kenna. »Du solltest meine Freundin sein und mich unterstützen.«

»Das tue ich«, sagte sie ruhig. »Aber glaub mir, ich weiß, wie ein Lügner vorgeht. Shawn war wirklich gut darin. Und es scheint mir, dass zu verschweigen, dass er eine Menge Geld hat, etwas anderes ist, als darüber zu lügen.«

»Ich komme mir wie eine Idiotin vor. Ich war so aufgeregt darüber, mich in Coral Springs an den Strand zu schleichen – und er *wohnt* dort! Wahrscheinlich hat er sich innerlich über mich totgelacht.«

»Das bezweifle ich. Wenn ich raten müsste, würde ich denken, dass er in Panik geraten ist.«

»Worüber?«, spottete Kenna skeptisch.

»Hast du ihm gesagt, an welchen Strand du dich schleichen wolltest, bevor er dich abgeholt hat?«

»Nein, ich wollte, dass es eine Überraschung ist.«

»Genau! Als du ihn also gebeten hast, auf seinen eigenen Parkplatz zu fahren, war er bestimmt schockiert.«

Kenna seufzte. Das könnte natürlich sein. Aber sie war noch nicht bereit, ihn vom Haken zu lassen. »Er hatte danach viel Zeit, um es mir zu sagen«, beharrte sie. »Wir haben den ganzen Tag dort verbracht. Er hätte es mir irgendwann sagen müssen.«

»Hör zu, ich sage nicht, dass du im Unrecht bist, dich zu

genieren oder dich sogar betrogen zu fühlen, aber Kenna, du bist in gewisser Weise ein Bons.«

Kenna runzelte die Stirn und sah zu Carly hinüber. Gott sei Dank war nur wenig Verkehr, sodass sie sowohl das Autofahren als auch dieses intensive Gespräch miteinander in Einklang bringen konnte. »Ein Was? Was zum Teufel ist ein Bons?«

»Ein Snob rückwärts gesprochen. Du bist ein umgekehrter Snob. Anstatt auf Menschen herabzusehen, die kein Geld haben, verurteilst du sie dafür, dass sie reich sind.«

Kenna stöhnte. Die Feststellung ihrer Freundin war irgendwie ironisch, da sie Marshall am ersten Abend in ihrer Pause vom Duke's einen Snob genannt hatte. »Nein, das tue ich nicht«, sagte sie.

»Doch, das tust du«, beharrte Carly sanft. »Das ist mir schon oft aufgefallen. Jedes Mal wenn jemand hereinkommt, der so aussieht, als hätte er viel Geld, schaust du ihn von oben herab an. Du fühlst dich viel wohler mit Leuten, von denen du glaubst, dass sie der Mittel- oder Unterschicht angehören, als mit den reichen Touristen oder Einheimischen, die oft zu uns ins Restaurant kommen.«

Kenna wollte protestieren. Sie wollte es abstreiten, aber sie wusste, dass es stimmte. »Ich ... die Leute schauen einfach auf *mich* herab, weil ich nicht daran interessiert bin, im Büro zu arbeiten und sechsstellige Beträge im Jahr zu verdienen. Ich bin glücklich damit, Kellnerin zu sein.«

»Dann fick sie alle«, sagte Carly.

Kenna konnte nicht anders, als zu lachen. Ihre Freundin fluchte nicht sehr oft, daher war es etwas überraschend, dass sie es jetzt tat.

»Das meine ich so. Du bist erwachsen und kannst tun und lassen, was du willst. Und wenn du glücklich bist, wen interessiert es, was andere denken? Aber im Ernst, Mädchen, du hast einen Freund, der reich ist. Warum bist du darüber sauer? Die meisten Frauen würden vor Freude Luftsprünge machen. Wenn die Sache mit euch läuft, kannst du in einem Penthouse mit wunderschönem Meeresblick wohnen und *trotzdem* Kellnerin sein. Und du brauchst dir keine Sorgen mehr über so lästige Dinge wie Miete und Geld für den Lebensunterhalt zu machen.«

Kenna seufzte. Sie wusste, dass Carly recht hatte, aber sie kam nicht darüber hinweg, dass Marshall den ganzen Tag mit ihr an seinem eigenen verdammten Privatstrand verbracht hatte, ohne ein Wort zu sagen. »Ich weiß«, sagte sie nach einem Moment.

»Ich habe dich noch nie so aufgeregt und glücklich gesehen wie in den letzten Wochen«, sagte Carly. »Und das ist *seinetwegen*. Nicht wegen seines Geldes, sondern wegen seiner SMS und eurer abendlichen Telefonate. So einem Mann begegnet man nicht oft. Glaub mir, ich weiß es.«

»Carly ...«, begann Kenna, aber ihre Freundin unterbrach sie, bevor sie fortfahren konnte.

»Ich habe Shawn nicht erwähnt, um dieses Gespräch auf mich zu ziehen. Ich möchte nur nicht, dass du eine bis jetzt erstaunliche Beziehung beendest, bevor sie richtig begonnen hat. Nicht wegen etwas so Dummem wie Geld.«

Kenna fand das Thema nicht dumm, aber sie konnte Carlys Standpunkt verstehen.

»Sprich mit ihm«, drängte sie. »Hör ihm zu. Du bist wirklich gut darin, den Charakter eines Menschen zu erkennen. Du wirst merken, ob er dir nur etwas vormacht, wenn er dir erklärt, warum er es dir verschwiegen hat. Aber du musst ihm eine Chance geben. Mach das nicht kaputt.«

Kenna konnte nicht anders, als zu lachen. »Du klingst, als wärst du sehr an unserer Beziehung interessiert.«

»Das bin ich auch irgendwie. Ich meine, Jag ist ein guter Freund und es wäre peinlich für mich, über ihn zu sprechen oder ihn zu sehen, wenn du mit Aleck Schluss machst.«

Kenna grinste. »Also gibst du zu, dass du Jag magst?«

»Natürlich mag ich ihn«, sagte Carly.

»So wie er dich«, stellte Kenna klar.

»Nein«, sagte Carly hartnäckig.

Aber die Tatsache, dass sie davon sprach, Jag in Zukunft zu sehen, war eine große Sache. Das wussten sie beide, auch wenn Carly es nicht zugeben würde.

Als das Gespräch ausklang, wurde Kenna wieder nüchtern, während sie darüber nachdachte, was sie später am Abend zu tun hatte.

Sie erinnerte sich daran, was Marshall gesagt hatte. Wenn sie jemals etwas über ihn hören sollte, das ihr nicht gefiel, sollte sie mit ihm darüber reden. Sie hatte es ihm versprochen. Sie hoffte inständig, dass es diese Sache war, die er gemeint hatte. Sie war sich nicht sicher, ob sie mit einem anderen dunklen Geheimnis umgehen könnte.

Kenna hatte vergessen, auf dem Rückweg durch Kakaako zu fahren, um sich die Wandmalereien anzusehen. Sie würde es an einem anderen Tag nachholen. Sie hielt vor Carlys Wohnung, um sie abzusetzen, und ihre Freundin drehte sich noch einmal zu ihr um.

»Danke, dass du mich heute mitgenommen hast. Ich hatte sehr viel Spaß.«

»Keine Ursache.«

»Ich habe nicht so viele Freunde hier und sich vor Shawn in meiner Wohnung zu verstecken war einsam. Ich werde mich anstrengen, mein Leben wieder in den Griff zu bekommen, dank dir.«

Kenna lächelte. »Sei nur vorsichtig, okay?«

»Das werde ich. Ich habe keine Lust, noch einmal auf dieses Arschloch zu treffen. Ich sage nur, dass es mir sehr gut gefallen hat, heute mit den anderen Frauen abzuhängen. Ich hoffe, dass ich sie wiedersehen kann.«

»Da bin ich mir sicher. Wir haben unsere Nummern

ausgetauscht und ich habe das Gefühl, dass es nicht lange dauern wird, bis wir uns wiedersehen.«

»Das hoffe ich«, sagte Carly mit einem Lächeln. »Wir sehen uns morgen bei der Arbeit.«

»Ja, bis morgen«, sagte Kenna. Sie blieb am Bordstein stehen, bis Carly sicher in der Eingangshalle ihres Wohnhauses war, dann fuhr sie los zu ihrer eigenen Wohnung.

Sie freute sich nicht auf das, was sie noch tun musste, aber sie hatte ein paar Stunden Zeit, um darüber nachzudenken, was sie Marshall sagen sollte. Sie war nicht glücklich darüber, dass er sie angelogen hatte, aber sie wollte auch kein Bons sein, wie Carly es ausgedrückt hatte. Die Peinlichkeit und das schlechte Gefühl, dem Marshall sie dadurch ausgesetzt hatte, schmerzten aber unter der Oberfläche.

Wenn sie und Marshall ihre Beziehung fortsetzen wollten, musste sie einen Weg finden, dieses Gefühl zu überwinden. Aber sie war sich noch nicht sicher wie. Und das beunruhigte sie.

Also würde sie im Laufe des Nachmittags versuchen, ihre Gefühle zu sortieren, und Marshall später anrufen. Sie würden reden und dann würde sie eine Entscheidung treffen, ob sie ihn weiterhin sehen wollte.

Allein der Gedanke daran, nicht mit ihm zu reden und nicht zum Flohmarkt zu gehen, wie sie es ausgemacht hatten, war schmerzhaft. Das sagte eine Menge über ihre Gefühle aus. Sie wollte nicht mit ihm Schluss machen, aber sie wollte auch nicht das Gefühl haben, dass er sich über sie lustig machte.

Ihr Magen verkrampfte sich, als sie über das anstehende Telefonat nachdachte. Morgen um diese Zeit wäre zwischen ihr und Marshall entweder wieder alles in Ordnung oder sie würden getrennte Wege gehen.

Ihr war schlecht vor Aufregung.

# KAPITEL ELF

Aleck runzelte die Stirn über die SMS, die er gerade von Kenna erhalten hatte.

*Kenna*: Wir müssen reden.

Es gab ein Gerücht, dass es niemals etwas Gutes bedeuten konnte, wenn eine Frau das zu einem Mann sagte. Und es stimmte hundertprozentig. Aleck hatte das Gefühl, er wusste bereits, worüber sie reden wollte.

Er trat sich innerlich selbst in den Hintern. Er hätte ihr am Samstag sagen sollen, dass er in Coral Springs lebte. Er hatte den Tag zu sehr genossen, um es anzusprechen. Er hatte die Stimmung nicht ruinieren wollen.

Er hatte nicht viel darüber nachgedacht, als sie mit Elodie und Lexie abhing, aber er hätte die beiden Frauen wahrscheinlich warnen sollen, dass er Kenna nichts von seinem Geld erzählt hatte. Vielleicht hätte er sie bitten sollen, Kenna gegenüber nichts zu erwähnen, bis er die Gelegenheit hatte, es ihr selbst zu sagen.

Aber das hatte er nicht getan. Kenna hatte den Nachmittag mit Elodie und Lexie verbracht und nun wollte sie »reden«. Wahrscheinlich hatten sie etwas gesagt. Er hat Kenna gebeten, mit ihm zu reden, wenn sie etwas über ihn hörte, das ihr nicht gefiel. Es sah zumindest so aus, als würde sie dieses Versprechen halten.

Schnell schickte er eine SMS zurück.

*Aleck*: Natürlich. Jederzeit. Ich bin zu Hause und habe nichts vor.

Er wollte das lieber sofort hinter sich bringen, sich entschuldigen und auf den Knien rutschen, falls nötig.

*Kenna*: Okay.

Sie sagte nicht, wann sie anrufen würde, aber Aleck bohrte nicht nach. Er ging mit dem Handy in der Hand auf und ab und versuchte, sich eine gute Erklärung zu überlegen, warum er ihr nicht gesagt hatte, dass er in Coral Springs lebt. Warum er verschwiegen hatte, dass er einen siebenstelligen Betrag auf seinem Bankkonto hatte. Es war fast amüsant, dass Kenna sauer darüber war, dass er reich war. Die meisten Frauen wären begeistert, aber nicht seine Kenna.

Seine Kenna.

Scheiße, war sie noch seine?

»Komm schon, ruf an«, murmelte er. Er wollte, dass

diese Sache erledigt war. Er hasste es, dass sie aufgebracht war.

Aleck blieb stehen und lachte leise. Nicht weil es lustig war, sondern weil er nicht einmal wusste, ob sie aufgebracht war. Er steigerte sich da in eine Sache hinein. Er wusste nur, dass Kenna über irgendetwas reden wollte.

Nein, tief in seinem Inneren wusste er, dass sie Probleme mit seinem Geld haben würde.

Vielleicht hatte er unterbewusst gehofft, dass Elodie oder Lexie etwas sagen würden, damit er nicht länger überlegen musste, wie er das Thema ansprechen sollte.

Wie auch immer, er hasste das Gefühl der Angst, das sich tief in ihm festgesetzt hatte.

Kenna ließ ihn noch eine halbe Stunde warten, bis endlich sein Telefon klingelte.

»Kenna«, sagte er, als er ans Telefon ging.

»Hallo.«

Ihre Stimme war flach und hatte nicht den einladenden Ton, den sie normalerweise hatte, wenn sie anrief.

»Du hast gesagt, ich soll mit dir reden, wenn ich jemals etwas über dich höre, das mir nicht gefällt«, sagte Kenna, ohne um den heißen Brei herumzureden. »Du wohnst in Coral Springs.«

Das war keine Frage.

»Ja«, sagte Aleck ohne Ausflüchte.

»Du bist reich«, fügte Kenna hinzu.

»Technisch gesehen sind meine Eltern reich. Aber ja, ich habe Zugang zu einem sehr gut gefüllten Treuhandfonds und einen gesunden Betrag auf meinem Bankkonto.«

Lange Zeit sagte Kenna nichts. Aleck hatte Angst, die Situation zu verschlimmern, wenn er noch etwas sagte.

»Warum hast du mir das nicht erzählt? Warum hast du nichts gesagt, als wir am Sonntag auf dem Parkplatz von Coral Springs angekommen sind? Du hattest genügend Zeit, mir mitzuteilen, dass du dort wohnst und es kein Problem für uns wäre, an den Privatstrand zu gelangen.«

Der schmerzliche Tonfall ihrer Stimme brachte ihn fast um. Aleck hasste es, dieses Gespräch übers Telefon zu führen, aber er würde sie nicht bitten, bis zum Wochenende zu warten. »Das hätte ich tun sollen.«

»Ja«, stimmte sie zu.

»Ich habe keine wirklich gute Entschuldigung«, gab Aleck zu. »Aber ich rede in der Regel nicht über mein Bankkonto, wenn ich jemanden gerade erst kennengelernt habe. An das Geld, das meine Eltern für mich zur Seite gelegt haben, gehe ich nur sehr selten. Ja, ich wohne in einem Penthouse in Coral Springs. Meine Eltern haben die Wohnung vor einigen Jahren als Ferienunterkunft gekauft. Als ich hier stationiert wurde, haben sie sie mir überschrieben. Ich habe versucht zu protestieren, aber es war sinnlos. Ich zahle es ihnen von meinem Navy-Gehalt zurück, nicht aus dem Treuhandfonds.«

Aleck holte tief Luft und redete weiter. Kenna hatte bis jetzt weder aufgelegt noch ihn unterbrochen. Er hoffte, dass das eine gutes Zeichen war, aber in Wirklichkeit hatte er keine Ahnung. Sie könnte warten, bis er mit seiner Erklärung fertig war, bevor sie ihm sagte, dass sie ihn nie wiedersehen wollte. Bei diesem Gedanken fing er an, schneller zu sprechen.

»An unserem ersten Abend hast du mir vorgeworfen, ein Snob zu sein. Obwohl das schmerzhaft war, hast du damit nicht ganz falschgelegen. Meine Eltern haben immer dafür gesorgt, dass ich für das, was ich haben wollte, auch arbeiten musste, aber Weihnachten war immer toll. In der Regel habe ich genau das bekommen, was ich haben wollte. Zu Geburtstagen auch. Und ja, ich habe ein Auto bekommen, als ich sechzehn wurde, und mir hat es niemals an etwas gefehlt. Also ja, es war für mich schwer zu verstehen, warum du mit deinem Gehalt als Kellnerin zufrieden bist. Aber je besser ich dich kennengelernt habe, desto mehr habe ich es verstanden. Im Leben geht es nicht nur um Geld. Es geht um Beziehungen, Verbindungen zu Menschen. Und du hast die einzigartige Fähigkeit, eine Verbindung mit fast jedem herzustellen, den du kennenlernst. Das ist eine schöne Sache, Kenna. Und am Sonntag warst du so bezaubernd, als ich dich abgeholt habe. Du hast dich so darauf gefreut, auf diesen Privatstrand zu gelangen. Ich hatte keine Ahnung, dass du dir ausgerechnet den Strand an meiner Wohnung ausgesucht hattest, bis wir auf den Parkplatz fuhren. Ich habe einfach keinen guten Moment gefunden, damit herauszuplatzen, dass ich dort wohne. Ich weiß, ich hätte es tun können und sollen, aber die Wahrheit ist ... ich war nervös. Du hast sehr deutlich gemacht, was du von reichen Leuten hältst und wie du über die Menschen denkst, die in meinem Wohngebäude leben. Ich wollte nicht, dass du genauso über mich denkst oder mit mir Schluss machts, weil ich dort lebe.«

Er seufzte. »Ich fühle mich seit Sonntag schuldig, weil ich dich betrogen habe. Ich wollte es dir dieses Wochenende sagen. Ich weiß, das klingt nach einer sehr bequemen Ausrede, aber ich hoffe, du erinnerst dich daran, dass ich dich zu mir zum Essen eingeladen habe. Ich hatte gehofft, ich könnte es mit einem leckeren Essen wiedergutmachen, auch wenn du sauer auf mich wärst.«

Aleck hielt inne und holte tief Luft. Als Kenna immer noch nichts sagte, fragte er zögernd: »Kenna?«

Er hörte sie seufzen. »Du hast mich in Verlegenheit gebracht«, sagte sie leise. »Ich werde das Gefühl nicht los, dass du dich innerlich die ganze Zeit über mich lustig gemacht hast.«

»Auf keinen Fall«, sagte Aleck mit Nachdruck. Dann beschloss er, ihr etwas zu erzählen, was er noch nie zuvor

jemandem erzählt hatte – nicht einmal seinen Teamkameraden. Etwas, das wesentlich dazu beigetragen hatte, dass er
seinen finanziellen Status lieber für sich behielt. »Als ich
fünfundzwanzig war ... habe ich in einer Kneipe eine Frau
kennengelernt. Sie schien anders zu sein, nicht wie die
anderen Frog Hogs.«

»Frog Hogs?«, fragte Kenna.

»Ja, die allgemeine Bezeichnung ist ›Tag Chaser‹, Frauen,
die hinter Männern beim Militär her sind. Aber Frog Hogs
sind die, die nur mit den Besten der Besten ausgehen wollen
... mit Navy SEALs.«

»Ziemlich eingebildet«, murmelte Kenna.

Aber Aleck bemerkte einen Anflug von Humor in ihrer
Stimme. Und das war ihm viel lieber als der demütige Ton,
den er zuvor gehört hatte. »Wir bevorzugen das Wort ›selbstbewusst‹«, erwiderte Aleck. Er holte erneut tief Luft und
setzte seine Geschichte fort. »Wie auch immer, sie war groß,
blond, hatte einen Master-Abschluss und sie war sehr
hübsch. Ich war also stolz, dass sie mich ausgewählt hatte.
Ich wusste natürlich von Frog Hogs, aber sie schien anders
zu sein und ich ignorierte die Warnzeichen. Wir sind ein
paar Monate miteinander ausgegangen und ich dachte, die
Dinge liefen ziemlich gut. Meine Freunde haben sie allerdings gehasst. Sie haben es nicht offen gesagt, aber ich habe
es bemerkt. An einem Abend waren wir alle gemeinsam aus
und sie ging auf die Toilette. Sie war sehr lange weg und ich
habe mir Sorgen gemacht. Also bin ich ihr nachgegangen,
um nach ihr zu sehen. Sie war betrunken und lachte, als sie
ein sehr lautes Gespräch mit einer Freundin führte. Ich
konnte jedes Wort durch die Tür hören.«

Aleck hielt inne. Er hasste die Erinnerung daran, wie er
sich gefühlt hatte, als er vor dieser Tür in der Kneipe
gestanden hatte.

»Was hat sie gesagt?«, fragte Kenna leise.

Aleck beschloss, es nicht länger hinauszuzögern und die schmerzhafte Erinnerung wiederzugeben. »Sie hat über mich gesprochen und dass sie sich sicher wäre, dass ich kurz davor wäre, um ihre Hand anzuhalten. Dann würde sie mich dazu überreden, die Hochzeit in Las Vegas schnell hinter uns zu bringen und dann wäre es nur eine Frage der Zeit, bis ich auf Mission getötet würde. Und als meine Frau würde sie nicht nur die Lebensversicherung von der Navy einstreichen, sondern auch meinen Treuhandfonds. Sie und ihre Freundin lachten laut darüber, was für eine sichere Nummer ich wäre und dass sie mich – und ich zitiere – aufgrund meines gefährlichen Jobs nicht lange ertragen müsste.«

»Heilige Scheiße, was für eine Fotze!«, rief Kenna aus.

Aleck konnte nicht anders als zu lachen, weil Kenna »Fotze« gesagt hatte.

»Ich hoffe, du hast sie noch an Ort und Stelle verlassen«, fuhr sie fort.

»Das habe ich«, bestätigte Aleck. »Ich habe mich umgedreht und die Kneipe verlassen. Ich habe nicht einmal meinen Freunden gesagt, warum ich gegangen bin. Da ich die Schlampe mitgenommen hatte, musste ihre Freundin sie nach Hause fahren. Sie hat mich mehrmals angerufen, aber ich habe nie wieder mit ihr gesprochen. Ich habe ihr geschrieben, dass wir fertig miteinander wären ... und das war es. Es war unreif und ich hätte der Charakterstärkere sein und mich persönlich von ihr trennen sollen, anstatt sie zu ignorieren, aber ich konnte einfach nicht anders.«

»Nein, du hast das Richtige getan. Ihr war alles scheißegal, warum hättest du ihr also den Anstand entgegenbringen sollen, dich persönlich zu trennen? Verdammte Schlampe!«

So sehr Aleck ihre Unterstützung genoss, er wollte dennoch sichergehen, dass sie verstand, warum er ihr die

Geschichte erzählt hatte. »Sie ist mir auf die schlimmste Weise unter die Haut gefahren. Ich bin danach für über ein Jahr nicht mehr ausgegangen, weil ich niemandem mehr vertrauen konnte. Als ich wieder anfing, mich zu verabreden, war ich vorsichtiger, wenn es darum ging, jemandem von meinem Vermögen zu erzählen. Verdammt, ich hätte vielleicht sogar damit umgehen können, dass die Schlampe mich nur wegen meines Geldes wollte, aber die Tatsache, dass sie mich nur heiraten wollte, weil sie damit rechnete, dass ich auf Mission mein Leben verliere, um an mein Geld zu kommen ... das war zu viel.«

Kenna holte tief Luft und atmete langsam aus. »Ich verstehe. Ich wäre an deiner Stelle wahrscheinlich genauso vorsichtig wie du.«

Aleck konnte nicht glauben, dass sie ihn so leicht vom Haken ließ. »Ich hätte etwas sagen sollen«, sagte Aleck. »Es war feige von mir.«

»Ich habe dir nicht wirklich eine Chance gegeben«, räumte Kenna ein. »Und ich habe einige Vorurteile gegenüber reichen Leuten geäußert. Das tut mir leid.«

»Trotzdem, ich hätte etwas sagen können, bevor wir aus dem Jeep ausgestiegen sind. Oder als du mir von deinem Plan erzählt hast, wie du dich an Robert dem Sicherheitsbeamten vorbeischleichen wolltest. Oder sogar noch, als wir am Strand gesessen haben.«

»Versuchst du jetzt ernsthaft, mich dazu zu überreden, weiter sauer auf dich zu sein?«, fragte Kenna mit einem kleinen Lachen.

Tat er das? Das war nicht sein Plan gewesen, aber jetzt, wo sie darauf hingewiesen hatte, wurde Aleck klar, dass er genau das tat. Ungewollt, aber trotzdem. »Scheiße!«, murmelte er.

Kenna kicherte, und dieser fröhliche Klang sank durch seine Poren bis in sein Herz.

»Du hast mich verletzt«, sagte Kenna ehrlich. »Ich war beschämt, als Elodie und Lexie mir erzählt haben, dass du in Coral Springs wohnst. Auf dem Heimweg von Food For All habe ich mit Carly darüber geredet und weißt du, was sie gesagt hat?«

»Was?«

»Dass ich ein Bons bin. Ein umgekehrter Snob. Sie hat gesagt, dass die meisten Frauen ganz aus dem Häuschen wären, wenn ihr Freund viel Geld hätte. Ich habe heute Nachmittag viel darüber nachgedacht, bevor ich dich angerufen habe. Viele Leute haben aufgrund meiner Arbeit auf mich herabgeschaut und mir gesagt, dass ich es so viel besser haben könnte und dass es mich misstrauisch gegenüber Leuten macht, die viel Geld verdienen. Ich mag dich nicht wegen deines Berufs oder wegen deines Geldes, Marshall. Ich mag dich, weil du so bist, wie du bist. Aber ich habe es schon einmal gesagt und ich sage es noch einmal – ich mag keine Geheimnisse. Sollte ich noch etwas wissen? Gibt es weitere große Enthüllungen, die ich befürchten muss? Jetzt wäre der richtige Zeitpunkt dafür.«

»Nein, obwohl ich darauf hinweisen muss, dass ich dir niemals viel über meine Arbeit erzählen kann«, sagte Aleck ein wenig argwöhnisch.

»Das verstehe ich und das ist in Ordnung. Ich meinte eher Dinge wie eine schwere Krankheit oder dass du verheiratet bist und Kinder hast oder so.«

»Nein, auf keinen Fall. Kenna?«

»Ja?«

»Es tut mir wirklich leid. Ich bereue es, dass du dich meinetwegen schlecht gefühlt hast.«

»Mir tut es auch leid, aber jetzt, wo alles ausgesprochen ist, schauen wir einfach nach vorn. Ich hatte heute viel Spaß mit den anderen Frauen.«

»Ja?«

»Ja. Wusstest du, dass Lexies Freund Theo ein verdammt guter Künstler ist?«

»Ist er das?«

»Ja.«

Während der nächsten paar Minuten erzählte Kenna Aleck von ihrem Tag und über das Wandgemälde, das Theo gezeichnet hatte. Dann sprachen sie über Carly und ob sie Shawn gesehen hätte – das hatte sie nicht – und über den Rest des Tages.

»Ich weiß, dass du die nächsten drei Abende arbeiten musst, aber ich habe mich gefragt, ob wir vielleicht Freitag etwas Zeit miteinander verbringen könnten«, schlug Aleck vor. »Vielleicht können wir gemeinsam zu Mittag essen?«

»Musst du nicht arbeiten?«, fragte Kenna.

»Wenn du Zeit hast, würde ich meinen Kommandanten fragen, ob ich ein paar Stunden freinehmen kann. Ich will dich einfach sehen und mich persönlich entschuldigen und mich davon überzeugen, dass zwischen uns alles in Ordnung ist.«

»Das ist es«, versicherte Kenna ihm. »Und du musst dich nicht noch einmal entschuldigen.«

»Doch, ich glaube schon«, sagte Aleck.

»Ich würde gern am Freitag mit dir zu Mittag essen«, sagte Kenna.

Aleck stieß den Atem aus, den er angehalten hatte. »Und am Sonntag sind wir nach wie vor zum Flohmarkt und zum Abendessen verabredet?«

»Ja.«

»Gut.«

»Also ... ist die Aussicht von deinem Balkon wirklich so gut, wie Elodie und Lexie behauptet haben?«, fragte Kenna.

»Ja«, antwortete Aleck schlicht.

»Ich kann es kaum erwarten, sie zu sehen«, sagte Kenna.

Aleck entspannte sich zum ersten Mal, seit er vorhin

ihre SMS gelesen hatte. Instinktiv hatte er gewusst, dass es ein Problem sein könnte, Kenna nicht von seinem Geld zu erzählen. Aber er hatte nicht geahnt, wie viel Angst er davor haben würde, dass sie ihm vielleicht sagen könnte, dass sie ihn nicht mehr wiedersehen will.

Kenna war anders, sie war etwas Besonderes. Er wollte sehen, wohin ihre Beziehung führen könnte. Und ihr das Gefühl von Demütigung zu geben war nicht gerade der beste Weg, sie einander näherzubringen. Aber jetzt, da sie es wusste, fühlte er sich zehn Kilo leichter.

Sie setzten ihr Gespräch danach noch eine Weile über alles Mögliche fort, Arbeit, Freunde, Familie, Heimatstädte. Sie erzählte ihm sogar ein wenig über ihre Stelle in der Buchhaltung in Pennsylvania. Und er erzählte ihr einige lustige Geschichten über das SEAL-Training und gab zu, dass es das Schwierigste war, was er jemals in seinem Leben getan hatte. Aber es war auch das, worauf er am meisten stolz war.

Als Kenna gähnte, warf er einen Blick auf die Uhr und bemerkte, dass sie sich seit anderthalb Stunden unterhielten. Es war nicht gerade spät, aber Kenna war den ganzen Tag beschäftigt gewesen, ganz zu schweigen von der Aufregung darüber, was sie über ihn erfahren hatte. Es war ihr einziger freier Abend der Woche und er wollte, dass sie etwas Schlaf bekam.

»Ich werde jetzt Schluss machen«, sagte er sanft. »Du bist müde.«

»Das sollte ich gar nicht sein. Wenn ich arbeite, gehe ich wahrscheinlich etwa fünfundzwanzigtausend Schritte. Das habe ich heute nicht annähernd geschafft.«

»Trotzdem«, sagte Aleck. »Schlaf etwas.«

»Okay. Marshall?«

»Ja?«

»Danke, dass du ehrlich zu mir bist.«

»Danke, dass du mir die Chance gegeben hast, mit dir zu reden nach dem, was du gehört hast. Kommunikation ist der Schlüssel zu einer guten Beziehung, und obwohl ich darin offensichtlich versagt habe, verspreche ich, mich zu bessern.«

»Wir reden morgen wieder?«, fragte sie.

»Natürlich. Ich rufe wie immer in meiner Mittagspause an«, antwortete er.

»Okay.«

»Schlaf gut, Baby.«

»Werde ich. Tschüss.«

»Tschüss.«

Aleck legte auf und ließ sich in die Kissen auf seiner Couch fallen. Er starrte ins Leere, während er versuchte, alles zu verarbeiten. Er wusste, dass er Kenna hätte verlieren können. Er hatte sie nicht in Verlegenheit bringen wollen und er würde alles in seiner Macht Stehende tun, damit das nie wieder vorkam.

Es war verrückt, wie schnell eine Frau sein Leben verändern konnte. Er lebte nur noch, um mit ihr zu reden und zu hören, wie ihr Tag verlief. Obwohl sie sich nur ein paarmal persönlich gesehen hatten, sehnte er sich nach mehr. Es war beschissen, dass ihre Arbeitszeiten so unterschiedlich waren, aber das würde ihn nicht abhalten. Er hatte das Gefühl, dass Kenna das Beste sein könnte, was ihm jemals passiert war, und er schwor sich, ihr zu beweisen, wie viel sie ihm bedeutete.

Mit diesem Gedanken schickte er eine SMS an Elodie, um sie um ein paar Vorschläge für das Abendessen zu bitten. Er wollte, dass der Sonntag perfekt wurde, um Kenna zu beweisen, dass er ein Mann war, auf den sie sich verlassen und dem sie vertrauen könnte. Jemand, mit dem sie glücklich sein kann.

# KAPITEL ZWÖLF

Am Samstag war Kenna bester Laune. Das Mittagessen mit Marshall am Freitag war anfangs etwas unangenehm gewesen, aber er hatte sie in seine Arme genommen und sich noch einmal entschuldigt und sie um Vergebung gebeten. Sie hatte ihm versichert, dass sie ihm bereits vergeben hatte und alles in Ordnung war.

Er hatte sie ins Chiba-ken eingeladen, ein Sushi-Restaurant, das sie unbedingt probieren wollte, aber bisher keine Gelegenheit dazu gehabt hatte. Offenbar mochte er nicht einmal Sushi und als sie ihn gefragt hatte, warum um Himmels willen er dann dieses Restaurant ausgesucht hatte, hatte er einfach gesagt: »Weil du hier essen wolltest.« Ihr Herz war dahingeschmolzen.

Er hatte sich am Ende für den in Schweinefleisch eingewickelten Spargel entschieden. Sie hatte die Sushi-Platte bestellt und sich mit drei verschiedenen Sushi-Arten vollgestopft.

Ihr war klar, dass Marshall Smart einer von den Guten war, so wie Carly es gesagt hatte. Kenna hatte befürchtet, dass er *zu* perfekt wäre, aber jetzt wusste sie, dass das nicht stimmte. Er hatte es vermasselt, indem er ihr nicht gleich gesagt hatte, dass er in Coral Springs wohnt. Aber es tat ihm leid und Kenna hatte sich auch entschuldigt. Wäre sie nicht so vorlaut in Bezug auf ihre Vorurteile gewesen, hätte er vielleicht früher etwas gesagt.

Außerdem war sie immer noch sauer auf die Frau, mit der er zusammen gewesen war, die gehofft hatte, er würde auf einer Mission sterben, damit sie an sein Geld käme.

Kenna wusste, dass Geld wichtig war. Sie war keine Idiotin. Aber der Charakter eines Menschen überwog ihrer Meinung nach die Bedeutung des Kontostandes bei Weitem. Sie konnte auf sich selbst aufpassen. Sie hatte immer auf sich aufgepasst. Sie brauchte weder einen Mann noch sein Geld, um sie glücklich zu machen. Sie wollte und brauchte aber jemanden, der gern mit ihr zusammen war. Jemand, der sie und andere respektvoll behandelte und mit dem sie *reden* konnte.

Und Marshall war in dieser Hinsicht auf alle Fälle der Richtige.

Die Arbeit am Donnerstag und Freitag war ziemlich normal gewesen. Die Samstagabende im Duke's waren in der Regel etwas verrückter – mehr Touristen, mehr Alkohol und meistens auch mehr Trinkgeld.

Mitten in ihrer Schicht kam eine Familie ins Restaurant … und Kenna wusste sofort, dass es Ärger geben würde. Die Leute strahlten eine Stimmung aus, bei der sie das Gefühl bekam, dass in ihrer Welt etwas nicht in Ordnung war. Der Mann war massig, eher dick als groß, und hatte einen finsteren Gesichtsausdruck. Wie jemand an einem fröhlichen Ort wie dem Duke's, dazu noch in Hawaii, schlecht gelaunt sein konnte, war Kenna unbegreiflich.

Die Frau war dünn und ziemlich klein. Sie hatte die Schultern hochgezogen und folgte ihrem Mann, als Vera sie zu ihrem Tisch in Kennas Bereich führte. Sie hatten einen kleinen Jungen dabei, der vier oder fünf Jahre alt sein musste. Er hatte die Augen weit aufgerissen, als er alles um sich herum aufnahm, sagte aber kein Wort.

»Danke Vera«, sagte Kenna, nachdem sie den Gästen die Speisekarten überreicht hatte. »Ich übernehme ab hier.«

»Genießen Sie Ihren Aufenthalt«, sagte Vera fröhlich.

»Wenn wir nicht schon eine Stunde gewartet hätten, um einen Tisch zu bekommen, würden wir das vielleicht besser hinbekommen«, murmelte der Mann.

Kenna seufzte innerlich, bemühte sich aber, optimistisch und positiv zu bleiben, während sie die Empfehlungen des Tages aufzählte und die Getränkebestellungen aufnahm.

Der Mann fragte weder seine Frau noch seinen Sohn, was sie trinken wollten, sondern bestellte einfach für sie mit. Aber da sich niemand beschwerte, nahm Kenna an, dass es wahrscheinlich das war, was sie immer bestellten. Sie war nicht begeistert, dass der Mann sich einen Bourbon pur bestellt hatte, aber sie war nicht die Alkoholpolizei. Sie hoffte nur, dass er sich nicht betrinken würde. Sie hatte die Befürchtung, dass sich seine Laune noch verschlechtern würde, je mehr Alkohol er trank.

Als sie in die Küche ging, sprach Kenna ein stilles Gebet, dass sie die Situation falsch einschätzte und alles gut werden würde.

Aber eine Stunde später wusste sie, dass ihre Bedenken richtig gewesen waren. Der Mann hatte bereits vier Drinks bestellt, die er fast sofort ausgetrunken hatte, nachdem Kenna sie auf den Tisch gestellt hatte. Er war unausstehlich und beschwerte sich laut darüber, wie lange es gedauert hatte, bis das Essen geliefert wurde, und dass es angeblich nicht warm genug war. Die Lautstärke im Restaurant gefiel ihm auch nicht, genauso wenig wie die Musik, die vom Schwimmbecken des Outrigger Hotels zu hören war. Er schaute seine Frau andauernd wütend an, obwohl sie die ganze Zeit nur einmal etwas gesagt hatte. Und das war, als sie sich überschwänglich dafür entschuldigte, dass sie ihre Gabel fallen gelassen und um eine neue gebeten hatte.

Der Mann hatte sie eine ungeschickte Hure genannt. Kenna hätte ihn am liebsten angeschrien. Ihr Sohn schien ihr unnatürlich ruhig zu sein, aber sie hoffte, dass er in der Öffentlichkeit nur unsicher oder schüchtern war. Sie hatte sich bemüht, sowohl auf die Frau als auch auf den kleinen Jungen einzugehen, aber die ständigen Beschwerden des Mannes machten es fast unmöglich, irgendeine Art von Gespräch zu beginnen.

Kenna war gerade mit der Kreditkarte des Mannes an ihren Tisch zurückgekehrt, als die Scheiße *richtig* zu dampfen begann.

Er hatte lausige zehn Prozent Trinkgeld gegeben, aber Kenna war ehrlich gesagt froh, dass er überhaupt etwas gegeben hatte. Das schien eine Regel zu sein, je widerlicher ein Kunde war, desto weniger Trinkgeld gab er auch. Sie musste noch die Reste der Hula-Torte einpacken, die sie nicht aufgegessen hatten, als sie sich zur Küche umdrehte und sah, dass der kleine Junge aufgestanden war und in Richtung Strand lief, während sein Vater wieder über irgendetwas meckerte. Im Duke's gab es keine Wand zwischen dem Sitzbereich drinnen und draußen. Zum Strand waren es also nur vier oder fünf Stufen hinunter.

Der Junge hatte bereits während des Essens sehnsüchtig in Richtung Strand und Meer gesehen und Kenna hatte gelächelt, als sie es bemerkt hatte.

Aber sein Vater war offensichtlich nicht begeistert darüber, dass sein Sohn aufgestanden war. Er sprang von seinem Stuhl auf, machte ein paar große Schritte, um den Jungen am Hemd zu schnappen, und riss ihn nach hinten.

Kenna erstarrte vor Entsetzen, als der Mann dem Jungen

eine Ohrfeige gab und ihm mit voller Wucht auf den Hintern schlug. »Du hast dich *nicht* allein von unserem Tisch zu entfernen!«, rief er und fuchtelte mit einem Finger vor dem Gesicht des Jungen herum. »Hast du mich verstanden?«

»Ja, Sir.«

»Beweg deinen Arsch wieder auf deinen Stuhl, sofort!«

Kenna hatte bereits ihr Telefon in der Hand. In keinem Universum würde sie zögern, einen Missbrauch zu melden. Es spielte keine Rolle, ob es ein Erwachsener und ein Kind waren, ein Mann und eine Frau oder sogar eine Frau und ein Mann. Schnell erklärte sie der Polizei, was passiert war, und flehte sie an, sich zu beeilen, da die Familie sich zum Gehen vorbereitete.

Sie schaffte es, sie etwas hinzuhalten, indem sie sich länger in der Küche aufhielt, als sie es normalerweise tun würde, wenn ein Kunde auf etwas wartete. Aber sie musste der Polizei etwas Zeit verschaffen. Glücklicherweise kamen die Beamten genauso schnell wie neulich und Kenna empfing sie vor dem Restaurant. Sie erklärte, was passiert war, und zeigte auf den Mann.

In der Sekunde, in der der Mann die Polizisten auf sich zukommen sah, verlor er völlig die Beherrschung. Er stand auf und begann, laut zu fluchen. Kenna beobachtete aus der Ferne, wie die Beamten versuchten, ein ruhiges und vernünftiges Gespräch mit ihm zu führen, aber als er die Faust hob, um einen von ihnen zu schlagen, verloren auch sie ihre Geduld. Noch bevor er richtig ausgeholt hatte, lag der Mann in Handschellen auf dem Boden. Einer der Polizisten zog ihn hoch und brachte ihn aus dem Restaurant, während der andere zurückblieb, um mit seiner Frau und seinem Sohn zu sprechen.

Als er an ihr vorbeikam, funkelte der Mann Kenna wütend an und zischte: »Das wird dir noch leidtun,

Schlampe. Du bist den Dreck unter meinen Schuhen nicht wert! Du hättest dich nicht mit mir anlegen sollen. Ich werde ...«

»Kommen Sie schon«, sagte der Polizist barsch und unterbrach die Drohung, die er als Nächstes aussprechen wollte, »ich glaube, Sie haben für heute genügend Schwierigkeiten gemacht. Einer Kellnerin zu drohen wollen wir nicht auch noch hinzufügen, oder?«

Dann zerrte er ihn über den kleinen Flur zum Ausgang ... und hoffentlich direkt zu seinem Polizeiwagen, der am Bordstein des Ala Moana Boulevards stand.

Kenna war ein wenig erschüttert über den Hass in der Stimme des Mannes, aber sie versuchte, es nicht an sich heranzulassen. Sie sah zurück zu dem Tisch, an dem immer noch seine Familie saß. Der kleine Junge hatte einen großen roten Abdruck im Gesicht und spielte ruhig mit einem Polizeispielzeug, das der Beamte ihm offenbar gegeben hatte.

Kenna konnte nicht hören, was gesagt wurde, aber sie betete, dass die Frau Anzeige erstatten würde. Wenn jemand es wagen würde, ihr Kind zu schlagen, wie dieser Mann es mit seinem Sohn getan hatte, würde Kenna den Verstand verlieren. Sie eilte zurück in die Küche, um ein frisches Stück Kuchen und eine Portion Pommes frites zu holen. Sie hatte bemerkt, dass der kleine Junge es zu mögen schien, während er an seinem Hamburger knabberte. Sie nahm an, dass es vielleicht nicht das Gesündeste war, ihm mehr von den in Fett frittierten Kartoffeln zu geben, aber sie wollte ihn irgendwie trösten. Und da sie wusste, dass er Pommes frites mochte, war es das Erste, woran sie gedacht hatte.

Wie Kenna vermutet hatte, schüttelte die Frau den Kopf, als sie sich dem Tisch näherte, und sagte dem Polizisten, dass sie keine Anzeige erstatten wolle.

Innerlich seufzend kniete Kenna sich neben den Stuhl des Jungen.

»Hey, ich habe dir ein paar Pommes frites mitgebracht, die du mit nach Hause nehmen kannst. Der Koch hat gesagt, er hat zu viele gemacht, und es wäre schade, sie wegzuwerfen. Ich dachte, du möchtest sie stattdessen vielleicht haben.«

Seine Augen leuchteten auf, aber Kenna sah, wie er zu seiner Mutter hinüberschaute, bevor er sie annahm. Sie nickte ihm zu und erst dann griff er nach der Schachtel.

Kenna stellte das Stück Kuchen auf den Tisch. »Und ich habe dir ein ganzes Stück von dem Hula-Kuchen mitgebracht, anstatt dem übrig gebliebenen vom Abendessen.«

»Danke«, sagte die Frau zerstreut. Kenna konnte sehen, dass sie in Gedanken mit anderen Dingen beschäftigt war. Wahrscheinlich damit, wie wütend ihr Mann sein würde, wenn er entlassen und in ihr Hotelzimmer zurückkehren würde.

»Kann ich Ihnen ein Taxi rufen?«, fragte Kenna.

»Nein danke«, erwiderte die Frau.

»Wir brauchen Ihre Aussage«, sagte der Beamte zu Kenna.

Sie nickte.

»Sie hätten nicht die Polizei rufen sollen«, sagte die Frau leise.

»Ihr Sohn sollte *niemals* ins Gesicht geschlagen werden. Vor allem nicht von seinem Vater«, gab Kenna zurück.

Die Frau wandte den Blick ab.

Kenna seufzte wieder. Sie hatte den Jungen und die Frau nicht wirklich davor bewahrt, weiter misshandelt zu werden. Es bestand sogar die Gefahr, dass sie die Dinge noch schlimmer gemacht hatte. Sie hoffte inständig, dass dies nicht der Fall wäre ... während sie ein stilles Gebet sprach, dass die Frau vielleicht irgendwann erkennen würde, dass es wichtiger wäre, dass es ihrem Sohn gut geht, als bei ihrem Tyrannen von einem Ehemann zu bleiben.

Der Papierkram mit der Polizei dauerte nicht allzu lange und eine der anderen Kellnerinnen kümmerte sich um ihre Tische, während sie ihre Aussage machte. Als sie wieder an die Arbeit ging, war Kenna erschöpft, mehr emotional als physisch. Sie zögerte nie, für das einzustehen, was sie für richtig hielt, aber das bedeutete nicht, dass es immer einfach war.

Als sie von ihrer Schicht nach Hause kam, war Kenna vollkommen erledigt. Normalerweise würde sie nach so einer Situation mit niemandem reden, sondern nur allein sein wollen. Normalerweise würde sie den Vorfall in Gedanken immer wieder durchspielen, bis sie schließlich mitten in der Nacht in einen unruhigen Schlaf fiel.

Aber heute Abend konnte sie nur daran denken, mit Marshall zu sprechen.

Sie konnte noch widerstehen, ihn anzurufen, bis sie geduscht und das übergroße T-Shirt angezogen hatte, in dem sie so gern schlief. Sie kroch in ihr Bett, zog die Decke hoch und nahm ihr Handy.

Marshall nahm nach dem ersten Klingeln ab.

»Guten Abend, meine Schöne.«

»Hallo.«

»Was ist los mit dir?«

Es war wunderbar, wie leicht dieser Mann ihre Stimmung deuten konnte. Sie hatte nur ein Wort gesagt, und das reichte aus, um ihren Gemütszustand auszudrücken. »Die Arbeit war scheiße«, sagte sie.

»Erzähl mir davon«, bat Marshall.

Also tat sie es. Sie erzählte ihm die ganze Geschichte. Dass sie sofort vermutet hatte, dass der Mann Ärger machen würde, wie eingeschüchtert seine Frau und sein Sohn zu sein schienen, wie besorgt sie über den Alkoholkonsum des Mannes war und schließlich ihr Entsetzen darüber, wie der Kerl seinen Sohn geschlagen hatte. Sie erzählte ihm auch von den Drohungen des Mannes, als er aus dem Restaurant geführt wurde. Als sie damit fertig war, alles wiederzugeben, fühlte Kenna sich ausgelaugt.

»Es tut mir so leid, Baby. Das klingt schrecklich. Aber ich bin stolz auf dich, dass du die Polizei gerufen hast.«

Kenna lächelte und drehte sich auf die Seite. Das hatte sie gebraucht. Marshalls Stimme in ihrem Ohr, wie er sagte, dass er stolz auf sie sei. »Vielen Dank.«

»Obwohl ich von seinen Drohungen nicht begeistert bin. Du musst besonders vorsichtig sein. Es war schon schlimm genug, dass dieses Shawn-Arschloch sauer auf dich ist. Ich kann den Gedanken nicht ertragen, dass sich noch jemand anderes an dir rächen will.«

Darüber hatte Kenna noch nicht einmal wirklich nachgedacht. »Ich hasse es, dir das überhaupt zu sagen, weil du dich wahrscheinlich noch mehr sorgst, aber ehrlich gesagt werden die Kellnerinnen ständig bedroht. Nun, vielleicht nicht ständig, aber im Allgemeinen sind Gäste nicht besonders glücklich, wenn wir den Ausschank von Alkohol verweigern, weil sie offensichtlich schon betrunken sind, oder wenn etwas mit ihrem Essen nicht stimmt. Wir hatten sogar schon Kunden, die uns beschuldigt haben, ihre Kreditkartennummern gestohlen zu haben. Die meisten Gäste sind großartig. Ich bin froh, in Hawaii zu arbeiten und das Essen und das Ambiente zu genießen, aber Arschlöcher gibt es leider immer wieder.«

»Ich fühle mich nicht gerade besser, wenn du mir erzählst, dass der heutige Vorfall kein Einzelfall war. Sei bitte einfach vorsichtig. Ich kann dich jetzt nicht verlieren, wo ich dich gerade erst gefunden habe.«

Kenna lächelte. »Du wirst mich nicht verlieren. Ich bin genau hier.«

Marshall lachte leise in ihr Ohr. »Du weißt, was ich meine.«

»Tue ich, aber ich kann mich nicht erinnern, einen Vertrag unterschrieben zu haben, der besagt, dass ich hundert Jahre alt werde. Ich kann lediglich mein Leben hier und jetzt so gut wie möglich leben. Ich kann freundlich und hilfsbereit sein und für andere einstehen, egal was das für Konsequenzen für mich haben könnte.«

Marshall antwortete nicht sofort und Kenna runzelte die Stirn. »Bist du noch dran?«

»Ja«, sagte er leise. »Ich glaube, das ist einer der Gründe, warum ich mich so zu dir hingezogen fühle. Du bist das genaue Gegenteil von den Leuten, gegen die wir auf Mission geschickt werden. Du bist das Licht in dem Dunkel, das manchmal meine verdammte Seele zu überwältigen droht.«

Wow! Kenna mochte und hasste es gleichermaßen. »Ich habe gelernt, dass ein bisschen Freundlichkeit viel bewirken kann. Vielleicht habe ich die Situation für diese Frau und den Jungen heute Abend verschlimmert. Aber vielleicht werden sie sich an die nette Kellnerin erinnern und erkennen, dass es Leute gibt, die bereit sind, ihnen zu helfen.«

»Das hoffe ich auch«, sagte Marshall.

Kennas Stimme wurde leiser. »Und vielleicht, wenn sich bei dir dunkle Gedanken einschleichen sollten, denkst du an mich und wie sehr ich dich respektiere und bewundere, und du wirst diese Scheiße überwinden.«

»Wann kann ich morgen vorbeikommen?«, fragte Marshall.

Kenna blinzelte überrascht bei seinem Themenwechsel. »Ähm ... wann immer du willst. Der Flohmarkt öffnet erst um acht, glaube ich. Aber sie haben bis elf geöffnet, also haben wir genügend Zeit.«

»Ist sechs zu früh?«

Kenna hätte sich fast verschluckt. »Morgens?«

»Ja, ich muss mich wirklich zurückhalten, nicht sofort zu dir zu fahren. Ich habe dich die ganze Woche vermisst. Das

Mittagessen gestern mit dir war wunderbar und es war wirklich schön, dich an einem Wochentag zu sehen. Und nach deinem anstrengenden Abend und nach allem, was du gerade gesagt hast ... möchte ich wirklich bei dir sein.«

Kenna war versucht, ihm zu sagen, er solle vorbeikommen, aber es war spät. Sie war erschöpft und sie wusste, dass Marshall es auch sein musste. Sie hatte mit ihm gesprochen, bevor ihre Schicht angefangen hatte, und wusste, dass er den ganzen Tag Training gehabt hatte. Er war mit seinem Team mitten auf dem Meer abgesetzt worden und sie hatten es allein bis zurück ans Ufer schaffen müssen. Nebenbei hatte er fallen gelassen, dass sie über sechs Kilometer schwimmen mussten. Das erschien ihr verrückt, aber für einen SEAL war es vermutlich ein normaler Tag. »Sechs ist in Ordnung. Aber erwarte nicht, dass ich richtig wach bin.«

»Trinkst du Kaffee?«, fragte er.

»Ähm ... wer tut das nicht?«

»Süß oder schwarz?«

»Je süßer, desto besser«, sagte Kenna.

»Kein Wunder, dass du und Lexie gut miteinander auskommt«, sagte Marshall. »Ich bringe Kaffee und Malasadas mit.«

Kenna lief das Wasser im Mund zusammen. »Abgemacht. Danke, dass du mir zugehört hast.«

»Jederzeit. Das meine ich ernst«, sagte er zu ihr. »Vielleicht darf ich dich in Zukunft dabei in den Armen halten.«

Gott, die Vorstellung ließ Kennas Herz höherschlagen. Das wollte sie unbedingt. »Das würde mir gefallen.«

»Mir auch, schlaf gut, Baby. Du hast heute Abend das Richtige getan.«

»Vielen Dank.«

»Bis bald.«

»Tschüss.«

»Tschüss.«

Kenna legte auf und stellte fest, dass sie wie eine Idiotin lächelte. Sie stellte den Wecker auf fünf Uhr fünfzig und legte das Handy auf den Nachttisch. Sie würde jede Minute Schlaf brauchen, die sie bekommen konnte.

Normalerweise wäre es nach einem intensiven Abend wie diesem schwierig für sie einzuschlafen, und häufig würde sie mindestens einen Albtraum haben. Aber mit Marshalls lobenden Worten in ihrem Kopf fiel sie innerhalb weniger Minuten in einen traumlosen Schlaf.

# KAPITEL DREIZEHN

Aleck holte tief Luft, bevor er am nächsten Morgen an Kennas Tür klopfte. Es war fünf Uhr achtundfünfzig und er konnte keine Minute länger warten, sie zu sehen. Er wusste, dass er sie fast verloren hatte, und das verfolgte ihn immer noch.

Er hörte, wie das Türschloss geöffnet wurde, und dann tauchte Kennas Gesicht im Türspalt auf.

»Marshall?«

»Ja, ich bin es.« Er würde später mit ihr darüber reden müssen, die Tür nicht zu öffnen, bevor sie wusste, wer davorstand.

Sie öffnete die Tür vollständig und Aleck konnte sich ein Lachen nicht verkneifen. Auf einer Seite standen Kennas Haare ab und auf der anderen waren sie verfilzt. Sie blinzelte, als würde das Licht im Flur sie blenden. Sie trug ein übergroßes T-Shirt, das ihre Kurven verbarg.

»Komm rein«, sagte sie, drehte sich um und ging zurück in ihre Wohnung.

Aleck trat ein und schloss die Tür hinter sich. Über dem Herd brannte ein kleines Licht und das war alles. Im Rest der Wohnung war es dunkel, aber er konnte sehen, wie Kenna in den großen Sitzsack in ihrem Wohnzimmer kletterte.

»Du bist wohl kein Morgenmensch?«, fragte er leise.

»Nein«, sagte sie.

»Wie lange bist du schon wach?«

»Ungefähr vier Minuten. Ich habe meinen Wecker ausgestellt, bin aufgestanden, habe mir die Zähne geputzt und dann warst du schon hier«, erzählte sie ihm, schnappte sich eine Decke und rollte sich in dem Sitzsack zusammen.

Aleck stellte den Kaffee, den er für sie mitgebracht hatte, zusammen mit der Tüte Malasadas auf die Küchentheke. Das konnte warten. Ohne zu zögern, zog er die Schuhe aus ging zu Kenna hinüber. Sie hatte die Augen schon geschlossen, aber als er sich neben ihr in den Sitzsack fallen ließ, sprangen sie wieder auf.

»Was machst du?«, fragte sie schläfrig.

»Mit dir ein Nickerchen halten«, informierte Aleck sie. Er hielt den Atem an, gespannt, wie sie reagieren würde. Aber zu seiner Erleichterung nickte sie, schloss die Augen und kuschelte sich an ihn. Sie wurden in dem Sitzsack, genau wie beim letzten Mal, zusammengedrückt und nichts fühlte sich besser an, als Kenna in seinen Armen zu halten.

Er war nicht im Geringsten müde, aber er würde sich diese Gelegenheit, sie festzuhalten, nicht entgehen lassen. Aleck strich ihr langsam übers Haar und spürte, wie sie seufzte. Sie bewegte sich ein wenig und kuschelte sich noch näher an ihn.

»Hast du letzte Nacht gut geschlafen?«, fragte er.

»Hm. Ich bin sofort eingeschlafen, trotz allem, was passiert ist, was erstaunlich ist. Aber ich bin immer noch so müde.«

»Dann schlaf«, sagte er.

»Ich sollte aufstehen«, protestierte sie halbherzig.

»Warum? Der Flohmarkt schließt nicht vor elf. Wir haben genügend Zeit. Das hast du selbst gesagt.«

»Aber du bist hier und ich möchte Zeit mit dir verbringen«, sagte sie.

Aleck liebte es, das zu hören. »Das tun wir doch. Du schläfst in meinen Armen«, sagte er leise.

»Ist das seltsam?«, fragte sie.

»Nein.«

»Okay. Weck mich in einer Stunde auf. Dann stehe ich auf, gehe duschen und dann können wir das Frühstück verspeisen, das du mitgebracht hast – das übrigens fantastisch riecht. Und dann können wir gehen.«

Aleck liebkoste ihre Schläfe, antwortete aber nicht. Er würde sie nicht um sieben wecken. Das war nicht nötig. Er würde sie so lange schlafen lassen, wie sie wollte.

»Marshall?«

»Ja Baby?«

»Das habe ich gebraucht.«

»Das?«, hakte er nach.

»Dich. Dass du mich umarmst.«

Er schloss die Augen, dankbar, dass Kenna so nachsichtig gewesen war und das getan hatte, worum er sie gebeten hatte. Sie hatte mit ihm gesprochen, nachdem sie etwas über ihn gehört hatte, das er verschwiegen hatte. Er brauchte einen Moment, um sich zu beruhigen, bevor er antwortete: »Ich hätte gestern Abend vorbeikommen sollen«, flüsterte er.

Er spürte, wie Kenna mit den Schultern zuckte. »Du bist jetzt hier.«

Ja, das war er. Und bei ihr zu sein würde er niemals für selbstverständlich halten. »Das bin ich«, stimmte er zu. »Schlaf«, sagte er zu ihr.

»In Ordnung«, murmelte sie.

Aleck sah das Lächeln auf ihrem Gesicht. Er beugte sich

vor, küsste ihre Schläfe und bald war sie wieder fest eingeschlafen.

Aleck war kein Mann, der gern still saß. Er mochte es immer, in Aktion zu sein. Aber im Moment konnte er sich nichts Schöneres vorstellen, als genau hier mit Kenna zu liegen. Es hatte etwas sehr Befriedigendes, dass sie ihm vertraute, sie festzuhalten, während sie schlief. Sie war so verletzlich, aber Aleck würde ihr niemals auch nur ein Haar krümmen. Der Tag, an dem sie ins Meer gesprungen war, um ihn zu retten, war der beste Tag seines Lebens gewesen. Er hatte es in dem Moment nur noch nicht gewusst.

Um sieben Uhr sechsundvierzig bewegte Kenna sich in seinen Armen. Aleck war ein- oder zweimal eingedöst, aber die meiste Zeit war er wach geblieben und hatte die Intimität mit ihr genossen.

Sie murmelte etwas vor sich hin, dann öffnete sie die Augen und sah ihn verschlafen an. »Wie spät ist es?«

»Gleich acht«, sagte er leise.

Sie riss die Augen auf. »Acht? Scheiße! Ich wollte vor einer Stunde aufstehen.«

Aleck hielt sie fest, als ihr Körper sich anspannte und sie aufspringen wollte. Nicht dass sie so leicht aus dem Sitzsack gekommen wäre.

»Ruhig, Liebling, es ist alles gut. Wir haben noch drei Stunden Zeit, um über den Markt zu schlendern.«

»Aber die guten Sachen werden weg sein«, seufzte sie.

Während sie geschlafen hatte, war ihr T-Shirt hochgerutscht und Aleck konnte ihre nackten Beine auf seinen spüren. Aber er war nicht wirklich erregt, eher zufrieden.

»Geht es dir gut wegen der Sache gestern?«, fragte er sanft.

Kenna seufzte und Aleck spürte ihren warmen Atem auf seinem Hals. Er bekam Gänsehaut auf dem Nacken. Es war eine überraschende Reaktion, aber er lächelte nur.

»Ich muss immer daran denken, was *heute* passieren könnte. Seine Frau hat keine Anzeige erstattet, also haben die Polizisten ihn wahrscheinlich gehen lassen.«

»Wenn er betrunken war, haben sie ihn vielleicht zur Ausnüchterung in eine Zelle gesteckt«, schlug Aleck vor.

»Kann sein. Aber ich kann mir nicht vorstellen, dass er danach glücklicher sein wird, wann immer er schließlich wieder nach Hause gehen darf. Ich hoffe, er lässt seine Wut nicht an seiner Frau oder seinem Sohn aus.«

»Siehst du so etwas oft?«, fragte Aleck.

»Nicht wirklich. Ich meine, in der Öffentlichkeit zeigen sich die Leute normalerweise von ihrer besten Seite. Und das hier ist Hawaii und die meisten sind im Urlaub.«

»Was manchmal viel Stress verursachen kann«, merkte Aleck an.

»Stimmt, ich bin jedoch dankbar, dass Alani und der Rest des Managements uns unterstützen, wenn wir der Meinung sind, es wäre richtig, die Polizei zu rufen«, sagte Kenna.

»Ich auch«, entgegnete Aleck.

Kenna hob den Kopf und begegnete Alecks Blick. »Danke, dass du gestern Abend mit mir gesprochen hast. Das habe ich gebraucht.«

»Natürlich, solange ich in der Lage bin, werde ich immer sofort rangehen, wenn du anrufst, egal wie spät es ist. Und wahrscheinlich ist es viel zu früh, aber scheiß drauf. In würde das nächste Mal gern persönlich vor Ort sein, wenn du abends jemanden zum Reden brauchst.«

Aleck trat sich geistig selbst in den Hintern, als sie nicht sofort reagierte. Er hielt den Atem an, während er auf ihre Antwort wartete.

»Ich glaube, das möchte ich auch«, sagte sie leise.

Aleck lächelte. Mit einer Hand strich er über ihr Haar,

bevor er sie in ihre unordentlichen Locken schob und nach ihrem Nacken griff.

»Ich liebe es, wenn du das tust«, sagte sie und schloss die Augen.

»Wenn ich was tue?«, fragte er, als er sich vorbeugte und sie auf die Stirn küsste.

»Wenn du mich im Nacken festhältst«, sagte sie zu ihm.

Er nahm sich vor, es so oft wie möglich zu tun, und küsste ihre Nase. Dann ihre Wange. Dann strich er leicht mit seinen Lippen über ihre und genoss die Intimität des Augenblicks.

Als sie sich an ihm rekelte und frustriert brummte, weil er sich weigerte, den Kuss zu vertiefen, lächelte Aleck. »Stimmt etwas nicht?«, fragte er.

»Nun küss mich schon«, befahl sie.

»Mit Vergnügen«, gab Aleck zurück. Er verstärkte seinen Griff, damit sie sich nicht zurückziehen konnte – nicht dass er annahm, dass sie das tun würde –, und senkte erneut den Kopf. Diesmal spielte er nicht lange herum. Mit seiner Zunge drängte er sofort gegen ihre Lippen und sie ließ ihn in ihren Mund eindringen.

Sie schmeckte leicht nach Minze, weil sie sich vorhin die Zähne geputzt hatte. Er genoss jedes kleine Stöhnen, während sich ihre Zungen erotisch duellierten. Sie schob ihre Hände unter sein Hemd unter der Decke und seine Brustwarzen wurden sofort hart. Er hatte nur eine Hand frei, weil er mit der anderen ihren Nacken nicht loslassen wollte, besonders jetzt nicht mehr, wo er wusste, wie sehr sie es mochte, wenn er sie so besitzergreifend festhielt. Aber mit der freien Hand glitt er langsam an ihrem Körper entlang und vergewisserte sich, dass sie seine Berührung mochte, bevor er sie weiterbewegte.

Als sie sich gegen ihn krümmte, fuhr er mit seiner Hand über ihren nackten Oberschenkel, dann über ihre Seite.

Sie rekelte sich gegen ihn und murmelte: »Ich bin kitzlig«, bevor sie ihren Mund wieder auf seine Lippen legte.

Manche Männer hätten es vielleicht ausgenutzt, aber er wollte sie in diesem Moment nicht zum Lachen bringen. Er wollte, dass sie noch mehr stöhnte.

Also bewegte er seine Hand von ihrer Seite zu ihrem Bauch. Er war versucht, sie nach unten unter ihren Slip zu schieben, aber stattdessen schob er sie nach oben. Er war jetzt nicht mehr in der Stimmung für Spielchen. Kühn fuhr Aleck über ihre Brust und beide stöhnten. Kenna zog ihren Kopf zurück und wölbte sich erneut gegen ihn.

»Ja«, flüsterte sie.

Er drückte ihre Brust noch einmal, dann strich er mit seinem Fingernagel über ihre harte Brustwarze. Zu seiner Überraschung tat sie dasselbe mit seiner Brustwarze.

»Scheiße«, murmelte er.

Er sah das zufriedene Lächeln auf Kennas Gesicht und liebte es, dass sie nicht einfach nur dalag, sondern genauso erregt war wie er.

Er zog seine Hand hervor, um die Decke zurückzuziehen, und ignorierte ihren Schmollmund. Dann wagte er sich wieder unter ihr T-Shirt und das Schmollen verschwand, als er wieder mit ihrer Brustwarze zu spielen begann. Ihre eigene Hand ruhte plötzlich, als hätte ihr Gehirn einen Kurzschluss. Es war in Ordnung für ihn. Im Moment wollte er eher sie verwöhnen, als selbst verwöhnt zu werden. Sie sollte zuerst kommen, immer!

»Das fühlt sich unglaublich an«, flüsterte Kenna.

Aleck bewegte sich so, dass er über ihr war, aber er nahm seine Hand immer noch nicht von ihrem Nacken. Mit dem Daumen strich er dort über ihre empfindliche Haut, während er mit der anderen Hand alles tat, um sie zu erregen.

Sie grub ihre Fingernägel in seine Brust und es machte

ihn noch mehr an. Sein Schwanz war so hart wie nie zuvor, aber er hatte keine Zeit, sich darum zu kümmern. Er hatte nur Augen für sie. Seine Frau hatte einen harten Tag gehabt und er wollte, dass es ihr besser ging.

Er senkte den Kopf und saugte an ihrer Brustwarze, biss und knabberte durch den feuchten Stoff ihres Hemdes.

»Oh mein Gott, ja«, sagte Kenna.

Dann überraschte sie ihn, als sie nach dem Saum ihres T-Shirts griff, es bis an ihr Kinn zog und sich vollständig entblößte.

Für eine Sekunde war Aleck sprachlos. Sie war so verdammt schön. Ihre runden Brüste saßen hoch und fest auf ihrem Oberkörper, ihre rosa Brustwarzen standen ab. Eine Hand schob sie hinter seinen Kopf, packte ihn am Haar und zog ihn an ihre Brust.

Sie musste Aleck nicht zweimal bitten. Sofort nahm er einen ihrer Nippel in den Mund und saugte fest.

Sie schrie vor Freude auf und drückte seinen Kopf fester an sich.

Aleck wusste nicht, wie lange er damit verbracht hatte, ihre Brüste anzubeten. Er war in der Ekstase über ihre Reaktion darauf verloren.

Erst als er spürte, wie sie ihre Hüften rhythmisch gegen ihn stieß, bemerkte er, dass sie kurz vor einem Orgasmus stand. Sein Selbstbewusstsein stieg bis zum Himmel, weil er sie nur durch das Spiel mit ihren Brüsten so sehr erregen konnte ... als eine Bewegung zwischen ihnen seine Aufmerksamkeit erregte. Er sah an ihrem Körper hinunter und realisierte, dass sie eine Hand in ihr Höschen gesteckt hatte und fast verzweifelt ihre Klitoris rieb.

»Hör nicht auf«, flehte sie ihn an.

Auf keinen Fall würde er es verpassen wollen, wenn sie zum ersten Mal in seinen Armen zum Höhepunkt kam. Auch wenn es durch ihre eigene Hand war. Er kniff in ihre

Brustwarze, nicht zaghaft, sondern fest und massierte ihre Brust.

»Das ist es«, murmelte er. »Ich will sehen, wie du aussiehst, wenn du kommst.«

Sie stöhnte und schloss die Augen, als sie sich darauf konzentrierte, ihren Orgasmus zu erreichen.

Aleck fuhr fort, ihre Brüste zu stimulieren, als sie sich dem Höhepunkt immer weiter näherte.

»Öffne die Augen«, befahl er über ihr. »Sieh mich an, wenn du kommst.« Sie öffnete ihre schönen braunen Augen und er konnte sehen, wie ihre Pupillen vor Lust geweitet waren. »Das ist es, Baby. Komm! Komm hart!«

Er starrte ihr in die Augen, als er noch einmal in ihre Brustwarze kniff, und das war es. Jeder Muskel in ihrem Körper spannte sich an und ihre Oberschenkel zitterten, als sie explodierte. Sie schmiegte sich an ihn und stöhnte laut, als sie sich der Ekstase hingab, die ihren Körper durchströmte.

Die Hand in ihrem Höschen war jetzt still – aber Aleck wollte mehr.

Er wusste, dass er sein Glück auf die Probe stellte, aber er konnte sich nicht stoppen. Langsam schob er seine Hand nach unten und griff zwischen ihre Beine. Sie hatte ihre Hand zur Seite genommen und er begann, ihre Klitoris unbarmherzig durch ihren feuchten Slip zu reiben.

Sie zuckte unter seinem Griff und sagte: »Zu empfindlich!«

Aber Aleck schüttelte den Kopf. »Noch einmal«, stöhnte er.

»Oh verdammt ...«, hauchte Kenna, als sie die Augen wieder schloss und innerhalb von Sekunden erneut zu zittern begann.

Aleck tat alles, ihr nicht die Unterwäsche vom Leib zu reißen und seinen Kopf zwischen ihren Schenkeln zu vergraben. Er konnte ihre Erregung überall riechen und es war wie ein Aphrodisiakum. Er wollte sie schmecken und lecken, bis sie erneut kam.

Aber er war sich mehr als bewusst, dass dieses Zwischenspiel sie in Verlegenheit bringen würde. Das hatte er bereits einmal getan und er hatte keine Lust, das jemals zu wiederholen.

Also legte er seine Hand ruhig auf ihre Muschi, während sie sich sanft dagegen presste. Während der ganzen Zeit hatte er seine Hand nicht von ihrem Nacken gelöst und wenn sie ihre Augen nicht geöffnet ließ, festigte er seinen Griff. »Kenna?«, fragte er leise.

»Schhhh«, murmelte sie. »Ich genieße.«

Aleck lächelte. Verdammt, sie war unglaublich. »Genieße ruhig. Ich bin hier und labe mich an dem Anblick«, sagte er und betrachtete ihre wunderschönen Brüste, die immer noch bebten, als sie wieder zu Atem kam.

Anstatt sich zu bedecken, kicherte Kenna. »So ein Typ bist du also«, beschwerte sie sich gespielt.

»Das bin ich«, stimmte er zu.

Sie öffnete die Augen und sah ihn mit einem Blick an, den er nicht deuten konnte. Seine Hand lag noch immer auf ihrer feuchten Spalte und die andere in ihrem Nacken.

»Guten Morgen«, sagte sie mit einem breiten Lächeln.

Aleck konnte nicht anders, als zu lachen. »Guten Morgen«, wiederholte er, wohl wissend, dass er sie irgendwann loslassen musste. Widerstrebend zog er seine Hand zwischen ihren Beinen hervor und griff nach ihrem Hemd. Er zog es herunter, bedeckte ihre Brüste und legte die Hand auf ihren Bauch, als er neben ihr lag.

Sie lagen ruhig so da und zum ersten Mal in seinem Leben hatte er nicht das Bedürfnis, selbst kommen zu müssen, obwohl sein Schwanz pochte. Das hier war für Kenna gewesen. Und er war so verdammt dankbar, dass sie ihm erlaubt hatte, es mit ihr zu teilen. Er war sich nicht sicher, was er sagen oder tun sollte.

»Das war hervorragend.«

»Habe ich dir nicht wehgetan?«, fragte Aleck und erinnerte sich daran, wie grob er mit ihren Brüsten umgegangen war.

»Überhaupt nicht, es hat sich wunderbar angefühlt. Die Art und Weise, wie du die Kontrolle übernommen und mich so festgehalten hast ... das war heiß.«

Aleck seufzte erleichtert. »Danke, dass du das mit mir geteilt hast«, sagte er zu ihr.

Kenna neigte den Kopf, als sie ihn ansah. »Du bist so anders als die meisten Typen, mit denen ich zusammen war«, sagte sie.

»Ja?«

»Äh, ja. Die meisten hätten mich zum Sex gedrängt oder gewollt, dass ich mich revanchiere. Du bist immer noch hart.«

Es war nicht so, als könnte er seine Erektion verbergen. Sein Schwanz wurde gegen ihren nackten Oberschenkel gedrückt und obwohl er eine kurze Hose trug, war es ziemlich offensichtlich.

Er zuckte mit den Schultern. »Du hast das gebraucht. Du warst gestresst und ein Teil dieses Stresses war meine Schuld. Es war mir eine Ehre, das für dich zu tun.«

»Trotzdem ...« Sie bewegte ihre Hand zu seinem Schwanz, aber Aleck schüttelte den Kopf.

»Nein, Kenna, ich kann warten. Sex zwischen uns soll niemals wie du mir, so ich dir sein. Und fürs Protokoll, wenn ich jemals etwas tue, was du wirklich nicht magst oder nicht tun willst, dann sag Nein und ich werde aufhören.«

»Ich war wirklich sehr empfindlich und du hast mich gezwungen, ein zweites Mal zum Orgasmus zu kommen«, merkte sie an, ohne ihn aus den Augen zu lassen.

»Aber du hast nicht Nein gesagt«, erwiderte Aleck. »Und dieser zweite Orgasmus war noch intensiver als der erste. Du hast es gemocht.«

Sie holte tief Luft und nickte. »Das habe ich.«

»Also, ich bin kein sehr sanftmütiger Typ«, sagte Aleck. »Aber ich werde dir nie wehtun. Ich kann sehr fordernd sein, aber wenn du Nein sagst, höre ich auf und werde keine Fragen stellen, okay?«

Kenna nickte.

Nach ein paar Augenblicken fragte Aleck: »Fühlst du dich besser, weniger gestresst?«

»Ja, absolut«, antwortete sie.

»Gut, hast du Hunger?«

Sie kicherte. »Noch mal, ja.«

»Wie wäre es, wenn du duschen gehst, und ich werde in der Zeit den Kaffee und die Malasadas in der Mikrowelle aufwärmen?«

Sie nickte, machte aber keine Anstalten aufzustehen. Nicht dass Aleck seine Hand von ihrem Hals genommen hätte.

Dann holte sie tief Luft. »Also ... Abendessen bei dir ... war das nur eine Einladung zum Abendessen oder ... darf ich mehr erwarten?«

Aleck schlug das Herz bis zum Hals. »Du bist dazu eingeladen, die Nacht bei mir zu verbringen, wann immer du möchtest«, sagte er. »Ich würde mich freuen, wenn du bleibst, aber ich will nicht, dass du irgendetwas überstürzt.«

Kenna lachte. »Ich habe gerade vor dir masturbiert und du hast mich ein zweites Mal kommen lassen. Ich glaube nicht, dass ich damit irgendetwas überstürzen würde«, sagte sie lachend.

Aleck liebte es, wie wohl sie sich mit ihrer Sexualität fühlte.

»Dann möchte ich, dass du die Nacht bei mir

verbringst«, sagte er und die Aufregung stieg in ihm auf. »So sehr ich diesen Sitzsack auch liebe, ich freue mich darauf, etwas Platz mit dir in meinem Bett zu haben und so gegeneinandergepresst zu werden, wenn ich Liebe mit dir mache.«

»Oh ja«, sagte sie beim Ausatmen.

»Und dich wieder für mich masturbieren zu sehen«, fügte er hinzu.

»Nur wenn du es ebenfalls tust«, konterte sie.

Sein Schwanz zuckte als Reaktion auf ihre Worte. »Du willst zusehen, wie ich mich selbst befriedige, Kenna?«

Sie nickte.

»Scheiße, wir müssen aus diesem Sitzsack raus. Ich glaube, der ist ein Aphrodisiakum«, murmelte er.

Kenna lachte. »Ich habe mich zuvor noch nie so darin gefühlt. Das liegt nur an dir«, sagte sie. »An uns.«

»Uns«, wiederholte Aleck. Dann holte er tief Luft. »In diesem Sinne stehe ich jetzt auf.«

»Ich werde dir einen Schubs geben«, sagte Kenna.

»Hände weg von meinem Hintern«, warnte er.

Sie kicherte.

Aleck beugte sich hinunter und küsste sie. Er liebte das Gefühl ihres Lächelns an seinen Lippen. Dann bemühte er sich, aus dem Sitzsack zu kommen, ohne Kenna zu zerdrücken. Sie nutzte die Gelegenheit und ließ ihre Hände über seinen Körper gleiten, als sie versuchte, ihm aus dem großen Sack zu helfen.

Nachdem Aleck aufgestanden war, griff er nach ihrer Hand und zog auch Kenna hoch. Dann schlang er seine Arme um sie und hielt sie für einen langen Moment einfach fest.

»Nicht dass ich mich beschwere, aber wofür ist das?«, fragte sie.

Ohne seinen Griff zu lockern oder seine Nase aus ihrem

Haar zu nehmen, sagte er: »Das ist die Umarmung, die ich dir gestern Abend geben wollte, aber nicht konnte.«

Kenna zog sich zurück und Aleck erlaubte es. Sie sah zu ihm auf. »Unter dieser knallharten Navy-SEAL-Hülle bist du ein kleines Weichei, nicht wahr?«

Ohne jegliches Gefühl von Verlegenheit sagte Aleck: »Nur bei dir.«

Sie lächelte. »Schmeichler.«

»Nein, ich bin nur ehrlich. Geh jetzt duschen und zieh dich um. Das Frühstück wird auf dich warten, wenn du fertig bist.«

»Daran könnte ich mich gewöhnen«, scherzte sie. »Auf Händen getragen zu werden.«

»Ich mich auch«, sagte Aleck ernst. »Ich mich auch.«

Sie starrten sich einen langen Moment an, bevor Aleck die Arme herunternahm und zurücktrat. Kenna sah aus, als wollte sie etwas sagen, aber sie lächelte ihn nur an, drehte sich dann um und ging in ihr Schlafzimmer.

Als er den Kaffee und das Gebäck aufwärmte, konnte Aleck nicht anders, als stolz zu sein. Sie sah jetzt hundertmal entspannter aus als bei seiner Ankunft. Zugegeben, sie war noch im Halbschlaf gewesen, aber trotzdem. Sie *klang* sogar entspannter. Es war am vergangenen Abend extrem schwer für ihn gewesen, nicht hierherzufahren, um sie zu trösten, aber seine Kenna war hart im Nehmen. Das hatte sie immer wieder bewiesen. Sie *brauchte* ihn nicht, um sie zu trösten, aber es fühlte sich gut an, dass sie ihn *ließ*.

---

Kenna drehte sich zu Marshall um. Sie waren auf dem Weg zu seiner Wohnung, nachdem sie den Morgen auf dem Flohmarkt im Aloha-Stadion verbracht hatten. Er hatte sich tapfer geschlagen. Es war offensichtlich, dass Einkaufen nicht seine Lieblingsbeschäftigung war. Er hatte nur eine Sache gekauft – einen Ring, den sie sich angeschaut, sich dann aber gegen den Kauf entschieden hatte.

Aber er hatte überhaupt nicht versucht, den Preis zu verhandeln, sondern die Verkäuferin am Stand einfach gefragt, wie viel der Ring kostete, und dann ohne Zögern die zwanzig Dollar bezahlt. Kenna hatte versucht zu protestieren, aber er hatte ihre rechte Hand genommen und ihr den Ring an den Mittelfinger gesteckt. Sie war in seinen Händen förmlich dahingeschmolzen.

Der Ring hatte offensichtlich keinen materiellen Wert, aber emotional war er unbezahlbar. Kenna wusste, dass sie sich jedes Mal an diesen Tag erinnern würde, wenn sie ihn an ihrem Finger sah. Er hatte ein Gänseblümchenmotiv und wurde wahrscheinlich in China hergestellt, aber Kenna schätzte ihn.

Der gesamte Morgen war eine wundervolle Überraschung gewesen. Sie hatte nicht so lange schlafen wollen, aber als sie in Marshalls Armen aufgewacht war, hatte sie sich erstaunlich gut gefühlt. Sie hatte nicht vorgehabt, sich in seinen Armen selbst anzufassen, aber sie hatte nicht anders gekonnt. Marshalls Mund auf ihrer Brust hatte sich unglaublich angefühlt, und es war so lange her gewesen, dass sie sich vor einem Mann hatte gehen lassen, dass es eigentlich schon passiert war, bevor sie realisiert hatte, dass sie sich selbst berührte.

Es stellte sich als einer der heißesten Momente heraus, die sie je mit einem Mann erlebt hatte. In Marshalls Augen zu blicken, als sie gekommen war, war ... weltbewegend gewesen. Selbst bei ihrer Erregung konnte sie sehen, wie seine eigene in ihren Augen reflektiert wurde. Er hatte es genossen, sie kommen zu sehen, und hatte sich danach nicht darum gekümmert, selbst zum Schuss zu kommen, was eine ziemliche Abwechslung zu den meisten Männern war, mit denen sie in der Vergangenheit zusammen gewesen war.

Dann hatte er sie noch einmal zum Höhepunkt gebracht und seine Berührung war so anders als ihre. Sie zog ihre Hand meistens zurück, wenn sie zum Orgasmus kam, aber er war kraftvoll und dominant gewesen und hatte sich geweigert, sie loszulassen, wodurch ihr Höhepunkt scheinbar verlängert wurde. Es hatte sich ... unglaublich angefühlt.

Kenna fühlte sich nicht einmal schuldig, weil sie ihn im Grunde gefragt hatte, ob sie die Nacht bei ihm verbringen könnte. Sie wollte diesen Mann. Sie wollte *alles* von diesem Mann. Ja, es ging schnell zwischen ihnen, aber es war ihr trotzdem angenehm. Mit Marshall zusammen zu sein fühlte sich in jeder Hinsicht richtig an.

»Worüber lächelst du so?«, fragte Marshall.

»Über heute Morgen«, sagte Kenna, ohne zu zögern.

Sie liebte es, das zufriedene Grinsen auf seinem Gesicht zu sehen.

»War das Frühstück gut?«, neckte er.

»Das auch«, sagte sie zu ihm.

Als Kenna auf seinen Schoß blickte, sah sie, dass er halbhart war. Sie liebte es, diese Wirkung auf ihn zu haben.

»Scheiße, du wirst noch mein Tod sein, Frau«, stöhnte Marshall.

»Um eines festzuhalten, ich mag Sex«, erklärte Kenna. »Und heute Morgen war ...« Sie hatte Mühe, das richtige Wort zu finden. Dann beschloss sie, einfach zu sagen, was sie fühlte. »Das Beste, was ich je erlebt habe ... und wir haben nicht einmal Sex gehabt.«

»Scheiße, ausgerechnet wenn ich fahre, beschließt du, mir das zu sagen«, grummelte Marshall, rutschte auf seinem Sitz hin und her und legte seinen Schwanz in seiner Hose zurecht.

Kenna grinste nur. »Entschuldige«, sagte sie, wohl wissend, dass sie kein bisschen reumütig klang. »Es ist so, Frauen werden ständig wegen ihrer Sexualität verurteilt. Wenn es uns gefällt, sind wir leicht zu haben, wenn wir zu viele Partner haben, sind wir Schlampen. Wir sollen angeblich jungfräulich und rein sein, bis wir heiraten, während ein Mann mit so vielen Frauen schlafen kann, ohne dass jemand schlecht darüber denkt. Für mich hat das nie Sinn ergeben. Ich bin dreißig Jahre alt, ich mag es, einen Orgasmus zu haben. Und obwohl ich eine Weile keinen Freund hatte, bedeutet das nicht, dass ich mich nicht um mich selbst gekümmert habe.

Aber nach dem, was du heute gemacht hast, ist mir klar geworden, dass ich nur wenig über meinen Körper weiß. Du hast mich ein zweites Mal zum Höhepunkt gebracht, obwohl ich dachte, dass ich fertig wäre. Das war ... aufschlussreich ... und heiß. Und jetzt möchte ich herausfinden, was ich *sonst* noch nicht über mich weiß, wenn es um Sex geht.«

Sie konnte sehen, wie Marshall den Kiefer anspannte, und rümpfte die Nase. »Entschuldige, bin ich zu direkt?«

»Nein«, antwortete er mit leiser, heiserer Stimme, bei der Kenna ein Schauer den Rücken herunterlief. So hatte sie ihn noch nie gehört.

Doch, hatte sie.

An diesem Morgen ... als er gesagt hatte: »Noch einmal.«

»Du hast recht, über Frauen wird viel schneller geurteilt, wenn es um Sex geht. Ich mag es, wie offen du mit deiner Sexualität umgehst. Du hast keine Angst, nach dem zu verlangen, was du willst. Und ich kann es verdammt noch mal kaum erwarten, dich in mein Bett zu bekommen und herauszufinden, was du magst und was du nicht magst, wenn es darum geht, intim miteinander zu sein.«

Kenna lächelte. »Aber zuerst wirst du mir etwas zu essen machen, oder?«, neckte sie.

»Verdammt, du wirst wirklich mein Tod sein«, beschwerte sich Marshall.

»Aber du liebst es.«

Er drehte sich um, begegnete ihrem Blick und Kenna atmete scharf ein, als sie die Intensität in seinen Augen sah. »Das tue ich«, stimmte er zu und blickte dann wieder auf die Straße vor ihnen.

Kenna war erregt. Sie wollte unbedingt über diesen Mann herfallen, sobald sie in seiner Wohnung waren, aber sie liebte auch ihr Vorspiel. Und sie waren mitten in dem längsten und intensivsten Vorspiel, das sie je erlebt hatte.

Sie lächelte immer noch, als sie auf den Parkplatz von Coral Springs fuhren. Für eine Sekunde war sie wieder verlegen, wenn sie daran dachte, was sie an dem Tag gesagt hatte, an dem sie sich an den Strand »geschlichen« hatten. Aber sie verdrängte es. Das war abgehakt.

»Es tut mir leid«, sagte Marshall, nachdem er den Motor abgestellt hatte.

Kenna schüttelte den Kopf. »Du hast dich bereits entschuldigt. Und das haben wir jetzt hinter uns. Ich möchte jetzt dieses tolle Penthouse und die Aussicht sehen. Ich habe so viel darüber gehört.«

»Du bist zu schön, um wahr zu sein«, sagte Marshall. Er nahm ihre Hand, küsste die Handfläche und drehte sich dann um, um aus dem Jeep zu steigen.

Kenna schwor, dass sie bei diesem kurzen Kuss ein Kribbeln bis in die Zehenspitzen spüren konnte. Oh Junge, Sex mit diesem Mann würde sie für immer ruinieren, das wusste sie einfach.

Er traf sich neben dem Jeep mit ihr und schnappte sich die Tasche, die sie gepackt hatte. Die Sachen, die sie auf dem Flohmarkt gekauft hatten, ließ er im Wagen, um sie später in ihre Wohnung mitzunehmen.

Marshall nahm ihre Hand, als sie zum Eingang gingen. Am Schreibtisch des Sicherheitsbeamten blieb er stehen und begrüßte den Mann, der dort saß. »Hey, Robert.«

»Guten Abend, Mr. Smart.«

»Ich möchte Ihnen meine Freundin Kenna Madigan vorstellen«, sagte Marshall.

Kenna schüttelte dem Sicherheitsbeamten die Hand. »Nett, Sie kennenzulernen.«

»Gleichfalls. Ich hoffe, Ihnen hat Ihr Besuch hier am letzten Wochenende gefallen«, sagte er höflich.

Kenna lächelte und nickte. Es war offensichtlich, dass sie es nie an diesem Mann vorbei geschafft hätten, hätte Marshall nicht dort gewohnt.

»Ich würde sie gern zu meiner Besucherliste hinzufügen«, sagte Marshall zu ihm.

»Natürlich, wenn ich kurz Ihren Ausweis sehen darf, Miss Madigan«, sagte Robert.

Kenna hatte keine Ahnung, dass Marshall vorgehabt hatte, sie zu irgendetwas hinzuzufügen. Sie sah zu ihm auf und er lächelte und nickte. Kenna griff in ihre Handtasche, holte ihren Ausweis heraus und reichte ihn dem Sicherheitsbeamten. Er füllte ein Blatt Papier mit ihren Kontaktdaten aus und stand auf.

»Ich muss ein Foto von Ihnen für unsere Unterlagen machen«, sagte Robert.

»Oh, äh, okay«, entgegnete Kenna, überrascht über die strengen Sicherheitsvorkehrungen.

»Damit die anderen Sicherheitsmitarbeiter wissen, wie Sie aussehen«, sagte Robert, der ihr Unbehagen offensichtlich bemerkt hatte. »Das Bild wird in unserem System gespeichert. Niemand sonst hat Zugriff auf diese Daten. Wenn Sie das nächste Mal zu Besuch kommen, brauchen

Sie nicht einmal hier anzuhalten. Wir werden wissen, dass sie auf der Besucherliste stehen.«

»Wenn du dich damit nicht wohlfühlst, können wir das ein andermal machen«, sagte Marshall.

»Nein, schon gut«, sagte Kenna. »Ich war nur überrascht.« Sie posierte für das Foto und Robert machte ohne großes Getue die Aufnahme.

Er gab ihr ein Blatt Papier und sagte: »Das sind die Hausregeln von Coral Springs. Auch wenn Sie nur Gast sind, wird von Ihnen erwartet, dass Sie sich daran halten. Lesen Sie sie in Ruhe durch und geben Sie sie beim nächsten Mal unterschrieben hier ab«, sagte Robert.

Kenna nickte, faltete das Papier und steckte es zusammen mit ihrem Ausweis in ihre Handtasche.

»Bereit?«, fragte Marshall.

»Bereit«, entgegnete Kenna mit einem Lächeln.

»Einen schönen Tag noch, Robert«, sagte Marshall zu dem Sicherheitsbeamten.

»Gleichfalls.«

Als sie in den Aufzug stiegen, wandte sich Kenna an Marshall. »Ich wäre keine zwei Schritte weiter als dieser Schreibtisch gekommen, wenn du nicht bei mir gewesen wärst, oder?«

»Nein«, sagte er mit einem kleinen Lächeln. »Robert und die anderen Sicherheitsbeamten sind sehr gut.«

»Was haben deine Teamkameraden davon gehalten, dass von ihnen ein Foto gemacht wurde und sie die Hausordnung unterschreiben mussten?«, fragte sie.

Marshall zuckte die Achseln. »Sie stehen nicht auf meiner Besucherliste.«

Sie runzelte verwirrt die Stirn. »Aber sie sind deine besten Freunde.«

»Ja, und wenn ich sie erwarte, dann trage ich sie in die Tagesliste ein, dann dürfen sie an diesem Tag hereinkommen. Aber sie können nicht kommen und gehen, wie sie wollen.«

Kenna starrte ihn ungläubig an. »Ernsthaft?«

»Ja, du bist der einzige Mensch, den ich jemals zu dieser Liste hinzugefügt habe.«

Kenna schluckte schwer. »Du wirst heute Abend ein sehr glücklicher Matrose sein«, versprach sie ihm.

Marshall fing an zu lachen und zog sie an sich. »Ach ja?«

»Oh ja!«

Er senkte den Kopf, um sie zu küssen, als der Aufzug klingelte, um zu signalisieren, dass sie auf seiner Etage angekommen waren. »Später«, murmelte er, mehr zu sich selbst als zu ihr.

Kenna konnte das Lächeln nicht mehr aus ihrem Gesicht bekommen. Sie liebte es, diesen Mann zu überraschen. Sie glaubte nicht, dass das sehr oft vorkam.

Er schlang seinen Arm um ihre Schulter, als sie über den Flur in Richtung seiner Wohnung gingen. Er legte eine Hand auf einen Fingerabdruckscanner neben seiner Tür und sie schüttelte ungläubig den Kopf. »Wirklich?«, fragte sie.

»Ja«, sagte er. »Das ist einfacher, als einen Schlüssel mitzuschleppen, besonders wenn ich auf Mission muss. Ich muss mir keine Sorgen machen, ihn zu verlieren.«

»Du nimmst deinen Schlüssel mit auf Mission?«, fragte sie und hob überrascht die Augenbrauen.

Er lachte. »Auf keinen Fall. Der bleibt im Büro.«

»Puh, ich habe mir gerade vorgestellt, wie ein Terrorist irgendwo in der Wüste einen Jeep-Schlüssel im Sand findet und sich fragt, wie zum Teufel der dort hingekommen ist.«

Marshall grinste. »Genau. Gib mir deine Hand.«

Sie tat es, ohne zu zögern. Kenna hatte das Gefühl, sie würde alles tun, was dieser Mann verlangte, ohne lange darüber nachzudenken.

Er drückte ein paar Tasten auf dem Lesegerät, dann drückte er ihre Handfläche auf den Scanner. »So, jetzt kommst du rein, wann immer du vorbeikommen willst.«

Kenna blinzelte überrascht und starrte ihn an. »Du hast mir im Grunde gerade einen Schlüssel zu deiner Wohnung gegeben?«

Marshall zuckte die Achseln. »Wirst du herkommen und mich ausrauben?«

»Nein.«

»Dann ja.« Marshall drehte sich um, um die Tür zu öffnen, und Kenna bemühte sich, ihre Begeisterung im Zaum zu halten.

Dieser Mann war in keiner Weise so, wie sie es sich vorgestellt hatte, als sie das erste Mal mit ihm am Strand beim Duke's gesessen hatten. Er war so viel ... mehr.

Marshall ging voran in seine Wohnung und Kenna schloss die Tür hinter ihnen. Sie bekam große Augen, als sie alles in Augenschein nahm.

Die Wohnung war so unglaublich, sie wusste nicht, wo sie zuerst hinschauen sollte. Angefangen bei der Küche mit den schönen weißen Schränken, Beton-Arbeitsplatten und einem Kühlschrank, der doppelt so hoch war wie ihrer, über die Bambusfußböden bis hin zu dem extrem gemütlich und teuer aussehenden Sofa und dem riesigen Fernseher ... es war überwältigend.

Aber hier und da konnte sie auch Marshalls Eigenheiten erkennen. Es war kein Ausstellungsraum. Sie sah ein Paar Stiefel in der Nähe des Flurs auf dem Boden liegen. In der Spüle stand etwas schmutziges Geschirr und auf der Arbeitsplatte lagen Krümel. In einem Regal an der Wand standen willkürlich verteilt ein paar Bücher. Ein halb volles Glas Wasser stand auf einem Tisch neben einem der Sofas. Ein paar Kissen waren lässig auf den Sitzmöbeln verteilt.

Dann waren da noch die Bilder und Kenna wollte sich

alle ansehen, die im Wohnbereich verteilt waren. Das Bild von ihm mit seinem Team, das er ihr auf dem Stützpunkt gezeigt hatte, hing vergrößert an der Wand neben dem Fernseher.

Es war wirklich schick und wirkte sehr teuer. Aber es sah bewohnt aus und gemütlich. Dadurch war Kenna gleich viel entspannter.

Während sie sich umsah, war Marshall zu ihrer Linken zu den Fenstern gegangen und zog die Vorhänge zurück. Kenna erstarrte bei der unglaublichen Aussicht, die sich ihr bot. Wie in Trance ging sie auf den Balkon zu. Sie wusste, dass Marshall wie ein kleiner Junge mit der Hand in einer Keksdose grinste, aber sie ignorierte ihn. Er öffnete die Tür für sie und sie ging nach draußen.

Eine leichte Brise vom Meer wehte durch ihr Haar, als sie sich am Geländer festhielt. Auf dem Balkon standen ein paar Liegestühle sowie ein Tisch und sechs Stühle. Er war riesig, aber Kenna wandte die Aufmerksamkeit wieder dem Meer vor ihr zu.

Sie spürte, wie Marshall hinter ihr auftauchte. Er legte seine Hände auf das Geländer rechts und links neben ihr und lehnte sich von hinten gegen sie.

Kenna brauchte ungefähr eine Minute, um die Aussicht in sich aufzunehmen. Sie konnte den Strand sehen, an dem sie den Tag verbracht hatten. Die Schirme sahen von hier oben winzig aus. Auf dem Wasser fuhren Segelboote und in der Ferne konnte sie sogar ein großes Frachtschiff erkennen. Es war absolut atemberaubend und Kenna konnte plötzlich den Reiz des Meeresblicks verstehen. Wenn sie bei sich zu Hause eine solche Aussicht hätte, würde sie die ganze Zeit auf dem Balkon verbringen.

»Es ist unglaublich«, sagte sie ehrfürchtig.

»Das ist der Hauptgrund, warum ich den Kampf gegen

meine Eltern aufgegeben habe und hierhergezogen bin. Es ist anmaßend und übertrieben und viel zu teuer, aber der Balkon ist mein Lieblingsort, um mit Freunden abzuhängen oder mich nach einer harten Mission zu entspannen. Du musst es erleben, wenn ein Sturm aufzieht. Es ist, als wärst du mittendrin.«

»Das glaube ich.«

»Willst du den Rest der Wohnung sehen?«, fragte er.

Kenna schüttelte den Kopf. »Nein, ich bleibe gleich hier. Ich glaube, ich ziehe ein und werde einfach hier draußen auf dem Balkon schlafen und essen und alles.«

Sie fühlte viel mehr, als dass sie hörte, wie er hinter ihr leise lachte. »Es könnte schwierig werden, von hier aus deiner Arbeit als Kellnerin nachzukommen.«

»Darum brauchst du dich nicht zu sorgen.«

»Außerdem hast du mein Schlafzimmer noch nicht gesehen«, fügte er suggestiv hinzu.

Kenna lächelte und drehte sich dann in seinen Armen um. »Stimmt, bitte sag mir, dass du ein riesiges Doppelbett hast.«

»Ich habe ein riesiges Doppelbett.«

»Und dass das Badezimmer ein Traum ist.«

»Das ist es«, stimmte er zu. »Mit Regendusche, riesiger frei stehender Badewanne, zwei Waschbecken, Fußbodenheizung und die Toilette ist in einem separaten kleinen Raum mit Tür.«

Kenna brach darüber in Gelächter aus. »Das ist ein Vorteil?«, fragte sie.

»Natürlich, ich mag meine Privatsphäre, wenn ich mein Geschäft erledige«, sagte er mit ernster Miene.

»Hm. Ich glaube, ich würde dann gern dein Schlafzimmer sehen. Aber wenn es mit dem Balkon nicht mithalten kann, gehe ich gleich wieder zurück.«

»Ich glaube, du wirst es mögen«, sagte Marshall mysteriös. »Komm schon.« Er nahm ihre Hand in seine und führte sie zurück in den Wohnbereich.

Kenna ließ sich von ihm über einen kleinen Flur zu einer Tür am anderen Ende bringen. Auf dem Weg erhaschte sie einen Blick auf das Gästebad, das größer war als das große Badezimmer in ihrer Wohnung.

Marshall zögerte nicht länger, stieß die Tür am Ende des Flurs auf und bedeutete ihr einzutreten.

Kenna wollte gerade einen Witz machen, aber ihr blieben die Worte im Hals stecken, als sie den Raum betrat.

Die ganze Wand neben dem Bett bestand nur aus Fenstern, vom Boden bis zur Decke. Es war fast wie auf dem Balkon, nur ohne die Meeresbrise. »Heiliger Mist«, flüsterte sie.

»Ich habe dir gesagt, dass es dir gefallen würde«, sagte Marshall selbstgefällig.

Kenna sah zu ihm auf. »Es ist unglaublich! Aber stört es dich nicht, dass es so hell ist, wenn du versuchst einzuschlafen?«

Marshall ging zu einem Display an der Wand neben den Fenstern und drückte einen Knopf. Innerhalb von Sekunden wurden die Scheiben von glasklar zu schwarz getönt.

»*Was?* Wie ist das möglich?«

Marshall zuckte die Achseln. »Keine Ahnung, da ist eine Art Mechanismus im Glas.« Er drückte einen weiteren Knopf und die Fenster wurden grau und ließen etwas Licht herein, aber immer noch gedämpft. Dann drückte er den letzten Knopf und das Glas wurde wieder klar und ließ das Licht der Nachmittagssonne herein.

»Wow!«, sagte sie nach einer langen Pause.

»Du bist sprachlos«, scherzte Marshall. »Ich bin beeindruckt.«

»Nein, *ich* bin beeindruckt«, sagte Kenna zu ihm.

»Warte, bis du das Badezimmer siehst.«

Sie folgte ihm zu einer anderen Tür und musste zugeben, dass es verdammt spektakulär war. Es war ebenfalls verdammt schick, aber seine Toilettenartikel waren auf der Ablage verteilt und ein Handtuch lag neben einem der Waschbecken, anstatt auf dem Handtuchhalter in der Nähe zu hängen. Ein weiteres Handtuch hing zusammengeknüllt auf einer Stange, wodurch der Raum weniger etepetete aussah.

Sie konnte nicht anders, als sich Marshall und sie in der riesigen Duschkabine vorzustellen. Es befand sich sogar eine kleine Sitzbank darin und sie wusste, dass sie diese gut gebrauchen könnten.

»Ich sehe schon, wie dein Verstand arbeitet«, sagte Marshall.

Kenna grinste. »Ja«, entgegnete sie ohne Verlegenheit.

»Also, gefällt es dir?«

»Es gefällt mir«, bestätigte Kenna. »Und wenn ich das Geld hätte, würde ich unbedingt auch hier leben wollen.«

Marshall nickte, nahm dann ihre Hand und zog sie aus dem Schlafzimmer.

»Wo brennt es denn?«, fragte Kenna lachend.

»Ich dachte nur, es wäre eine gute Idee, aus meinem Schlafzimmer zu verschwinden«, sagte Marshall.

Kenna lachte lauter. Mit ihm zusammen zu sein war ... leicht, es machte Spaß. Sie genoss die Gesellschaft dieses Mannes wirklich. »Also, was machen wir, um uns die Zeit bis zum Abendessen zu vertreiben?«, fragte sie. Sie wollte gar keine Anspielung machen, aber als Marshall sich umdrehte und eine Augenbraue hob, lachte sie wieder los. »Ich meine, abgesehen von dem Offensichtlichen.«

»Möchtest du den Rest der Wohnanlage sehen?«, fragte er zögernd.

»Ja.« Kenna wollte alles über diesen Mann wissen. Und dazu gehörte auch, zu sehen, wo er lebte.

Eineinhalb Stunden später, nachdem sie die Schwimmbecken, den Trainingsraum, die Sauna, das Restaurant und die Lounges gesehen hatten und er sie fast jeder einzelnen Person vorgestellt hatte, an der sie vorbeikamen, saßen sie wieder in seiner Wohnung ... auf dem Balkon, jeder in einem Liegestuhl. Sie lagen dicht nebeneinander, sodass Kenna die Hand ausstrecken und ihn berühren konnte. Es fühlte sich intim und gemütlich an. Und sie konnte immer noch nicht fassen, wie perfekt diese Aussicht war.

Kenna trank Wein, während Marshall Eistee trank.

»Ich bin beeindruckt, dass du so viele Leute hier kennst«, sagte sie.

Marshall zuckte die Achseln. »Ich kenne sie nicht wirklich«, sagte er. »Ich weiß nichts über ihr Leben oder ihre Arbeit, aber wir sind alle freundlich zueinander, wenn wir uns sehen.«

»Ich war wirklich ungerecht, als ich gesagt habe, dass reiche Leute sich nur in ihren Wohnungen aufhalten und nicht miteinander reden«, platzte Kenna heraus. Sie hatte das Bedürfnis, sich noch einmal zu entschuldigen.

»Nein, du hast recht. Ich nehme an, du weißt alles, was es zu wissen gibt, über deine Nachbarn. Die Beziehungen hier sind eher oberflächlich. Aber wenn jemand etwas braucht, helfe ich gern.«

»Ich weiß, dass du das tust«, sagte Kenna und griff nach seiner Hand. Er nahm ihre, ohne zu zögern, und drückte sie.

Sie redeten eine Weile über nichts Wichtiges, aber dann drehte sich das Gespräch um Carly und ihren Ex-Freund. Marshall wollte wissen, wie es ihr *wirklich* ging.

»Ich denke, es geht ihr gut. Sie fühlt sich allerdings immer noch nicht sicher, glaube ich. Sie geht kaum irgendwohin, im Grunde nur zur Arbeit und zurück.«

»Aber sie hat Shawn seit dem Vorfall im Restaurant nicht wiedergesehen, oder?«, fragte Marshall.

»Nicht dass ich wüsste, aber sie könnte es für sich behalten haben«, sagte Kenna ehrlich. »Ich verstehe Männer wie ihn einfach nicht.«

»Was meinst du?«

»Ich meine, wenn du mir klarmachen würdest, dass es vorbei ist und du mich nicht mehr sehen willst, würde ich nicht verrückt werden und darauf bestehen, dass du bei mir bleibst. Ich weiß, dass manche Frauen auch so sind, aber ich glaube nicht, dass es so weit verbreitet ist wie bei Männern. Kannst du mir das erklären?«

»Nein.«

Marshalls Antwort war kurz und bündig.

Kenna seufzte. »Ich verstehe auch nicht, dass manche Männer ihre Befriedigung darin finden, Frauen einzuschüchtern und zu vergewaltigen. Ich meine, ich verstehe, dass es um das Machtgefühl geht, aber wo kommt das her? Warum denken sie, dass es in Ordnung ist, jemanden zu verletzen? Warum macht es ihnen Freude? Und ich spreche nicht von Serienmördern, die höchstwahrscheinlich verdrehte Gehirne habe. Ich spreche von Männern, die Freunde haben und eine sichere Arbeit und Familie ... von denen niemand ahnen würde, dass sie sich so verhalten könnten. Männer, die Frauen belästigen und überwältigen, nur weil sie es können. Ich verstehe es nicht.«

Marshall strich mit dem Daumen über ihren Handrücken, wodurch Kenna ruhiger wurde. »Ich weiß es auch nicht«, sagte er. »Ich kann mir nicht vorstellen, was jemandem durch den Kopf geht, wenn er sich dazu entschließt, so etwas zu tun. Und ich sehe es wie du. Wenn eine Frau sagt, dass sie sich trennen will, bin ich vielleicht nicht glücklich darüber, aber ich würde es respektieren.

Warum sollte ich mit jemandem zusammen sein wollen, der nicht mit mir zusammen sein will?«

»Genau!«, rief Kenna aus. »Dieses Ganze *Wenn ich dich nicht haben kann, soll dich keiner haben* macht für mich keinen Sinn. Menschen sind kein Besitz. Und die Angst und der Hass, die in dieser Beziehung vorhanden sein müssen, wären unerträglich. Es fällt mir so schwer zu verstehen, warum Shawn sich Carly gegenüber so verhält. Warum zieht er nicht weiter und sucht nach einer Frau, die mit ihm zusammen sein will?«

»Ich wünschte, ich hätte eine Antwort für dich. Ich kann dir nur versichern, dass es mehr Männer auf der Welt gibt, die Frauen respektieren und sich niemals so verhalten würden.«

»Ich weiß«, sagte Kenna seufzend. »Ich hasse es einfach, dass Carly damit zu tun hat. Ich will nur, dass er verschwindet.«

»Ich auch«, sagte Marshall.

Lange Zeit waren sie still, jeder in seine eigenen Gedanken versunken. Das war ein weiterer Grund, warum Kenna gern in Marshalls Nähe war. Sie mussten nicht ständig reden. Sie konnten einfach gleichzeitig am selben Ort existieren.

»Willst du mit mir ins Lebensmittelgeschäft gehen?«, fragte Marshall nach einer Weile.

Kenna sah zu ihm hinüber. »Wozu?«

»Zutaten fürs Abendessen einkaufen.«

Sie lachte. »Du hast mich zum Abendessen eingeladen und hast keine Zutaten?«, fragte sie.

Marshall zuckte die Achseln. »Ich hatte vorgehabt, heute früh einkaufen zu gehen, bevor ich dich abhole. Aber die Pläne haben sich gestern Abend geändert, als ich dich gefragt habe, ob ich noch vor der Morgendämmerung kommen könnte, um nach dir zu sehen.«

Das hatte sie geliebt. »Sicher.«

»Großartig, dann lass uns gehen.«

Kenna kicherte. »Du sitzt nicht oft nur da und genießt es, die Welt an dir vorbeiziehen zu lassen, oder?«

»Nein, jetzt steh auf, Faulpelz. Ich muss versuchen, dich davon abzuhalten, in der Ecke meines Balkons ein Nest zu bauen und nie wieder zu gehen.«

Kenna lachte und ließ sich von Marshall aufhelfen.

»Was kochst du für mich?«, fragte sie, als sie zurück nach drinnen und dann zur Wohnungstür gingen.

»Nun, ich hatte dir gesagt, dass ich ein Steak grillen wollte, aber ich hatte noch eine andere Idee, wenn das in Ordnung ist.«

»Hängt davon ab, was die andere Idee ist«, sagte Kenna ehrlich.

»Du magst Meeresfrüchte, oder?«, fragte er.

»Natürlich, wenn du dich erinnerst, waren wir Sushi essen.«

»Ich erinnere mich, aber Sushi unterscheidet sich von Meeresfrüchten im Allgemeinen. Wie auch immer, ich hatte daran gedacht, vielleicht in Sriracha-Soße glasierte Jakobsmuscheln zu machen. Mit in Knoblauch geröstetem Brokkoli, fleischlosen Taco-Tassen und einem warmen Schokokuchen mit Eiscreme als Dessert.«

Kenna wusste, dass ihr der Mund offen stand, aber sie konnte nicht anders. »Ernsthaft?«

»Ja.«

»Ich habe Hamburger oder Spaghetti oder so etwas erwartet.«

»Ich wollte dich bei unserer ersten Verabredung zum Abendessen verwöhnen«, sagte Marshall schlicht.

»Nun, betrachte mich als verwöhnt, auch wenn wir noch nicht einmal eingekauft haben«, gab Kenna zurück. »Ich habe eine Frage.«

»Schieß los.«

»Was ist eine Taco-Tasse?«

Marshall grinste. »Du nimmst diese kleinen Nacho-Chips in Form einer kleinen Schüssel und füllst sie mit Pico, Sauerrahm, Käse, schwarzen Bohnen und einer Jalapeño-Scheibe, wenn du möchtest. Dann steckst du dir das Ganze in den Mund und genießt.«

Kenna konnte sich vorstellen, wie Marshall genau das tat. »Hört sich lecker an.«

»Das ist es. Komm schon, ich bekomme schon Hunger, wenn ich nur daran denke. Das einzige Problem ist, dass dieses Abendessen einiges an Vorbereitung erfordert.«

»Ich würde dir gern beim Kochen helfen«, sagte Kenna sofort.

An der Tür beugte Marshall sich zu ihr vor und küsste sie. Es war ein schneller Kuss, eine kurze Berührung ihrer Lippen.

Kenna schmollte. »Das ist alles, was ich bekomme?«

»Erst mal ja. Wenn ich dich jetzt so küssen würde, wie ich wollte, würden wir in meinem Bett landen und ich würde dich für ein paar Stunden nicht gehen lassen. Und wenn ich das tue, kann ich nicht für dich kochen. Also erst einkaufen, dann kochen, dann essen und *dann* nehme ich dich lange und hart und auf jede erdenkliche Weise.«

Kenna grinste. »Können wir das Glas der Fenster klar lassen?«, fragte sie.

Marshall schüttelte den Kopf und öffnete die Tür. »Ich glaube, ich bin etwas beleidigt, dass du an die Fenster denkst.«

»Oh, ich denke an dich, keine Sorge. Ich kann es kaum erwarten zu sehen, was du in deiner Hose für mich bereithältst«, sagte sie zu ihm.

»Du willst meinen Schwanz, Kenna?«, knurrte er.

»Ja«, antwortete sie schlicht.

»Dann sollst du ihn bekommen – später.«

Sie schmollte und Marshall lachte. Sie würde es nie leid werden, dieses Geräusch zu hören.

Er schloss die Tür hinter ihnen und nahm ihre Hand in seine. Kenna lächelte. Sie hatte das Gefühl, dass sie sich daran gewöhnen könnte, mit diesem Mann auf einer viel intensiveren Art zusammen zu sein. Alltägliche Dinge wie einkaufen und kochen erledigen ... und jeden Abend in seinen Armen einschlafen.

# KAPITEL VIERZEHN

Das Abendessen war unglaublich. Aleck konnte sich nicht erinnern, jemals so zufrieden gewesen zu sein wie jetzt. Kenna hatte ihm beim Kochen geholfen und es war ihnen beiden schwergefallen, dabei die Finger voneinander zu lassen.

Er war absichtlich an ihrem Hintern vorbeigestreift und zur Vergeltung hatte sie »versehentlich« seinen Schwanz berührt, wenn sie in der großen Küche an ihm vorbeiging. Sie war sorglos, fröhlich, sexy ... und anstatt über die schrecklichen Dinge nachzudenken, die er als SEAL getan und gesehen hatte, wie es sonst oft abends der Fall war, wenn er allein zu Hause war, war er nur auf das Hier und Jetzt mit Kenna fixiert.

Er hatte nicht geplant, Kenna sofort auf seine Besucher-liste zu setzen, aber als er sie Robert vorgestellt hatte, schien es einfach das Richtige gewesen zu sein. Manche Leute würden ihn für verrückt halten, einer Frau, die er gerade erst kennen-gelernt hatte, Zugang zu seiner Wohnung zu gewähren, aber er vertraute ihr. Er wusste, dass Kenna ihn niemals verraten würde. Es hatte auf eine Weise zwischen ihnen geklickt, die er noch nie zuvor erlebt hatte, auf einem Niveau, das selbst die besten Beziehungen übertraf, die er je zuvor gehabt hatte.

Er hatte keine Ahnung, was die Zukunft für sie bereithalten würde, aber er konnte zugeben, dass er im Moment bis über beide Ohren in diese Frau verknallt war und so viel wie möglich mit ihr zusammen sein wollte. Den Tag mit ihr zu verbringen war wunderbar gewesen. Es war interessant gewesen, sie auf dem Flohmarkt beim Feilschen um den Preis für ein Schmuckstück zu beobachten. Sie war stur und gewann gern.

Genau wie er, also war es kein Wunder, dass sie sich so gut verstanden, auch wenn es ihm keine Freude machte, um Preise zu feilschen. Vielleicht lag es daran, dass er sich keine Sorgen um Geld machen musste, aber er würde fast lieber zu viel für etwas bezahlen, als zu versuchen, ein oder zwei Dollar zu sparen. Die zusätzlichen Einnahmen würden außerdem dem Verkäufer zugutekommen.

Kenna hatte auf seinem Balkon zu Abend essen wollen, was keine Überraschung war. Sie waren gerade fertig mit dem Essen, beobachteten, wie die Sonne langsam unterging, und genossen die Abendbrise, als Aleck sein Telefon drinnen klingeln hörte.

»Scheiße«, murmelte er.

»Was ist los? Woher weißt du, wer anruft?«, fragte Kenna.

»Das weiß ich nicht. Aber ich erwarte keinen Anruf.«

»Das heißt nicht, dass es etwas Schlimmes sein muss«, überlegte sie, als Aleck aufstand und hineinging, um sein Handy zu holen.

Aber Aleck hatte eine schlechte Vorahnung. Seine Teamkollegen wussten, dass er den Tag mit Kenna verbrachte, also würden sie ihn nicht stören. Es könnten seine Eltern sein, aber daran glaubte er nicht. Er hatte das ungute Gefühl, dass es bei dem Anruf um seinen Job ging.

Zähneknirschend nahm er ab. »Hallo?«

»Hier ist Kommandant Huttner. Du wirst zu einer Mission einberufen.«

Im Allgemeinen mochte Aleck seinen Kommandanten. Dylan Huttner war fair und kümmerte sich aufrichtig um die SEALs unter seinem Kommando. Aber sein Timing hätte nicht beschissener sein können. »Kannst du mir Details nennen?«, fragte Aleck.

»Nur dass sich die Situation, auf die wir in den letzten zwei Wochen ein Auge hatten, verschlechtert hat und wir einschreiten müssen, und zwar sofort«, sagte Huttner.

Das bedeutete, dass Aleck und sein Team in den Iran geschickt wurden. Scheiße! »Verstanden, wann muss ich mich melden?«, fragte er.

»Sofort.«

Aleck war zu gut trainiert, um überrascht zu reagieren, aber wenn sie ohne Vorwarnung einberufen wurden, musste die Situation äußerst dringlich sein. »Jawohl.«

»Bis gleich, die Details erfährst du, wenn du hier bist.«

Huttner legte wortlos auf und Aleck legte sein Telefon auf den Tisch. Verdammt, seine und Kennas Pläne für die Nacht hatten sich gerade in Luft aufgelöst. Und er musste herausfinden, wie er ihr nicht nur diese schlechten Nachrichten beibringen sollte, sondern außerdem, dass er auf eine Mission musste, über die er ihr nichts sagen durfte.

»Alles okay?«, fragte sie zaghaft von der Tür zu seinem Balkon.

Aleck holte tief Luft und drehte sich zu ihr um. »Nein«, sagte er. »Ich muss weg.«

»Weg?«, fragte sie.

Scheiße, das hatte er vermasselt. Er konnte nicht einfach gehen. Er musste sie beruhigen, es ihr erklären, irgendetwas tun. Er ging durch den Raum und zog Kenna an sich. Seine Hände legte er auf beide Seiten ihres Nackens und hielt sie sanft, als er sagte: »Das Team wurde einberufen. Wir müssen auf Mission.«

»Jetzt?«, fragte Kenna ungläubig, als sie seine Handgelenke packte.

»Leider ja.«

»Nun ... Scheiße, was kann ich tun, um dir zu helfen?«

Das war nicht die Reaktion, die Aleck erwartet hatte. »Du bist nicht verärgert?«

»Natürlich bin ich verärgert«, sagte Kenna. »Aber sauer oder traurig oder hysterisch zu sein, wird dir nicht helfen und an der Situation nichts ändern. Ich bin enttäuscht, dass wir die Nacht nicht miteinander verbringen können, aber du wirst gesund und munter wieder nach Hause kommen und dann haben wir richtig etwas zu feiern.« Ihre Stimme wackelte zum Ende hin etwas, aber sie holte tief Luft und bekam sich wieder unter Kontrolle.

»Verdammt, du bist unglaublich.«

»Bin ich nicht«, entgegnete sie. »Ich habe Todesangst um dich, aber das ist dein Beruf. Es ist das, was du liebst.«

Was ihm als Antwort zuerst in den Sinn kam, war, dass er *sie* liebte, aber er behielt es für sich. Denn das war verrückt ... oder nicht?

»Also ... was kann ich tun, um dir zu helfen?«, wiederholte sie.

Aleck holte tief Luft und zwang sich, langsam in SEAL-Modus überzugehen. »Kannst du das Geschirr wegräumen, während ich packe?«

»Natürlich.«

»Stelle einfach alles in die Spülmaschine. Es kann nach dem Waschgang dort warten, bis ich zurückkomme. Und bitte nimm die Reste mit.«

»Okay, kein Problem.«

»Ich kann dich zurück nach Hause bringen, bevor ich zum Stützpunkt fahre«, bot Aleck an.

»Auf keinen Fall. Das ist ein riesiger Umweg. Ich kann ein Taxi nehmen.«

Aleck runzelte die Stirn. »Es ist schon spät.«

»Nicht so spät«, sagte Kenna.

»Würdest du es in Betracht ziehen, hier zu übernachten und morgen früh zu deiner Wohnung zu fahren?«, fragte Aleck zögernd. Er ließ seine Hände auf ihre Taille sinken und hielt sie in einer losen Umarmung.

Sie schwieg einen Moment, bevor sie fragte: »Würde es dir nichts ausmachen, dass ich ohne dich hier bin?«

»Nein, natürlich nicht. Du kannst hierherkommen, wann immer du willst. Vielleicht an den Tagen, an denen du am nächsten Tag nicht arbeiten musst. Du stehst auf meiner Besucherliste, daher ist es kein Problem. Du kannst kommen und gehen, wann du willst. Wir haben deinen Handabdruck in das Lesegerät an meiner Tür eingespeichert. Und du kannst Lexie und Elodie zu einem Mädchenabend einladen, wenn du möchtest«, fügte er hinzu. »Sie werden wahrscheinlich auch traurig sein, weil Midas und Mustang weg sind.«

»Wow, ähm, okay. Ja, vielleicht.«

Er lächelte sie an.

»Aber ich bin mir sicher, dass ich heute Abend sicher nach Hause komme.«

»Bleib«, versuchte er, sie zu überreden. »Ich kann vielleicht nicht mit dir zusammen in meinem Bett sein, aber ich würde den Gedanken daran lieben, dass du darin liegst.«

»Nun, verdammt, wie kann ich dazu Nein sagen?«, neckte sie.

»Kannst du nicht.«

»Okay, ich werde bleiben.«

»In Ordnung, ich hole die Tüten mit den Sachen, die du

heute Morgen auf dem Flohmarkt gekauft hast, aus dem Wagen und gebe sie Robert oder dem Mitarbeiter, der bis morgen Dienst hat, um sie für dich aufzubewahren. Ich werde auch ein Taxi für dich organisieren.«

»Das brauchst du nicht.«

»Doch, das muss ich.« Sie starrten sich einen Moment lang an, bevor Aleck sie näher an sich zog. »Komm her«, sagte er sanft.

Kenna kuschelte sich in seine Umarmung und beide seufzten.

Aleck hasste es, dass ihr Abend auf diese Weise endete. Nicht weil er sie nicht ins Bett bekommen würde, sondern weil er wusste, wie gestresst und traurig sie war.

»Ich werde in Nullkommanichts zurück sein.«

»Ich weiß. Marshall?«

»Ja?«

»Ich weiß, dass deine Arbeit gefährlich ist und dass dein Team eines der besten ist, aber ...« Sie verstummte.

Sie brauchte nicht fortzufahren. Aleck war sich ziemlich sicher, dass er wusste, was sie sagen wollte. »Wir sind gut in dem, was wir tun. Wir werden zurückkommen«, sagte er zu ihr. Er sollte wirklich nichts dergleichen versprechen, aber er konnte auf keinen Fall einfach dastehen, ohne sie zu beruhigen.

Kenna nickte ihm zu. Er spürte, wie sie tief einatmete, bevor sie sich zurückzog. Tränen standen in ihren Augen, aber sie blinzelte sie weg. »Also ... du musst packen, damit du den Terroristen in den Arsch treten kannst.«

Scheiße, diese Frau brachte ihn um. »Ich werde dich vermissen. Ich glaube, wir haben jeden Tag geredet und getextet, seit du mir auf den Kopf gesprungen bist.«

»Ich bin dir nicht auf den Kopf gesprungen«, protestierte sie automatisch, wie sie es immer tat. »Und ja, ich glaube, das haben wir. Ich werde dich auch vermissen. Aber du musst los und dein Ding machen.«

Aleck nickte.

Kenna gab ihm einen kleinen Schubs. »Geh jetzt, ich werde aufräumen.«

Widerstrebend ging Aleck in sein Schlafzimmer. Als er gepackt hatte, war Kenna mit dem Einräumen des Geschirrspülers und dem Wegräumen der Reste fertig. Sie stand auf seinem Balkon mit Blick auf das Meer, als er mit seiner Reisetasche und in Tarnuniform in den Wohnbereich zurückkam.

Sie hörte ihn offensichtlich und drehte sich um. Sie schenkte ihm ein zaghaftes Lächeln und ging auf ihn zu. »Ich weiß nicht, wie viel diese Wohnung kostet, aber der Balkon ist jeden Cent wert.«

Aleck wusste, dass sie nicht darauf aus war herauszufinden, wie viel die Wohnung kostete. Sie wollte nur ein lockeres Thema aufbringen, um ihm das Gehen zu erleichtern. Er traf sie auf halbem Weg durch den Raum und wiegte ihren Nacken in seiner Hand, während er seinen anderen Arm um ihren Rücken legte. Es fühlte sich natürlich an, sie so zu halten. »Ich werde zurückkommen«, sagte er schroff. »Ich werde auf keinen Fall sterben, bevor ich deine Muschi gekostet habe und bevor ich in dir war.«

Sie würgte ein Lachen heraus. »Okay, gut, denn ich habe dich auch nicht lecken können«, gab sie zurück.

Aleck senkte den Kopf und küsste sie lange, fest und innig. Er folterte sie beide, aber er schien nicht aufhören zu können. Er war immer davon ausgegangen, dass es für die Zurückbleibenden schwierig war, wenn ihre Männer auf Mission mussten. Mustang und Midas sprachen immer davon, wie schwierig es für ihre Frauen war. Aber er hatte nicht damit gerechnet, wie schwer es für ihn selbst sein würde.

Als er sich schließlich zurückzog, atmeten beide schwer. Kenna hatte ihre Finger in seiner Brust vergraben und als er ihr in die Augen starrte, löste sich endlich eine Träne und lief ihr über die Wange. Sofort wischte sie sie mit ihrer Schulter ab.

»Mir geht es gut«, sagte sie fast trotzig.

»Das weiß ich«, sagte Aleck sanft und küsste sie dann auf die Stirn. »Bleib hier«, sagte er. »Du brauchst nicht mit runterzukommen.«

Sie schüttelte den Kopf. »Nein, ich möchte ...«

»Es ist schwer genug für mich, dich zu verlassen«, unterbrach Aleck. »Ich möchte dich genau so in Erinnerung behalten, hier in meiner Wohnung.«

Kenna holte tief Luft. »Okay«, sagte sie und gab sofort nach.

Er starrte sie einen langen Moment an, bevor er schwer schluckte und sich zurückzog. Er musste jetzt gehen. Hierzubleiben und sie sehnsüchtig anzusehen würde seine Abreise nicht einfacher machen. »Wie ein Pflaster«, murmelte er.

»Kurz und schmerzlos«, ergänzte Kenna. Wie immer waren sie auf der gleichen Wellenlänge.

Aleck wich zurück, ohne den Blick von ihrem abzuwenden, bis er beinahe über seine Reisetasche gestolpert wäre.

Kenna kicherte und Aleck wusste, dass er sich die ganze Zeit an dieses Geräusch erinnern würde. Er lächelte und zwinkerte ihr zu. Dann nahm er seine Tasche und ging rückwärts zur Tür. Er öffnete sie und nickte Kenna zu, bevor er sich umdrehte und die Wohnung verließ.

Er holte tief Luft und zwang sich, den Flur entlang zum Aufzug zu gehen. Das hier war scheiße.

*Das hier ist scheiße*, sagte Kenna zu sich selbst, als sie in der Mitte von Marshalls leerer Wohnung stand. Sie wollte ihm nachlaufen und ihm sagen, er solle nicht gehen, aber er musste. Das war es, was er tun musste, es war ein Teil von ihm. Sie hätte ihn so gern gefragt, wohin er ging und ob es gefährlich wäre, aber natürlich war es das. Er war ein SEAL, um Gottes willen.

Seufzend ging sie ins Schlafzimmer und machte sich bettfertig. Es war noch früh und sie hatte erwartet, heute Abend etwas viel Aufregenderes zu tun, aber vielleicht war es besser so. Zwischen ihr und Marshall ging es wirklich sehr schnell. Vielleicht wäre es gut, ein bisschen voneinander getrennt zu sein.

Sie ging hinüber zu dem Schalter an der Wand, um die Fenster zu verdunkeln. Dann zögerte sie. Warum sollte sie das tun? Der Ausblick war aufs Meer und die Sonne würde morgen früh auf der anderen Seite der Insel aufgehen. Sie würde also nicht geblendet werden. Eigentlich ...

Sie drückte auf einen der Knöpfe, der eines der Fenster ein Spaltbreit öffnete, und eine leichte Brise wehte ihr ins Gesicht. Die Öffnung befand sich im oberen Bereich der Fenster, knapp unter der Zimmerdecke, sodass niemand versehentlich herausfallen konnte. Sie konnte das Meer nicht hören, aber die frische Luft fühlte sich großartig an.

Sie entfernte sich von der Wand mit den Fenstern und ließ sich auf Marshalls Bett fallen. Sofort war sie von seinem Duft umgeben. Sie hatte keine Ahnung, wie sie es beschreiben sollte, aber sie wusste, dass sie es nie vergessen würde. Sie zog eines seiner Kissen in ihre Arme, vergrub ihr Gesicht darin und atmete tief ein.

Dann weinte sie.

Sie weinte, weil sie enttäuscht war, dass Marshall ihr nicht in diesem Moment den Verstand aus dem Leib fickte.

Sie weinte, weil sie Todesangst um ihn hatte.

Sie weinte, weil sie ihn schon vermisste, obwohl er noch nicht mal von der Insel weg war.

Es war lange her, dass sie so sehr geweint hatte, aber als sie sich wieder unter Kontrolle hatte, fühlte sie sich ein wenig besser.

Marshall *würde* wiederkommen. Sie weigerte sich, etwas anderes zu glauben. In der Zwischenzeit hatte sie Freundinnen und ihre Arbeit, um sich abzulenken.

Sie schlief in Marshalls großem Bett ein und träumte die ganze Nacht von ihm.

Kenna wachte mit einem leicht traurigen Gefühl auf, es war aber nicht ganz so entmutigend wie am Abend zuvor. Sie duschte in Marshalls tollem Badezimmer und beschloss, so oft wie möglich hierherzukommen, während Marshall weg war, auch wenn es sich etwas komisch anfühlte. Die Fußbodenheizung unter ihren nackten Füßen und das warme Handtuch vom beheizten Handtuchhalter waren dekadenter Luxus. Sie hatte das Gefühl, ihre eigene Dusche würde sich jetzt vollkommen unzureichend anfühlen.

Aber noch wichtiger war, dass es sich hier in seiner Wohnung, umgeben von seinen Sachen, anfühlte, als wäre er immer noch bei ihr.

Sie kramte im Kühlschrank nach etwas zum Frühstück, aß auf dem Balkon und genoss noch einmal die Aussicht. Es war fast elf Uhr, als Kenna beschloss aufzubrechen. Sie musste in ein paar Stunden zur Arbeit und auf dem Heimweg wollte sie zum Einkaufen anhalten.

Sie packte ihre Sachen und fand eine wiederverwendbare Einkaufstüte, in der sie die Essensreste von gestern Abend mitnehmen konnte. Als sie die Behälter in die Tüte steckte, dachte sie noch einmal darüber nach, wie toll es gewesen war ... bevor er gegangen war. Es hatte Kenna Spaß gemacht, mit Marshall zu kochen. Und die Tatsache, dass er alles darangesetzt hatte, etwas Besonderes für sie zuzubereiten, zauberte ihr ein Lächeln aufs Gesicht.

Sie vergewisserte sich, dass alle Fenster geschlossen, das Bett gemacht, ihr Handtuch aufgehängt und die Balkontüren geschlossen und verriegelt waren. Dann nahm sie ihre Tasche und ging zur Tür. Sie sah noch einmal zurück, bevor sie ging, und seufzte. Sie war ungerecht gewesen, was die Bewohner von Coral Springs anging. Sie hatte sie zu Unrecht verurteilt. Es war klar, dass es nicht billig war, hier zu leben, aber sie musste zugeben, dass Marshalls Wohnung sie vom Hocker gehauen hatte.

Sie holte tief Luft, schloss die Tür und hörte, wie sie automatisch hinter ihr verriegelt wurde. Um es auszuprobieren, legte sie ihre Hand auf den Scanner neben der Tür. Die Tür öffnete sich sofort. Kenna lächelte und zog die Tür wieder zu.

Sie lächelte immer noch, als sie im Aufzug hinunter in den Eingangsbereich fuhr. Sie ging zu Robert, der wieder an seinem Schreibtisch saß. Sie nahm an, dass er nicht die ganze Nacht dort gewesen war.

»Guten Morgen«, sagte sie fröhlich.

»Guten Morgen Miss Madigan«, gab er zurück, griff nach einem elektronischen Gerät auf dem Schreibtisch und drückte ein paar Knöpfe.

Kenna hatte keine Ahnung, was es war, nahm aber an, dass es nicht wirklich wichtig war. »Ich nehme an, Sie arbeiten tagsüber?«, fragte sie.

»Im Moment ja. Ich habe gehört, dass Mr. Smart gestern Abend aufgebrochen ist und eine Weile nicht da sein wird«, sagte Robert.

Kenna rümpfte die Nase und nickte.

»Im Namen des gesamten Personals hier in Coral Springs sollen Sie wissen, dass wir seinen Dienst für unser Land zu schätzen wissen. Wenn Sie etwas brauchen, sagen

Sie es einfach und wir werden unser Bestes tun, um Ihnen entgegenzukommen.«

Kenna blinzelte überrascht. »Ähm ... danke. Ich bleibe nicht hier, während Marshall weg ist. Aber ich komme vielleicht ein- oder zweimal vorbei, wenn das in Ordnung ist.«

»Natürlich«, sagte Robert mit einem Lächeln.

»Gut, ähm, könnte ich Sie bitten, mir ein Taxi zu rufen?«

»Schon erledigt. Mr. Smart hat gestern Abend eines für Sie angefordert. Er war sich nicht sicher, wann Sie bereit sein würden, aber ich habe bereits angerufen.«

»Oh wow, danke«, sagte Kenna und war überrascht, wie hilfsbereit Robert und die anderen Mitarbeiter sein konnten. Es machte ihr nichts aus, ab und zu warten oder einige Unannehmlichkeiten in Kauf nehmen zu müssen, aber sie könnte sich sicherlich daran gewöhnen, von den Mitarbeitern in Coral Springs verwöhnt zu werden. Bei der Erinnerung daran, wie verärgert sie darüber war, zu erfahren, dass Marshall Geld hatte, bekam sie Schuldgefühle, weil sie jetzt schon anfing, die Vorteile zu genießen.

»Alfonso wird auch gleich mit Ihren anderen Sachen kommen.«

»Oh, stimmt, das hatte ich fast vergessen«, erwiderte Kenna. Sie nahm an, dass Robert zuvor vermutlich eine Nachricht an den anderen Mitarbeiter gesendet hatte, ihre Tüte mit den Sachen vom Flohmarkt zu holen.

»Das ist verständlich, Sie sind mit anderen Dingen beschäftigt«, sagte Robert.

Kenna biss sich auf die Lippe und platzte heraus: »Ich habe das Gefühl, ich sollte mich bei Ihnen entschuldigen.«

Robert sah verwirrt aus.

»Bevor ich wusste, dass Marshall hier wohnt – ausgerechnet im Penthouse –, habe ich die Anwohner hier ziemlich hart verurteilt. In meinem Kopf waren sie alle Snobs, die in ihren teuren Eigentumswohnungen sitzen und ihr Geld zählen.«

Robert lachte.

Kenna fuhr fort: »Aber jetzt, wo ich ein wenig Zeit hier verbracht und einige Bewohner und Mitarbeiter kennengelernt habe, wird mir klar, wie ungerecht ich war. Also tut es mir leid.«

»Sie müssen sich für nichts entschuldigen«, sagte Robert zu ihr. »Als ich es in Betracht gezogen habe, hier zu arbeiten, habe ich genauso gedacht wie Sie. Aber im Laufe des letzten Jahres oder so habe ich festgestellt, dass die Anwohner ganz normal sind. Einige sind unhöflich und fordernd, andere sind großzügig und freundlich zu jedem, den sie treffen. Geld scheint keinen großen Unterschied zu machen, zumindest meiner Erfahrung nach.«

»Ich muss Ihnen zustimmen«, bestätigte Kenna. »Und ich sollte Menschen nicht nach ihrem Bankkonto beurteilen. Ich arbeite im Duke's in Waikiki und ich habe die gute und schlechte Seite von unzähligen Menschen gesehen, genau wie Sie. Und einige der nettesten Gäste, die ich je hatte, waren wohlhabend genug, um mir ein großzügiges Trinkgeld zu geben. Also hätte ich es besser wissen müssen.«

»Ach, daher kamen Sie mir so bekannt vor«, sagte Robert mit einem Lächeln. »Ich gehe oft ins Duke's. Ich muss Sie dort schon einmal gesehen haben. Der Hula-Kuchen ist meine Schwäche.«

»Der ist jedermanns Schwäche«, stimmte Kenna zu. Sie fühlte sich besser, nachdem sie sich entschuldigt hatte.

»Da kommt Alfonso mit Ihren Sachen. Sie können die anderen Sachen hier stehen lassen. Er wird sie für Sie tragen.«

»Guten Morgen, Ma'am«, sagte Alfonso, als er neben ihr anhielt.

»Guten Morgen. Sie müssen nicht mein ganzes Zeug tragen. Das schaffe ich schon.«

»Wie wäre es, wenn ich die große Tasche nehme und Sie die kleine?«, bot Alfonso an.

Eine weitere Person, die sehr nett war. Kenna wusste, dass es seine Aufgabe war, und er wurde wahrscheinlich gut dafür bezahlt, hilfsbereit und zuvorkommend zu sein, aber trotzdem. »Das klingt gut«, sagte sie und gab nach.

»Ihr Taxi ist da«, sagte Robert. »Und es ist bereits bezahlt, also wenn der Fahrer versucht, Ihnen die Fahrt ein zweites Mal in Rechnung zu stellen, bezahlen Sie nicht. Sollte das passieren, lassen Sie es mich wissen, wenn Sie das nächste Mal hier sind. Dann werden wir das Unternehmen von unserer Liste streichen.«

»Wow, das würden Sie tun?«, fragte sie.

»Natürlich«, sagte Robert mit strenger Stimme. »Wie auch immer, passen Sie auf sich auf, Miss Madigan. Bis bald.«

»Danke. Ich weiß noch nicht, wann ich wiederkomme ... Muss ich vorher anrufen?«, fragte sie, da sie sich der Regeln nicht ganz sicher war. Was sie daran erinnerte, dass sie die Unterlagen, die Robert ihr gestern gegeben hatte, noch nicht gelesen und unterschrieben hatte. Das war ihr bis zu diesem Moment vollkommen entfallen.

»Nein, Sie können kommen und gehen, wann Sie wollen.«

»Oh, und wenn ich ein paar Freundinnen mitbringen möchte, ist das okay? Es geht um ein paar Frauen, die Marshall natürlich kennt. Ich habe nicht vor, eine verrückte Party zu schmeißen«, fügte sie schnell hinzu. Sie wollte nicht, dass einer der Männer dachte, sie würde es ausnutzen, dass Marshall weg war.

»Das ist kein Problem. Reden Sie von Miss Winters und Miss Greene?«

»Ähm ... ich kenne ihre Nachnamen nicht. Elodie und Lexie.«

»Das sind sie. Mr. Smart hat es gestern Abend erwähnt. Das ist kein Problem. Sie müssen hier einchecken, bevor sie nach oben fahren«, sagte Robert zu ihr.

»Okay, vielen Dank.« Dann kam ihr ein weiterer Gedanke. »Und wenn noch zwei andere Freundinnen kommen ... ist das in Ordnung?«

»Natürlich, auch die müssen nur hier einchecken, bevor sie das Gebäude betreten dürfen.«

»Großartig, vielen Dank.« Kenna war sich nicht sicher, ob sie wirklich einen Mädchenabend machen sollte, aber wenn, dann wollte sie Carly und Ashlyn ebenfalls einladen. Sie hatte das Gefühl, dass Elodie, Lexie und sie allein zu sehr darüber trauern würden, dass ihre Männer weg waren. Die beiden anderen Frauen würden für einen Ausgleich sorgen und sie auf andere Gedanken bringen, anstatt sich nur um ihre Männer Sorgen zu machen.

»Bis später, Robert. Ich wünsche Ihnen einen schönen Tag.«

»Ihnen auch, Miss Madigan.«

Kenna lächelte ihn an und verließ das Gebäude. Alfonso hielt ihr die Tür auf. Er öffnete auch die Wagentür des Taxis für sie und Kenna nahm auf dem Rücksitz Platz. Dann schloss er die Tür und verstaute ihre Taschen im Kofferraum.

Die Fahrt zu ihrer Wohnung war ereignislos und Kenna war erfreut, dass der Taxifahrer ihr half, ihre Taschen bis an die Wohnungstür zu bringen. Sobald sie die Tür hinter sich geschlossen hatte, sah Kenna zu dem großen Sitzsack im Wohnzimmer hinüber und seufzte. Es überkam sie das Gefühl, dass sie während Marshalls Abwesenheit häufiger Dinge sehen und hören würde, die sie an ihn erinnerten.

Sie holte tief Luft und brachte ihre Reisetasche ins

Schlafzimmer. Nachdem sie das erledigt hatte, verstaute sie die Essensreste im Kühlschrank und räumte die Sachen weg, die sie auf dem Flohmarkt gekauft hatte. Schließlich setzte sie sich hin, um eine Einkaufsliste für das Lebensmittgeschäft zusammenzustellen.

Es fühlte sich komisch an, ihren eigenen Pflichten nachzugehen, während Marshall irgendwo die Welt rettete. Aber die Welt drehte sich weiter, egal was in ihrem Privatleben passierte. Sie war entschlossen, sich nicht von der Sorge um Marshall erdrücken zu lassen – sie wusste, dass er das nicht wollen würde –, und konzentrierte sich wieder auf ihre Einkaufsliste.

Die Arbeit an diesen Abend schien viel langsamer zu vergehen als in der Vergangenheit. Wahrscheinlich weil Kenna keine SMS von Marshall bekam, über die sie sich freuen konnte. Und sie wusste, dass sie nicht miteinander telefonieren würden, sobald sie nach Hause kam.

Als Alani fragte, warum Kenna so niedergeschlagen aussah, stellte sie fest, dass sie ihre Sorge um Marshall nicht sehr gut verbergen konnte. Carly überraschte sie, als sie den Einsatz zur Sprache brachte. Kenna konnte nur annehmen, dass Jag ihr davon erzählt hatte. Sie wollte sie noch damit aufziehen, dass sie mit Marshalls Teamkamerad »nur« befreundet war, aber sie war nicht in der Stimmung, Späße zu machen.

Die Frauen spekulierten darüber, wo die Männer sich aufhalten könnten, aber weil beide nicht auf dem Laufenden waren, was internationale Nachrichten anging, hatten sie keine Ahnung, wo im Moment die Lage brenzlich war. Letztendlich war es auch egal, wo sie waren, solange sie wohlbehalten wieder nach Hause kämen.

Später am Abend hatte Kenna mit einem Gast zu tun, der so betrunken war, dass er sich selbst, den Tisch und den Stuhl, auf dem er saß, vollgekotzt hatte. Gäste an einem anderen Tisch gaben kein Trinkgeld und es schien, dass sie sich heute mit mehr schreienden und sich schlecht benehmenden Kindern hatte herumärgern müssen als gewöhnlich. Kenna war bereit, nach Hause zu fahren.

Paulo begleitete sie und Carly zum Parkhaus und nachdem sie sich umarmt hatten, ging Kenna zu ihrem Wagen. Sie schloss ihren Chevy Malibu auf und stieg ein. Dann schloss sie die Tür hinter sich und legte ihre Handtasche auf den Beifahrersitz. Sie steckte den Schlüssel ins Zündschloss und wollte gerade den Motor starten, als etwas auf der Windschutzscheibe ihre Aufmerksamkeit erregte.

Unter ihrem Wischerblatt steckte ein Zettel.

Kenna sah sich vorsichtig um und stieg aus, um sich den Zettel zu schnappen, nachdem sie niemanden in der Nähe gesehen hatte. Sie setzte sich wieder in den Wagen und verriegelte die Türen. Zunächst mit Verwirrung, dann voller Wut und schließlich mit etwas Angst las sie die Nachricht.

*Du hättest dich um deine eigenen Angelegenheiten kümmern sollen.*

Das war alles. Sie war nicht unterschrieben und es gab keine Anzeichen darauf, wer den Zettel an ihrem Wagen hinterlassen hatte. Aber Kenna hatte das Gefühl, sie wüsste es. Der Mann von Samstagabend ... wegen dem sie die Polizei gerufen hatte. Männern wie ihm gefiel es ganz sicher nicht, wenn jemand seine Nase in ihre Angelegenheiten steckte, schon gar nicht eine Frau.

War er ihr nach der Arbeit ins Parkhaus gefolgt? Sie

hatte gehofft, die Polizei würde ihn so lange festhalten, bis er wieder nüchtern war, aber vielleicht war das nicht der Fall gewesen, weil seine Frau keine Anzeige erstatten wollte. Vielleicht war er zurück zum Duke's gekommen und hatte gewartet, bis sie ging ...

Sie hatte vermutet, dass er und seine Familie auf der Insel im Urlaub waren, aber es kamen auch viele Einheimische ins Duke's. Sollten sie hier wohnen, hätte er genügend Zeit, sich zu überlegen, wie er sich an ihr rächen könnte.

Scheiße! Sie musste losfahren. Sie bekam Angst und sollte sofort aus dem dunklen Parkhaus verschwinden. Sie wollte nicht wie eine dieser Protagonistinnen in einem kitschigen Horrorfilm enden, die sich einfach nur dumm anstellten und dem Bösewicht direkt in die Arme liefen.

Kenna wusste, dass sie den Zettel wahrscheinlich zur Polizei bringen sollte, aber sie wollte nur noch nach Hause, wo sie sich sicher fühlte.

Nein, was sie *wirklich* wollte, war, mit Marshall zu reden, aber das war nicht möglich. Und sie hatte den Zettel angefasst, also wären jetzt überall ihre Fingerabdrücke darauf. Sie hatte keine Ahnung, ob es in dem Parkhaus Kameras gab. Und auch wenn sie fand, dass die Nachricht bedrohlich klang, technisch gesehen war es keine Drohung ... zumindest ging sie davon aus, dass die Polizei das sagen würde.

Kenna holte tief Luft. Sie hasste es, sich so verletzlich zu fühlen. Wahrscheinlich wurde das Gefühl im Moment noch verstärkt, weil Marshall nicht da war. Sie hatte sich sonst nie auf einen Mann verlassen, aber während der kurzen Zeit, in der sie sich kannten, war Marshall ihr Fels in der Brandung geworden.

Wie sie es am vergangenen Abend gedacht hatte, war diese Mission wahrscheinlich gut für sie und sie würde beweisen, dass sie weiterhin die starke und unabhängige

Frau war, die sie immer gewesen war. Aber Kenna vermisste Marshall trotzdem.

Mit einem Auge auf der Straße und dem anderen im Rückspiegel fuhr sie nach Hause. Natürlich war sie keine Spionin und hatte keine Ahnung, wonach sie Ausschau halten müsste oder woran sie erkennen würde, dass ihr jemand folgte. Und sofern der ihr folgende Wagen ihr nicht an der Stoßstange kleben würde, würde sie nicht einmal erkennen, wer hinterm Steuer saß.

Nachdem sie ohne Zwischenfälle zu Hause angekommen und wohlbehalten in ihrer Wohnung war, stieß Kenna zitternd, aber erleichtert den Atem aus. Sie benahm sich lächerlich. Sie hatte einen Selbstverteidigungskurs belegt. Sollte dieses Arschloch sie persönlich konfrontieren, anstatt sich wie ein feiges Grundschulkind hinter Zetteln zu verstecken, würde sie ihm in die Eier treten und dann wie der Teufel davonlaufen.

Dass sie sich dazu entschloss, heute Nacht in ihrem Sitzsack zu schlafen, bedeutete nicht, dass sie ein verängstigtes kleines Kätzchen war. Nein, es war einfach nur bequem. Und wenn sie sich wirklich darauf konzentrierte, konnte sie immer noch Marshall riechen von dem Morgen, an dem er mit ihr gekuschelt hatte.

Kenna schlief beschissen. Sie hatte Albträume von einem Mann ohne Gesicht, der in ihre Wohnung einbrach und sie erschoss. Dann tauchte Marshall auf, während sie versuchte, die Blutung zu stoppen. Er entschuldigte sich, dass er ihr nicht helfen konnte, weil ihm auf der Mission beide Arme weggeblasen worden waren.

Unnötig zu erwähnen, dass Kenna am nächsten Morgen froh war aufzustehen.

»Heute ist ein neuer Tag«, sagte sie laut und schimpfte. »Reiß dich verdammt noch mal zusammen, Kenna. Ein Schritt nach dem anderen. Marshall wird bald zurück sein.

Und sollte der Typ von neulich Abend beschließen, Dummheiten zu machen, wirst du damit klarkommen.«

Nach dem kleinen Motivationsgespräch fühlte Kenna sich besser und ging in ihr Zimmer. Sie musste raus und einen langen Morgenlauf machen. Manche Leute würden sagen, das wäre dumm, nachdem sie gestern Abend einen Drohbrief bekommen hatte, aber sie war schon eine Zeit lang nicht mehr gelaufen und brauchte jetzt die Endorphine, die dabei ausgeschüttet werden würden.

Kurz bevor sie die Wohnung verließ, drehte Kenna sich noch einmal um und schnappte sich das Pfefferspray, zu dessen Anschaffung ihre Eltern sie überredet hatten. Sie mochte selbstbewusst und unabhängig sein, aber dumm war sie nicht.

»Pass auf dich auf, wo immer du bist«, flüsterte sie und hoffte irgendwie, dass Marshall wusste, dass sie an ihn dachte und sich Sorgen um ihn machte. Dann holte sie tief Luft ... und machte mit ihrem Leben weiter.

# KAPITEL FÜNFZEHN

»Bist du sicher, dass wir hier sein dürfen?«, fragte Carly Kenna, als sie die Eingangshalle des Wohngebäudes in Coral Springs betraten.

Sie kicherte. »Ja, ich bin mir sicher.« Aber Kenna konnte Carly nicht verübeln, dass sie sich unwohl fühlte. Sie hatte das gleiche Gefühl gehabt, als sie das erste Mal allein zurückgekehrt war. Robert hatte Dienst gehabt und sie herzlich begrüßt, wobei sie sich gleich besser gefühlt hatte.

Im Laufe des letzten Monats hatte sie mehrmals in Marshalls Wohnung übernachtet. Sie fühlte sich ihm dadurch näher. Sie hatte nicht erwartet, dass er so lange weg sein würde. Aus irgendeinem Grund hatte sie gedacht, dass das SEAL-Team in welches Land auch immer einmarschieren, sein Ziel ausschalten oder eine Rettungsaktion oder Ähnliches durchführen und dann innerhalb einer Woche wieder zurück sein würde.

Als sie ihrer Sorge endlich nachgegeben und Elodie eine SMS geschickt hatte, um sie zu fragen, ob es normal sei, dass die Männer so lange weg waren, hatte die Antwort der anderen Frau sie nicht beruhigen können, denn so lange waren sie noch nie weg gewesen. Jedenfalls nicht, seit sie mit Mustang zusammen war.

Also entschied Kenna sich, den längst überfälligen Mädchenabend zu veranstalten, den Marshall vorgeschlagen hatte. Das hätte sie schon vor ein paar Wochen tun sollen, aber sie hatte Bedenken gehabt, weil es nicht ihre Wohnung war. Aber schließlich hatte sie ihre Skrupel beiseitegeschoben und Elodie und Lexie gefragt, ob sie mit ihr in Marshalls Wohnung übernachten wollten. Und als sie Lexie gefragt hatte, ob Ashlyn vielleicht auch kommen möchte, hatte Lexie geantwortet, dass sie begeistert sein würde.

Sie kam sich ein wenig vor wie ein Teenager, der eine Pyjamaparty organisierte, aber Kenna war fast schwindelig vor Aufregung. Sie hatte es beim Einkaufen von Snacks und Getränken ein wenig übertrieben, aber es war ihr nicht peinlich. Sie wollte, dass sich alle wohlfühlten und viel Spaß hatten.

Kenna hatte Carly gerade vor der Tür getroffen und begleitete sie hinein.

»Guten Tag, meine Damen«, sagte Robert mit einem Lächeln.

»Hallo Robert. Das ist meine Freundin Carly Stewart. Sie wird heute mit mir in Marshalls Wohnung übernachten.«

»Haben Sie einen fröhlichen Abend geplant?«, fragte Robert mit einem Augenzwinkern. Kenna schätzte, er war Ende vierzig bis Mitte fünfzig. Er hatte immer ein Lächeln auf dem Gesicht und war stets so freundlich und hilfsbereit. Je besser sie ihn kennenlernte, desto mehr mochte sie ihn.

»Ganz genau.«

»Wenn Sie etwas brauchen, haben Sie ja meine Nummer«, sagte er zu Kenna. »Wenn Sie irgendetwas am

Strand benutzen wollen oder einen der Grills reservieren möchten, lassen Sie es mich einfach wissen.«

»Das werde ich. Aber ich denke, wir bleiben heute in der Wohnung«, sagte Kenna.

»Wir haben eine riesige Auswahl an DVDs, wenn Sie daran interessiert sind. Niemand leiht sie mehr aus, jetzt, wo es so viele Streaming-Dienste gibt. Aber wenn Sie sich langweilen und einen bestimmten Film sehen möchten, haben wir den wahrscheinlich, da bin ich mir sicher.«

»Danke«, sagte Kenna zu ihm.

Nachdem sie Carly angemeldet hatten, fuhren sie zu Marshalls Penthouse hinauf. Als Kenna ihre Handfläche auf den Scanner neben der Tür legte, konnte Carly sich nicht zurückhalten.

»Wow! Das ist hier aber superschick!«, rief Carly mit großen Augen, als die Tür automatisch entriegelt wurde.

Kenna grinste. »Glaub es oder nicht, du gewöhnst dich daran.«

»Du bist also kein Bons mehr?«, fragte Carly.

Kenna brach in ein Lachen aus. »Scheinbar nicht, ich habe festgestellt, dass es definitiv seine Vorteile hat, Geld zu haben.« Sie bedeutete Carly, vor ihr die Wohnung zu betreten, da sie genau wusste, wie sie reagieren würde.

Und sie wurde nicht enttäuscht. Carly schnappte nach Luft und machte sich auf den Weg zum Balkon.

Lachend folgte Kenna und sie gingen gemeinsam nach draußen.

»Heilige Scheiße, Mädchen«, sagte Carly. »Das ist ... ich weiß nicht, was das ist. Es ist wunderbar, erstaunlich, genial, unglaublich. Und jeder andere Superlativ, der mir einfällt.«

»Nicht wahr?«, fragte Kenna. »Als ich es das erste Mal gesehen habe, habe ich Marshall gesagt, dass ich eine Matratze in die Ecke legen und hier auf den Balkon ziehen werde.«

Carly drehte sich zu ihrer Freundin um. »Ich freue mich für dich.«

»Weil mein Freund Geld hat?«, fragte Kenna.

»Nein, nun ja, das schadet nicht, aber mehr darüber, dass du glücklich bist. Du bist auf eine Weise zufrieden, wie ich es an dir noch nie gesehen habe, bevor du Marshall kennengelernt hast. Und bevor du glaubst, ich spinne, ich meine damit nicht, dass du einen reichen Kerl brauchst, um zufrieden zu sein. Aber ihr beide passt einfach perfekt zusammen.«

»Vielen Dank. Ich vermisse ihn so sehr, aber gleichzeitig bin ich auch verdammt stolz auf ihn. Und ja, ich fühle mich wohl.«

Sie lächelten sich einen Moment lang an, bevor Kenna wieder hineinging. »Komm, hilf mir, alles vorzubereiten, bevor die anderen kommen.«

Eine Stunde später ging Kenna zurück in die Eingangshalle, um Elodie, Lexie und Ashlyn abzuholen. Nachdem sie sich bei Robert angemeldet hatten, fuhren sie gemeinsam hoch ins Penthouse.

Als sie eintraten, seufzte Elodie und sagte: »Über diese überwältigende Aussicht von hier oben werde ich wohl nie hinwegkommen.«

»Ich auch nicht«, bestätigte Lexie.

»Beeindruckend«, rief Ashlyn aus, als sie wie in Trance auf den Balkon zuging.

»Und noch eine, die dahinschmilzt«, scherzte Kenna.

Alle lachten.

»Ich dachte, Elodie, Lexie und Ashlyn könnten zusammen im Gästezimmer schlafen. Es gibt dort ein großes Doppelbett, sodass ihr genügend Platz haben werdet. Carly, willst du mit mir im Schlafzimmer übernachten?«, fragte Kenna.

»Ähm, nicht nur nein, sondern *zur Hölle* nein!«, erwiderte ihre Freundin.

»Was? Warum nicht?«

»Weil du mit Aleck dort Gott weiß was für Sachen veranstaltest«, erklärte Carly und rümpfte die Nase.

Kenna wäre fast die Luft weggeblieben, während alle anderen in Lachen ausbrachen. »Zu deiner Information, Marshall und ich haben überhaupt noch keine Sachen veranstaltet. Nicht dass daran etwas auszusetzen wäre.«

»Heilige Scheiße, habt ihr noch nicht?«, fragte Carly. »Ich hatte es einfach angenommen.«

»Nun, wir hatten es an dem Abend vorgehabt, als er einberufen wurde. Ich hatte entschieden, dass ich unser Vorspiel zu sehr genoss, um mich sofort auf ihn zu stürzen, als wir vom Flohmarkt wiederkamen. Also waren wir einkaufen, haben Abendessen gekocht und uns auf das vorbereitet, was wahrscheinlich die großartigste Nacht meines Lebens sein sollte ... aber dann klingelte sein Telefon.«

»Scheiße«, murmelte Lexie.

»Ja«, stimmte Kenna seufzend zu.

»Nun, das ist Mist, aber ich schlafe trotzdem nicht mit dir in seinem Bett«, sagte Carly.

»Und ich auch nicht«, warf Ashlyn ein. »Ich meine, ich mag dich, aber jetzt, wo Carly es angesprochen hat, möchte ich nicht daran denken, dass ein nackter Aleck im selben Bett liegt wie ich.«

Kenna wollte den anderen Frauen sagen, dass sie *niemals* an einen nackten Aleck denken sollten, entschied aber, dass es vielleicht ein kleines bisschen zu mürrisch klingen würde. »Nun gut, dann könnt ihr euch jeder eines der Sofas schnappen. Marshall hat jede Menge Decken und Kissen, es sollte also bequem genug sein.« Die Tatsache, dass Marshall wahrscheinlich auf *all* seinen Möbeln schon einmal nackt gesessen hatte, erwähnte sie nicht. Er war schließlich ein

Mann und ihrer Erfahrung nach hatten Kerle weniger Scheu, ohne Klamotten in ihrer Wohnung herumzulaufen. Vor allem, wenn sie allein lebten.

»Das klingt gut«, sagte Carly mit einem Lächeln.

»Wir können die Balkontür offen lassen und etwas frische Luft hereinlassen«, sagte Ashlyn aufgeregt.

Ja, Kenna hätte dieses Treffen definitiv schon früher arrangieren sollen. Es gefiel ihr, ihre Freundinnen so glücklich zu sehen.

Nachdem Lexie und Elodie ihre Taschen ins Gästezimmer gebracht und Carly und Ashlyn ihre an der Wand abgestellt hatten, gingen alle in die Küche, um sich Getränke zu holen.

Für die nächsten Stunden saßen sie auf dem Balkon, aßen Snacks und tranken den Wein, den Kenna gekauft hatte. Als sie wieder hineingingen, um Abendessen zu machen, schmiss Lexie Elodie irgendwann aus der Küche, weil sie immer wieder versuchte, etwas Extravagantes aus ihrem einfachen Salat mit Hühnchen zu machen. Zum Glück hatte sie nur darüber gelacht, aber selbst von ihrem Platz im Wohnzimmer aus hatte sie weiter versucht, das Kommando zu übernehmen.

Beim Abendessen wurde weiter viel gelacht und als sie alle wieder auf den Balkon gingen, hatte Kenna einen leichten Schwips. Sie war entspannt und locker.

Nachdem alle über den Sonnenuntergang geschwärmt hatten, der wegen der einzelnen Wolken am Himmel an diesem Abend noch brillanter und schöner war als sonst, kamen sie schließlich auf das unausgesprochene Thema zu sprechen, über das alle nachdachten.

»Ich vermisse Scott«, sagte Elodie etwas traurig.

»Ich auch. Nun, nicht Mustang, aber ich vermisse Midas«, stimmte Lexie zu.

»Glaubt ihr, es geht ihnen gut?«, flüsterte Kenna. Sie

nahm an, dass es selbstverständlich war, dass sie Marshall vermisste, und es nicht nötig wäre, es zu sagen.

»Ja«, sagte Elodie bestimmt. »Sie sind so verdammt gut in dem, was sie tun. Ich habe sie selbst in Aktion gesehen.«

»Aber Mustang hat gesagt, dass du *ihm* das Leben gerettet hast. Dass der Piratentyp ihn erschossen hätte, wenn du nicht da gewesen wärst«, warf Lexie ein.

»Das habe ich, aber wenn ich nicht da gewesen wäre, hätten sie den Maschinenraum viel schneller durchsuchen und den Kerl aufspüren können. Er hätte keine Chance gehabt, sich anzuschleichen«, erwiderte Elodie.

Kenna hatte nicht gewusst, dass Elodie Mustang das Leben gerettet hatte. Das war definitiv eine Geschichte, die sie hören wollte – später.

»Wenn etwas passieren sollte, würde die Navy dich dann anrufen?«, fragte Ashlyn.

»Wahrscheinlich nicht, da Midas und ich nicht verheiratet sind, aber Elodie würden sie definitiv informieren«, erklärte Lexie.

»Und ich habe keinen Anruf bekommen«, betonte Elodie.

»Was bedeutet, dass es ihnen wahrscheinlich gut geht«, schlussfolgerte Carly.

»Ich hasse dieses *Wahrscheinlich*«, murmelte Kenna.

»Ja«, stimmte Elodie zu.

»Wir müssen positiv denken«, forderte Ashlyn. »Die Männer sind gut, sie machen ihr Ding und sie werden zurückkommen, um uns weiter zu nerven, bevor wir uns versehen.«

»Aha ... Slate nervt dich?«, fragte Kenna und beschloss, Ashlyn und Carly mit ihren nicht ganz eindeutigen Beziehungen zu Slate und Jag aufzuziehen, anstatt darüber nachzudenken, dass einer dieser Kerle verletzt oder getötet worden sein könnte.

»Äh, ja«, antwortete Ashlyn.

Alle kicherten.

»Worüber lacht ihr so? Er ist tatsächlich nervig und ungeduldig und herrisch. Wusstet ihr, dass er mich angerufen hat, bevor er aufgebrochen ist, und sich darüber aufgeregt hat, dass ich Essen zu den bedürftigen Leuten nach Hause bringe?«, fragte sie. »Er mich geradeheraus dazu aufgefordert, es nicht zu tun.«

»Wie hast du reagiert?«, fragte Lexie mit einem Lächeln.

»Ich habe ihm gesagt, dass er mir gar nichts zu sagen hat, und habe ihm die Zunge herausgestreckt – nicht dass er es sehen konnte. Dann habe ich aufgelegt«, erklärte Ashlyn.

Alle lachten laut los.

»Und was hat er dann getan?«, fragte Lexie.

Ashlyn konnte ihr Lächeln nicht verbergen. »Er hat mich sofort zurückgerufen und mir einen fünfzehn Minuten langen Vortrag gehalten, wie gefährlich es wäre, zu fremden Leuten nach Hause zu fahren. Erst als ich zugestimmt habe, den Standort meines Telefons mit Elodie zu teilen, und es zusammen mit einer Dose Pfefferspray immer bei mir zu haben, hat er nachgegeben.«

»Er mag dich«, sagte Elodie mit einem entschiedenen Nicken.

»Ja«, stimmte Lexie zu.

»Ich mag ihn auch ... manchmal«, sagte Ashlyn.

»Nein, er *mag* dich«, stellte Elodie klar.

»Was auch immer. Ich bin zu beschäftigt, um mit jemandem auszugehen. Ich bin mir nicht sicher, ob ich überhaupt mit einem Militärtypen ausgehen möchte. Schaut euch drei an, wie traurig und besorgt ihr seid«, sagte Ashlyn.

»Und du bist nicht besorgt?«, fragte Kenna.

Ashlyn sah auf ihr Weinglas hinunter und murmelte: »Ich habe verdammte Angst.«

Kenna langte hinüber und drückte ihren Unterarm. Niemand musste wirklich etwas sagen, sie wussten genau, wie sie sich fühlte. Obwohl sie und Slate nicht zusammen waren, schienen sie trotzdem eine Verbindung zu haben.

»Was ist mit dir, Carly?«, fragte Elodie.

»Was ist mit mir?«, gab Carly zurück.

»Was ist mit dir und Jag? Scott hat mir erzählt, dass ihr beide euch schreibt.«

»Wir sind Freunde«, sagte Carly entschlossen. »*Nur* Freunde.«

»Hmmm«, überlegte Elodie.

»Du hättest ihn an diesem Abend im Duke's sehen sollen, als Carlys Ex-Freund aufgetaucht ist«, sagte Lexie zu Ashlyn. »Ich schwöre euch, dieses Arschloch hatte keine zwei Sekunden, bevor Jag Carly von ihm weg und außer Sichtweite gebracht hatte.«

»Das war sehr nett von ihm«, beharrte Carly.

»Du kannst es so viel abstreiten, wie du willst, aber es ist offensichtlich, dass ihr mehr als nur Freunde seid«, entschied Kenna.

Carly seufzte. »Ich habe in Bezug auf Männer die schlechteste Menschenkenntnis überhaupt. Das *Schlimmste* ist, dass ich Shawn anfangs großartig fand, als wir anfingen, miteinander auszugehen. Seht euch an, wo das hingeführt hat.«

»Also glaubst du, dass Jag sich nicht als Idiot herausstellt, wenn du einfach nicht mit ihm ausgehst?«, fragte Lexie.

»So in der Art«, sagte Carly ein wenig defensiv.

»Das wird er so oder so nicht«, sagten Elodie und Lexie gleichzeitig.

Alle lachten darüber, dass sie auf derselben Seite waren.

»Ich hasse es einfach, ständig auf der Hut sein zu müssen, ob Shawn mir eventuell folgt«, sagte Carly.

»Tut er das?«, fragte Kenna besorgt.

»Nicht dass ich wüsste. Aber letztens habe ich am Strand beim Duke's seinen Sohn gesehen.«

»Moment, Moment, Moment! Shawn hat einen *Sohn*?«, fragte Kenna.

»Habe ich das nie erwähnt?«, fragte Carly.

»Nein, das hast du ganz bestimmt nicht. Wie alt ist er?«

»Zweiundzwanzig.«

»Wow, also fast in deinem Alter«, stellte Kenna fest.

»Ja. Und ich denke, deshalb mochte er es definitiv *nicht,* dass ich mit seinem Vater zusammen war. Ich glaube, Shawn war mit zwanzig oder so kurz verheiratet. Sie haben einen Sohn bekommen, dann hat seine Frau ihn verlassen und er hat Luke allein großgezogen. Ich war beeindruckt davon, als ich ihn zum ersten Mal traf. Bis ich bemerkt habe, dass ihre Beziehung nicht sehr gesund wirkte.«

»Inwiefern?«, hakte Elodie nach.

»Es ist einfach ... seltsam. Sie sind wie beste Freunde, nicht wie Vater und Sohn, stehen sich aber dennoch sehr nahe. Womit ich kein Problem habe, aber Luke lebt immer noch bei Shawn. Und sie machen alles zusammen. Ich kann es nicht wirklich erklären, aber es ist einfach ... seltsam.«

»Solltest du Luke anzeigen?«, fragte Lexie.

Carly zuckte mit den Schultern. »Die Abstandsregel gilt nicht für ihn. Und er hat nicht einmal in meine Richtung geschaut. Er saß einfach am Schwimmbecken.«

»Was an und für sich schon seltsam ist«, sagte Kenna.

Carly zuckte mit den Schultern. »Auf jeden Fall habe ich deshalb beschlossen, auf Männer zu verzichten. Ich will nicht den Rest meines Lebens Angst haben müssen, dass einer meiner Ex-Freunde oder eines seiner Kinder nur auf den richtigen Moment wartet, um mir mit einem Messer aufzulauern, weil ich eine schlechte Menschenkennerin bin. Ich bin fertig damit.«

»Du bist keine schlechte Menschenkennerin«, sagte Ashlyn. »Ich kann da locker mithalten. Ich bin wegen eines Typen nach Hawaii gezogen, den ich in einer Kneipe kennengelernt habe. Ich dachte, er wäre großartig, und habe mein ganzes Leben für ihn aufgegeben. Dann habe ich herausgefunden, dass er ein Schwindler war. Vertrau mir, das Recht, auf verrückte Männer hereinzufallen, hast du nicht für dich allein gepachtet.«

Ashlyn und Carly lächelten sich mitfühlend an.

Kenna holte tief Luft und hielt ihr Weinglas hoch. »Ein Toast!«, sagte sie, wahrscheinlich etwas zu laut, aber es war ihr im Moment scheißegal.

»Ein Toast!«, sagten alle anderen sofort und hielten ihre Gläser hoch.

»Auf gute Freundinnen und unsere Männer – und ja, sie *alle* sind unsere Männer, egal ob ihr beide es zugebt oder nicht«, fügte sie hinzu und zwinkerte Ashlyn und Carly zu, bevor sie fortfuhr: »Und mögen sich die Schurken damit beeilen, zu sterben oder aufzugeben oder was auch immer, damit unsere SEALs bald nach Hause kommen können.«

»Darauf stoße ich an!«

»Amen!«

»Hört, hört!«

»Schluckt runter, Weiber!«

Bei Ashlyns Worten spuckte Kenna ihr Getränk fast wieder aus. Sie schluckte es runter und lachte dann mit allen anderen.

Nachdem sie noch drei weitere Flaschen Wein geleert hatten und die Sonne bereits lange untergegangen war, beschlossen sie, dass es Zeit zum Schlafen war. Sie gingen hinein und jede der Frauen machte sich auf den Weg zu ihrem Bett.

Abgesehen davon, dass Marshall nicht zu Hause war, war Kenna glücklich, als sie sich bettfertig machte. Sie hatte

Freundinnen, zu denen sie wirklich eine Bindung aufgebaut hatte, sie mochte ihre Arbeit und aus dem Zettel an ihrem Wagen hatte sich nichts weiter entwickelt. Der Vorfall war inzwischen über einen Monat her und sie hatte nie wieder etwas von dem Arschloch gehört, der seinem Sohn im Duke's eine Ohrfeige verpasst hatte. Wie die meisten Tyrannen hatte er seine Befriedigung vermutlich darin bekommen, ihr einen Schreck einzujagen, bevor er sich aus dem Staub gemacht hatte.

Ja, die Dinge liefen definitiv gut ... abgesehen davon, dass sie ihren Freund vermisste.

Kenna lag in Marshalls Bett und kuschelte sich in sein Kissen, das immer noch leicht nach ihm roch. Sie starrte in den Sternenhimmel hinaus, der durch die Fenster zu sehen war. Sie hatte keine Ahnung, wie spät es war, wo Marshall und sein Team waren oder was sie taten, aber sie betete, dass es ihnen wirklich gut ging. Mit einem SEAL zusammen zu sein war nichts für schwache Nerven.

Die Gesellschaft der anderen Frauen machte es definitiv einfacher, damit fertigzuwerden. Kenna tadelte sich selbst noch einmal, sie nicht schon früher eingeladen zu haben. Beim nächsten Mal würde sie sicher früher einen Mädchen-abend vorschlagen.

Nächstes Mal ...

Würde es ein nächstes Mal geben?

Ja, Kenna war sich ziemlich sicher, dass es ein nächstes Mal geben würde. Sie hatte das Gefühl, dass sie und Marshall langfristig zusammen sein würden, wenn nicht etwas Dramatisches passierte.

»Bitte lass nichts Dramatisches passieren«, flüsterte sie und schloss dann die Augen. Der Raum drehte sich und sie hatte bereits Kopfschmerzen, aber Kenna würde an diesem Abend nichts ändern wollen.

# KAPITEL SECHZEHN

»Scheiße«, murmelte Aleck, als er und seine Teamkameraden zu dem Flugzeug in Deutschland stolperten, das sie nach Hause bringen würde. Sechs Wochen waren seit ihrer Abreise in den Iran vergangen. Sechs lange, harte, frustrierende und zermürbende Wochen.

Sie waren kilometerweit entfernt von dem Ort abgesetzt worden, an dem laut Geheimdienstinformationen der Amerikaner festgehalten worden war, zu deren Rettung sie geschickt wurden. Mit Fallschirmen waren sie in den iranischen Bergen gelandet und mussten dann tagelang durch die Wildnis wandern, wobei sie unbeobachtet bleiben mussten, was bedeutete, dass sie wesentlicher langsamer unterwegs waren als sonst. Sie hatten ihr Ziel schließlich lokalisiert und ohne Probleme herausgeholt, aber in letzter Minute waren sie entdeckt worden.

Sie hatten mit dem Zivilisten, den sie gerettet hatten, zurück in die Berge fliehen müssen. Es hatte mehrere Wochen gedauert, bis sie die Grenze zum Irak erreicht hatten. Was noch nicht bedeutete, dass sie für den Heimweg bereit waren. Für eine Weile hatten sie sich verstecken müssen und per Videokonferenz Informationen über den Iran mit ihren Vorgesetzten ausgetauscht.

Sechs Wochen lang waren sie in Alarmbereitschaft gewesen und die Adrenalinproduktion in ihren Körpern war überlastet. Als sie endlich die Freigabe erhielten, sich für die Rückreise vorzubereiten, waren alle erleichtert, endlich nach Hause zurückkehren zu können.

Aber sie hatten erledigt, wozu sie entsendet worden waren. Sie hatten ihren Landsmann befreit. Nicht dass der Mann sehr dankbar gewesen wäre. Er hatte die ganze Zeit gemeckert und gestöhnt, während sie auf der Flucht waren, um ihn davor zu bewahren, lebenslang eingesperrt zu werden. Der Mann hatte ihre Flucht beträchtlich verlangsamt – nicht dass sie damit nicht gerechnet hätten – und kein Wort des Dankes über die Lippen bekommen, bevor er zur Untersuchung von medizinischem Personal abtransportiert wurde.

Aleck und sein Team waren nicht SEALs geworden, um dafür Dank zu bekommen. Sie taten es für ihr Land und weil es das Richtige war ... aber ein bisschen Wertschätzung oder zumindest Respekt wäre schön gewesen.

Jetzt waren sie einfach zu erschöpft, um verbittert darüber zu sein, dass der Mann nicht dankbarer gewesen war.

Sie waren nach Deutschland geflogen, wo sie in eine andere Maschine umstiegen, die sie nach Hawaii bringen würde. Keiner von ihnen wollte in Deutschland übernachten, obwohl es ein bequemes Bett und eine Dusche bedeutet hätte. Sie wollten nur noch nach Hause.

Aleck konnte es verdammt noch mal nicht erwarten, Kenna wiederzusehen. Er hatte sich mehr Sorgen um sie gemacht, als er es wahrscheinlich hätte tun sollen, wenn man bedachte, wie viel Konzentration die Mission ihm abverlangt hatte. Er war viel länger weg gewesen, als er erwartet hatte. War sie in Ordnung? Hatte sie vielleicht beschlossen, dass sie nicht damit umgehen könnte, mit einem SEAL zusammen zu sein?

Sich in einer Beziehung so unsicher zu fühlen war etwas, mit dem er sich vorher nicht wirklich beschäftigt hatte. Das mochte Aleck nicht.

Er brach auf einem der Sitze zusammen und Mustang setzte sich neben ihn. Im Flugzeug war es nicht sehr voll, was Aleck zu schätzen wusste. Die anderen Militärangehörigen auf dem Flug wahrscheinlich auch, wenn man bedachte, dass sein Team direkt vom Einsatz kam und seit sechs Wochen nicht geduscht hatte.

»Bist du okay?«, fragte Mustang, nachdem das Flugzeug gestartet war.

»Erschöpft, dreckig, ungeduldig, nach Hause zu kommen und Kenna zu sehen, aber ja, sonst okay«, sagte Aleck ehrlich, ohne den Schlaumeier zu spielen.

»Ich auch«, sagte Mustang mit einem Nicken. »Außer, dass ich meine Frau sehen möchte anstatt deine Kenna.«

*Seine Kenna.* Verdammt, das klang gut.

»Allerdings siehst du nicht sehr glücklich aus für einen Mann, der bald seine Freundin wiedersehen wird«, bemerkte Mustang.

»Kann ich dich etwas fragen?«, fragte Aleck.

»Natürlich, du kannst mich alles fragen, was du willst.«

»Die Dinge zwischen Kenna und mir waren ziemlich intensiv, als wir Hawaii verlassen mussten. Es ging ziemlich schnell von null auf hundert. Ich meine, ich war begeistert davon und ich glaube, sie auch, aber wir hatten keine Chance, miteinander zu schlafen – verdammter Huttner mit seinem miserablen Timing.« Aleck hielt inne, schnaubte und schüttelte den Kopf. »Aber das ist egal. Ich habe seit sechs Wochen nicht mit ihr gesprochen. Die erste Woche war die härteste, weil ich mich daran gewöhnt hatte, jeden Tag SMS mit ihr zu schreiben und sie anzurufen. Ihr Lachen zu hören und ihr zuzuhören, wie sie über ihre Arbeit redet, hat *meinen* Tag irgendwie besser gemacht.« Er machte eine weitere Pause.

Aber er musste Mustang nicht einmal fragen, worüber er sich Gedanken machte. Sein Freund wusste es.

»Und jetzt machst du dir Sorgen, dass die Dinge nicht mehr so sein werden, weil du so lange weg warst«, vervollständigte Mustang den Gedanken.

»Genau«, sagte Aleck mit einem erleichterten Seufzen, sodass sein Teamleiter genau wusste, was ihn beschäftigte.

»Willst du, dass ich ehrlich bin, oder soll ich dir sagen, was du gern hören möchtest?«, fragte Mustang.

»Ich will eine ehrliche Antwort.«

»In Ordnung, es besteht die Möglichkeit, dass ihr beide in der Hitze des Moments gefangen wart. Deine Hormone hatten überhandgenommen. Es könnte sein, dass die Dinge nach deiner Rückkehr nicht mehr so sind. Sie könnte distanziert wirken. Ihr habt euch beide daran gewöhnt, nicht miteinander zu reden, und es könnte schwierig werden, dort weiterzumachen, wo ihr aufgehört habt. Verdammt, sie könnte in den letzten sechs Wochen jemand anderen getroffen haben. Jemanden, der nicht beim Militär ist und nicht weggeschickt wird, ohne sagen zu können, wohin er fährt oder wie lange er weg sein wird.«

»Verdammt«, hauchte Aleck.

»Du hast mir gesagt, ich soll ehrlich zu dir sein«, erinnerte Mustang ihn.

»Ich weiß. Und ich weiß es zu schätzen. Aber das ist scheiße.«

Mustang lachte leise. »Das ist es. Aber ich war noch nicht fertig. Ich wollte noch hinzufügen, dass ihr auch feststellen könntet, dass ihr euch aufgrund der Trennung noch näher seid. Das Sprichwort sagt, Abwesenheit lässt das Herz höherschlagen.«

»Das ist ein dummes Sprichwort«, murmelte Aleck.

Mustang lachte wieder. »Kann sein. Vertraust du Kenna?«

Das war einfach. »Ja.«

»Und wie denkst du über sie, nachdem ihr so lange getrennt wart?«, fragte Mustang.

»Ich vermisse sie. Sie hat eine Art, mir die positiven Aspekte des Lebens zu zeigen. Und sie hat mich dazu gebracht, wirklich über einige meiner Überzeugungen nachzudenken. Ich bin aufgewachsen, ohne mich um Geld sorgen zu müssen, und obwohl ich mich wirklich sehr bemühe, mich davon nicht beeinflussen zu lassen, bin ich es offensichtlich doch. Auf eine nette Art und Weise weist sie mich auf meine Macken hin. Ich mag auch, dass uns niemals die Themen ausgehen, über die wir reden können.«

»Nun, du kanntest sie erst ein paar Wochen, bevor wir wegmussten«, warf Mustang mit einem Grinsen ein.

»Du weißt, was ich meine«, sagte Aleck zu seinem Freund.

»Tue ich, weil ich das Gleiche für Elodie empfinde. Ich habe keinen wirklich guten Rat für dich, außer abzuwarten, wie die Dinge zwischen euch weitergehen, wenn wir nach Hause kommen. Ist die Situation unangenehm oder wird sie begeistert sein, dich wiederzusehen? Erfindet sie Ausreden, warum sie dich nicht sehen kann, oder wirkt sie zurückhaltend? Es hat keinen Sinn, dir jetzt den Kopf darüber zu zerbrechen. Du wirst es herausfinden, wenn du sie wiedersiehst.«

»Scheiße, ich hatte gehofft, du hättest ein paar tolle

Ratschläge, die mich auf magische Weise beruhigen«, grummelte Aleck.

»Ich wünschte, das hätte ich«, sagte Mustang. »Es ist so, ich mag Kenna, und die Chemie zwischen euch beiden stimmt offensichtlich. Ich habe ein gutes Gefühl bei ihr und ich habe so eine Ahnung, dass du sofort wissen wirst, ob sich ihre Gefühle für dich geändert haben, wenn du sie siehst ... oder deine für sie.«

»Hoffentlich. Und fürs Protokoll ... danke, dass du das Arschloch ausgeschaltet hast, das mir eine Kugel durchs Gehirn blasen wollte. Ich glaube, darüber wäre Kenna nicht sehr glücklich gewesen«, sagte Aleck.

»Idiot, du weißt, dass du mir dafür nicht danken musst«, sagte Mustang. Kurz nachdem sie die Geisel befreit und aus dem Gefängnis geholt hatten, waren sie entdeckt worden und Mustang hatte einen Wachmann ausgeschaltet, bevor dieser seine Waffe abfeuern und Verstärkung rufen konnte.

Aleck wusste, dass er seinem Teamleiter nicht danken musste, aber jetzt, wo er einen verdammt guten Grund hatte, unversehrt nach Hawaii zurückzukehren, hatte er das Bedürfnis verspürt. »Du klingst wie Tex«, sagte Aleck mit einem Grinsen.

Mustang brach in ein Lachen aus. »Gott bewahre, dieser alte Mistkerl kann niemals ein Danke akzeptieren, oder?«

»Nein.«

»Also dann, gern geschehen«, sagte Mustang immer noch grinsend.

»Willst du wissen, wer mich noch an Tex erinnert?«, fragte Aleck.

»Wer?«

»Baker.«

»Verdammt, auf jeden Fall«, stimmte Mustang zu.

»Hast du in letzter Zeit von ihm gehört? Nachdem er für

Elodie nach New York geflogen war, hat er jemals noch etwas dazu gesagt?«

»Nein, soweit ich weiß ist die Mafia zufrieden damit, ihren Geschäften in New York nachkommen zu können, und solange ist Elodie in Sicherheit. Baker hängt an der Nordküste ab und surft, so viel er kann, während er versucht, seine Vergangenheit zu bewältigen.«

»Weißt du, was passiert ist, das ihn zu einem solchen Einsiedler gemacht hat?«, fragte Aleck. »Können wir irgendetwas tun, um ihm zu helfen?«

»Ich weiß es nicht genau, aber ich glaube, es hat mit seinem SEAL-Team zu tun. Etwas muss vorgefallen sein, das Team wurde aufgelöst und kurz darauf hat er sich zurückgezogen. Ich glaube, er möchte allein sein. Aber ich glaube auch, dass es ihm guttut, anderen zu helfen. Das hält ihn am Leben.«

»Midas hat gesagt, dass er glaubt, es gäbe eine Frau, an der er interessiert ist«, sagte Aleck.

Mustang drehte den Kopf zur Seite und starrte Aleck an. »Wirklich?«

»Ja, er kennt ihren Namen nicht, aber als er mit Lexie an die Nordküste gefahren ist, um sich mit Baker zu treffen, hat eine Frau in einem VW-Bus angehalten und Baker war plötzlich wie ausgewechselt. Er hat ihn und Lexie einfach stehen gelassen und ist zu ihr gegangen.«

»Interessant«, überlegte Mustang. »Ich hoffe für ihn, dass daraus etwas wird. Ich kenne niemanden, der es dringender verdient hätte, jemanden zu haben, der für ihn da ist. Er kennt jeden und hat einige ziemlich beängstigende Kontakte, aber er scheint niemanden zu nahe an sich herankommen zu lassen. Das klingt jetzt vielleicht verdammt kitschig, aber jetzt, wo ich Elodie habe, weiß ich, wie lebensverändernd eine gute Frau sein kann.«

Aleck konnte sich ein Grinsen nicht verkneifen.

»Fick dich«, sagte Mustang im Spaß. »Warte nur ab. Wenn es mit dir und Kenna ernster wird, wirst du mich verstehen.«

Alecks Lächeln verblasste. »Das tue ich jetzt schon«, sagte er leise.

»Es wird noch schlimmer werden. Warte nur, bis du in ihr warst«, sagte Mustang, ohne lüstern zu klingen. »Etwas daran, mit der Frau zusammen zu sein, die man liebt, kann einen komplett verändern. In meinem Fall hat die Tatsache, dass Elodie in Gefahr war, *meinen* Schalter umgelegt. Ich weiß, es klingt wie ein Klischee, dass ich die Jungfrau in Not gerettet habe, aber ... so ist es eben. Sie ist meine, mit Leib und Seele.«

»Nun, ich kann gut damit auskommen, wenn ich Kenna nicht erst retten muss. Verdammt, sie würde sich wahrscheinlich selbst retten. Sie ist ziemlich selbstständig«, scherzte Aleck. »Aber was das in ihr zu sein angeht, bin ich absolut dafür.«

Mustang nickte, dann seufzte er und lehnte den Kopf gegen die Rückenlehne.

»Danke Mustang«, sagte Aleck. »Ich freue mich einfach so sehr darauf, nach Hause zu kommen und sie zu sehen, da ist mir der Gedanke gekommen, dass sie vielleicht nicht dasselbe empfindet.«

»Du wirst es noch früh genug erfahren. Ich habe festgestellt, dass die Zeit im Schlaf schneller vergeht«, sagte er und schloss die Augen.

»Wow, das war ziemlich subtil«, sagte Aleck zu seinem Freund.

Mustang grinste, öffnete aber nicht noch einmal die Augen.

Aleck beschloss, seinem Beispiel zu folgen, und versuchte, es sich auf dem nicht so bequemen Sitz so bequem wie möglich zu machen. Er schloss die Augen und obwohl er in den letzten sechs Wochen nicht mehr als vier Stunden am Stück geschlafen hatte, konnte er nicht einschlafen. Er war zu aufgedreht, zu ängstlich. Er betete, dass Kenna froh wäre zu hören, dass er zurück war.

---

Nach viel zu vielen Stunden der Reise war Aleck endlich in Honolulu. Er und seine Teamkameraden mussten sich um die Nachbesprechung kümmern, aber für den Rest des Tages hätten sie dienstfrei. Morgen Nachmittag würden sie ein paar Stunden auf den Stützpunkt müssen und in den nächsten Tagen würden sie acht Stunden pro Tag arbeiten, bis jede Minute ihrer Mission durchgesprochen war. *Dann* bekamen sie endlich ein paar Tage frei, um sich von der Mission zu erholen, bevor sie ihre gewohnte Routine wieder aufnahmen.

Als er über den Parkplatz zu seinem Wagen ging, hatte Aleck nur einen Menschen im Sinn, und zwar Kenna. Er hatte sie noch nicht angerufen. Er hatte Angst davor. Er, der tödliche Navy SEAL, hatte verdammt große Angst, seine Freundin anzurufen, um sie wissen zu lassen, dass er wohlbehalten zurück war.

Wenn sie sagen würde, sie hätte keine Zeit, ihn zu sehen, oder dass sie seinen Einsatz nicht gut verkraftet hatte und an einer Beziehung nicht länger interessiert sei, würde es ihn am Boden zerstören.

Aleck sah auf die Uhr. Es war drei Uhr nachmittags. Sie war vielleicht schon auf dem Weg zur Arbeit. Er wollte auch gut aussehen, wenn er ihr gegenübertrat. Und im Moment sah er alles andere als gut aus. Sein Bart war noch länger als auf dem Bild, das er ihr gezeigt hatte, und er fühlte sich, als wäre jede Pore seines Körpers mit Sand und Dreck gefüllt. Er brauchte eine lange, heiße Dusche, eine

Rasur und etwas zu essen, das kein verdammtes Soldaten-
futter war.

Sein heller Jeep war auf dem kleinen Parkplatz, der für
Militärangehörige und Zivilisten reserviert war, die Zugang
zum Stützpunkt hatten, nicht schwer zu erkennen. Bei dem
bloßen Anblick musste Aleck lächeln. Die Männer hatten
ihre Schlüssel und Telefone aus dem Büro geholt und er
entriegelte die Wagentüren mit der Fernbedienung, als er
sich seinem Jeep näherte.

Etwas auf seiner Windschutzscheibe erregte seine
Aufmerksamkeit. Nachdem er seinen Seesack auf dem
Rücksitz verstaut hatte, griff er nach dem Zettel, der unter
seinem Wischerblatt steckte. Genervt, dass jemand über
den Parkplatz gegangen war und Werbung an den Fahr-
zeugen hinterlassen hatte, faltete Aleck das Stück Papier
auseinander.

Aber es war keine Werbung.

Das Papier war von der Sonne gebleicht und offensichtlich mehrmals vom Regen durchnässt worden, woran Aleck
erkannte, dass es schon ein paar Wochen an seinem Jeep
geheftet haben musste. Er las die verschmierten Worte –
und jeder Muskel in seinem Körper spannte sich an.

*Du bist nicht so toll, wie du denkst.*

Die erste Person, die ihm in den Sinn kam, als er die Worte
las, war das Arschloch Kylo Braun.

Diesmal war der Mann zu weit gegangen.

Aleck faltete den Zettel wieder zusammen und setzte
sich hinters Steuer. Er legte das Blatt Papier in sein Handschuhfach und nahm sich eine Sekunde Zeit, um tief durchzuatmen.

Er nahm an, Braun hatte herausgefunden, dass er auf Mission war, und es war sicher nicht schwer, in Erfahrung zu bringen, welcher Wagen Aleck gehörte. Er hatte die Möglichkeit genutzt, den Zettel zu hinterlassen, wenn er nicht auf frischer Tat ertappt werden konnte. Der Mann war ein Feigling und keinen zweiten Gedanken wert, aber Aleck war trotzdem sauer ohne Ende.

Da er mit Mustang im Flugzeug über Baker gesprochen hatte, kam ihm der Mann in den Sinn. Vielleicht würde er ihn anrufen und schauen, welche dreckigen Geheimnisse er über Braun ausgraben könnte.

Aleck fühlte sich nicht im Geringsten schlecht dabei, dass er ernsthaft darüber nachdachte, die Karriere des Mannes zu ruinieren. Mit seiner ständigen Provokation hatte er das selbst zu verantworten. Nur weil er ein eifersüchtiges Arschloch war. Braun wollte Spielchen mit ihm spielen? Aleck war bereit. Er würde auf die harte Tour herausfinden, dass man sich nicht mit einem SEAL anlegt.

Aleck war zufrieden mit seiner Entscheidung, diesen Störenfried ein für alle Mal loswerden zu wollen, und wusste, dass Baker definitiv in der Lage sein würde, sich diskret um das zu kümmern, was getan werden musste, um Braun von Hawaii versetzen zu lassen. Er streckte die Hand aus, um den Motor zu starten, als ihm ein anderer Gedanke kam.

Midas und Mustang hatten Lexie und Elodie sofort angerufen, nachdem sie ihre Telefone hatten. Er wäre nicht überrascht, wenn Jag Carly ebenfalls eine SMS geschickt hatte.

Scheiße.

Er hatte keine Ahnung, ob Kenna sich mit den anderen Frauen getroffen hatte, wie er es vorgeschlagen hatte, aber wenn sie das getan hatte, würde eine der Frauen ihr wahrscheinlich eine SMS schicken, um sie wissen zu lassen, dass das Team zurück war.

Und wenn sie vor ihm von jemandem hörte, dass er zurück war, so wie es mit seiner Wohnung passiert war, würde er verdammt tief in der Scheiße stecken. Er würde sie wieder in Verlegenheit bringen, weil er sie nicht sofort angerufen hatte, so wie seine Teamkameraden es getan hatten.

Er griff nach seinem Handy, bevor er den Gedanken abgeschlossen hatte. Er dachte nicht einmal daran, eine SMS zu schicken. Er tippte auf ihren Namen und hielt den Atem an, als er das Handy an sein Ohr hielt.

Es klingelte zweimal, bevor sie antwortete. »Marshall?«

»Hey Babe.«

»Oh mein Gott!«, kreischte sie. »Bist du zurück?«

Er grinste. »Ich bin zurück«, bestätigte er.

Dann überraschte Kenna ihn, als sie in Tränen ausbrach.

*Scheiße!*

»Kenna? Es ist in Ordnung. Es geht mir gut. Uns allen geht es gut. Es ist alles gut und wir sind alle wohlauf.«

»Ich bin so glücklich, dass du wieder zu Hause bist«, schluckte sie.

»Atme, Schatz. Ich mache mir Sorgen«, sagte Aleck. Er hörte, wie sie tief Luft holte, dann noch einmal. »Besser?«

Anstatt ihm zu antworten, fragte sie: »Wann kann ich dich sehen?«

»Je früher, desto besser«, sagte er ehrlich.

»Bist du in deiner Wohnung?«, fragte Kenna.

»Noch nicht, ich bin noch auf dem Stützpunkt. Ich wollte anrufen und dich wissen lassen, dass ich zurück bin, bevor du eine SMS von einer der anderen Frauen bekommst.«

»Das weiß ich zu schätzen. Fährst du nach Hause oder musst du zur Arbeit?«, fragte sie.

»Nach Hause. Wir haben morgen Nachmittag eine Besprechung, aber bis dahin haben wir frei.«

»Kann ... würde es dir etwas ausmachen, wenn ich vorbeikomme?«

Aleck spürte, wie sein Herzschlag sich beschleunigte. »Musst du nicht arbeiten?«

»Muss ich, aber ich werde mir freinehmen. Alani wird es verstehen.«

Aleck blinzelte überrascht. »Ernsthaft?«

»Ja, überrascht dich das wirklich?«, fragte sie.

»Irgendwie«, sagte er ehrlich. »Du liebst deine Arbeit und hast mir mehr als einmal gesagt, dass du es hasst, wenn Leute sich kurzfristig freinehmen, weil die Manager darauf angewiesen sind, dass die Kellnerinnen so arbeiten, wie sie eingeteilt wurden.«

»Marshall, ich habe die letzten sechs Wochen damit verbracht, mir Sorgen um dich zu machen, und ich habe dich wie verrückt vermisst. Wenn du glaubst, ich würde heute bei der Arbeit irgendetwas auf die Reihe bekommen, obwohl ich weiß, dass du endlich zurück bist, dann liegst du daneben. Wenn du nicht willst, dass ich vorbeikomme, sag es mir einfach. Ich werde enttäuscht sein, aber ich werde versuchen, es zu verstehen.«

Verdammt, er liebte diese Frau. Sie gab Vollgas, ohne Wenn und Aber. Wie konnte er sie nicht lieben, wenn sie alles, sogar ihre Arbeit, stehen und liegen lassen würde, um ihn zu sehen?

»Dich nicht sehen wollen? Verdammt, Kenna, ich habe jede Minute damit verbracht, dich zu vermissen«, platzte er heraus. »Also ja, ich möchte, dass du vorbeikommst. Ich sehe gerade ziemlich beschissen aus, brauche eine lange Dusche und muss versuchen, mir die Haare aus dem Gesicht zu kratzen, aber ich will dich mehr sehen, als ich atmen muss.«

Er hörte sie schniefen und stellte sich vor, wie sie wieder weinte.

»Weine nicht«, sagte er.

»Dann sag nicht so nette Dinge«, erwiderte sie.

Aleck bemerkte, dass er wie ein Verrückter lächelte. Jeder, der ihn beobachtete, würde wahrscheinlich denken, dass er die Fassung verloren hatte. »Bitte komm rüber«, sagte er sanft. »Ich kann es kaum erwarten, dich zu halten.«

»Bis gleich«, erwiderte sie. »Soll ich unterwegs beim Laden anhalten? Hast du dich nach etwas gesehnt, während du weg warst?«

»Ja, aber nein«, sagte Aleck. »Das würde zu lange dauern. Ich will dich einfach nur sehen.«

»Okay. Und fürs Protokoll, bei dir zu Hause gibt es etwas zu essen. Du sagtest, es wäre okay, wenn ich manchmal dort übernachte, also habe ich das auch getan. Im Kühlschrank ist nicht viel, aber genug, um dich aufzupäppeln, bis du zum Supermarkt gehen kannst.«

Zu wissen, dass sie in seiner Wohnung war und in seinem Bett geschlafen hatte, ließ Alecks Herz höherschlagen – und sein Schwanz wurde hart. »Fahr vorsichtig«, befahl er. »Bau keinen Unfall, weil du wie eine Verrückte fährst, um zu mir zu kommen.«

»Werde ich. Und ich fahre niemals wie eine Verrückte«, erwiderte sie.

»Kenna?«

»Ja?«

»Es tut so gut, deine Stimme zu hören. Ich habe unsere Anrufe und SMS vermisst.«

»Ich auch«, sagte sie leise.

»Wir sehen uns gleich.«

»Bis gleich«, sagte sie. »Tschüss.«

»Tschüss.«

Aleck fühlte sich, als wäre eine Tonne Ziegelsteine von

seinen Schultern gefallen. Er ließ den Motor an und fuhr aus der Parklücke heraus. Den Zettel in seinem Handschuhfach hatte er bereits vergessen, als er beschleunigte. Er musste zumindest duschen, bevor Kenna eintraf. Sie wollte ihn vielleicht unbedingt sehen, aber über seinen Geruch wäre sie sicher nicht begeistert.

# KAPITEL SIEBZEHN

Kenna konnte nicht glauben, dass Marshall tatsächlich wieder zu Hause war. Sie hatte so lange von diesem Tag geträumt und jetzt war er endlich da. Nachdem sie das Gespräch mit Marshall beendet hatte, rief sie sofort Alani an und erklärte die Situation. Ihre Managerin war sehr verständnisvoll und weil Kenna nur sehr selten ihre Schicht verschob, war sie gern dazu bereit, ihr den Abend freizugeben. In Anbetracht der Tatsache, dass es so kurzfristig war, war es noch großzügiger von Alani, so gelassen zu reagieren.

Sie nahm sich die Zeit, ihre Arbeitsuniform für ein paar andere Klamotten einzutauschen. Sie zog eine kurze Hose und ein T-Shirt an, kümmerte sich aber nicht um ihre Haare, die sie für die Arbeit zu einem Pferdeschwanz gebunden hatte.

Während sie sich umzog, piepte ihr Telefon mit SMS von den anderen Frauen.

*Elodie*: Sie sind zurück!!!!

*Elodie*: Wenn du eine Weile nichts von mir hörst, sei nicht beunruhigt, ich schlafe nur mit meinem Mann!

*Lexie*: Hast du schon gehört? Die Männer sind zurück!
*Lexie*: Midas hat mir erzählt, dass Aleck die ganze Zeit über dich geredet hat.
*Lexie*: Hol ihn dir, Mädchen!

*Carly*: Ich habe eine SMS von Jag bekommen. Er sagte, sie sind endlich wieder da. Ich bin so erleichtert!

*Ashlyn*: Heilige Scheiße! Ich kann nicht glauben, dass Slate mir gesagt hat, dass er wieder zu Hause ist. Ich bin viel aufgeregter, als ich sein sollte. Er ist manchmal nervig, aber es war sehr nett von ihm, es mich wissen zu lassen!

Schnell antwortete sie ihren Freundinnen mit einer kurzen Nachricht, bevor sie ihre Wohnung verließ, um sich auf den Weg zu Marshall zu machen. Auch wenn Marshall gesagt hatte, dass er nichts aus dem Laden brauchte, machte sie auf dem Weg nach Coral Springs einen kurzen Zwischenstopp. Sie wollte seine Rückkehr irgendwie zu etwas Besonderem machen.

Sie kaufte ein paar Dinge ein, von denen sie wusste, dass er sie mochte. Die Maui Zwiebel-Kartoffelchips, nach denen er süchtig war, eine Packung Kona Kaffee, weil sie glaubte, die letzte Packung aufgebraucht zu haben, ein paar frische Mangos, etwas frischen Saft mit Passionsfrucht, Orange und Guave und eine Tüte des hawaiianischen Popcorns, das er so mochte, die Sorte mit Mokka-Crunch und Furikake.

Kenna fand es ekelhaft, aber wenn Marshall es mochte, sollte er es bekommen.

Sie wollte auch ein paar Malasadas aus der Bäckerei Leonard holen, aber das würde zu lange dauern. Also schummelte sie und kaufte ein paar Malasadas und Donuts in dem Lebensmittelgeschäft. Sie waren nicht so gut, aber sie würden ihren Zweck erfüllen. Sie würde es später wiedergutmachen und den guten Stoff ein anderes Mal besorgen.

Alles in ihr sehnte sich danach, so schnell wie möglich zu Marshalls Wohnung zu gelangen. Sie wusste natürlich, dass er nicht einfach wieder verschwinden würde, bevor sie dort angekommen war, aber sie war trotzdem aufgeregt.

Kenna versuchte, an der Kasse nicht ungeduldig zu sein, aber es schien ewig zu dauern, bis sie endlich wieder auf dem Weg war. Je näher sie Marshalls Wohnung kam, desto nervöser wurde sie. Es war albern. Er hatte sich erfreut angehört, sie zu sehen, aber sie konnte nicht anders, als sich zu fragen, ob die Dinge zwischen ihnen anders sein würden.

Sie empfand noch genauso für ihn. Sie hatte ihn furchtbar vermisst und hatte alle SMS, die er vor seinem Einsatz geschrieben hatte, noch einmal gelesen, nur um sich ihm näher zu fühlen.

Schmetterlinge wirbelten in ihrem Bauch herum, als sie endlich ankam und einparkte.

Robert hatte offensichtlich gesehen, wie sie auf den Parkplatz fuhr – dem Mann entging nichts –, denn als sie die Wagentür öffnete, kam Alfonso bereits auf sie zu.

»Hallo«, sagte sie, als er näher kam.

»Guten Tag, Miss Madigan. Lassen Sie mich das für Sie nehmen«, sagte er und deutete auf den Beutel in ihren Händen.

»Danke«, sagte sie und gab ihn ihm dankbar.

Alfonso lächelte sie an, als sie zum Eingang gingen. »Mr. Smart ist zurück.«

Es war irgendwie süß, wie aufgeregt Alfonso klang, als er das sagte. »Ich weiß«, erwiderte sie mit einem Lächeln. »Deshalb bin ich hier. Ich hätte heute Abend arbeiten müssen, aber wie könnte ich mich auf etwas anderes konzentrieren, wenn ich weiß, dass Marshall zurück ist?« Kenna wusste, dass sie geschwätzig war, aber sie war gleichzeitig aufgeregt und nervös.

»Wenn Sie etwas brauchen, zögern Sie nicht, uns zu kontaktieren«, sagte Alfonso und hielt ihr die Tür auf.

»Ich habe unterwegs angehalten und ein paar von Marshalls Lieblingsspeisen geholt, obwohl ich es nicht bis zur Bäckerei Leonard für frische Malasadas geschafft habe«, fuhr sie fort. »Also habe ich ein paar im Supermarkt gekauft. Das sollte erst mal reichen.«

Alfonso lächelte sie an.

Als sie sich dem Sicherheitsschalter näherten, stand Robert auf. Auch er hatte ein breites Lächeln im Gesicht. »Hallo, Miss Madigan. Ich nehme an, Sie sind froh, dass Mr. Smart zurück ist.«

»Oh ja«, sagte Kenna.

Robert lachte. »Ich bin sicher, Alfonso hat das schon gesagt, aber wenn Sie etwas brauchen, lassen Sie es mich bitte wissen.«

»Werde ich, vielen Dank. Ich habe ein paar Sachen eingekauft, als ich hier war, damit sollten wir vorerst auskommen.«

»Sehr gut«, sagte Robert. »Gute Nacht.«

»Die werde ich haben«, murmelte Kenna. Dann wandte sie sich an Alfonso. »Ich nehme das jetzt wieder«, sagte sie und nickte auf die Beutel in seinen Händen.

»Sind Sie sicher? Ich kann das auch hochtragen«, bot er an.

»Ich bin sicher. Der Tag, an dem ich keine zwei Einkaufstüten mehr tragen kann, ist der Tag, an dem ich ... nun, ich denke, an dem Sie sie hochtragen werden«, endete sie lahm.

Sowohl Robert als auch Alfonso lachten.

»Abgemacht«, sagte Alfonso und übergab ihr die Beutel.

Kenna dankte ihm, holte tief Luft und ging zu den Aufzügen. Sie hätte Marshall schreiben sollen, um ihn wissen zu lassen, dass sie da war, aber jetzt war es zu spät ... und sie hatte die Hände voll.

Sie versuchte, sich nicht vor Nervosität zu übergeben, als der Aufzug in die oberste Etage fuhr. Viel schneller als sonst ging sie den Flur entlang zu seiner Tür. Noch bevor sie die Taschen abstellen konnte, um zu klopfen, wurde die Tür geöffnet.

Fast hätte sie Marshall nicht erkannt. Sein Gesicht war mit einem ziemlich langen Bart bedeckt und auch seine Haare waren länger als gewöhnlich.

»Komm rein«, knurrte er, legte einen Arm um ihre Taille und zog sie an sich.

In der Sekunde, in der sie näher kam, nahm Kenna seinen Geruch war, der sich schließlich aus seinen Kissen verflüchtigt hatte. In der Nacht, in der sie ihn nicht mehr hatte riechen können, war sie sehr traurig gewesen.

Kenna ließ die Einkaufstüten fallen, ohne sich darum zu kümmern, ob sie die Chips zerbröselte, und klammerte sich an Marshall. Sie hörte, wie er die Tür hinter ihnen schloss. Dann legte er eine Hand hinter ihren Rücken, während er die andere unter ihren Pferdeschwanz in ihren Nacken legte.

Zufrieden seufzend vergrub Kenna ihre Nase an seinem Hals und hielt ihn so fest, wie sie konnte. Sein Bart kitzelte sie in ihrem Gesicht, aber er war viel weicher, als sie erwartet hätte. Sein Griff um sie war genauso fest und verzweifelt. Mit ihm zusammen zu sein, mit ihren eigenen Augen zu sehen, dass er sicher und unversehrt war, ihn zu halten ... es war alles zu viel.

Zu ihrem Leidwesen brach Kenna noch einmal in Tränen aus.

Marshall ließ nicht los. Er hielt sie noch fester und tat sein Bestes, um sie zu trösten.

»Mir geht es gut«, sagte er und wusste genau, warum sie von Emotionen überwältigt war. »Ich bin da. Es ist so schön, dich zu sehen, halt mich fest. Du riechst genau so, wie ich es in Erinnerung hatte. Ich hätte nie gedacht, dass Kokos so beruhigend sein kann. Verdammt, ich habe dich so sehr vermisst.«

Kenna hatte keine Ahnung, wie lange sie in seinem Flur standen und sich aneinander festhielten. Sie wusste nur, dass sie sich endlich entspannen konnte. Erst jetzt hatte sie bemerkt, wie angespannt sie in den letzten anderthalb Monaten gewesen war.

Schließlich holte sie tief Luft und zog sich ein winziges Stück zurück. Er ließ sie nicht los.

»Hallo«, sagte sie. »Es ist so schön, dich zu sehen.«

»Gleichfalls«, antwortete er. »Du siehst so verdammt gut aus ... so wunderschön. Ich kann es gar nicht in Worte fassen.«

Kenna lächelte, sie hatte nichts Besonderes mit ihren Haaren gemacht und auch kein zusätzliches Make-up aufgetragen außer dem, das sie bereits für die Arbeit trug. Sie liebte es, wenn Marshall ihr Komplimente machte.

Sie streckte die Hand aus, um sein Gesicht zu berühren, dann zögerte sie. »Darf ich?«

Er nahm ihre Hand in seine und drückte sie an seine Wange. »Du darfst mich jederzeit anfassen.«

Lächelnd strich Kenna über sein Gesicht.

»Was denkst du? Sollte ich den Bart behalten?«, fragte Marshall.

Kenna zuckte die Achseln. »Es ist anders. Ich bin es definitiv nicht gewohnt, dich so zu sehen, aber ich habe nicht ausreichend Informationen, um zu entscheiden, ob du ihn behalten oder abrasieren solltest.«

Er sah verwirrt aus. »Informationen?«

Kenna versuchte, ein ernstes Gesicht zu bewahren. »Ja, ich meine, ich muss erst sehen, wie es sich anfühlt, wenn du mich küsst.«

»Ach ja?«, knurrte Marshall.

Kenna hatte nicht einmal Zeit zu antworten, da senkte sich sein Kopf und seine Lippen waren auf ihren.

Es war, wie endlich nach Hause zu kommen.

Das hatte sie so sehr gebraucht. Sie küssten sich, als hätten sie sich seit Jahren nicht gesehen anstatt nur sechs Wochen. Als Marshall sich zurückzog, atmeten sie beide so schwer, als wären sie gerade einen Kilometer weit gelaufen.

»Also?«, fragte er mit einem schiefen Grinsen.

Kenna fuhr noch einmal mit den Fingern durch seinen Bart. Er war so lang. »Wirst du sauer sein, wenn ich dir sage, dass ich dich lieber küsse, wenn du glatt rasiert bist?«, fragte sie.

»Nein, ich habe tatsächlich schon Schere und Rasierer im Badezimmer bereitgelegt. Willst du mir helfen?«

Kenna musterte ihn einen Moment lang. »Also, wenn du schon vorhattest, dich zu rasieren, warum hast du mich dann gefragt, was ich denke? Was wäre, wenn ich gesagt hätte, ich möchte, dass du den Bart behältst?«

Marshall zuckte lässig mit den Schultern. »Dann hätte ich ihn behalten.«

»Einfach so?«, fragte Kenna skeptisch.

»Einfach so«, bestätigte er. »Ich hatte während meines Einsatzes viel Zeit, über uns nachzudenken.«

Kenna sah ihn finster an. »Du hättest besser darüber nachdenken sollen, wo die Bösen sind, und aufpassen, dass du nicht auf eines dieser explosiven Bombendinger trittst. Und wie du sicher wieder nach Hause kommst«, schimpfte sie.

Marshall lachte. »Das habe ich. Aber wenn ich ununterbrochen darüber nachdenken würde, würde ich verrückt werden. Wenn das also zu viel wurde, habe ich an uns gedacht. An dich.«

Scheiße, dieser Mann. »Und?«, fragte sie.

»Und ich habe gemerkt, wie viel du mir bedeutest. Mit uns ging es sehr schnell, aber es hat sich ... richtig angefühlt. Ich habe mich gefragt, was du gerade tust, wie es dir geht, ob du viele nervige Kunden hattest, ob du in meine Wohnung gegangen bist und ob du gut isst. Ich habe an alles Mögliche gedacht. Ich weiß, dass ich mich verdammt glücklich schätzen kann. Wenn du mit meiner Arbeit klarkommen kannst, damit, dass ich ab und zu auf unbestimmte Zeit verschwinden muss, dann will ich alles in meiner Macht Stehende tun, um dich glücklich zu machen. Also ... das heißt, wenn du willst, dass ich den Bart behalte, werde ich es tun. Wenn du willst, dass ich mich rasiere, werde ich es tun. Es macht für mich keinen Unterschied.«

»Marshall«, flüsterte Kenna sehr berührt.

»Weine nicht«, forderte Marshall. »Ich habe nichts davon gesagt, um dich zum Weinen zu bringen.«

»Das ist dir missglückt«, sagte Kenna schniefend und wischte sich die Tränen aus dem Gesicht.

Marshall drückte ihren Nacken, wo sich immer noch seine Hand befand, und sagte: »Schau mich an, Baby.«

Kenna holte tief Luft und sah zu dem Mann auf, in den sie sich bis über beide Ohren verliebt hatte. Sie hätte wissen müssen, dass sie verliebt war, als sie ihn so schrecklich vermisst hatte. Sie hatte noch nie so viel für einen Mann empfunden. In der Vergangenheit hatte sie einmal eine ganze Woche lang nicht mit einem ihrer Freunde gesprochen, und es hatte sie nicht im Geringsten berührt.

»Du bist die fähigste Frau, die ich je getroffen habe. Ich habe keinen Zweifel, dass du alles tun kannst, was du dir in den Kopf setzt. Die Tatsache, dass du mit mir zusammen bist, ist etwas, worüber ich seit sechs Wochen nicht hinwegkomme. Du hast mich in der Hand. Du musst nur sagen, was du willst, und ich gebe es dir.«

»Dich! Ich will *dich*«, antwortete Kenna, ohne nachzudenken.

»Gott sei Dank«, hauchte Marshall.

Kenna war überrascht, die Erleichterung in seinen Augen zu sehen. Wie konnte er das nicht wissen?

»Komm schon, hilf mir, den Dreck von meinem Gesicht zu schälen, und dann kümmern wir uns um etwas zu essen.«

Kenna nickte und er drückte ihr noch einmal liebevoll den Nacken, dann bückte er sich und hob die Tüten auf, die sie mitgebracht hatte. Nachdem er gestaunt und sich für die Dinge bedankt hatte, die sie gekauft hatte, räumten sie die Sachen weg und gingen ins Badezimmer.

Kenna hatte einige ihrer eigenen Sachen in seinem Badezimmer gelassen, da sie so oft hier gewesen war. Er nickte in die Richtung des Waschtisches, auf dem ihre Zahnbürste, Zahnpasta, und Lotion standen, und lächelte. »Ich liebe es, deinen Kram hier drin zu sehen.« Dann sah er sich im Raum um und sagte: »Ich denke, am besten wäre es, wenn ich mich auf den Wannenrand setze. Dann kommst du besser ran.«

»Aber deine Barthaare werden überall auf den Boden fallen«, sagte Kenna.

»Ja und?«

»Dann müssen wir es wegmachen und zur Sicherheit staubsaugen, damit auch alles weg ist.«

»Und?«, fragte Marshall. »Erst machen wir Dreck und dann machen wir ihn wieder weg. Keine große Sache.«

»Okay«, stimmte Kenna zu, die seine entspannte Einstellung mochte. »Aber warum stellen wir nicht wenigstens einen Mülleimer darunter, um so viel wie möglich aufzufangen?«

Er nickte und Kenna nahm den kleinen Mülleimer unter der Spüle hervor und stellte ihn auf den Boden zwischen seine Beine, als er sich auf den Wannenrand setzte.

Dann hielt Marshall ihr eine sehr scharf aussehende Schere entgegen und sagte: »Wenn du mir die Ehre erweisen würdest.«

»Ähm, aber ich habe keine Ahnung, was ich tue«, sagte Kenna zögernd, als sie ihm die Schere abnahm.

»Du kannst nichts falsch machen ... es sei denn, du erstichst mich damit. Schneid einfach die Haare ab. Versuch dabei, so nahe wie möglich ans Gesicht zu kommen. Je kürzer desto besser. Dann ist es leichter, den Rest abzurasieren.«

»Okay, aber wenn ich dich ersteche und du auf dem Badezimmerboden verblutest, mach mir keine Vorwürfe«, scherzte sie, als sie vor ihm stand.

Marshall griff nach oben und packte locker ihr Handgelenk. »Ich vertraue dir«, sagte er tragend.

Kenna schluckte schwer und nickte. Es war ja nicht so, als würde sie ihm tatsächlich die Haare schneiden. Es gab wirklich nicht viel falsch zu machen ... es sei denn, sie schnitt ihm ins Gesicht. Bei diesem Bild verzog sie im Geiste das Gesicht, holte tief Luft und machte sich an die Arbeit.

Sie fing mit den einfachen Stellen an, wie den Barthaaren, die von seinem Kinn nach unten hingen. Sie schnitt sie ab und ließ sie in den Mülleimer fallen. Vorsichtig schnitt sie immer mehr von seinem Bart ab, bis er so kurz war, dass sie die Schere direkt an seine Haut halten musste, um so viele Haare wie möglich abschneiden zu können.

»Entspann dich, Kenna, du machst das gut«, sagte Marshall zu ihr.

Sie nickte, immer noch angespannt.

Es war nicht gerade hilfreich, dass er mit seinen Händen ihre Hüften umfasste. Sie sah nach unten. »Was?«, fragte er und dachte, sie hätte etwas falsch gemacht.

»Mach weiter«, drängte er.

Kenna schnitt noch ein paar Haare ab – und zum Glück hatte sie gerade eine Pause eingelegt, um ihre Arbeit zu inspizieren, als er mit seinen Händen unter ihr T-Shirt glitt und ihre nackte Haut streichelte.

Sie wand sich und erinnerte ihn: »Kitzelig.«

Seine Berührung wurde sofort fester, aber sie war immer noch wie erstarrt, als er nicht aufhörte.

»Bist du fertig?«, fragte er, wohl wissend, dass sie es nicht war.

»Nein.«

»Nun, pass auf, dass du nicht die ganze Nacht brauchst«, neckte er sie. »Ich glaube, wir haben noch andere Dinge zu tun.«

Und einfach so hatte sich die Stimmung im Raum elektrifiziert.

Kennas harte Brustwarzen drückten durch ihr T-Shirt, was Marshall auf jeden Fall bemerkte, weil sie direkt auf seiner Augenhöhe waren. Er schob seine Hände nach oben unter ihren BH und legte sie auf ihre Brüste.

Kenna schloss die Augen und stöhnte und legte ihre Hände auf seine Schultern, um sich abzustützen. Sie war sehr vorsichtig, um ihn nicht mit der Schere zu verletzen.

»Es ist beeindruckend, wie du auf meine Berührung reagierst«, murmelte er, während er ihre Brüste knetete.

»Das liegt nur an dir«, sagte sie ehrlich. Kenna konnte sich nicht erinnern, auf die Berührung eines anderen Mannes jemals so reagiert zu haben. Marshall musste eigentlich nur atmen, und sie schmolz in seinen Händen dahin.

Einen Moment später sagte Kenna seinen Namen und es klang fast wie ein Jammern.

Nun war es an ihm, tief durchzuatmen, dann stand er auf und überraschte Kenna. Er nahm seine Hände von ihr und suchte nach der Schere. Dann zog er sie hinüber zum Waschtisch.

Kenna beobachtete ruhig, wie er mit der Schere die letzten Haarsträhnen entfernte. Anschließend nahm er eine Portion Rasierschaum und verteilte ihn mit einer schnellen Bewegung auf seinem Gesicht. Dann nahm er den Rasierer und fragte: »Würdest du mir noch einmal die Ehre erweisen?«

Kenna riss vor Entsetzen die Augen weit auf. »Nein«, antwortete sie mit Nachdruck.

Marshall lachte und machte sich an die Arbeit, den Rest der Gesichtsbehaarung, die in den letzten sechs Wochen gewachsen war, abzurasieren.

Die Vorstellung, mit einem Rasierer auch nur in der Nähe seines Gesichts herumzufuchteln, verursachte Kenna Gänsehaut, aber sie beobachtete fasziniert, wie er schnell das tat, was er wahrscheinlich schon Tausende Male in seinem Leben getan hatte. Sie kuschelte sich von hinten an ihn und legte ihre Arme um seine Taille, während sie ihn im Spiegel beobachtete.

Als er eine Pause machte, um den Rasierer auszuspülen, grinste sie und schob ihre Hände unter *sein* T-Shirt.

Er richtete seinen Blick durch den Spiegel sofort auf sie.

Selbst mit dem halben Gesicht voller Rasierschaum – was lächerlich aussehen sollte – fand Kenna ihn anziehend. Er war ein schöner Mann.

Sie wanderte mit ihren Fingern nach oben, bis sie seine Brustwarzen erreichte, und begann, damit zu spielen. Sie kniff und schippte und sie wurden sofort hart. Kenna konnte nicht umhin und drückte sich fester an seinen Rücken.

»Willst du, dass ich damit fertig werde?«, fragte er.

Sie grinste. »Ja.«

»Dann musst du deine Hände bewegen.«

Ihre Hände bewegen? Das könnte sie.

Langsam strich sie mit ihren Handflächen über seinen flachen Bauch und ließ sie knapp über seiner Taille ruhen. Er machte noch ein paar Züge mit dem Rasierer, bevor sie ihren nächsten Zug machte.

Marshall trug eine graue Jogginghose, was illegal sein sollte. Wenn gut ausgestattete Männer eine Jogginghose trugen, gefiel das den meisten Frauen, aber bei dem Anblick von *ihrem* Mann in *seiner* Jogginghose wollte Kenna am liebsten alle seine Jogginghosen wegwerfen, damit niemand sehen konnte, was ihr allein gehörte.

Der Gedanke war nicht überraschend. Marshall *gehörte* ihr – genauso wie sie ihm gehörte.

Sie schob ihre Hände unter den elastischen Bund und bekam zum ersten Mal seinen Schwanz zu spüren.

Er war schon halbsteif, aber sobald sie ihn berührte, wurde er stahlhart, streckte sich in ihrer Hand aus und sie festigte ihren Griff um ihn.

»Scheiße«, stöhnte Marshall, als sie ihn streichelte.

Er tolerierte ihre Berührung für einen weiteren Moment, bevor er sich vorbeugte und aggressiv den Rest seines Bartes abrasierte. Er war viel zu unvorsichtig und Kenna wollte ihn gerade bitten aufzupassen, als er den

Rasierer in die Spüle warf. Er streckte die Hand aus, schnappte sich ein Handtuch und fuhr sich damit übers Gesicht, um die Reste des Rasierschaums zu entfernen, bevor er das Handtuch auf den Waschtisch warf.

Er zog Kennas Hände aus seiner Hose und drehte sich um. Für den Bruchteil einer Sekunde konnte sie sein glatt rasiertes Gesicht bewundern und war froh, dass er wieder wie ihr Marshall aussah, bevor seine Lippen auf ihren landeten.

Dann konnte sie nur noch daran denken, ihrem Mann endlich noch näher zu kommen.

Sie legte den Kopf zur Seite und hob ein Bein, als sie sich küssten. Marshall drehte sie beide herum und hob sie dabei hoch, bis Kenna auf dem Waschtisch saß. Er hörte nicht auf, sie zu küssen, während er ihre Beine auseinanderschob und zwischen sie trat. Mit einer Hand auf ihrem Hintern zog er sie an sich, sodass sein Schwanz genau dort gegen sie drückte, wo sie ihn am meisten wollte.

Ihr Kuss war stürmisch und unkoordiniert und das Heißeste, was sie je erlebt hatte. Er bewegte seine Hände zum Saum ihres Hemdes und nahm seinen Mund gerade lange genug von ihrem, um zu sagen: »Arme hoch.«

Kenna dachte nicht einmal daran zu protestieren. Sie war hundertprozentig mit allem einverstanden, was er mit ihr vorhatte ... solange es damit endete, dass beide nackt waren. Ihr Haargummi löste sich, als er ihr das Hemd über den Kopf zog, aber Kenna bemerkte es kaum. Sie schob ihre Hände hinter seinen Kopf, als er sich vorbeugte, um an ihren Brüsten oberhalb ihres BHs zu saugen.

Er war damit beschäftigt, ihre Hose aufzuknöpfen, sah zu ihr auf und befahl: »Heb deine Hüften, damit ich deine Hose ausziehen kann.«

»Ja«, sagte sie und leckte sich die Lippen. Sie wusste, dass sie schon feucht war. Sie konnte selbst fühlen, wie feucht ihr Slip geworden war. Sie griff nach seiner Jogginghose, nachdem er ihre Shorts ausgezogen hatte, aber er schob ihre Hände beiseite und strich ihr über den Hintern. Er machte kein langes Getue und drückte seinen Mund direkt auf ihr feuchtes Höschen.

»Heilige Scheiße!«, rief Kenna aus, als sie sich in seinem Griff rekelte.

»Ich brauche dich. Ich muss dich schmecken. Ich wollte dich schon vor sechs Wochen an meiner Zunge fühlen und bin darum betrogen worden. Ich bin verdammt noch mal fertig mit dem Warten«, sagte er, mehr zu sich selbst als zu ihr, bevor er ihren Slip zur Seite schob und den Kopf wieder senkte.

Kenna war zuvor mit Männern zusammen gewesen, die über sie hergefallen waren, aber keiner hatte annähernd so viel Leidenschaft gezeigt wie Marshall.

Sie konnte nichts weiter tun, als auf dem Waschtisch sitzen zu bleiben, während er sie verschlang, als würde er nach ihrem Geschmack lüsten. Er leckte mit der Zunge über ihre Schamlippen, dann über ihre Klitoris und ließ sie unter seinem Griff zucken.

»Ruhig«, murmelte er. »Greif runter und halte den Slip für mich fest«, sagte er.

»Herrisch«, beschwerte sich Kenna, schob aber, ohne zu zögern, eine Hand zwischen ihre Beine. »Du weißt, dass es einfacher wäre, wenn du den Slip ausziehen würdest«, informierte sie ihn.

»Ich kann nicht warten«, sagte er, bevor er weiterleckte und an ihren feuchten Schamlippen saugte.

Jetzt, da er beide Hände frei hatte, drückte er sie fest gegen sein Gesicht und brachte Kenna um den Verstand. Er lutschte, knabberte, leckte und es dauerte nicht lange, bis sie das Gefühl hatte zu kommen.

»Ich bin gleich so weit«, sagte sie schwer atmend.

Marshall stöhnte und verstärkte seine Bemühungen zwischen ihren Beinen, als wüsste er genau, was sie zum Höhepunkt bringen würde. Er legte seine Lippen um ihre Klitoris, benutzte seine Zunge als Vibrator und saugte gleichzeitig.

Kenna fing an zu zittern und explodierte, bevor sie wusste, wie ihr geschah. Marshall hörte nicht auf, ihre Klitoris zu stimulieren. Er lutschte tatsächlich noch härter und zögerte damit ihren Orgasmus weiter hinaus. Erst als sie an seinen Haaren zog und sagte: »Genug, bitte! Verdammt Marshall!«, leckte er ein letztes Mal und sah dann zu ihr auf.

Er hatte einen sehr zufriedenen Ausdruck auf dem Gesicht, aber Kenna hatte keine Kraft, sich darüber lustig zu machen. Dann überraschte er sie, als er sich wieder nach unten beugte und sie noch einmal sanft leckte, wobei er jeden Tropfen ihrer Säfte mit seiner Zunge erwischen wollte.

»Wenn ich gewusst hätte, was ich nur um eine Stunde oder so verpasst habe, hätte ich diese Mission vielleicht nicht überlebt«, murmelte Marshall.

Das war …

Kenna wusste nicht, was das war.

Ohne Vorwarnung stand Marshall auf und hob sie mit seinen Händen unter ihrem Hintern vom Waschtisch. Kenna kreischte und hielt ihn fest, als er sie in sein Schlafzimmer trug. Er ließ sie einfach aufs Bett fallen. Aber Kenna war nicht beleidigt. Sie war zu sehr damit beschäftigt, begierig zuzusehen, wie er sein T-Shirt auszog und es ohne zweiten Gedanken auf den Boden fallen ließ.

»Slip und BH aus«, sagte er und griff nach seiner Jogginghose.

Kenna ließ die Beule zwischen seinen Beinen nicht aus den Augen, als sie ihre Hüften hob und ihren Slip auszog.

Dann krümmte sie den Rücken, öffnete ihren BH und warf ihn zur Seite.

Sie bekam große Augen, als Marshall seine Hose herunterzog und sie seinen Schwanz erblickte. Er war riesig und dick und ihr lief das Wasser im Mund zusammen.

Sie brauchte ihn in sich – jetzt!

Er hatte offensichtlich den gleichen Gedanken, denn er griff zur Seite und öffnete eine Schublade am Nachttisch. Sie wusste bereits, dass eine neue Schachtel Kondome darin lag, weil sie es an einem Abend gesehen hatte. Er riss die Schachtel auf und zog sich ein Kondom über seinen herrlichen Schwanz.

Sie wollte ihn berühren, aber sie war im Moment viel zu erpicht darauf, ihn zwischen ihren Beinen zu spüren, um es zu versuchen. Sie würde später noch Zeit zum Erkunden haben, viel später.

Eines seiner Knie traf die Matratze und Kenna grinste.

»Bist du bereit dafür?«, fragte er, während er seinen Schwanz festhielt und gleichzeitig seine Hoden streichelte.

»Ja«, krächzte sie. Davon hatte sie wochenlang geträumt. Davon, endlich mit ihm vereint zu sein.

Marshall streckte die Hand aus, packte einen ihrer Knöchel und zog sie zu sich.

Kenna lachte, als sie zurückfiel, aber ihr verging das Lachen, als Marshall ihre Beine mit seinen Knien auseinanderschob, während er vorrutschte. Sie dachte, er würde sie sofort und schnell nehmen, aber er überraschte sie erneut, als er sich vorbeugte und seine Hände auf ihre Schultern legte. Er starrte auf sie herab und sein Schwanz pochte gegen ihren Bauch.

»Du gehörst mir«, knurrte er. Seine Stimme war tiefer als normal und Kenna lief bei dem lustvollen Geräusch ein Schauer über den Rücken.

»Und du gehörst mir«, erwiderte sie.

SUSAN STOKER

Dann lächelte er und Kenna schmolz fast dahin. Verdammt, er sah so verdammt gut aus.

»Ich werde dich ficken, hart und schnell. Bist du damit einverstanden?«

»Oh ja«, hauchte sie.

»Dann, nachdem du an meinem Schwanz gekommen bist, werde ich lange und langsam Liebe mit dir machen, bis du erneut kommst.«

»Das klingt nicht so, als hättest du viel Spaß dabei«, scherzte Kenna. »Wann wirst du zum Orgasmus kommen?«

»Oh, ich werde kommen, Baby«, sagte er mit einem Grinsen. »Nach dir. Ich möchte dich beobachten, deine Muskeln an meinem Schwanz beben fühlen und wissen, dass *ich* der Mann bin, der in dir steckt, der diese fabelhaften Titten zum Zittern bringt und der dich dazu bringt, so feucht zu sein, während ich dich nehme.«

Kenna kicherte und verdrehte die Augen. »Zu viele Worte und zu wenig Taten«, beschwerte sie sich, drückte sich gegen ihn und wollte ihn endlich in sich spüren.

Dann richtete er sich auf seinen Knien auf und zog sie näher an sich. Er griff nach unten und strich mit seinem Daumen über ihre Klitoris. Kenna zuckte zusammen.

»Bist du bereit, mich zu nehmen?«, fragte er.

»Ja.«

»Ich glaube nicht, noch nicht. Ich will dir nicht wehtun.«

Er schien mehr mit sich selbst als mit ihr zu reden und Kenna hatte das Gefühl, dass dieser Mann ihr Leben für immer verändern würde. Nach dieser Nacht würde sie nicht mehr dieselbe sein, das wusste sie.

Mit mehr Zurückhaltung, als sie von ihm erwartet hatte, und mit viel mehr Geduld als *sie* hatte, spielte er mit ihrer Klitoris und steigerte ihre Erregung. Mit der Spitze seines Schwanzes verteilte er ihren Saft auf ihren Schamlippen. Als er endlich zufrieden war und dachte, sie wäre feucht genug, ihn ohne Schmerzen aufzunehmen, glitt er in ihren Körper.

Sobald er in sie eingedrungen war, stoppte er nicht, bis er vollständig in ihr war. Er gab ihr keine Zeit, sich an seine Größe anzupassen, sondern schob sich langsam und stetig immer weiter in sie hinein, bis er ihren Hintern an seinen Hoden spüren konnte.

Kenna stöhnte und spreizte die Beine, um ihm noch näher zu kommen. Sie war feucht genug, sodass er ihr nicht wehtat. Sie fühlte sich ausgefüllt, *sehr* ausgefüllt, aber ohne Schmerzen. »Aaahhh«, stöhnte sie.

»Gut?«, fragte er.

»Sehr«, beruhigte sie ihn.

Das war alles, was er brauchte. Marshall zog sich zurück und schob sich dann fest wieder in sie hinein, und Kenna entwich ein weiteres Stöhnen.

Dann tat er es wieder. Und wieder. Er fickte sie hart und schnell, genau wie er es versprochen hatte. Kenna hatte keine Ahnung, was andere Frauen mochten, aber sie liebte es, auf diese Weise genommen zu werden. Sie musste nicht darüber nachdenken, was sie tun sollte, um zum Orgasmus zu kommen. Sie musste sich nur nehmen, was Marshall ihr gab.

Und er gab ihr alles, was er hatte. Jedes Mal wenn er in sie stieß, durchfuhr ein Ruck der Ekstase ihren ganzen Körper. Es war nicht leicht für sie, ohne Stimulation ihrer Klitoris zu kommen, aber aufgrund des Vorspiels, bevor er in sie eingedrungen war, war sie kurz davor, erneut zu kommen.

Sie kam dem Höhepunkt langsam näher. In einem Moment genoss sie noch das Gefühl von Marshall in ihr und liebte es, den konzentrierten und intensiven Ausdruck in seinem Gesicht zu sehen, und im nächsten kam sie. Ihre Beine zitterten und ihre Bauchmuskeln zogen sich zusammen.

Kenna rekelte sich unter ihm, als Marshall sie weiter fickte, während ein Zittern ihren gesamten Körper durchlief.

»So verdammt schön«, keuchte Marshall.

Als sie aufgehört hatte zu zittern, drang er noch einmal ganz in sie ein und griff zwischen sie.

»Marshall, nein«, keuchte Kenna.

»Nein?«, fragte er und hielt inne.

Scheiße, Kenna erinnerte sich, dass er gesagt hatte, dass er sofort aufhören würde, wenn sie dieses Wort sagte. Sie wollte nicht mit dem aufhören, was sie taten, aber sie war im Moment extrem empfindlich. »Ich brauche eine kleine Pause«, sagte sie zu ihm. »Aber mach langsam weiter«, fügte sie mit einem Lächeln hinzu und strich mit ihren Händen über seine Oberschenkel.

Er grinste. »Alles klar, aber ich bin auch nur ein Mensch. Und ich habe sechs Wochen lang davon geträumt. Ich kann dich nicht ewig ficken, bevor ich komme.«

»Dann komm«, forderte sie ihn auf.

Kenna lachte fast über den Schmollmund, der über das Gesicht ihres Mannes strich. »Aber ich wollte es spüren, wenn du an meinem Schwanz kommst. Beim ersten Mal habe ich es verpasst, weil ich zu sehr damit beschäftigt war, dich zu ficken.«

Darüber musste sie lachen. »Sicher, tut mir leid!« Sie liebte es, wie sie sich gegenseitig neckten. Sie liebte es, dass Sex mit Marshall Spaß machte. Ja, es war intensiv und sie war fast überwältigt davon, wie gut er sich in ihr anfühlte, aber zu lachen war eine ganz neue Dimension beim Sex, die ihrer Erfahrung nach sehr selten war. »Mach einfach langsam weiter. Ich hatte noch nie so viele Orgasmen so schnell hintereinander ... noch nie.«

»Nie?«, fragte er.

»Scheiße, ich habe ein Sexmonster erschaffen, oder?«, scherzte sie.

»Verdammt ja, das hast du. Eines, das süchtig nach der Muschi seiner Frau ist«, sagte Marshall grob.

»Komm, fick mich«, flüsterte sie. »Aber sei lieb zu meiner armen Klitoris«, fügte sie hinzu.

Marshall nickte und zog sich langsam aus ihrem Körper zurück. Dann drückte er sich wieder hinein. Es fühlte sich ... gut an, fast beruhigend. Nicht überwältigend wie zuvor, als er sie hart gefickt hatte. Eine Hand legte er auf ihre Brust und drückte ihre Brustwarze, als er langsam in sie hinein- und wieder hinausglitt.

Kenna bog den Rücken durch, stöhnte und spürte, wie sich ihre Kegelmuskeln um Marshalls Schwanz festigten.

»Das gefällt dir«, sagte er. Er fragte nicht. Es war verdammt offensichtlich, denn sein Schwanz wurde fast erwürgt.

Die nächsten paar Minuten verbrachte Marshall damit, mit ihren Nippeln zu spielen, während er erforschte, wie und wo sie es mochte, berührt zu werden. Es dauerte nicht lange, bis Kenna bereit war, wieder zu kommen.

»Berühre dich selbst«, sagte er. »So tue ich dir nicht weh.«

Während Marshall in ihre Nippel kniff und mit ihren Brüsten spielte, massierte Kenna ihre Klitoris. Mit ihrem kleinen Finger streichelte sie jedes Mal seinen Schwanz, wenn er sich aus ihrem Körper zog, damit er sich genauso gut fühlte wie sie in diesem Moment.

»Du musst kommen«, sagte Marshall. »Aber sag es mir kurz vorher.«

Nickend ließ Kenna ihre Finger etwas schneller über ihre extrem empfindliche Knospe gleiten. »Ich bin kurz davor ...«

Marshall drückte sich in ihren Körper und hielt still, als

er einen ihrer Nippel härter kniff als zuvor. Die zusätzliche Stimulation reichte aus, um Kenna wieder zum Höhepunkt zu bringen. Der Orgasmus war nicht so intensiv wie die anderen, aber sie konnte das Zittern spüren und ihre inneren Muskeln umschlossen Marshalls Schwanz, der tief in ihrem Körper vergraben war.

»Es gibt kein besseres Gefühl auf der Welt, als dich an meinem Schwanz kommen zu spüren«, keuchte Marshall. Dann, ohne dass er noch einmal zugestoßen hätte, spürte sie, wie er über ihr zitterte und seinen eigenen Orgasmus endlich geschehen ließ.

Sie waren beide durchgeschwitzt und Kenna fühlte sich, als hätte sie gerade eine vierundzwanzig Stunden lange Schicht gearbeitet. Aber sie konnte sich nicht erinnern, sich jemals nach dem Sex zufriedener gefühlt zu haben als in diesem Moment.

»Ich glaube, du hast mich umgebracht«, sagte sie, als Marshall auf sie sank, sich zur Seite fallen ließ und sie dabei mit sich zog. Bei der Bewegung glitt er aus ihr heraus und sie seufzten beide.

Er küsste ihre Schläfe und sagte: »Aber auf was für eine Art und Weise.«

»Stimmt«, bestätigte Kenna.

Einen Moment lagen sie beisammen, bevor Marshall wieder seufzte. »Ich muss mich um dieses Kondom kümmern.«

Kenna nickte und beobachtete, wie er aus dem Bett stieg und ins Badezimmer ging. Sein Hintern war eine Schönheit, rund, fest und anbetungswürdig. Aber das war nichts im Vergleich zu der Aussicht, als er zurückkam.

Sie war noch lange nicht fertig damit, ihn anzustarren, als er die Decke zurückzog und ihr bedeutete, darunter zu rutschen. Sie hatten sich zuvor nicht einmal die Mühe gemacht, die Decke wegzuziehen, und Kenna lachte. Sie hatten es beide zu eilig gehabt, endlich zusammen zu sein, um sich um etwas so Alltägliches zu kümmern, wie *unter* die Decke zu kriechen.

Es war noch sehr früh, aber das war Kenna egal. Sie kuschelte sich an Marshall und fuhr mit den Fingern über sein jetzt glatt rasiertes Gesicht. Er hatte einen leichten Rasurbrand, was sie nicht überraschte. Bei den letzten paar Zügen war er nicht sehr sanft gewesen.

»Weißt du ...«, sagte sie so lässig, wie sie konnte. Sie war eine erwachsene Frau, sie konnte über Verhütung reden, ohne rot dabei zu werden – vielleicht. »Ich nehme die Pille.«

Er starrte sie an, ohne zu blinzeln.

»Ich meine ... falls du kein Kondom benutzen möchtest. Ich habe auch keine Krankheiten oder so. Ich weiß aber, dass die Pille nicht hundertprozentig narrensicher ist, also wenn du es weiterhin verwenden möchtest, ist das auch in Ordnung. Ich bin noch nicht bereit für ein Kind, auf keinen Fall.«

»Ich werde zweimal im Jahr von der Navy getestet. Und ich habe bisher jeden Test mit Bravour bestanden«, sagte Marshall.

»Das ist gut«, sagte Kenna leise.

»Du meinst also, ich kann auch ohne Kondom in dir sein?«, hakte er nach.

»Nun, wir hatten noch nicht wirklich die Gelegenheit, dieses Gespräch zu führen. Aber danke, dass du kein Arschloch in Bezug auf Kondome bist ...«

Marshall sagte für einen langen, schmerzhaften Moment nichts und sie wurde etwas unsicher. War es zu früh gewesen, dieses Thema anzusprechen? Hätte sie warten sollen?

Dann zog er Kenna schnell zurück und beugte sich über sie. Sie konnte fühlen, wie die Spitze seines fast schlaffen Schwanzes ihre nasse Spalte berührte. Wortlos drang er noch einmal in sie ein. Er war nicht so hart wie zuvor, aber er füllte sie immer noch problemlos aus.

»Marshall?«, fragte sie, als sie seinen Bizeps packte.

Er stieß nicht zu, sondern drückte sich nur in sie hinein und hielt still.

»Es tut mir leid, ich konnte nicht anders. Ich musste einfach nackt in dir sein. Du bist so heiß. Und so verdammt feucht. Wenn du fühlen könntest, was ich fühle, würdest du es verstehen.«

Kenna lachte und er stöhnte.

»Verdammt, selbst das fühlt sich verdammt gut an«, beschwerte er sich halb.

»Das macht mir nichts aus, ich liege einfach hier«, neckte sie ihn.

»Ich werde ziemlich schnell kommen. Das tut mir leid.«

Sie wurde ernst, als sie merkte, wie nahe Marshall dem Höhepunkt war. »Fühlt sich das wirklich so viel anders an?«, fragte sie.

»Ich hatte noch nie zuvor Sex ohne Kondom. Es ist so verdammt überwältigend. Du hast keine Ahnung.«

Seltsamerweise war es eine sehr intime Sache, Marshalls Reaktion darauf zu erleben, als er sie ohne Kondom fickte. Dieser große böse SEAL war in diesem Moment nicht sehr einschüchternd. »Beweg dich, Marshall. Ich wette, das wird sich noch besser anfühlen.« Sie kam sich vor, als würde sie einer Jungfrau beibringen, wie man Liebe macht. Der Gedanke brachte sie zum Lächeln.

Marshalls Blick traf ihren, als er langsam begann, sich zu bewegen. Seine Pupillen waren so sehr geweitet, dass sie seine schönen braunen Augen fast nicht sehen konnte.

»Es tut mir leid, Baby! Ich kann mich nicht länger zurückhalten.«

»Dann tu es nicht«, sagte sie.

Noch ein paar Stöße und sie fühlte, wie Marshalls

Schwanz in ihr zuckte, als er zum zweiten Mal kam. Sie war nicht nur beeindruckt, wie schnell er wieder hart geworden war, sondern auch wie schnell er erneut kommen konnte.

Er zitterte, dann fiel er wieder zur Seite. Aber dieses Mal behielt er eine Hand an ihrem Hintern, als er sie mit sich zog, damit sie verbunden blieben. Kenna landete auf seiner breiten Brust. Sein Schwanz war lang und dick genug, um nicht sofort aus ihrem Körper zu rutschen.

»Oh mein Gott, ich muss nicht aufstehen«, sagte Marshall mit einem Lächeln auf seinem Gesicht.

»Die Vorteile ohne Kondom. Obwohl die Nachteile … etwas schmutzig sind«, mahnte sie.

»Ich werde unsere Bettwäsche jeden Tag wechseln«, sagte er mit undeutlicher Stimme.

Er war so verdammt süß und Kenna war noch nie glücklicher gewesen.

Sie legte ihren Kopf an seinen Hals und er zog sie mit seinen Armen an sich. Eine Hand legte er in ihren Nacken. Sie sehnte sich bereits nach der Vertrautheit dieser Berührung.

»Kenna?«

»Ja?«

»Ich liebe dich.«

Sie verstummte. War er im Halbschlaf? Hatte er das wirklich gerade gesagt?

Sie spürte, wie sich der Griff in ihrem Nacken festigte. »Hast du mich gehört?«

Das hatte ihre zwei Fragen wohl beantwortet. »Ja«, sagte sie sofort.

»Gut, du musst es nicht erwidern, weil ich weiß, dass ich dich wahrscheinlich überrascht habe, aber ich konnte es nicht mehr länger für mich behalten. Der Tag, an dem du mir auf den Kopf gesprungen bist, war der beste Tag meines Lebens.«

»Ich bin dir nicht auf den Kopf gesprungen«, protestierte sie automatisch.

»Ich wollte nur, dass du weißt, was du mir bedeutest. Du bist für mich keine Affäre. Ich will dich auf lange Sicht in meinem Leben haben. Und ... ich habe noch nie einer Frau gesagt, dass ich sie liebe.«

»Hast du nicht?«

»Nein, die Verbindung, die wir haben, ist etwas Besonderes, und das weiß ich. Ich wäre ein Idiot, wenn ich dich nicht mit beiden Händen festhalten würde. Ich liebe dich. Ich sage das ohne Bedingungen. Jetzt weißt du, wie ich empfinde.«

Kenna wusste, dass es verrückt war. Sie kannten sich noch nicht so lange, aber tief in ihrem Herzen wusste sie, dass er recht hatte. Ihre Verbindung war tatsächlich etwas Besonderes. »Ich glaube, ich liebe dich auch«, flüsterte sie.

Er lachte leise. »Das genügt mir vorerst.«

»Ich habe nur ...«

»Schhh, du musst dich nicht erklären. Ich bin verdammt begeistert, das von dir zu hören. Du sollst nur wissen, dass ich alles tun werde, um aus dem ›Ich glaube‹, ein ›Ich weiß‹ zu machen.«

Kenna lächelte. »Ich glaube nicht, dass das sehr schwierig wird«, gab sie zu.

Sie schwiegen beide ein paar Minuten, bevor Marshall fragte: »Es ist noch früh, aber willst du schlafen?«

Kenna war nicht sehr müde, aber sie nickte trotzdem.

»Gut, ich bin erschöpft«, gab Marshall zu. »Und ich habe das Gefühl, ich will mehr von dir, wenn wir aufwachen.«

Kenna kicherte. »Ich habe einen Sex-Teufel erschaffen.«

»Nur mit dir«, beruhigte er sie. Dann drehte er den Kopf und küsste noch einmal ihre Schläfe. »Danke, dass du hier bist, dass du mich sehen wolltest, sobald ich nach Hause kam, und dafür, dass du einfach du bist. Und zu deiner

Information, Robert konnte gar nicht aufhören, über dich zu schwärmen, als ich zurückkam.«

»Danke, dass *du* in einem Stück zu mir zurückgekommen bist«, konterte Kenna.

Es dauerte nicht lange, bis Marshall einschlief. Kenna nahm an, dass sie wahrscheinlich genauso müde wäre, wenn sie gerade um die halbe Welt gereist wäre, ganz zu schweigen von den zwei Orgasmen.

Er glitt schließlich aus ihrem Körper und stöhnte im Schlaf. Grinsend rutschte Kenna von ihm herunter und schmiegte sich an seine Seite. Sie sah aus dem Fenster, während die Sonne langsam unterging, und konnte sich nicht erinnern, jemals so zufrieden gewesen zu sein.

# KAPITEL ACHTZEHN

Später am Abend wachte Aleck auf. Er war sofort hellwach und einsatzbereit, als hätte er zwölf Stunden am Stück geschlafen. Er brauchte einen Moment, um zu realisieren, wo er war und dass Kenna neben ihm lag. Er hatte nicht widerstehen können, noch einmal an ihrem Körper herunterzurutschen und sie zu schmecken. Das hatte dazu geführt, dass sie auf ihn gestiegen war und ihm die Show seines Lebens gegeben hatte, als sie ihn ritt und sie beide ein weiteres Mal kamen.

Dann hatten sie wieder geschlafen.

Ein paar Stunden später war er aufgewacht, als er Kennas Mund an seinem Schwanz spürte. Er musste sich sehr beherrschen, um nicht sofort zu explodieren.

Man konnte mit Sicherheit sagen, dass er und Kenna im Bett mehr als kompatibel waren, und Aleck wusste, dass er sich verdammt glücklich schätzen konnte. Er wusste auch, dass ihr Sexualleben im Laufe der Zeit ein wenig nachlassen würde ... aber nicht so schnell. Er konnte nicht genug von dieser Frau bekommen.

Als sie ein drittes Mal aufwachten, ging die Sonne

gerade wieder auf. Sie hatten mindestens zwölf Stunden im Bett verbracht und Aleck fühlte sich erstaunlich.

Er genoss es, Kenna zu halten, während sie schlief, als er ein Klopfen an seiner Tür hörte.

»Was zum Teufel?«, murmelte er und ließ Kenna sofort los. Wenn so früh am Morgen jemand vor seiner Tür stand, konnte das nichts Gutes bedeuten.

»Was ist los?«, fragte Kenna schläfrig und stützte sich auf einen Ellbogen.

Bei dem Anblick von ihr in seinem Bett wollte Aleck fast wieder unter die Decke kriechen. Eine Brust war entblößt, ihr Haar war durcheinander und bei dem Anblick der schwachen Knutschflecke, die er ihr letzte Nacht aus Versehen verpasst hatte, zuckte sein Schwanz.

Als es erneut an der Haustür klopfte, fluchte er leise. »Bleib hier. Ich werde abwimmeln, wer auch immer das ist, und dann können wir duschen.«

»Zusammen?«, fragte sie mit einem Lächeln.

»Oh ja«, versprach er ihr.

Der lustvolle Ausdruck in ihrem Gesicht bestätigte ihm, dass er ihr die Antwort gegeben hatte, die sie hören wollte.

Er zog seine Jogginghose an, die noch mitten im Zimmer auf dem Boden lag, und kümmerte sich nicht darum, ein Hemd anzuziehen. Wer auch immer vor seiner Tür stand, musste sich mit seinem nackten Oberkörper abfinden. Das passierte nun mal, wenn jemand es wagte, so früh am Morgen anzuklopfen.

Als Aleck auf den Videomonitor neben der Tür schaute, war er überrascht, Robert vor der Tür stehen zu sehen. Er öffnete die Tür und betete, dass nichts Schlimmes passiert war. Er wollte den Morgen damit verbringen, Kenna zu verwöhnen.

»Robert«, sagte er mit einem Nicken.

»Es tut mir furchtbar leid, Sie so früh zu stören, Mr.

Smart, und ich werde auch gleich wieder verschwinden. Meine Schicht beginnt gleich, aber als Miss Madigan gestern kam, erwähnte sie gegenüber Alfonso, dass sie es nicht geschafft hatte, bei der Bäckerei Leonard anzuhalten, um frische Malasadas zu besorgen. Also habe ich auf dem Weg zur Arbeit ein paar für Sie geholt.«

Aleck war sprachlos. Er griff nach der Packung, die Robert ihm hinhielt. »Wow, ähm, danke.«

»Sehr gern, das ist das Mindeste, was ich tun kann, um mich bei Ihnen für Ihren Dienst an unserem Land zu bedanken.« Robert nickte ihm respektvoll zu, dann drehte er sich um und ging den Flur hinunter.

Aleck sah ihm nach, lächelte und schloss die Tür. Als ihm der Geruch des Gebäcks in die Nase stieg, knurrte ihm der Magen. Er konnte sich nicht erinnern, wann er das letzte Mal gut gegessen hatte. Obwohl die Süßigkeiten in der Schachtel wahrscheinlich nicht so gut für ihn wären, konnte er es sich nach dem, was er in den letzten sechs Wochen gegessen beziehungsweise nicht gegessen hatte, leisten.

Und Aleck hatte so eine Ahnung, dass Robert bestimmt einen Umweg gemacht hatte, um die Malasadas für *ihn* zu besorgen. Er war schon oft von einem langen Einsatz nach Hause gekommen und Robert hatte ihn nicht so königlich behandelt. Das lag nur an Kenna. Sie war die Art von Frau, der man nahe sein wollte, die man zum Lächeln bringen wollte. Und Aleck wusste mit Sicherheit, dass dieses ikonische hawaiianische Gebäck genau das tun würde.

Ohne sich die Mühe zu machen, einen Teller oder Besteck zu holen, trug er die Schachtel ins Schlafzimmer.

»Wer war es?«, rief Kenna aus dem Badezimmer.

Aleck konnte nicht anders, als zufrieden die Augen zu schließen. Fühlten sich Mustang und Midas genauso? Es musste so sein. Der Morgen war so ... normal. Sie fragte, wer an der Tür war, während sie sich im Badezimmer die Zähne putzte. Es war all das, wovon Aleck nicht geahnt hatte, dass er es wollte.

Grinsend öffnete er die Schachtel und stellte sich in die Badezimmertür. »Die Malasada-Fee«, sagte er.

Kenna hatte gerade ihren Mund abgewischt und drehte sich mit einem verwirrten Ausdruck auf dem Gesicht zu ihm um. Aber sobald sie die Schachtel sah, grinste sie breit. »Oh mein Gott, ich bin am Verhungern! Wir haben gestern Abend nicht wirklich etwas zu Abend gegessen«, sagte sie und griff nach einem der klebrigen Donut-artigen Leckereien. Sie nahm einen großen Bissen und rollte vor Ekstase mit den Augen, während sie kaute.

»Robert hat sie vorbeigebracht.«

Sobald Kenna heruntergeschluckt hatte, fragte sie: »*Unser* Robert? Von unten?«

»Der einzig wahre. Es scheint, du hast Alfonso gegenüber erwähnt, dass du gestern keine bekommen hast, und er muss es Robert gesagt haben. Also hat er auf dem Weg zur Arbeit welche geholt.«

»Ernsthaft?«, fragte sie.

»Jawohl.«

»Beeindruckend! Wir müssen uns etwas einfallen lassen, wie wir ihm dafür danken können. Das war … das war definitiv überaus zuvorkommend von ihm. Ich weiß es, ich besorge ihm einen Geschenkgutschein fürs Duke's. Er hat gesagt, er geht öfter dort hin.«

Aleck grinste nur, als ihr das Wort »wir« so leicht über die Lippen kam. Er mochte es, mit Kenna ein Paar zu sein. Nein, er *liebte* es. »Möchtest du zum Essen auf dem Balkon sitzen, bevor wir duschen gehen?«

»Ja«, sagte sie sofort. Sie hatte einen Bademantel an, von dem Aleck wusste, dass er nicht in seiner Wohnung gewesen war, bevor er auf Mission gesendet wurde. Die

Tatsache, dass sie bereits Sachen in seine Wohnung gebracht hatte, machte ihn noch glücklicher.

Aleck könnte sich keinen besseren Morgen vorstellen. Normalerweise hatte er nach einem Einsatz Schwierigkeiten, alles aus seinem Kopf zu bekommen. Er würde immer wieder daran denken, was er getan hatte und was er hätte besser machen können. Aber an diesem Morgen konnte er nur an den wunderschönen Sonnenaufgang und die ebenso wunderschöne Frau an seiner Seite denken.

Sie aßen ein paar der süßen Gebäckstücke auf dem Balkon, duschten – was zu einem weiteren langen Liebesspiel ausartete – und dann machte er Omeletts für sie. Nach einem ordentlichen Frühstück setzten sie sich auf seine Couch, Kenna lehnte sich an ihn und er ließ sich von ihr über die Geschehnisse auf Oahu während seiner Abwesenheit auf den neusten Stand bringen. Aleck war glücklich und ausgeglichen. Ja, der Sex spielte auch eine große Rolle, warum er sich so fühlte, aber es lag eher an Kennas beruhigender Präsenz. Sie fragte ihn nicht über seine Mission aus, und obwohl sie ihn vermisst hatte, war sie auch ohne ihn gut zurechtgekommen, genau wie er es erwartet hatte.

Und jetzt war ihm klar, wie sehr er ihre Unabhängigkeit schätzte. Wenn er früher über eine Frau nachgedacht hatte, mit der er zusammen sein wollte, hatte er angenommen, dass es jemand sein würde, die ihn *brauchte* ... oder zumindest sein Geld. Und eingebildet, wie er war, dachte er auch, dass er eine Frau wollte, die ihm die Füße küssen würde. Was lächerlich war, wenn er jetzt darüber nachdachte. Wenn Kenna so wäre, hätte sie viel mehr darunter gelitten, dass er so lange weg gewesen war.

Nachdem Kenna ihm von der Party mit den anderen Frauen in seiner Wohnung, über einige der unvergesslichen Gäste – aus guten und schlechten Gründen – und davon erzählt hatte, wie gut sie Robert und die anderen Mitarbeiter kennengelernt hatte, war Aleck zutiefst zufrieden und dankbar, dass er jemanden wie sie gefunden hatte.

Langsam wurde es Zeit für ihn, für seine erste Missionsnachbesprechung zum Stützpunkt aufzubrechen. Sein Team musste mit den Vorgesetzten darüber diskutieren, was im Iran vorgefallen war und wie sie die Dinge in Zukunft besser machen könnten, sowohl das Team als auch diejenigen, die die Missionen geplant hatten. Kenna musste auch nach Hause, um sich auf ihre Schicht im Duke's vorzubereiten.

»Du machst heute zur gewohnten Zeit Schluss, oder?«, fragte Aleck.

»Wenn nichts Verrücktes passiert, ja. Warum?«

»Wenn es für dich in Ordnung ist, würde ich gern heute Abend zu dir kommen.«

Kenna kuschelte sich an seine Seite und Aleck legte seinen Arm um ihre Schultern. Sie legte den Kopf schief, damit sie sein Gesicht sehen konnte. »Aber du hast gesagt, du musst den Rest der Woche den ganzen Tag arbeiten. Es ist eine lange Fahrt von meiner Wohnung bis zum Stützpunkt.«

»So weit ist es nicht. Leute von der ganzen Insel arbeiten auf dem Stützpunkt«, sagte er.

»Trotzdem ...«, wandte Kenna ein.

Aleck spürte, wie sich sein Magen verkrampfte. Wollte sie nicht, dass er zu ihr kam?

»Es ist so«, sagte er leise, »nachdem ich die Nacht damit verbracht habe, dich in meinen Armen zu halten, möchte ich nicht wirklich alleine schlafen, wenn es nicht sein muss. Ich weiß, dass es oft vorkommen wird, dass wir keine andere Wahl haben, aber ein paar Kilometer zu fahren ist kein Grund für mich, dich nicht nach deiner Schicht zu sehen und dich in meinen Armen zu halten, während wir schlafen.«

SUSAN STOKER

Kenna starrte ihn nur an und Aleck konnte ihren Gesichtsausdruck nicht deuten.

»Wenn es dir lieber ist, dass ich nicht komme, dann sag es einfach.«

Sie riss die Augen auf und schüttelte sofort den Kopf. »Nein, das ist es nicht. Ich würde es verdammt noch mal *lieben*, wenn du über Nacht bei mir bleibst, aber wäre es nicht sinnvoller, wenn ich hierherkomme? Ich muss morgen nicht so früh aufstehen, aber du schon.«

Aleck war erleichtert. »Du bist eine unabhängige Frau.«

Sie sah ihn verwirrt an, als er das Thema wechselte. »Ja«, stimmte sie zu.

»Du warst lange alleine und du kannst dich gut um dich selbst kümmern. Das ist mehr als offensichtlich ... aber ich muss zugeben, dass mir die Vorstellung immer noch nicht gefällt, wenn du nach Einbruch der Dunkelheit hierherfahren musst.«

Kenna runzelte die Stirn.

Er fuhr fort: »Wenn du nach Feierabend hierherkommst, ist es schon spät. Wenn du zur Arbeit fährst, werde ich noch in einer Besprechung sein, also kann ich dich nicht hinbringen. Wenn ich dich danach abholen würde, stände dein Wagen die ganze Nacht im Parkhaus, was keine gute Idee ist. Ich könnte dich nach der Arbeit abholen und zurück zu mir fahren, aber wenn ich schon zu dir fahre, kann ich genauso gut bleiben. Ich habe ... sechs Wochen lang nur an dich gedacht und daran, mit dir zusammen zu sein. Es entspannt mich auf eine Weise, die ich nicht ganz erklären kann. Du beruhigst mich und vertreibst die Dämonen in meinem Kopf.«

»Marshall«, flüsterte Kenna.

»Aber wenn du noch nicht für regelmäßige Übernachtungen bereit bist, dann ist das okay«, versuchte Aleck, sie zu beruhigen. »Ich werde tun, was ich kann, um dich so oft wie möglich auf andere Weise zu sehen. Ich möchte aber nicht, dass es wieder so wird wie vor meiner Mission, wo ich dich nur einmal in der Woche gesehen habe. Das wird einfach nicht ausreichen.« Endlich holte er Luft, als ihm klar wurde, wie schnell er geredet hatte, als würde das helfen, sie zu überzeugen.

»Bist du fertig?«, fragte Kenna mit einem kleinen Lächeln.

»Ich bin fertig«, bestätigte er ein wenig verlegen.

»Ich würde mich freuen, wenn du heute Abend vorbeikommst. Meine Wohnung ist mit deiner nicht zu vergleichen, aber wenn du vorbeikommen möchtest, bist du herzlich willkommen. Es gibt keine netten Sicherheitsleute wie Robert und es gibt keinen Strand, aber ich habe einen ziemlich gemütlichen Sitzsack«, sagte sie.

»Ich liebe dich«, platzte es aus Aleck heraus. Er weigerte sich, sich schlecht dabei zu fühlen, die Worte so früh in ihrer Beziehung zu sagen.

»Ich liebe dich auch«, gab sie etwas schüchtern zurück.

»*Glaubst* du, dass du mich liebst, oder *weißt* du, dass du mich liebst?«, hakte er nach.

Sie lächelte selbstbewusst. »Ich weiß, dass ich es tue. Ich weiß es schon seit einiger Zeit. Aber letzte Nacht hast du mich irgendwie aus dem Gleichgewicht gebracht, denke ich. Ich war überwältigt, dass du mich tatsächlich auch liebst.«

Aleck beugte sich hinunter und küsste sie sanft. So sehr er sie auch auf die Couch werfen und ihr körperlich zeigen wollte, wie sehr er sie liebte, sie hatten keine Zeit mehr. Also hielt er seinen Kuss leicht. »Wenn du mir schreibst, kurz bevor du mit der Arbeit fertig bist, kann ich mich auf den Weg machen und mich bei deiner Wohnung mit dir treffen.«

»Ich werde heute Nachmittag eine Kopie meines Schlüssels machen, bevor ich zur Arbeit fahre«, sagte Kenna.

»Dann kannst du kommen und gehen, wie du willst. Ich habe leider kein raffiniertes biometrisches Schloss. Du musst dich mit einem stinknormalen Schlüssel zufriedengeben.«

Aleck schloss die Augen und ließ das warme Gefühl ihrer Worte für einen Moment auf sich wirken.

»Marshall?«

»Mir geht es gut«, sagte er, ohne die Augen zu öffnen. »Ich speichere nur diesen Moment.«

Er spürte, wie sie sich neben ihm bewegte und sich dann auf seine Oberschenkel setzte. Er öffnete die Augen und sah direkt in Kennas Gesicht. Sie legte eine Hand in seinen Nacken und die andere auf seine Wange. Er fühlte sich geborgen und legte sofort seine Arme um sie und hielt sie fest. Wenn *sie* sich so mit seiner Hand in *ihrem* Nacken fühlte, war es kein Wunder, dass es ihr gefiel. Es war intimer und er liebte das Gefühl.

»Ich bin tatsächlich unabhängig«, sagte sie. »Ich bin schon lange allein. Ich zahle meine Miete selbst, kaufe meine Lebensmittel selbst ein, entscheide selbst, wo ich arbeite, wer meine Freunde sind und was ich in meiner Freizeit tue. Aber das heißt nicht, dass ich dich nicht so oft wie möglich in meinem Leben haben möchte. Manchmal ist es einsam, unabhängig zu sein. Ich wusste nicht, wie sehr, bis ich dich getroffen habe. Ich fahre seit Jahren im Dunkeln und niemand hat jemals ein Wort darüber verloren. Ich mag es, dass du dir Sorgen um mich machst. Ich finde es toll, dass du es mir so einfach wie möglich machen willst. Aber genauso geht es mir mit dir. Du arbeitest verdammt hart und ich möchte nicht für noch mehr Stress in deinem Leben sorgen.«

»Das tust du nicht«, sagte Aleck, ohne darüber nachzudenken.

»Nun, die Dinge sind für uns noch neu«, sagte sie mit

einem Lächeln und strich mit ihrem Daumen über seine Wange. Es fühlte sich ein wenig seltsam an, nachdem er so lange einen Bart getragen hatte, aber es tat ihm nicht leid, dass er ihn abrasiert hatte. Er mochte es, ihre Berührung auf seiner Haut spüren zu können.

»Du bist kein zusätzlicher Stress in meinem Leben«, betonte er. »Und ich habe das Gefühl, dass du es nie sein wirst. Es ist mir egal, ob wir einen Monat oder vierzig Jahre zusammen sind. Ich weiß, wie verdammt glücklich ich bin, dich zu haben, und ich werde tun, was nötig ist, um das nicht zu versauen ... und dich zu verwöhnen. Zusätzliche zwanzig bis dreißig Minuten Fahrt zur Arbeit sind es das wert, wenn ich dir dafür persönlich Gute Nacht sagen und am nächsten Morgen neben dir aufwachen kann.«

»Du bist zu gut zu mir«, flüsterte Kenna.

»So etwas gibt es nicht«, sagte Aleck.

Sie spannte ihre Finger in seinem Nacken an und er beugte sich vor und küsste sie sanft auf die Stirn.

Nach einem Moment sagte sie: »Du kannst gern ein paar Sachen in meiner Wohnung lassen, damit du nicht immer eine Tasche mitschleppen musst.«

»Das werde ich«, sagte er zufrieden. Er konnte sich nichts Besseres vorstellen, als ein paar Klamotten und seine Zahnbürste in ihrer Wohnung neben ihrer zu sehen.

Eigentlich doch, er könnte es sich vorstellen, *alle* ihre Sachen hier in seiner Wohnung zu sehen.

Aber wenn sie hier wohnte, musste sie immer nach der Arbeit im Dunkeln nach Hause fahren. Er runzelte die Stirn, als er über die Logistik nachdachte, die ihre Beziehung bedeutete.

»Worüber grübelst du nach?«, fragte sie.

»Logistik«, antwortete er ehrlich.

»Was?«

»Über uns. Wir können später darüber reden. Im

Moment bin ich einfach nur begeistert, dass ich dich heute Abend sehen kann«, sagte er. Aber er dachte schon an die Zukunft. Vielleicht könnte er seine Wohnung hier verkaufen und in Waikiki eine Eigentumswohnung finden. Es gab viele luxuriöse Eigentumswohnungen, die näher an ihrer Arbeit waren.

»Ich auch«, stimmte sie zu.

Aleck seufzte. Er musste bald gehen, wenn er pünktlich zu seiner Besprechung kommen wollte.

»Du musst los«, sagte Kenna, als könnte sie seine Gedanken lesen. Sie streichelte noch einmal seine Wange und stieg dann von seinem Schoß. Sie streckte ihre Hand aus, als wollte sie ihm aufhelfen.

Das brachte Aleck zum Lächeln. Er nahm ihre Hand und stand auf. Dann umarmte er sie. »Vielen Dank.«

»Wofür?«, fragte sie an seinem Hals, als sie sich umarmten.

»Dafür, dass du so toll bist. Dafür, dass du mich liebst. Dafür, dass ich dich lieben darf. Dafür, dass du das, was ich tue, unterstützt.«

Sie antwortete nicht, sondern verstärkte ihren Griff um ihn. »Gern geschehen«, sagte sie leise. Er spürte, wie sie tief einatmete, dann zog sie sich zurück. »Ich gehe mit dir.«

»Klingt gut.«

Kurz darauf gingen sie Hand in Hand zum Aufzug. Sie stiegen im Erdgeschoss aus und Aleck war etwas amüsiert, als Kenna seine Hand losließ und zu Roberts Schreibtisch ging, um ihn zu umarmen. »Vielen Dank für die köstliche Überraschung heute Morgen. Das hätten Sie nicht zu tun brauchen, aber wir sind Ihnen beide sehr dankbar.«

»Es war mir ein Vergnügen, Miss Madigan«, sagte Robert mit einem Grinsen.

»Glauben Sie, Sie werden mich jemals Kenna nennen?«, neckte sie.

»Wahrscheinlich nicht, Betriebsregeln, Sie wissen schon«, sagte Robert zu ihr.

Kenna schüttelte nur den Kopf. »Nun, es ist mir egal, wie Sie mich nennen, ich bin nur froh, Sie einen Freund nennen zu können.«

Robert sah für einen Moment verblüfft aus, lächelte dann aber so breit, dass Aleck dachte, er würde gleich einen Freudentanz aufführen.

»Fahren Sie beide vorsichtig«, sagte er, als Kenna wieder Alecks Hand nahm und sie zum Ausgang gingen.

»Das werden wir«, erwiderte Kenna.

Aleck nickte dem Mann zu.

Als sie bei Kennas Malibu ankamen, nahm Aleck ihr Gesicht zwischen seine Hände und musterte sie schweigend.

»Was? Warum schaust du plötzlich so ernst?«, fragte sie, als sie sich an seinen Handgelenken festhielt.

»Ich möchte dich wieder mit reinnehmen, dir die Kleider vom Leib reißen und mein Gesicht zwischen deinen Beinen vergraben«, platzte Aleck heraus.

Kenna wurde rot und festigte den Griff um seine Handgelenke. »Nun, wir müssen uns jetzt aber wie Erwachsene verhalten und tun, was Erwachsene tun müssen«, sagte sie.

»Dich zu ficken, bis wir beide explodieren, ist etwas für Erwachsene«, scherzte er.

»Stimmt«, sagte sie. »Aber ich meinte Dinge wie Arbeit und sich um die Geschäfte und unsere Angelegenheiten kümmern ... diese Art von Dingen für Erwachsene.«

»Spaß beiseite, letzte Nacht war die erstaunlichste Nacht meines Lebens«, sagte Aleck ernst.

»Nun, du warst im Grunde noch Jungfrau«, erwiderte sie mit ernstem Gesicht.

»Es kam mir alles wie das erste Mal vor ... weil es mit dir war.« Aleck wusste nicht, woher dieser Wahnsinn kam, aber es war ihm scheißegal. Er war sich bewusst, dass Kenna davon sprach, dass er noch nie zuvor ohne Kondom mit einer Frau geschlafen hatte, aber alles, was sie getan hatten, war ihm ... neu ... und intensiver vorgekommen.

»Okay, wo ist mein großer böser SEAL?«, fragte sie.

»Hier Baby«, sagte Aleck. »Ich werde verdammt noch mal jeden umbringen, der es wagt, dir auch nur ein Haar zu krümmen. Oder ich werde meinen Freund Baker dazu bringen, denjenigen aufzuspüren, sodass er sich wünschen wird, niemals auch nur in deine Nähe gekommen zu sein.«

»Wow, gut, da ist er ja«, sagte Kenna. Sie beugte sich vor und küsste ihn leicht aufs Kinn, dann auf die Wange und dann auf die Lippen. »Ich mag deine freche Seite genauso, wie ich deine SEAL-Seite respektiere und bewundere«, beruhigte sie ihn. »Und obwohl ich denke, ich sollte in Bezug auf das Töten etwas dagegen haben, finde ich es irgendwie heiß.«

»Das hilft mir nicht gerade, meinen Drang zu kontrollieren, dich über die Schulter zu werfen und zurück in unser Bett zu tragen«, stieß er aus.

Sie lachte, dann legte sie ihre Hände auf seine Brust und gab ihm einen kleinen Schubs. Aleck ließ ihr Gesicht los und trat einen Schritt zurück, damit er nicht das Gleichgewicht verlor.

»Wie ist das?«, fragte sie grinsend.

»Das ist scheiße«, sagte Aleck. »Aber danke, ich war kurz davor zu sagen, die Navy solle sich zum Teufel scheren und scheiß auf die Konsequenzen.«

»Ich bin mir sicher, sie würden dich nie feuern«, sagte Kenna gelassen. »Deine Teamkameraden hätten dich gesucht und sich für den Rest deines Lebens über deinen behaarten Arsch lustig gemacht, wenn sie uns auf frischer Tat ertappt hätten.«

»Mein Arsch ist nicht behaart«, beschwerte sich Aleck.

Kenna grinste.

»Ist er nicht!«, bestand er auf seiner Aussage.

Kenna brach in ein Lachen aus. »Okay, okay, ist er nicht. Aber du hättest dein Gesicht sehen sollen.«

Aleck merkte, dass er am letzten Tag mehr gelächelt und gelacht hatte als seit Ewigkeiten. Seine Wangen taten fast weh.

»Jetzt fahr los und mach dich an die Arbeit«, sagte sie, als sie sich wieder unter Kontrolle hatte. »Wir reden später und ich sehe dich heute Abend.«

»Ja, das wirst du«, bestätigte er.

Er packte sie im Nacken und zog sie noch einmal an sich für einen weiteren langen, intensiven Kuss. Sie atmeten beide schwer, als er fertig war. »Fahr vorsichtig«, sagte er.

»Du auch.«

»Ich liebe dich, Baby.«

»Ich liebe dich auch.«

Aleck folgt Kennas Malibu vom Parkplatz und hupte einmal kurz, als sie nach rechts drehte und er links abbog. Erst als er fast das Eingangstor zum Stützpunkt erreicht hatte, bemerkte Aleck, dass er immer noch lächelte. Das Leben war schön, sehr schön.

# KAPITEL NEUNZEHN

Die nächste Woche war eine der besten in Kennas Leben. Sie verbrachte jede Nacht mit Marshall, entweder bei ihr oder bei ihm. Und sie schämte sich nicht zuzugeben, dass ihr sein Penthouse viel besser gefiel als ihre kleine Wohnung. Zum einen war sein Bett größer und Marshall war ein Mann, der seinen Platz brauchte, sowohl beim Schlafen als auch beim Liebesspiel. Ganz zu schweigen davon, dass seine Dusche und sein Badezimmer wesentlich besser zum Vögeln geeignet waren. Und sie liebte die Fußbodenheizung und den Handtuchwärmer, wenn sie aus der Dusche kam.

Und dann waren da noch Robert und Marshalls Balkon und seine tolle Küche.

Scheiße, sie liebte alles an Coral Springs. Es war kaum zu glauben, dass sie sich so aufgeregt hatte, als sie davon erfahren hatte, dass Marshall dort wohnte. Sie hatte sich an den kleinen Luxus bei ihm schnell gewöhnt.

Und Marshall selbst war so, wie sie sich ihren Traummann immer vorgestellt hatte. Er tat alles, um sie zu verwöhnen ... und es funktionierte. Nur die Frage, wann er wieder auf Mission musste, beunruhigte Kenna. Jetzt, wo sie ihn jeden Tag sah, wäre es viel schwerer für sie, wenn er wieder wegmüsste. Sie würde sich Sorgen um ihn machen und ihn umso mehr vermissen.

Aber ... sie würde es schaffen. Denn das war es, was die Partner von Soldaten taten.

Es war Freitag und sie hatte den Abend zuvor in Marshalls Wohnung verbracht. Er hatte die letzten Tage freigehabt und sie hatten sie gemeinsam verbracht. Seine Teamkameraden sowie Elodie und Lexie waren zum Grillen in dem kleinen Park in Coral Springs vorbeigekommen und Kenna konnte sich nicht erinnern, jemals so viel gelacht zu haben. Elodie hatte die Männer herumkommandiert, als sie versuchten, Burger zu grillen. Offensichtlich war das bereits eine vertraute Routine. Nachdem sie gegessen hatten, fuhren alle hinauf in Marshalls Wohnung und Kenna hatte viel Spaß mit Elodie und Lexie.

In der Sekunde, in der sich die Tür hinter ihren Freunden geschlossen hatte, hatte Marshall sich auf sie gestürzt. Sie hatten es nicht einmal mehr ins Schlafzimmer geschafft. Er hatte sie direkt auf dem Esstisch auf eine fast animalische Art gefickt, wie Kenna sie noch nie erlebt hatte.

Sie war heute Morgen ein wenig wund, würde die erotische Erfahrung der letzten Nacht aber für nichts in der Welt eintauschen wollen.

Jetzt war sie auf dem Weg zur Arbeit, und Marshall, Jag und Pid würden später am Abend ins Duke's kommen. Marshall hatte versprochen, dass sie ihr nicht in die Quere kommen und an der Bar für ein oder zwei Drinks abhängen würden, bevor er ihr nach Hause hinterherfahren würde. Samstagabend würden sie nach ihrer Schicht in seine Wohnung zurückkehren. Für Sonntag hatten sie geplant, an die Nordküste zu fahren. Marshall hatte dort einen Freund, dem er sie vorstellen wollte.

Kenna hatte schon viel über den mysteriösen Baker gehört und war fast genauso aufgeregt, ihn endlich kennenzulernen, wie an dem Tag, an dem sie sich mit Marshall an den Privatstrand von Coral Springs schleichen wollte.

Sie war also in einer großartigen Stimmung – wie könnte das nach der letzten Woche mit Marshall auch anders sein – und lächelte fröhlich jeden an, der ihr auf dem Weg an den Geschäften im Outrigger vorbei auf ihrem Weg ins Duke's entgegenkam.

Aber in dem Moment, in dem sie die Küche betrat, wurde es verrückt. Das Restaurant war überfüllt und es ging eine wahnsinnige Stimmung von den Gästen aus. Alle schienen glücklich zu sein, mit Freunden oder der Familie unterwegs zu sein, gutes Essen zu haben und auf den Beginn des Wochenendes anzustoßen.

Erst eine Stunde nach Beginn ihrer Schicht hatte Kenna Gelegenheit, eine kurze Verschnaufpause einzulegen. Sie war etwa zehn Minuten in der Küche und versuchte, sich zu entspannen, als Carly eintrat.

Die gute Laune, die Kenna gehabt hatte, verblasste in dem Moment, in dem sie ihre Freundin sah.

»Du siehst aus wie ausgekotzt«, platzte sie heraus.

»Mensch, danke auch«, sagte Carly mit einem leichten Lachen. Das Lachen verwandelte sich fast sofort in ein trockenes, stechendes Husten.

»Fahr nach Hause«, befahl Kenna.

Carly schüttelte den Kopf. »Ich habe kein Fieber, ehrlich. Mir geht es gut.«

»Ja, aber dieser Husten hört sich schrecklich an und du hast bestimmt mörderische Kopfschmerzen.«

Carly zuckte zusammen. »Woher weißt du das?«

»Weil du schielst. Und anstatt den Kopf zu drehen, drehst du den ganzen Körper. Außerdem bist du blass. Fahr nach Hause«, wiederholte sie.

»Ich würde mich schlecht fühlen, wenn ich das täte. Es ist Freitagabend und heute war dieser Marathon. Wir sind ausgebucht«, protestierte Carly.

»Charlotte und ich kümmern uns um deine Tische, bis Alani Ersatz gefunden hat. Justin springt wahrscheinlich gern ein, besonders an einem Freitag, wenn die Trinkgelder gut sind. Außerdem soll später ein Sturm mit apokalyptischen Regenfällen aufziehen. Bei so einem Mistwetter draußen zu sein wäre gar nicht gut für dich, wenn du dich schon so beschissen fühlst. Du darfst dir auch mal einen Tag freinehmen«, endete Kenna sanft.

Carly seufzte und sah zu Boden. »Aber Jag kommt heute«, sagte sie mit leiser Stimme.

Kenna wollte Carly am liebsten auf den Arm boxen und schreien: »Ich wusste es!« Stattdessen behielt sie ihren Triumph über das offensichtliche Interesse ihrer Freundin an dem SEAL für sich. »Ja, aber was glaubst du, wie *er* sich fühlen wird, wenn er dich so elend sieht? Es wird ihm nicht gefallen«, fuhr Kenna fort, ohne auf eine Antwort von Carly zu warten.

Sie seufzte. »Ich weiß, du hast recht. Aber ich habe ihn noch gar nicht gesehen, seit sie zurückgekommen sind, und ich habe mich auf heute Abend gefreut.«

Kenna hatte das Gefühl, dass ihre Freundin das niemals zugegeben hätte, wenn sie sich nicht so schlecht gefühlt hätte. »Aber du hast mit ihm gesprochen, oder?«, fragte sie.

»Ja, wir haben SMS geschrieben und er hat mich neulich Abend angerufen«, gab Carly zu.

»Du kannst ihm eine SMS schreiben und ihn wissen lassen, dass du krank bist und nach Hause fahren musst. Er wird es verstehen.«

Carly senkte die Schultern, aber sie nickte. »Ich fühle mich wirklich scheiße«, sagte sie.

»Sprich mit Alani, schreib Jag und dann fahr nach

Hause. Mach es nicht noch schlimmer. Vertrau mir, ich hatte einmal zehn Tage lang Fieber und dachte, ich müsste sterben. Ich konnte nicht aufstehen, ohne dass mir schwindelig wurde. Im einen Moment war mir kalt und im nächsten heiß. Du willst definitiv nicht auch noch Fieber bekommen.«

»In Ordnung, ich fahre. Willst du ...« Carlys Stimme verblasste.

Aber Kenna wusste, was sie fragen wollte. »Ich werde mit Jag reden und ihm sagen, dass es dir leidtut, dass du ihn nicht sehen konntest.«

»Vielen Dank. Aber lass es nicht so klingen, als stände ich am Abgrund des Todes. Der Mann würde wahrscheinlich mit einer Schüssel Hühnersuppe und einer Wagenladung Medikamente vor meiner Tür stehen.«

»Und wäre das schlimm?«, fragte Kenna nicht im Geringsten sarkastisch.

»Ja«, murmelte Carly. »Ich kann mich jetzt nicht in jemanden verlieben. Ich kann es einfach nicht.«

Kenna wollte protestieren und ihre Freundin überzeugen, dass Jag ein guter Kerl war und nicht wie ihr Ex-Freund, aber sie hatte das Gefühl, sie könnte sich den Mund fusselig reden und Carly würde trotzdem nicht von ihrem Standpunkt abrücken. Sie war so stur. Aber man konnte ihr keine Vorwürfe machen, nicht nach der Hölle, durch die sie mit Shawn gegangen war.

Carly wollte gehen, um Alani zu suchen, drehte sich aber noch einmal zu Kenna um. »Oh, ich wollte noch erwähnen ... ich glaube, ich habe Luke vorhin gesehen.«

»Wen?«, fragte Kenna verwirrt.

»Luke, Shawns Sohn. Er war wieder am Strand vor dem Restaurant.«

»Was hat er dort gemacht?«

»Nichts, er stand einfach dort. Er hat nicht einmal in

unsere Richtung geschaut, sondern nur aufs Wasser hinausgestarrt. Nachdem ich einen Tisch bedient hatte, war er wieder verschwunden. Ich glaube nicht, dass es etwas zu bedeuten hat, und wie du weißt, gilt die Verfügung nur für Shawn, nicht für seinen Sohn. Aber ich habe nach meinem Ex-Freund Ausschau gehalten, also hat es mich irgendwie überrascht, Luke wieder hier zu sehen.«

»Glaubst du, dass Shawn auch hier ist?«, fragte Kenna. »Oder dass er dich für seinen Vater ausspioniert?«

»Ich weiß es nicht, aber ich wollte es erwähnen, nur für den Fall, dass du Shawn siehst. Er darf sich nicht in der Nähe vom Duke's aufhalten. Also ruf die Polizei, wenn du ihn siehst.«

Kenna war froh, dass Carly so aufmerksam war, und erleichtert, dass es ihr recht wäre, die Behörden einzubeziehen, falls Shawn gegen seine Auflagen verstieß. Kenna hatte schon befürchtet, dass Carly dieses Drama nach all der Zeit einfach nur noch verdrängen wollte. »Okay, das werde ich. Sei auf deinem Heimweg heute besonders vorsichtig.«

»Werde ich. Vor allem, nachdem er mir Nachrichten hinterlassen hat.«

»Nachrichten?«, fragte Kenna und plötzlich regte sich ein Unbehagen in ihr.

»Ja, das Arschloch hält sich für so schlau, als wüsste ich nicht, dass die Zettel von ihm sind.«

»Ich wusste nicht, dass er dir Nachrichten hinterlassen hat. Hast du das der Polizei gemeldet?«, fragte Kenna.

»Was soll das nützen? Ich meine, ich habe sie für alle Fälle aufgehoben, aber ich habe das Gefühl, es würde ihn nur noch mehr reizen, wenn ich es melde. Ich habe versucht, es zu ignorieren, in der Hoffnung, dass er merkt, dass er nicht die Reaktion von mir bekommt, die er sich erhofft – nämlich, dass ich zu ihm zurückkehre, was niemals passieren wird.«

»Das ist nicht gut«, sagte Kenna. »Ich denke, du solltest mit der Polizei sprechen.«

Carly seufzte. »Wenn ich noch eine bekomme, werde ich das tun.«

»Danke. Ich mache mir nur Sorgen. Ich möchte nicht, dass dir etwas passiert«, sagte Kenna.

»Das weiß ich mehr zu schätzen, als du dir vorstellen kannst. Glaub mir, ich war in den letzten Monaten die aufmerksamste und vorsichtigste Frau auf dieser Insel. Ich traue Shawn nicht über den Weg. Nur weil er nichts getan hat, außer kryptische Nachrichten an meinem Wagen zu hinterlassen, bedeutet das nicht, dass er nichts im Schilde führt. Er kann geduldig sein – und hinterhältig und gruselig. Ist es schlimm, dass ich fast *möchte*, dass er endlich einen Zug macht? Ich weiß, dass ihn die einstweilige Verfügung sauer gemacht haben muss, und ich habe das Gefühl, dass er nur auf den perfekten Zeitpunkt wartet, um wieder ein kolossales Arschloch zu sein.«

»Nun, wenn er das tut, kommt er ins Gefängnis«, sagte Kenna. Dann umarmte sie ihre Freundin fest. »Ich bin stolz auf dich und ich habe dich sehr lieb. Ich weiß nicht, was ich tun würde, wenn dir etwas zustößt. Fahr jetzt nach Hause und schlaf. Und schreib mir morgen, wenn es dir besser geht.«

»Das werde ich. Und ich hab dich auch lieb. Danke, dass du so eine tolle Freundin bist. Als ich hier angefangen habe, war ich mir nicht sicher, ob es mir gefallen würde, aber dank dir fühle ich mich hier wie zu Hause.«

Kenna lächelte sie an, bevor Carly sich aufmachte, ihre Vorgesetzte zu suchen.

Sie hasste es, dass Carly nach all den Monaten immer noch wie auf glühenden Kohlen saß und darauf wartete, dass ihr Ex-Freund ausflippte. Sie hatte gehofft, dass Shawn mittlerweile verstanden hatte, dass Carly fertig mit ihm war.

Als Kenna noch für einen Moment über die Situation ihrer Freundin nachdachte, fiel ihr etwas anderes ein.

Wenn Shawn diese Nachrichten an *Carly* geschickt hatte ... vielleicht war die Nachricht, die sie erhalten hatte, gar nicht von dem wütenden Gast gewesen, sondern auch von Shawn.

Scheiße! Sie hatte nicht einmal an ihn gedacht. Aber es machte Sinn. Wenn Shawn sauer war, dass er Carly nicht bekommen konnte, wäre es möglich, dass er sich auch an denen rächen wollte, die ihr nahestanden. Ganz zu schweigen davon, dass Kenna ihn wütend gemacht hatte, als sie ihn das letzte Mal im Duke's gesehen hatte.

Kenna nahm sich vor, sowohl für ihre Freundin als auch für sich selbst besonders aufmerksam zu sein und so schnell wie möglich mit Marshall über die Situation zu sprechen, um seine Meinung über die Dinge zu erfahren. Sie holte tief Luft und machte sich wieder an die Arbeit.

Eine Stunde später sagte Vera ihr, dass Marshall und seine Freunde eingetroffen waren. Sie hatte nicht viel Zeit, aber sie würde sie auf jeden Fall begrüßen. Als könnte Marshall spüren, wie sie näher kam, drehte er sich um.

Kenna ging direkt in seine Arme und seufzte zufrieden. Sie liebte es, wie aufgeregt sie jedes Mal war, ihn zu sehen, und dass er genauso zu empfinden schien. Kenna zog sich zurück, lächelte Marshall an und wandte sich dann an seine Freunde.

»Hallo, es ist schön, euch zu sehen.« Kenna schenkte Jag ein kleines Lächeln. »Carly entschuldigt sich, dass sie dich leider verpasst hat.«

Er zuckte mit den Schultern. »Ich wäre sauer gewesen, wenn sie nur geblieben wäre, um mich zu sehen, obwohl sie sich beschissen fühlt. Ich kann sie ein anderes Mal treffen.«

»Fürs Protokoll«, setzte Kenna fort, nicht in der Lage, sich einen weiteren Kommentar zu verkneifen, »es wird ihr irgendwann besser gehen. Im Moment ist sie nur immer noch etwas verstört.«

Sie hätte schwören können, dass Jag seine Schultern bei ihren Worten ein wenig entspannte. »Ich kann es ihr nicht verübeln. Ihr Ex-Freund hat wirklich eine miese Nummer mit ihr abgezogen.«

Kenna nickte.

»So gern ich hier auch stehen und mit dir plaudern möchte, aber du musst wieder an die Arbeit«, sagte Marshall. Er küsste sie kurz und sagte dann: »Ist es in Ordnung, wenn wir eine Weile hier an der Bar sitzen?«

»Natürlich«, sagte Kenna zu ihm. »Ich komme vorbei, wenn ich kann.«

»Wir kommen schon klar«, sagte Marshall. »Kümmere du dich um deine Arbeit.«

Kenna beobachtete, wie die drei Männer zur Bar gingen, und konnte sich ein Lächeln nicht verkneifen.

»Scheiße, das sind aber drei sehr gut aussehende Männer«, sagte Vera. »Wenn ich nicht auf Frauen stehen würde, könnte ich versuchen, dir den Rang abzulaufen.«

Kenna lachte über ihre Kollegin. »Fürs Protokoll ... nur einer davon ist mein Freund.«

»Verdammt, ich hatte gehofft, du ständest auf ein paar verdorbene Sachen«, sagte Vera ruhig mit einem Zwinkern, bevor sie sich auf den Weg zurück in den Eingangsbereich des Restaurants machte.

Kopfschüttelnd über diese Bemerkung ihrer Kollegin machte sich Kenna wieder an die Arbeit.

---

Eine Stunde später konnte Aleck den Blick nicht mehr von Kenna abwenden, als sie durchs Restaurant ging. Er hatte seit seiner Ankunft fast jede Minute damit verbracht, darüber nachzudenken, was er später am Abend mit ihr machen wollte, wenn sie bei ihr zu Hause ankamen.

»Schön zu sehen, dass es mit euch so gut läuft«, merkte Jag neben ihm an.

Aleck zwang sich, die Aufmerksamkeit von Kenna auf seinen Freund zu lenken. Sie saßen an einem Tisch in der Nähe der Bar, redeten Mist und genossen eine Auszeit.

»Sie ist unglaublich«, sagte Aleck. »Was ist mit dir und Carly?« Er konnte nicht anders, als zu fragen.

Jag zuckte mit den Schultern. »Es ist kompliziert.«

Pid schnaubte. »Ich glaube, das ist die Untertreibung des Jahrhunderts«, murmelte er.

»Ich bin sauer, dass ihr Ex-Freund ihr so sehr zugesetzt hat, dass sie praktisch zu einer Einsiedlerin geworden ist. Das Arschloch hat sogar eine Nachricht an meinem Wagen hinterlassen, als ich Carly vor ein paar Wochen auf der Arbeit besucht habe. Er dreht durch ... und Carly denkt immer noch, dass er einfach aufhört, wenn sie ihn ignoriert.«

»Moment! Eine Notiz?«, fragte Aleck und stellte sein Glas etwas zu fest auf den Tisch.

»Ja, es stand nur *Sie gehört mir* darauf. Ohne Absender, aber ich weiß, dass sie von ihm war. Von wem sollte sie sonst gewesen sein?«, fragte Jag.

Aleck drehte sich der Kopf bei dem, was Jags Enthüllung bedeutete. Er musste sofort an den Zettel denken, der an *seinem* Wagen zurückgelassen worden war. Er hatte angenommen, er wäre von Kylo Braun gewesen, aber was, wenn nicht? Was, wenn diese Nachricht auch von Shawn stammte?

Er öffnete den Mund, um Jag und Pid zu sagen, dass er auch eine Nachricht erhalten hatte, aber im selben Augenblick wehte eine starke Windböe vom Meer herüber und stieß ein fast leeres Glas auf einem der

Tische in der Nähe um und die Frau, die dort saß, schrie überrascht auf.

Der Sturm war sehr plötzlich mit aller Macht heraufgezogen und Aleck durchlief ein Schauder, als sich seine Nackenhaare aufrichteten. Er fühlte sich genauso wie sonst nur, wenn es auf einer Mission ums Eingemachte ging.

Er ließ den Blick durch das Restaurant schweifen und versuchte, Kenna ausfindig zu machen, um sich davon zu überzeugen, dass es ihr gut ging. Er konnte das Gefühl nicht erklären, aber er wusste ohne Zweifel, dass Gefahr im Verzug war.

Der vorhergesagte Sturm war heraufgezogen und das Personal war damit beschäftigt, die Plastikbarrieren um das Restaurant herum zu schließen. Sie wurden zwar normalerweise über Nacht geschlossen, während der Öffnungszeiten waren sie jedoch fast immer geöffnet. Sie hatten allerdings ein wenig zu lange gewartet und jetzt peitschte der Wind durch das Restaurant. Servietten flogen herum und Gläser stürzten zu Boden. Glücklicherweise waren viele Gäste nach dem Abendessen bereits gegangen und die verbliebenen Kunden, die nahe am Strand saßen, konnten in den Innenbereich umziehen, während die Mitarbeiter ihr Bestes taten, um die Absperrungen so schnell wie möglich zu schließen.

Kenna hatte gerade das letzte Plastikfenster geschlossen, als sie hinter sich einen Tumult hörte. Als Erstes schaute sie in Richtung Bar, wo noch die Männer saßen. Marshall starrte sie mit einem intensiven Ausdruck auf dem Gesicht an, den sie nicht deuten konnte.

Sie hatte keine Zeit, sich darüber Gedanken zu machen, als sie die Schreie einer Frau hörte.

Sie drehte sich nach dem Geräusch um und erstarrte vor Schock bei der Szene, die sich ihr bot.

Mit schnellen Schritten durch das Restaurant kam Shawn direkt auf sie zu – Carlys Ex-Freund.

Und er sah *nicht* glücklich aus.

Er trug eine Weste, die wie eine von den Westen aussah, die sie auf Marshalls Fotos gesehen hatte, als er auf Mission war. Sie hatte genauso viele Taschen, aber was ihre Aufmerksamkeit erregte, war das große Paket, das vor seiner Brust festgeschnallt war.

In der Mitte blinkte ein rotes Licht.

Als er näher kam, griff Shawn in eine seiner Taschen und zog eine Pistole heraus. Etwa einen Meter von Kenna entfernt stoppte er, hielt ihr die Waffe direkt vors Gesicht und knurrte: »Wo ist Carly?«

Es war ein Klischee, aber für den Bruchteil einer Sekunde zog Kennas Leben vor ihrem geistigen Auge an ihr vorbei.

Als sie in den Lauf dieser Waffe schaute, wurde ihr klar, wie sehr sie leben wollte. Sie sehnte sich plötzlich danach, ihre Eltern anzurufen. Es war schon zu lange her, seit sie mit ihnen gesprochen hatte. Sie wollte noch eine Nacht mit Marshall verbringen, ein Leben voller Nächte. Sie wollte reisen, heiraten, Kinder haben.

»Wo ist Carly?«, bellte Shawn erneut und trat näher. Bevor sie überhaupt daran denken konnte, sich zu bewegen, packte er sie am Oberarm, drückte die Pistole gegen ihre Schläfe und begann, sie in Richtung Bar zu ziehen.

Genau dort, wo sie hinwollte, zu Marshall und seinen Freunden, die dieses Arschloch hoffentlich genauso einfach ausschalten würden wie beim letzten Mal.

Kenna hörte Menschen um sich herum schreien, die übereinander stolperten, um so schnell wie möglich von dem verrückten Mann mit der Pistole wegzukommen.

»Sie hat früher Schluss gemacht«, sagte Kenna, ohne zu zögern, zu Shawn. Noch nie in ihrem ganzen Leben war sie so froh gewesen, dass ihre Freundin nicht hier war.

Die Schimpfwörter, die nach ihrer Antwort aus Shawns Mund kamen, waren überraschend. Nicht dass Kenna sich davon beleidigt fühlte. Sie war dafür bekannt, selbst gelegentlich das ein oder andere Schimpfwort zu benutzen. Aber einige von Shawns Wörtern hatte sie zuvor noch nicht einmal *gehört*.

Sie versuchte, sich aus seinem Griff zu befreien, aber Shawn vergrub seine Finger in ihrem Fleisch und zwang sie, weiter in Richtung Bar zu gehen.

Wie sie vermutet hatte, waren Marshall, Jag und Pid nicht beim ersten Anflug von Ärger davongelaufen. Alle drei standen neben ihren Stühlen und beobachteten die Szene mit zusammengekniffenen Augen. Paulo und Kaleen standen starr vor Schock hinter der Theke.

Shawn zielte mit der Waffe in ihre Richtung und gab ohne Vorwarnung einige Schüsse ab, wobei eine Flasche Schnaps auf dem hohen Regal hinter der Theke zerschmettert wurde.

Jetzt war Kenna an der Reihe zu schreien. Für den Bruchteil einer Sekunde hatte sie gedacht, er würde auf Marshall schießen.

Jag und Pid machten einen Satz, sprangen über die Theke und zogen hinter der Bar die beiden Barkeeper herunter in Deckung.

Aber Marshall, dieser verrückte Mann, richtete sich nur auf und funkelte Shawn böse an. Sie wollte ihm sagen, dass er keine Dummheiten machen sollte, dass er leben sollte, aber sie bekam keine Chance dazu.

»Natürlich zuckt der große, böse SEAL nicht einmal mit der Wimper«, höhnte Shawn.

»Ich habe keine Angst vor Tyrannen«, sagte Marshall in

einem tiefen, harten und frostigen Tonfall, den Kenna noch nie zuvor von ihm gehört hatte. Sie hatte Marshall als Mann kennengelernt. Er war lustig, sarkastisch und hatte noch nie anders als respektvoll, sexy oder liebevoll mit ihr gesprochen. Das war eine ganz andere Facette von ihm, ein anderer Mann.

Es war der tödliche Navy SEAL, der keinen Spaß verstand.

»Leg die Waffe nieder, bevor es böse für dich enden wird«, befahl er.

»Das glaube ich kaum. Siehst du das hier?«, fragte Shawn und deutete auf das Paket mit dem blinkenden roten Licht. »Das ist eine Bombe. Eine verdammt *große* Bombe. Mit genügend Sprengkraft, um nicht nur dieses Restaurant, sondern das gesamte verdammte Gebäude in die Luft zu jagen. Ich kann einfach so alles auslöschen.«

Kenna wusste nicht genau, ob das stimmte, aber sie hatte genügend Krimis gesehen, um zu wissen, dass die Situation nicht gut aussah.

»Und noch besser, die Bombe hat einen Quecksilber-Kippschalter als Zünder.«

Kenna war sich nicht sicher, was das bedeutete, aber nach einem Blick auf Marshalls Gesicht wusste sie, dass das schlecht war, sehr schlecht.

»Ganz genau, Arschloch. Wenn du oder einer deiner Freunde versucht, mich anzugreifen, fliegen wir alle in die Luft. Wenn ihr mich erschießt und ich umfalle, macht es bumms. Es reicht schon, wenn ich mich zu weit nach vorn beuge, und wir gehen alle verdammt noch mal hoch. Also ... jetzt, wo ich eure Aufmerksamkeit habe und wir wissen, wer hier das Sagen hat«, er funkelte Jag und Pid an, die hinter der Bar standen, »macht, dass ihr von hier verschwindet!«

Die beiden SEALs sahen extrem sauer aus, aber sie taten, was Shawn verlangte.

Es waren jetzt nur noch Shawn, Kenna, Marshall, Paulo und Kaleen im Restaurant, soweit sie das beurteilen konnte. Sollten ihre Kollegen geflohen sein, dann ohne aufzustehen. Sie hoffte, dass es so war und dass sie auf dem Weg nach draußen den stillen Alarm ausgelöst hatten, um die Polizei zu rufen. Alle anderen waren auf den dunklen Strand geflüchtet, wo der Sturm wütete, oder waren durch den Vordereingang entkommen.

Shawn hielt Kennas Arm fest in seinem Griff, als er auf Marshall zuging.

Kenna konnte sehen, wie ein Muskel im Kiefer ihres Mannes zuckte. Seine Hände waren zu Fäusten geballt, aber sonst stand er stocksteif da.

Knapp außer Marshalls Reichweite blieb Shawn stehen und hob die Pistole noch einmal.

Kenna schlug das Herz bis zum Hals und sie bekam fast keine Luft mehr.

Aber anstatt Marshall auf der Stelle zu töten, schien Shawn in Gesprächslaune zu sein. »Genau wie ich dachte ... du bist nicht so hart, wie du denkst«, grinste Shawn.

Kenna sah bei diesen Worten etwas in Marshalls Augen aufblitzen – sie hätte schwören können, dass es Respekt war. Aber das Licht musste sie getäuscht haben.

Oder Marshall versuchte, Shawn zu manipulieren, bis er einen Weg gefunden hatte, ihn zu überwältigen.

»Gut gemacht, ich hatte wirklich keine Ahnung, dass du diesen Zettel an meinem Jeep hinterlassen hast. Wie bist du auf den Militärparkplatz gekommen? Er wird streng überwacht.«

Kenna schwirrte der Kopf. *Zettel?* Marshall hatte auch eine Nachricht bekommen?

»Militäraufkleber an meinem Wagen. Ich habe einige Aufträge auf dem Stützpunkt gehabt«, erklärte Shawn. »Von wem hast du denn gedacht, war die Nachricht?«

Kenna fühlte sich wie in der Twilight Zone. Wenn Shawn nicht eine Waffe auf Marshall gerichtet und eine verdammte *Bombe* vor der Brust hätte, könnte man denken, die beiden Männer wären alte Kumpel und hielten einen Plausch.

»Da gibt es einen Typen auf dem Stützpunkt, der mich schon eine Weile nervt«, antwortete Marshall, scheinbar unbeeindruckt von der Tatsache, dass er in den Lauf einer Pistole schaute. »Er hat mir vor nicht allzu langer Zeit fast genau dieselben Worte gesagt. Ich dachte, er will sich immer noch mit mir anlegen.«

Shawn lachte. Es war kein fröhliches Lachen. Es war tiefste Zufriedenheit.

»Was ist mit deiner Nachricht?«, fragte er und schüttelte Kenna. »Hast du dir vor Angst in die Hose gemacht?«

»Nein«, sagte sie mutiger, als sie sich fühlte.

»Verdammte Lügnerin. *Alle* Schlampen lügen«, kochte Shawn und schüttelte sie noch fester, sodass sein Griff schmerzte.

Kenna wusste, dass sie für die nächste Woche oder so ein paar verdammt dunkle blaue Flecke haben würde ... wenn sie so lange leben sollte. Ihr Arm pochte an der Stelle, wo Shawn sie festhielt. Erneut versuchte sie, sich aus seinem Griff zu befreien, aber er lachte nur.

Kenna war auch schon vorher verängstigt, aber bei Shawns verrücktem Gesichtsausdruck gefror ihr das Blut in den Adern. Sie konnte Sirenen hören und betete, dass die Polizei sich beeilen würde. Aber gleichzeitig machte sie sich Sorgen darüber, was die Beamten tun würden. Wenn sie nichts von der Bombe wussten, könnten sie versuchen, Shawn auszuschalten. Und wenn er fiel, würde die Bombe hochgehen.

*Scheiße!*

Plötzlich bewegte Shawn sich rückwärts, die Waffe

wieder an ihrer Schläfe. Kenna stolperte fast, als sie mitgerissen wurde.

»Ich wollte mir nur nehmen, was mir gehört, und dann verschwinden«, informierte Shawn sie. »Aber diese verdammte Schlampe hat wie immer alles ruiniert. Ich weiß, dass sie vorhin hier war. Ich habe euch beobachtet und gewartet, bis ihr alle drei am selben Ort seid.«

»Und was hattest du dann vor?«, fragte Marshall und folgte ihm langsam, während Shawn auf den Ausgang zusteuerte, der zum Strand führte. Der Wind war wirklich aufgefrischt und heulte draußen vor den Plastikfenstern, die Kenna geschlossen hatte. Regen fiel in dicken Tropfen. Tatsächlich konnte sie nicht einmal das Ufer sehen und das Meer war nicht weit vom Restaurant entfernt.

»Mir nehmen, was mir gehört, nachdem ich dich und diese vorlaute Schlampe getötet habe«, sagte Shawn, ohne zu zögern.

Kenna zitterte. Gott, das war ein Albtraum.

»Und jetzt?«, fragte Marshall.

»Ich will Carly immer noch«, sagte Shawn. »Ich will, was mir gehört.« Er schüttelte Kenna noch einmal und brachte sie zum Stolpern. »Aber bis ich sie zurückhabe, werde ich mit *dieser* Schlampe vorliebnehmen.«

»Das wird nicht passieren«, sagte Marshall in tödlichem Tonfall.

Shawn lachte. »Tut mir leid, SEAL-Junge. So wird es passieren. Es ist alles durchgeplant und du kannst verdammt noch mal nichts dagegen tun. Sobald wir weg sind, kannst du nur noch darüber spekulieren, was ich mit deinem Fickloch anstellen werde. Du wirst dich fragen, ob sie Angst hat, ob sie Schmerzen hat. Und ich kann es dir jetzt schon sagen, so wird es sein. Sie wird es bereuen, ihre gottverdammte Nase in meine Angelegenheiten gesteckt zu haben, genau wie du.«

Dann richtete Shawn die Pistole auf Marshall.

Kenna handelte instinktiv, sobald sich sein Arm bewegte. Sie schlug mit ihrer freien Hand so fest sie konnte gegen die Unterseite seines Arms und schleuderte ihn hoch, als er den Abzug drückte.

Marshall war bereits zur Seite gesprungen und krachte gegen einen Stuhl, der ihm im Weg war.

Shawn schlug Kenna mit der Pistole ins Gesicht, was sie zum Schreien brachte, als ein furchtbarer Schmerz durch ihre Schläfe fuhr. Sie fühlte Blut an ihrem Gesicht herunterlaufen, aber sie fiel nicht zu Boden.

Während der ganzen Zeit ließ er ihren Arm nicht los. Die Sirenen heulten jetzt viel näher und Shawn wartete nicht, bis Marshall wieder aufstand. Er ging weiter rückwärts, jetzt aber viel schneller, und versuchte offensichtlich herauszukommen, bevor die Polizei auftauchte – was Kenna sich jeden Moment erhoffte.

»Zeit zu gehen«, knurrte Shawn.

Kenna hatte keine Ahnung, ob er mit ihr oder Marshall sprach, aber letztendlich spielte es keine Rolle. Sie wusste nicht, wohin sie gingen. Es war nicht so, dass sie einfach den Strand entlangspazieren und sich unter die nicht vorhandene Menschenmenge mischen konnten. Es hörte sich zudem so an, als würde draußen ein verdammter Orkan wüten. Aber Shawn hatte offensichtlich einen Fluchtplan.

Kenna betete nur, dass sie irgendwie entkommen könnte, bevor sein Plan aufging.

# KAPITEL ZWANZIG

Aleck war *sauer*. Er war so wütend, dass er kaum geradeaus denken konnte. Seine Optionen waren zudem stark eingeschränkt. Shawn war verdammt verrückt, aber er war nicht dumm. Er hatte es ihnen extrem schwer gemacht, irgendetwas zu tun, um ihn aufzuhalten.

Soweit er es einschätzen konnte, war die Bombe echt. Er war kein Bombenexperte und für eine Sekunde wünschte er sich, der ehemalige SEAL, den Mustang in Kalifornien erwähnt hatte – als er zu der Militärgerichtsverhandlung ihres Freundes Phantom geflogen war –, wäre dort gewesen. Dude war sein Name. Er hatte den Ruf, einer der besten Sprengstoffexperten zu sein, den die SEALs je gehabt hatten. Er würde wissen, ob die Bombe echt war oder nicht, und wie er dieses Arschloch ausschalten konnte, ohne dabei den gesamten Strand in einen riesigen Krater zu verwandeln. Aber er war nicht hier und Aleck musste allein herausfinden, wie er diese Situation beenden konnte, ohne das verdammte Ding auszulösen.

Er vermutete, dass Shawn die Bombe erst aktiviert hatte, als er im Restaurant angekommen war. Quecksilberschalter konnten knifflig sein und Quecksilber-Kippschalter noch mehr. Eine ruckartige Bewegung konnte die Bombe zur Explosion bringen und Aleck würde nichts tun, was Kenna noch mehr in Gefahr bringen könnte.

Aber der Gedanke, dass dieses Arschloch sie folterte, ließ seinen Adrenalinspiegel in die Höhe schießen. Aleck würde sich selbst opfern, bevor er Shawn mit Kenna davonkommen ließ.

Es war ihm nicht entgangen, wie der Mann unentwegt aufs Meer geschaut hatte, nicht dass er bei dem Regen und Wind viel gesehen hätte. Der offensichtlichste Fluchtweg war übers Wasser. Die Polizei würde die Straßen in Waikiki bereits absperren und es gäbe keine Möglichkeit für ihn, mit einem Fahrzeug oder zu Fuß zu entkommen. Nicht nach der Drohung, das ganze verdammte Gebäude in die Luft zu sprengen.

So sauer Aleck auch war, er war stolz auf Kenna. Sie war nicht in Panik geraten und hatte nicht überstürzt gehandelt. Sie war den Umständen entsprechend einigermaßen ruhig geblieben und wartete wahrscheinlich darauf, wie er sie da herausholen würde.

Die Scheiße war, dass Aleck keine Ahnung hatte. Shawn hatte die Oberhand.

In dem Moment, in dem Aleck den Strand betrat, war er auch schon bis auf die Knochen durchnässt. Wenn die Situation nicht so prekär gewesen wäre, wäre er vielleicht von der Macht des Sturms beeindruckt gewesen, der um sie herum wütete. Der normalerweise ruhige Strand von Waikiki war im Moment alles andere als ruhig. Das Meer schäumte und tobte. Obwohl die Wellen nicht ganz so hoch wie an der Nordküste waren, waren sie höher, als Aleck sie jemals auf dieser Seite der Insel gesehen hatte.

Das war das Einzige, was ihm vielleicht in die Hände

spielen könnte. Der Sturm könnte die schnelle Flucht verhindern, die Shawn geplant hatte.

Jag und Pid hatten sich vermutlich nicht weit entfernt, nachdem sie die Bar verlassen hatten. Er wusste, dass sie ihm den Rücken stärken würden, während er sein Ziel verfolgte. Aber Aleck hatte keine Ahnung, was sie tun könnten. Am Strand konnten sie sich nicht verstecken. Shawn würde sie sofort sehen. Seine Gedanken rasten, als er versuchte, einen Plan zu entwickeln. Aber im Moment konnte er nur darauf hoffen, dass Shawn es vermasselte – und nicht erneut um sich schoss.

Shawn und Kenna waren ungefähr zehn Meter vor ihm. Aleck hatte Angst, ihnen dichter zu folgen. Er hatte Angst, dass Shawn Kenna verletzen würde.

»Lass sie gehen!«, brüllte Aleck und verschaffte sich durch den heulenden Wind Gehör.

»Fick dich!«, schrie Shawn zurück und zerrte Kenna weiter, während er weitere Schüsse abfeuerte.

Aleck spürte, wie eine Kugel sein Bein streifte, aber er stolperte nicht einmal. Er würde hier nicht sterben, auf keinen verdammten Fall. Nicht nach allem, was er in seinem Leben gesehen und getan hatte. Er hatte sich einigen der schlimmsten Terroristen gestellt, die die Welt je gesehen hatte. Männer und Frauen, die keinen Respekt vor dem menschlichen Leben hatten. Er war geschlagen und gefoltert worden, war kilometerweit durch unwegsames Gelände gewandert, hatte eine Woche lang nichts gegessen ... er war sogar schon einmal angeschossen worden.

Nein, dieses Arschloch würde ihn nicht fertigmachen – nicht auf der wichtigsten Mission seines Lebens, nämlich die Frau zu retten, die er liebte. Er hatte Kenna nicht gefunden, nur um sie jetzt zu verlieren.

Das durfte nicht passieren. Er würde es nicht überleben.

Shawn ging ins Wasser und Aleck wurde fast schlecht

vor Angst. Dieses verrückte Arschloch wusste, wie leicht die Bombe hochgehen konnte. Warum riskierte er es, in die tosenden Fluten zu steigen und möglicherweise das Gleichgewicht zu verlieren?

Nichts, was der Mann tat, ergab einen Sinn.

»Ruhig«, murmelte er, mehr zu sich selbst als zu dem wahnsinnigen Mann vor ihm.

»Du willst mich? Dann komm zu mir, Arschloch!«, schrie Shawn. »Du wirst mich nicht lebend bekommen. Und wenn ich sterbe, werde ich diese Schlampe mit in den Tod reißen.«

Aleck hörte, dass die Polizei endlich eingetroffen war. Da die Beamten nicht sofort auf Shawn einschrien oder drohten, ihn zu erschießen, wusste er, dass sie über die Situation informiert worden waren. Wahrscheinlich von Jag oder Pid, die immer noch irgendwo hinter ihm waren.

»Ziehen Sie sich zurück, Sir«, sagte einer der Polizisten in seiner Nähe. »Wir übernehmen das.«

Aber Aleck zog sich nicht zurück. Stattdessen trat er einen weiteren Schritt aufs Wasser zu. Adrenalin schoss durch seine Adern und seine Wut und Frustration drängten ihn zum Handeln. Er wollte zu der Frau eilen, die er liebte, und sie aus der Gefahrenzone bringen. Aber er konnte nichts tun, ohne sie möglicherweise zu verletzen oder zu töten.

Er war nicht in der Lage, Kenna zu helfen.

Er hatte sich in seinem ganzen Leben noch nie so hilflos gefühlt.

Es regnete immer noch in Strömen, als wäre Mutter Natur selbst sauer.

Shawn sah erneut hinter sich aufs offene Meer hinaus und Aleck wurde klar, dass er nach einem Boot Ausschau hielt. Das war sein Fluchtplan. Entweder kam sein Partner zu spät oder er war im Sturm gekentert. Aleck konnte nur hoffen, dass es Letzteres war. Es war ein blutrünstiger Gedanke, aber jeder, der mit Shawn unter einer Decke steckte und ihm bei der Entführung einer unschuldigen Frau half, verdiente den Tod.

Schmerz und Bedauern erfüllten Aleck, als er beobachtete, wie Kenna gegen Shawns Griff ankämpfte. Was nützte seine ganze SEAL-Ausbildung, wenn er diese Fähigkeiten nicht einsetzen konnte, als er sie am dringendsten brauchte – um die Frau zu retten, die ihm mehr bedeutete als jeder andere Mensch auf dem Planeten?

---

Kenna war nicht so ruhig, wie sie äußerlich erschien. In ihrem Kopf malte sie sich die schlimmsten Dinge aus. Aber Shawn sehen zu lassen, wie verängstigt sie war, würde weder ihr noch der Situation helfen.

Sie hielt den Blick auf Marshall gerichtet und trauerte allem nach, das sie nicht mehr erleben würden ...

Kopfschüttelnd verdrängte Kenna alle negativen Gedanken. Sie war noch nicht tot. Marshall war es auch nicht. Wenn jemand sie da rausholen konnte, dann er.

Aber selbst aus der Ferne, durch den prasselnden Regen, konnte sie die Angst und Frustration auf seinem Gesicht sehen.

Marshall und seine Teamkameraden konnten es nicht riskieren, sie einfach herauszuholen. Die Bombe würde definitiv hochgehen und sie alle dabei töten.

Shawn zog sie immer weiter zurück direkt in die Brandung und Kenna runzelte verwirrt die Stirn. »Was tust du?«

»Halt die Klappe«, sagte Shawn.

Aber sie ignorierte ihn. »Willst du wegschwimmen? Das ist verrückt! Das würde uns beide töten. Dieser Sturm ist stärker als alles, was ich je gesehen habe, und ...«

»Ich sagte, halt die Klappe!«, knurrte er. »Ich habe einen Plan. Wir kommen hier raus und werden etwas Spaß zusammen haben. Und wenn Carly mir ausgeliefert wird, wirst du sterben. Und ich werde dafür sorgen, dass diese Schlampe weiß, dass sie der Grund dafür ist. Mein Wort ist Gesetz. Sie wird es bereuen, auch nur *versucht* zu haben, mit mir Schluss zu machen ...«

Er murmelte weiter vor sich hin und Kenna merkte, dass der Mann völlig die Fassung verloren hatte. Sie hatte schon vorher das Gefühl gehabt, dass er mental nicht gerade stabil war, aber jetzt, wo seine Pläne auseinanderfielen und er Carly nicht in seine Hände bekommen würde, verlor er komplett den Verstand.

Und ein Verrückter mit einer Bombe und einer Waffe, das war keine gute Kombination.

Marshall schrie: »Lass sie gehen!«, und Kenna zuckte erschrocken zusammen, als Shawn die Pistole abfeuerte.

»Hör auf!«, schrie sie und Wut übermannte ihre Angst. »Du wirst ihn töten!«

»Das ist die Idee«, lachte Shawn. »Der Arsch denkt, er ist so stark. Wer hat jetzt die Zügel in der Hand?«

Die Wellen schlugen gegen ihre Waden und bei jedem Aufprall taumelte Shawn ein wenig. Nicht sehr stark ... aber es war genug, dass ihr eine Idee kam.

Der Sand an ihren Füßen zog sie bereits immer weiter nach unten und je weiter sie ins Wasser gingen, desto schwieriger wurde es, aufrecht stehen zu bleiben. Es war nur eine Frage der Zeit, bis Shawn das Gleichgewicht verlor und sie mit hinunterziehen würde, wobei die verdammte Sprengladung vor seiner Brust in die Luft gehen würde.

Sie schätzte den Abstand zwischen Restaurant, Marshall und ihrem Standort im Wasser ab und wusste, dass jetzt die beste Chance wäre, den Schaden an Gebäuden und Menschen zu minimieren und noch von ihm wegzukommen. Noch tiefer, und sie würde nicht mehr schnell genug durch das aufgewühlte Wasser laufen können, um genügend Abstand zwischen sich und die Bombe zu bringen.

Und einfach so verschwand jeglicher Lärm um sie herum.

Kenna hatte keine Ahnung, ob ihr Plan funktionieren würde. Er könnte ihr in den Rücken schießen, sobald sie sich bewegte. Aber sie weigerte sich, einfach nur fügsam dazustehen und darauf zu warten, dass Shawn sie tötete oder in ein Boot warf, auf das er offensichtlich wartete.

Die Ankunft eines Polizeikommandos lenkte Shawns Aufmerksamkeit von Marshall ab.

Er lockerte die Hand um ihren Arm ein wenig.

Kenna begegnete Marshalls Blick ein letztes Mal. Sie konnte praktisch sehen, wie sein Körper vor Anspannung vibrierte. Er wollte etwas tun, das konnte sie fühlen.

Aber Shawn hatte immer noch seine Waffe. Er würde den Mann töten, den sie liebte, bevor er auch nur in ihre Nähe kam. Das wusste sie genauso gut, wie sie ihren eigenen Namen kannte.

Sie formte die Worte *Ich liebe dich* mit ihrem Mund in Marshalls Richtung und holte tief Luft.

Angsterfüllt schüttelte er den Kopf ...

Und in diesem Moment knallte eine Welle gegen ihre Beine.

Shawn musste einen Schritt machen, um das Gleichgewicht zu halten.

Und Kenna machte ihren Zug.

Sie riss ihren nassen Arm aus seinem Griff und lief los. Sie taumelte durch die Wellen, die ihr die Beine wegzureißen drohten. Tatsächlich gab es ihr zusätzlichen Schwung und schleuderte sie förmlich in Richtung Ufer.

Eine weitere Welle schlug gegen sie, bevor sie aus dem Wasser trat. Kenna stolperte vorwärts, gewann ihr Gleichgewicht zurück und lief so schnell sie konnte über den Sand, weg von der Gefahr der Waffe und weg von der Bombe. Sie hoffte und betete, dass die Polizei sich um Shawn kümmern würde.

Einen entsetzlich langen Moment hörte sie nichts.

Dann fielen mehrere Schüsse.

Kenna rannte schneller.

Einen Augenblick später hörte sie eine gewaltige Explosion und eine Schockwelle traf sie so hart, dass Kenna nach vorn geschleudert wurde. Sie landete hart mit dem Kinn im Sand.

Eine Hitzewelle versengte ihr den Rücken. Trotz des tosenden Windes hörte sie das Scheppern zerspringender Fenster.

Kenna lag still und wagte nicht einmal zu atmen. Sie hatte Schmerzen, aber sie lebte.

»*Kenna!*«

Noch nie in ihrem ganzen Leben hatte sie einen so schönen Klang gehört.

Sie schluckte ein Stöhnen herunter, rollte sich auf den Rücken und sah zu dem Mann auf, den sie von ganzem Herzen liebte.

»Kenna, rede mit mir! Geht es dir gut? Scheiße, dein Kinn blutet!«

Sie lächelte. Der Regen fiel ihr in die Augen und sie blinzelte. Ihr Arm tat weh. Ihr Kopf tat weh, da wo Shawn sie geschlagen hatte. Ihr Kinn pochte. Aber sie atmete noch, genau wie Marshall.

Also fühlte sie sich verdammt fantastisch.

Sie streckte die Hand aus, legte sie um Marshalls Nacken und zog ihn zu sich. »Ich habe dir doch gesagt, dass ich keinen Mann brauche«, sagte sie schwach. Ihre Stimme war etwas wackelig. Dann küsste sie ihn, als hinge ihr Leben davon ab.

# KAPITEL EINUNDZWANZIG

Aleck knurrte die Krankenschwester an, als sie mit dem Nähen seines Beins fertig war. Eigentlich wollte er doch nur mit Kenna nach Hause fahren. Er hatte darauf bestanden, mit der Untersuchung seines Beins zu warten, bis man sich um sie gekümmert hatte. Der Sand hatte ihren Sturz etwas abgefedert und wie durch ein Wunder hatte sie durch die Schockwelle der Bombe keine Verletzungen davongetragen. Aber sie hatte sich die Haut unter dem Kinn aufgeschürft. Die Wunde musste gereinigt werden, da Sand hineingeraten war, und dann genäht. Während der gesamten Prozedur hatte er ihre Hand gehalten und sich geweigert, sie loszulassen.

Er hätte sie fast verloren.

Er hatte den Moment erlebt, in dem sie die Entscheidung getroffen hatte, etwas zu tun, und er hatte noch nie in seinem Leben so viel Angst gehabt.

Aber sie hatte ihre Flucht perfekt abgestimmt. Shawn war gestolpert, als eine Welle gegen sie geprallt war. Er musste sein Gleichgewicht wiederfinden und diese paar

Sekunden hatten Kenna genügt, um den Strand zu erreichen.

Die letzte Fehlentscheidung, die Shawn in seinem elenden Leben gemacht hatte, bestand darin, seine Pistole auf Kenna zu richten, als sie floh.

Die Polizisten hatten nicht gezögert und mehrere Schüsse auf Shawn abgegeben.

Aleck hatte genügend Zeit, um »In Deckung!« zu schreien, bevor die Hölle ausbrach.

Es stellte sich heraus, dass Shawn in Bezug auf die Sprengkraft der Bombe nicht übertrieben hatte. Zum Glück war er rückwärts ins wütende Meer gefallen und eine Welle war über seinem Körper gebrochen, gerade als die Bombe explodiert war. Andernfalls hätte die Detonation höchstwahrscheinlich das Duke's und einen Großteil des Outrigger Hotels zerstört. Aber das Wasser hatte die Explosion wesentlich gedämpft.

Dennoch gab es einen riesigen Krater im Sand und Teile von Shawns Körper lagen am Strand verstreut. Aber es hatte keine weiteren Todesfälle gegeben.

Aleck war mit seinem Herz in der Hand in Richtung von Kennas bewegungslosem Körper gelaufen. Sie hatte sich herumgedreht und ihn angelächelt und ihre Hand in seinen Nacken gelegt. Ihm standen Tränen in den Augen. Aber erst als sie ihn fest und innig küsste, wusste er, dass alles in Ordnung war.

Und jetzt, nachdem sie genäht war, war er an der Reihe. Aleck hasste Krankenhäuser. Er hätte es vorgezogen, wenn Pid oder Jag die Wunde von Shawns Kugel, die sein Bein gestreift hatte, genäht hätten, aber Kenna wollte das nicht. Und weil er alles für diese Frau tun würde, die er so liebte, hatte er nachgegeben.

»Sei kein Baby«, sagte sie und lächelte ihn an.

»Die größten, bösesten Männer sind das normalerweise«, sagte die Krankenschwester mit einem Lächeln auf den Lippen.

Aleck hörte sie kaum. Er konnte nicht aufhören, Kenna anzustarren. Ihr Haar war durcheinander und noch immer voller Sand. Sie hatte einen Krankenhauskittel bekommen, der ihr locker vom Körper hing. Sie sah müde aus und hatte dunkle Ringe unter den Augen ... aber sie war am Leben und in einem Stück. Mehr konnte Aleck nicht verlangen.

Die Krankenschwester sagte, dass sie mit Marshalls Bein fertig wäre und gleich zurück sei. Sie ließ Aleck und Kenna allein in dem kleinen Untersuchungsraum zurück.

Bevor er sich bewegen und Kenna in seine Arme ziehen konnte, wurde der Vorhang zurückgezogen und seine Teamkameraden kamen hereinmarschiert.

Mustang, Midas, Slate, Jag, Pid und sogar der verdammte Baker Rawlins waren da.

Aleck schluckte schwer, als er sein Team sah.

Er hatte keine Ahnung, wie sie es geschafft hatten, hereingelassen zu werden, aber im Moment war es ihm egal. Er richtete sich auf und schwang die Beine über die Kante der Untersuchungsliege, wobei er den Schmerz ignorierte. Kenna kuschelte sich an seine Seite und in der Sekunde, in der er sie berührte, hatte Aleck das Gefühl, sich endlich entspannen zu können.

»Verdammt gut, dich lebend und nicht in tausend Stücken zu sehen«, sagte Pid.

»Das war beschissen«, murmelte Jag und fuhr sich mit der Hand durchs Haar.

»Etwa fünf Minuten nach der Explosion der Bombe ließ der Sturm nach«, sagte Mustang. »Als ob Mutter Natur ›Fick dich‹ zu diesem Arschloch gesagt hätte und zufrieden war, dass er in der Hölle war, wo er hingehört, nachdem er in die Luft gesprengt wurde.«

»Ich habe gehört, dass sie wahrscheinlich noch tagelang Leichenteile am Strand aufsammeln werden«, sagte Midas.

»Eklig«, murmelte Kenna, bevor sie tief Luft holte und aufstand. »Aber er hat es verdient.«

»Schade, dass sein Tod schmerzlos war«, sagte Baker.

Kenna warf ihm einen Blick zu, als würde ihr gerade erst bewusst, dass jemand im Raum war, den sie nicht kannte.

»Baker«, sagte er und streckte die Hand aus. Kenna schüttelte sie, aber er ließ nicht los. »Ich habe die Überwachungsbänder gesehen. Das war ein waghalsiger Schachzug«, sagte er.

Wenn sie überrascht war, dass Baker irgendwie bereits die Aufnahmen der Überwachungskameras vom Duke's oder des Outriggers gesehen hatte, ließ sie es sich nicht anmerken. »Es gab nichts mehr zu verlieren«, gab sie zurück. »Ich musste etwas tun oder Marshall hätte etwas getan, was ihn verletzt oder getötet hätte, oder ich hätte warten können, bis wir von diesem Boot abgeholt wurden und ich weiter von Shawn gequält worden wäre.«

»Es gab buchstäblich nichts, was ich tun konnte, ohne zu riskieren, dass die Bombe hochging«, ergänzte Marshall. »Ich habe mich in meinem Leben noch nie so hilflos gefühlt.«

»Manchmal ist das Beste, was man tun kann, auf die richtige Gelegenheit zu warten«, sagte Mustang.

»Was ich getan habe«, warf Kenna ein.

»Hast du etwas dagegen, ihre Hand zurückzugeben?«, konnte Aleck nicht umhin zu fragen, als er Baker anstarrte, der immer noch Kennas Hand in seiner hielt.

Baker verzog den Mund, aber er nickte und trat einen Schritt zurück.

»Du bist also der berüchtigte Baker«, sagte Kenna.

»Das bin ich«, sagte er.

Kenna öffnete den Mund, um noch etwas zu sagen, aber vor dem Vorhang gab es einen Tumult.

Alle drehten sich um, als Elodie und Lexie in den Raum stürmten, gefolgt von der Krankenschwester, die gerade Alecks Bein genäht hatte.

Die Krankenschwester seufzte. »Sie haben alle noch zwei Minuten Zeit, um zu sagen, was Sie zu sagen haben, und dann verschwinden Sie von hier! Und das erlaube ich nur, weil ich davon gehört habe, was heute Abend passiert ist, und ich mir denken kann, wie erschütternd das gewesen sein muss. Ihre Freunde werden nicht über Nacht hierbleiben müssen, also können Sie sich schon bald um sie kümmern. Irgendwo anders, aber *nicht* in meiner Notaufnahme.«

Aleck nickte der Frau dankbar zu, während Elodie und Lexie direkt zu Kenna gingen und sie in eine Umarmung zogen.

Baker trat näher. »Ich werde herausfinden, wer ihm geholfen hat«, sagte er leise. »Niemand legt sich mit SEALs an.«

»An erster Stelle steht sein Sohn Luke«, murmelte Jag.

»Bereits auf meinem Radar«, sagte Baker.

Aleck warf dem älteren Mann einen Blick zu. »Ich will helfen«, sagte er schlicht.

Baker zuckte unverbindlich mit den Schultern.

Aleck runzelte die Stirn. Er wusste, dass Baker einen Code hatte. Es machte ihm nichts aus, die Grenzen des Gesetzes zu überschreiten, und er liebte es, allein zu arbeiten.

»Ich trage die Verantwortung für sie«, argumentierte Aleck leise, froh, dass Kenna mit ihren Freundinnen beschäftigt war, anstatt auf ihn und Baker zu achten. Er war sich bewusst, dass der Rest seines Teams zuhörte. Sie alle hatten ein persönliches Interesse daran, insbesondere Jag.

Er hatte nicht viel gesagt, aber die Tatsache, dass Shawn Carlys Ex-Freund war, würde ihn wahrscheinlich auffressen.

Baker schien von Alecks Erklärung nicht beeindruckt zu sein. Er zuckte nur erneut mit den Schultern. »Wir alle haben eine Verantwortung«, sagte er. Dann nickte er Aleck und den anderen zu, als er ohne ein weiteres Wort den Raum verließ.

»Verdammt, ich wollte mit Baker reden«, protestierte Elodie. »Er verschwindet immer, bevor ich ein richtiges Gespräch mit ihm führen kann.«

»Nun, das muss noch einen Tag warten«, sagte Mustang zu ihr.

»Mist«, schmollte Elodie.

Kenna ging zurück zu Aleck. Er stand langsam auf und testete sein Bein, erfreut, dass die Schmerzmittel, die ihm gegeben worden waren, Wirkung zeigten. Er spürte die Narbe kaum. Aber er war sich bewusst, dass er und Kenna für die nächsten Tage Schmerzen haben würden. Er plante, sich mit ihr eine Woche lang in seiner Wohnung zu verschanzen. Sie würden sich nur um sich kümmern ... und die Tatsache genießen, dass sie noch am Leben waren.

»Zumindest müssen wir uns keine Sorgen machen, dass dieses Arschloch weiter hinter Carly her ist«, sagte Elodie und lehnte sich an Mustang.

Aleck begegnete Jags Blick und wusste, dass er dasselbe dachte. Ja, Shawn war von der Bildfläche verschwunden, aber sein Komplize war es noch nicht.

Carly wusste es vielleicht noch nicht, aber ein gewisser Navy SEAL würde ihr ab sofort nicht mehr von der Seite weichen. Jag würde dafür sorgen, dass sie in Sicherheit war, bis jede Person, die sich in diesem Meer aufgehalten hatte, identifiziert und jede Bedrohung für Carly ein für alle Mal ausgeschaltet war.

»Ich kann nicht glauben, dass jemand verrückt genug

war, bei diesem Sturm überhaupt aufs Meer hinauszufahren«, murmelte Kenna. »Ich meine, angenommen, es war Shawns Plan, auf diesem Weg zu verschwinden, wie die Polizei es vermutet. Dann war es wahrscheinlich Luke, Shawns Sohn.«

»Wir werden herausfinden, wer es war, und dafür sorgen, dass er keine Bedrohung mehr für Carly darstellt«, sagte Jag mit einem bestimmten Tonfall.

»Können wir über die Nachricht sprechen, die du bekommen hast ... und von der du mir nichts erzählt hast?«, fragte Aleck Kenna.

Sie drehte sich zu ihm um. »Ich dachte ehrlich, sie wäre von diesem dummen Kerl, wegen dem ich die Polizei gerufen hatte, nachdem er im Restaurant sein Kind geschlagen hatte«, sagte sie. »Auf dem Zettel stand, ich solle mich um meine Angelegenheiten kümmern. Ich habe ihn gleich nach dem Vorfall gefunden, einen Tag, nachdem du auf Mission musstest. Ich habe es ehrlich gesagt vergessen, zumal ich keine weitere Notiz bekommen habe. Außerdem hast du mir auch nichts von der Nachricht gesagt, die *du* bekommen hast.«

Aleck holte tief Luft. Er hatte kein Recht, sich über sie aufzuregen, wenn er selbst eine Nachricht bekommen und ihr nichts davon erzählt hatte. Es tat ihm mehr leid, als er sagen konnte, dass er es nicht ernster genommen hatte. »Du hast recht. Ich hätte etwas sagen sollen. Jag hat auch eine bekommen«, sagte er zu ihr.

Kenna sah seinen Freund mit großen Augen an. »Du auch?«

»Ja, ich dachte mir, dass sie von Shawn war, aber wie alle anderen habe ich nicht damit gerechnet, dass er etwas so Extremes tun würde«, sagte Jag.

»In der Sekunde, in der ich hörte, dass Jag auch eine Nachricht bekommen hatte, habe ich eins und eins zusammengezählt, aber es war zu spät«, sagte Aleck. »Shawn war schon im Restaurant.«

»Carly hat auch eine Nachricht bekommen. Eigentlich mehr als eine.« Kenna zitterte. »Ich bin so froh, dass sie nicht da war.«

»Wer hat hier sonst noch irgendwelche verdammten Nachrichten bekommen?«, fragte Mustang und sah Elodie und Lexie an.

»Schau mich nicht an«, sagte Elodie sofort und schüttelte den Kopf.

»Nein, ich auch nicht«, fügte Lexie achselzuckend hinzu.

»Nun, können wir uns darauf einigen, in der Zukunft darüber zu reden, wenn jemand einen Drohbrief bekommt, ganz egal, wen der- oder diejenige als Absender vermutet?«, fragte Mustang.

Alle nickten sofort.

Bei der Erkenntnis, dass er nicht der Einzige war, der die Nachricht abgetan hatte, sollte Aleck sich eigentlich besser fühlen, aber er tat es nicht. Denn sein Fehler hätte Kenna fast das Leben gekostet. Er hätte es sich nie verzeihen können, wenn sie schlimmere Verletzungen davongetragen hätte als nur den Schnitt unter ihrem Kinn.

»Okay, die Zeit ist um«, sagte die Krankenschwester und steckte den Kopf wieder ins Zimmer. »Alle raus.«

Jeder der Männer gab Kenna eine herzliche Umarmung. Aleck war fast zu Tränen gerührt zu sehen, wie besorgt alle um sie waren. Manche Männer wären vielleicht eifersüchtig, aber er nicht. Er *wollte*, dass seine Freunde seine Frau mochten, genauso wie er ihre mochte.

Elodie und Lexie brauchten etwas länger, um sich zu verabschieden, wobei Elodie versprach, etwas für sie zu kochen, damit Kenna sich nicht darum kümmern musste.

»Bring das Essen zu mir«, sagte Aleck zu ihr.

Sie lächelte. »Natürlich.«

Kenna schielte ihn von der Seite an, aber sie beschwerte sich nicht.

Lexie versprach, bald vorbeizukommen, um nach ihr zu sehen, und Ashlyn mitzubringen.

Slate sagte zu Aleck, er würde warten und sie beide nach Hause fahren. »Wir bringen auch eure beiden Wagen nach Coral Springs«, versicherte er ihnen, bevor er den Raum verließ.

Nachdem ihre Freunde gegangen waren, fühlte es sich im Raum fast zu ruhig an.

»Ich bringe gleich Ihre Entlassungspapiere«, sagte die Schwester. »Setzen Sie sich und belasten Sie Ihr Bein nicht so lange«, befahl sie und ging.

Aleck ignorierte sie. Es ging ihm gut. Sein Bein war in Ordnung. Er wollte nur Kenna halten. Er drückte sie an seine Brust und seufzte tief. Es war ein verdammt harter Abend gewesen und ein paarmal war er sich nicht sicher gewesen, ob er sie jemals wieder festhalten könnte.

»Das war scheiße«, murmelte sie an seinem Hals.

»Ja.«

»Ist das so, wenn man auf Mission ist?«, fragte sie.

Aleck konnte nicht anders, als zu lachen. »Nicht mal annähernd«, erklärte er ihr.

Kenna sah zu ihm auf. »Wirklich?«

»Ja, wirklich. Auf einer Mission habe ich mich noch nie so hilflos gefühlt wie heute Abend. Ich hatte keinen Plan. Ich war wie erstarrt vor Angst um dich. Ich wusste, wenn ich die falsche Entscheidung treffe, könnte das zu deinem Tod führen. Ich hatte mein Team nicht an meiner Seite – na ja, jedenfalls nicht komplett – und Jag und Pid hatten auch keinen Plan. Das ist ein beschissenes Gefühl für einen SEAL. Und vor allem wusste ich, dass ich es nicht über-leben würde, sollte dir etwas passieren. Davon hätte ich mich niemals erholt. Also ja, es war scheiße.«

»Marshall«, flüsterte sie.

»Ich bin stolz auf dich«, sagte er und legte eine Hand in dem vertrauten Griff in ihren Nacken, den sie beide so liebten. »Seit du mir auf den Kopf gesprungen bist, weiß ich, dass du eine Frau der Taten bist. Du würdest dich nie zurücklehnen und nichts tun, wenn jemand in Gefahr wäre, auch wenn du selbst dieser Jemand bist.«

»Ich bin dir nicht auf den Kopf gesprungen«, brummte sie.

»Ich liebe dich«, sagte Aleck. »So sehr, dass es mir fast Angst macht. Du hast irgendwie meine ganze Lebenseinstellung verändert. Die Sonne scheint heller, das Wasser ist klarer, die Luft ist sauberer. Ich wache auf und denke an dich und ich schlafe mit den Gedanken an dich wieder ein. Du bist buchstäblich das Beste, was mir jemals passiert ist, und ich habe keine Ahnung, was ich ohne dich in meinem Leben machen würde.«

»Ich gehe nirgendwo hin«, sagte sie zu ihm. »Du hast mich jetzt an der Backe.«

»Für immer?«

»Jawohl.«

»Gut, also heiraten wir?«

Kenna lachte. »Äh ...«

»Du hast *für immer* gesagt.«

Kenna beugte sich vor und küsste ihn auf die Lippen. Es war ein kurzer Kuss und Aleck wollte ihn unbedingt vertiefen. Aber es würde später noch Zeit dafür sein, sich gegenseitig zu zeigen, wie sehr sie noch am Leben waren. Er hatte vor, tagelang mit ihr zu schlafen. Lange und langsam, hart und schnell und dann lange in ihr bleiben, nachdem sie beide befriedigt waren. Er brauchte die Verbindung mit ihr. Er musste ihren Herzschlag an seiner Brust spüren, wenn er sie hielt.

»Ja«, sagte sie schlicht. »Aber nicht heute und nicht

morgen. Und ich will ein Luau mit geröstetem Schwein und allem Drum und Dran. Es sollte eine große Party werden, nicht nur elegant. Ich möchte, dass sich alle wohl und glücklich fühlen. Ähm ... wenn das in Ordnung ist«, sagte sie ein wenig verlegen.

Aleck lachte leise. »Solange der Tag mit Ringen an unseren Fingern endet, sollst du jede Art von Hochzeit haben, die du willst.«

»Und unsere Eltern sollen dabei sein«, fügte sie hinzu.

»Natürlich, ich kann es kaum erwarten, dir meine vorzustellen«, sagte er. Er wusste, dass seine Mutter und sein Vater sich Hals über Kopf in Kenna verlieben würden, genau wie er es getan hatte.

»Ich auch«, stimmte sie zu. »Ich liebe dich, Marshall. Ich liebe dich so sehr. Ich hatte solche Angst, dass du etwas tun würdest, das dich umbringt.«

»Es ist vorbei«, sagte Aleck und ignorierte das schlechte Gewissen, das an ihm nagte, wie schlimm die Situation hätte ausgehen können.

»Sind Sie bereit zu gehen?«, fragte die Krankenschwester, als sie ins Zimmer zurückkam. Kenna zuckte vor Schreck zusammen.

Aleck verstärkte seinen Griff für eine Sekunde und ließ dann langsam los. Sie drehte sich um und nickte der Frau zu. »Wir sind bereit.«

Zwanzig Minuten später saßen sie auf der Rückbank von Slates schwarzem Chevy Trailblazer. Kenna hielt das Gespräch fast bis zu seiner Wohnung am Laufen, wobei sie darauf achtete, nichts über Shawn, das Duke's oder was passiert war zu erwähnen.

Slate hielt so nahe wie möglich vor der Haustür und ging herum, um die Tür zu öffnen, als Kenna und Aleck ausstiegen. Es war jetzt fast drei Uhr morgens und niemand war mehr wach, worüber Aleck froh war. Er wollte Kenna nach oben und ins Bett bringen, bevor sie zusammenbrach.

Slate überraschte ihn zutiefst, als er Aleck für eine schnelle, aber herzliche Umarmung an sich zog. »Ich bin froh, dass du nicht tot bist.«

Dann nickte er ihnen beiden zu, bevor er zurück zur Fahrerseite des Wagens ging.

»Ich liebe deine Freunde«, sagte Kenna leise.

Aleck tat es auch. »Komm, lass uns reingehen.«

»Einverstanden. Dein Bein muss wehtun.«

Es begann, ein wenig zu pochen, aber Aleck würde das Kenna gegenüber nicht zugeben. Er war mehr darum besorgt, sie zu beruhigen.

Sie nickten dem Wachmann zu, der Nachtschicht hatte, hörten aber nicht auf zu reden.

Sobald sie die Wohnung betraten und die Tür hinter ihnen geschlossen war, gingen Kenna und Aleck sofort ins Schlafzimmer. Sie zogen sich um, putzten sich die Zähne und stiegen ins Bett.

Kenna kuschelte sich an Alecks Seite und zum ersten Mal, seit er gesehen hatte, wie Shawn sie im Duke's festgehalten hatte, entspannte er sich.

Beide schwiegen. Es gab nichts, das gesagt werden musste. Sie waren beide am Leben und für den Moment war das genug.

Kenna schlief fast sofort ein, aber Aleck brauchte etwas länger. Er lag im Dunkeln, hielt das Kostbarste und Wichtigste in seinem Leben in den Armen und dachte darüber nach, wie anders der Abend hätte verlaufen können. Schließlich schlief er mit dem Gedanken an Kenna ein, wie sie von Sand bedeckt im strömenden Regen vor ihm lag und ihn anlächelte. Sie brauchte vielleicht keinen Mann, aber er brauchte *sie* verdammt noch mal.

# EPILOG

»Nein, auf keinen Fall«, sagte Kenna mit Nachdruck. Sie und Marshall hatten sich von dieser schrecklichen Nacht vor zwei Wochen größtenteils erholt. Die erste Woche hatten sie in seiner Wohnung verbracht. Robert hatte gehört, was passiert war, und hatte es auf sich genommen, dafür zu sorgen, dass es ihnen an nichts fehlte. Elodie hatte die leckersten Mahlzeiten für sie zubereitet und Lexie und Ashlyn schrieben ihr ununterbrochen SMS.

Auch Marshalls Teamkameraden waren auf ihre Art süß gewesen. Sie hatten ihre Fahrzeuge aus dem Parkhaus in Waikiki abgeholt und hielten Aleck über die Geschehnisse auf der Arbeit auf dem Laufenden.

Nur Carly war nicht gut drauf. Kenna hatte nur kurz mit ihr gesprochen und Carly hatte sich schluchzend und überschwänglich dafür entschuldigt, was passiert war. Sie war am Boden zerstört. Egal wie oft Kenna schwor, dass es nicht ihre Schuld war, Carly wollte es nicht akzeptieren.

Dann hatte Kenna eine SMS von Kaleen bekommen, die ihr mitteilte, dass Carly im Duke's gekündigt hatte.

Und jetzt beantwortete ihre Freundin weder ihre Anrufe noch SMS.

Kenna war schon bereit, zu Carlys Wohnung zu fahren, um sie zum Reden zu bewegen, als Aleck ihr sagte, dass Jag in ständigem Kontakt mit ihr stehe. Er versicherte ihr, dass Carly nur etwas Zeit brauchte, um zu verarbeiten, was passiert war. Kenna war nicht glücklich, aber sie vertraute Jag. Und weil sie wusste, dass er sie im Auge behielt, hatte sie beschlossen, sie in Ruhe lassen ... für den Moment.

Sie und Carly würden auf jeden Fall ein langes Gespräch führen, aber wenn sie etwas mehr Zeit brauchte, um alles zu verarbeiten, dann würde Kenna ihr die geben.

Marshall war zurück zur Arbeit gegangen und sie hatte ein paar Mittagsschichten im Duke's gearbeitet. Kenna juckte es in den Fingern, wieder zur Normalität zurückzukehren. Shawn hatte ihr Leben lange genug gestört.

Sie und Marshall hatten gerade das Abendessen beendet, saßen auf dem Balkon und genossen den Abend, als er die Bombe platzen ließ.

»Es ist das Beste«, beruhigte Marshall sie.

Kenna schüttelte den Kopf. »Nein, im Ernst, das wird nicht passieren«, informierte sie ihn. »Ich kann nicht glauben, dass du überhaupt daran *denkst*, deine Wohnung zu verkaufen.«

»Es ist sinnvoller für uns, in Waikiki zu wohnen«, sagte Marshall mit ruhiger Stimme. »Ich habe im Internet recherchiert und es gibt dort unglaubliche Eigentumswohnungen, mit Meeresblick. Ich weiß, wie sehr du diesen Balkon liebst.«

»Es ist nicht nur der Balkon«, beharrte Kenna. »Es ist der Strand, an dem wir unsere erste richtige Verabredung hatten. Es ist Robert – ich kann mir nicht vorstellen, ihn nicht jeden Tag zu sehen. Es ist das Badezimmer, in dem du das erste Mal über mich hergefallen bist ... Es sind die *Erin-*

*nerungen*, Marshall. Ich liebe diese Wohnung. Ich möchte nirgendwo anders leben.«

»Komm her«, sagte Marshall und streckte ihr die Hand entgegen.

Kenna war sich nicht sicher, ob sie jetzt kuscheln wollte, aber sie stand auf und nahm seine Hand. Er zog sie nach unten an seine Seite auf der Liege und legte einen Arm um ihren Rücken, um sie sicher zu halten. Mehrere Minuten lagen sie so da, bevor er sprach.

»Ich dachte nur, eine Eigentumswohnung in Waikiki würde dir das Leben erleichtern. Du hast in den letzten drei Wochen jede Nacht hier verbracht und es ist ätzend für dich, so weit zur Arbeit fahren zu müssen.«

Kenna stützte sich auf einen Ellbogen, damit sie Marshalls Blick begegnen konnte. »Ich weiß, dass ich einen Anfall bekommen habe, als ich herausbekam, dass du hier wohnst, aber ich liebe alles an Coral Springs. Die Erinnerungen, die wir hier haben, sind unersetzlich. Und ja, ich verstehe, dass wir wahrscheinlich nicht für den Rest unseres Lebens hier wohnen werden und dass die Erinnerungen auch so erhalten bleiben, aber im Moment gibt es keine Notwendigkeit umzuziehen.«

»Ich mag es nicht, wenn du so spät noch Auto fährst«, argumentierte er.

Kenna wusste, dass es das war, worum es in einer Beziehung ging, Geben und Nehmen. Sie wollte protestieren, dass sie durchaus dazu in der Lage war, nachts Auto zu fahren, aber nach allem, was passiert war, verstand sie auch seine Sorgen.

»Was wäre, wenn ich dich nach deiner Schicht abhole?«, schlug Marshall vor. »Ich kann ohnehin nicht schlafen, bis du zu Hause bist. Vielleicht finden wir eine Fahrgemeinschaft oder ein Taxi, das dich nachmittags zum Restaurant bringen kann, wenn ich noch auf der Arbeit bin. Könntest du dich damit arrangieren?«

»Wenn das bedeutet, dass wir hier in Coral Springs wohnen bleiben, dann ja«, sagte sie zu ihm. »Es ist für dich näher am Stützpunkt, sodass du im Notfall schneller dorthin kannst.«

Marshall beugte sich zu ihr und küsste sie. Als er den Kopf wieder hob, war Kenna schon wieder spitz wie nichts. Er ließ den Blick zu ihrer Brust wandern, dann wieder zu ihrem Gesicht. Sie konnte spüren, wie ihre Brustwarzen gegen ihr T-Shirt drückten. Sie hatte sich nicht die Mühe gemacht, einen BH anzuziehen, als sie sich umgezogen hatte, nachdem sie nachmittags von der Mittagsschicht nach Hause gekommen war.

Ohne ein Wort stand Marshall auf, griff nach ihrer Hand und ging so schnell hinein, dass sie ihm hinterherstolperte. Aber sie hatte keine Angst zu fallen, denn Marshall würde sie niemals fallen lassen.

Er blieb nicht stehen, bis er ihr Bett erreicht hatte. Er sagte nichts, als er ihr das Hemd über den Kopf zog und ihre Leggings und Unterwäsche herunterschob. Dann hob er sie hoch und warf sie auf die Matratze, als wäre sie so leicht wie eine Feder.

Lachend stützte Kenna sich auf ihre Ellbogen, um zuzusehen, wie Marshall sich auszog. Innerhalb von Sekunden war er über ihr. Sie sprachen nicht, als er ihre Beine weiter auseinanderschob und seinen Kopf dazwischen versenkte.

Kenna keuchte vor Erregung. Sie und Marshall hatten sich nach dieser schrecklichen Nacht vor zwei Wochen bereits geliebt, aber Marshall war äußerst vorsichtig gewesen. Und obwohl sie es liebte, wenn er sie sanft behandelte, hatte sie diesen Teil von ihm vermisst. Die herrische, ungeduldige, dominante Seite, die sich ohne Zögern oder um Erlaubnis zu fragen nahm, was sie wollte.

SUSAN STOKER

Kennas Libido flippte aus, wenn er sich so benahm. Sie stöhnte, als er sie gierig leckte, als könnte er nicht genug bekommen. Er leckte, saugte und fickte sie mit seinen Fingern und schloss seinen Mund um ihre Klitoris. Sie brauchte nicht lange bis zum Orgasmus und zitterte noch, als er auf die Knie ging, ein paarmal über seinen Schwanz strich und dabei seine Sehnsuchtstropfen darüber verteilte. Es dauerte nicht lange, bis er seinen Schwanz an ihre Muschi führte.

»Ja«, ermutigte sie ihn, als er für den Bruchteil einer Sekunde zögerte.

Dann war er wieder in ihr. Sie war so feucht, so angemacht, dass sie ihn mit Leichtigkeit aufnahm, als wäre sie nur für diesen Mann geschaffen worden. Und sie fühlte sich auch so.

Er fickte sie hart und schnell und stöhnte jedes Mal, wenn er in sie hineinstieß. Er schob eine seiner Hände zwischen sie und strich fest über ihre Klitoris. Er wusste genau, wie und wo er sie berühren musste, damit sie explodierte.

Und sie explodierte. Ihre inneren Muskeln umklammerten ihn fest, als sie kam. Marshall stöhnte, als er sie durch ihren Orgasmus fickte und so tief in sie drang, dass Kenna einen leichten Schmerz verspürte. Dann kam er. Und kam. Und kam. So intensiv, dass er sich nicht sicher war, ob er jemals aufhören würde.

Als er endlich die Augen öffnete und sie ansah, schmolz sie bei seinem liebevollen Gesichtsausdruck dahin.

Er fiel auf seine Seite und hielt ihren Hintern dabei fest, damit sein Schwanz nicht herausrutschte. Dann rollte er sich auf den Rücken. Es war eine von Kennas Lieblingspositionen. Sie lag mit gespreizten Beinen auf ihm, hatte seinen Schwanz tief in ihr und seine Brust benutzte sie als Kissen.

Er hatte seine Hand noch auf ihrem Hintern, was deutlich machte, dass er glücklich war, so wie es war.

Zum ersten Mal, seit er sie ins Schlafzimmer gebracht hatte, sagte er etwas. »Ich liebe dich, Kenna. Ich würde auf dem Mond leben, wenn du das wolltest. Ich möchte nur, dass du in Sicherheit bist – und glücklich.«

»Das bin ich«, beruhigte sie ihn. »Ich kann mir nicht vorstellen, dass wir woanders wohnen.«

»Alles klar.«

»Alles klar?«, fragte sie. »Wir bleiben hier? Keine Diskussion mehr über Verkauf und Umzug nach Waikiki?«

Marshall nickte.

»Ja!«, sagte Kenna mit einem breiten Lächeln.

Marshall grinste und schüttelte genervt den Kopf.

»Du weißt, dass es noch früh ist, oder?«, fragte sie. »Gehen wir trotzdem schlafen?«

Sein leichtes Grinsen wurde ein bisschen lüstern. »Ein Nickerchen, ja, aber dann wirst du meinen Schwanz lutschen und ich werde dich vernaschen. Dann will ich dich von hinten nehmen, bevor ich dich von Angesicht zu Angesicht ficke.«

»Habe ich dabei etwas mitzureden?«, neckte sie.

»Nein.«

Aber sie wusste es besser. Er würde nie etwas tun, womit sie nicht hundertprozentig einverstanden war. »Okay, aber ich möchte Reverse Cowgirl versuchen. Du weißt schon, auf dir, aber umgedreht.«

»Abgemacht«, sagte er, ohne zu zögern.

Als hätte sie überhaupt daran gezweifelt, dass er zustimmt.

Sie wand sich ein wenig auf ihm und er festigte seinen Griff um ihre Pobacken.

»Bleib liegen«, sagte er zu ihr. »Ich möchte in dir einschlafen.«

*Verdammt*, sie mochte seine herrische Seite.

Sie spannte sich noch einmal um seinen Schwanz an und spürte, wie er zuckte.

»Nein«, sagte er und schlug ihr sanft auf den Hintern. »Es ist zu früh und ich habe dich hart genommen. Du musst dich erholen.«

Ja, sie mochte diese Seite von ihm definitiv. »Dann hör auf, mich anzumachen«, beschwerte sie sich.

Dann lächelte er und sie seufzte zufrieden, als er seine freie Hand in ihren Nacken legte. »Ich liebe dich«, flüsterte er. »Ich liebe dich so sehr.«

»Ich liebe dich auch«, gab sie zurück.

Sie waren lange Zeit still und sonnten sich in Zufriedenheit und Liebe.

Marshall entspannte seine Hand an ihrem Hals schließlich, als er einschlief. Kenna war sich nicht sicher, ob er es wirklich ernst gemeint hatte, als er ein Nickerchen vorgeschlagen hatte. Es musste ihn ein bisschen gestresst haben, ihr von seinen Umzugsplänen zu erzählen.

Sie war nicht im Mindesten müde, aber sie liebte es, auf ihrem Mann zu liegen, während er döste. Er würde noch früh genug aufwachen und genau das tun, was er versprochen hatte. Er war ein Mann, der sein Wort hielt, und das war nur eines der Millionen Dinge, die sie an ihm liebte. Sie hatte aufgehört, nach seinen Fehlern zu suchen. Er hatte sie zweifellos, aber sie wusste auch, dass sie im Vergleich zu all seinen positiven Eigenschaften belanglos erscheinen würden.

Kenna starrte aus dem Fenster auf die flauschigen Wolken und den blauen Himmel. Die Sonne würde in etwa dreißig Minuten untergehen ... und sie musste daran denken, wie anders das Wetter vor zwei Wochen gewesen war. In *dieser* Nacht. Sie wollte nicht daran denken, wie anders alles ausgegangen wäre, wenn kein Sturm getobt hätte. Der Regen und der Wind waren zwar furchterregend gewesen, hatten ihr aber auch das Leben gerettet – und Marshalls.

»Kenna, du schläfst nicht«, murmelte Marshall, als er seine Hand wieder fester um ihren Nacken legte.

»Entschuldige«, flüsterte sie ohne jede Reue.

»Du wirst deinen Schlaf brauchen«, mahnte er.

»Okay, okay, ich schließe die Augen«, versprach sie ihm.

Er drehte den Kopf, küsste ihre Schläfe und fing fast sofort wieder an zu schnarchen.

Kenna dachte vielleicht, dass sie keinen Mann brauchte, aber da lag sie falsch.

Sie brauchte *diesen* Mann.

Mit einem Lächeln auf ihrem Gesicht schlief sie ein, wohl wissend, dass sie Marshall an ihrer Seite immer brauchen würde, egal was die Zukunft für sie bereithielt.

---

Einen Monat später waren Pid und der Rest in einem Hubschrauber unterwegs zur amerikanischen Botschaft in Algerien. Das Land war in der Mitte eines intensiven Machtkampfes ... das Volk gegen den Präsidenten, der seit mehr als zwanzig Jahren an der Macht gewesen war. Aus Protest gegen seine Herrschaft waren beispiellose zehn Prozent der Bevölkerung auf die Straße gegangen. Zuerst waren die Proteste noch friedlich gewesen, aber im Laufe der Zeit wurden sie immer gewalttätiger und die Vereinigten Staaten hatten beschlossen, ihre Vertreter zu evakuieren, bis die Lage sich stabilisiert hatte.

Das Traurigste war, wie viele Ausländer sich auf den Weg in das Land gemacht hatten, um einen Vorteil aus der instabilen Situation zu schlagen. Häuser und Geschäfte wurden geplündert oder niedergebrannt.

»Test, Test, Test«, sagte Mustang in sein Mikrofon und vergewisserte sich, dass ihre Funkgeräte richtig funktionierten.

»Höre dich.«

»Laut und deutlich.«

»Okay.«

Der Rest des Teams schaltete sich ein und teilte seinem Teamleiter mit, dass er ohne Probleme zu hören war.

»Wir werden in fünf Minuten landen. Viele Familien wollen unbedingt fliehen, also müssen wir unser Bestes geben, Ordnung zu bewahren. Wir müssen ihnen versichern, dass alle evakuiert werden, aber es werden mehrere Flüge mit verschiedenen Hubschraubern nötig sein«, sagte Mustang.

Pid nickte zusammen mit dem Rest seiner Kameraden. Er kannte den Plan, sie waren ihn mehrmals durchgegangen, zusammen mit einigen Notfallszenarien. Sie waren SEALs. Einen Notfallplan für den Notfallplan zu haben, war für sie normal. Alle hatten die Karte der Umgebung der Botschaft studiert und wussten, wo sie sich treffen konnten, wenn sie getrennt wurden.

Vier Minuten und dreiundvierzig Sekunden später setzte der Hubschrauber auf dem Dach der Botschaft auf.

Pid und seine Teamkameraden verließen schnell den Helikopter und machten sich auf den Weg zu der Gruppe von Männern, Frauen und Kindern, die sich in der Nähe des Treppenhauses zusammengedrängt hatten.

Mustang übernahm die Führung und sprach mit der Gruppe und erklärte, wie viele Leute bei diesem ersten Flug mitkommen würden. Pid und Midas überprüften die Ausweise, um sicherzugehen, dass sie nur amerikanische Staatsbürger mitnahmen. Das war eine der schwierigsten Aufgaben ihrer Mission. Oft mussten sie Freunde oder Angehörige der Amerikaner, die sie retteten, zurücklassen, weil kein Platz war oder sie nicht die nötigen Papiere hatten, um sie außer Landes zu bringen.

Zehn Menschen würden mit dem ersten Hubschrauber evakuiert werden. Pid überprüfte die Ausweise des Botschafters mittleren Alters und seiner Frau, als sie an Bord kamen. Sie hatten zwei kleine Söhne, die sich an ihre Seiten kuschelten. Alle sahen verängstigt aus. Pid tat sein Bestes, zu lächeln und beruhigend auf die Kinder zu wirken, aber er konnte noch nie gut mit Kindern umgehen und sie starrten ihn nur an und umarmten ihre Mutter fester.

Pid drehte sich um, um die nächste Person in der Schlange abzufertigen, als er ein Ziehen an seinem Gürtel spürte. Als er nach unten schaute, sah er einen der kleinen Jungen – vermutlich den Älteren – neben ihm stehen.

Pid kniete sich hin, sodass er mit dem Jungen auf Augenhöhe war. »Es wird alles gut«, sagte er.

»Monica«, sagte der Junge mit wackeliger Stimme.

Pid runzelte die Stirn. »Was?«

»Monica ist nicht hier.«

»Wer ist Monica?«, fragte Pid.

»Unser Kindermädchen. Daddy sagte, dass wir keine Zeit hätten, zum Haus zurückzugehen, aber ich will nicht ohne sie gehen. Sie wartet auf uns und hat wahrscheinlich Angst.«

Pid klopfte dem Jungen unbeholfen auf die Schulter. »Wir werden sie finden.«

»Versprochen?«

Er zögerte nur eine Sekunde, bevor er nickte. »Versprochen.«

Der Junge sah ihn klagend an, als seine Mutter nach seiner Hand griff und schnell zum Hubschrauber ging, als hätte sie Angst, dass jemand seine Meinung ändern könnte und sie nicht ausfliegen dürften.

Pid stand auf und wandte sich an Slate. »Hast du das gehört?«

Slate nickte. »Wir sind nicht dafür hier, um durch die ganze Stadt zu laufen und nach Nachzüglern zu suchen. Wir haben unsere Befehle«, erinnerte er Pid.

»Ich weiß, aber es hört sich so an, als wartete sie darauf, geholt zu werden.«

»Wir wissen nicht einmal, ob sie Amerikanerin ist«, sagte Slate geduldig.

Pid nickte, obwohl er die Stirn runzelte. Er wusste nicht, warum der Junge einen Nerv bei ihm getroffen hatte. Vielleicht weil der Junge sein Kindermädchen so sehr liebte, dass er den Mut gefasst hatte, mit Pid zu sprechen, obwohl er Angst hatte. »Sobald dieser Hubschrauber abgehoben hat, wird es eine Weile dauern, bis der nächste kommt. Den Karten nach ist das Haus des Botschafters nicht weit von hier entfernt ...«

Slate starrte ihn einen Moment lang an, dann nickte er. »Ich werde mit Mustang reden und mit dir kommen.«

Pid seufzte innerlich erleichtert und nickte Slate zu. Sie würden zu dem Haus laufen und mit dem Kindermädchen reden. Wenn sie Amerikanerin war, würden sie sie hierher zur Evakuierungsstelle bringen. Falls nicht, würden sie ihr sagen, dass die Familie in Sicherheit war und sie Unterschlupf finden sollte. Das Ganze wäre innerhalb von zwanzig, höchstens dreißig Minuten erledigt.

---

Monica Collins ging ängstlich auf und ab. Wo waren alle? Die Familie sollte inzwischen längst zurück sein.

Desmond Laws, der US-Botschafter in Algerien, und seine Frau hatten mit ihren zwei kleinen Jungen vor zwei Stunden das Haus für Besorgungen verlassen und waren nicht zurückgekehrt. Es war ihr freier Morgen gewesen, also war sie zurückgeblieben. Es war nicht gerade schlau, bei den andauernden Protesten *irgendwohin* zu gehen, aber Desmond hatte ihr gesagt, sie solle sich keine Sorgen machen, und sie waren trotzdem gegangen. Und jetzt waren sie nicht zurückgekommen und die Proteste näherten sich immer weiter ihrem Haus.

Sie hatte Angst zu bleiben, aber noch mehr Angst zu gehen. Als sie aufwuchs, hatte ihr Vater immer gesagt, bleib, wo du bist, und schütze, was dein ist. Aber Monica hielt das Haus im Moment nicht für den sichersten Ort.

Die Menschenmenge wurde im Zuge der Proteste immer unbändiger. Sie hatte in den Nachrichten gesehen, wie Leute Fenster von Geschäften und Häusern einschlugen, Geschäfte plünderten und sogar Autos und Gebäude niederbrannten. Das Haus, das die US-Regierung für die Familie zur Verfügung gestellt hatte, befand sich in einem Viertel, das in der Regel als sehr sicher galt. Aber nichts war mehr so, wie es gewesen war, als Monica in das Land gekommen war.

Ein Geräusch an der Hintertür erschreckte sie und sie drehte sich um. Durch das Fenster in der Tür sah sie einen Mann auf der anderen Seite stehen. Er trug eine grüne Tarnhose und ein Hemd mit hochgekrempelten Ärmeln. Er hatte Stoff über Mund und Nase und darüber war sein Gesicht mit schwarzer Farbe beschmiert. Er hatte auch ein Gewehr um die Brust hängen und ihr Blick fiel auf eine schwarze Tätowierung auf seinem Unterarm.

Sie starrten sich einen Moment lang an, bevor der Mann lächelte. Sie wusste, dass er lächelte, denn sie konnte sehen, wie sich Falten um seine Augen bildeten. Aber etwas in ihrem Inneren sagte ihr, dass er versuchte, sie zu beruhigen …

Als würde er sich auf das freuen, was er als Nächstes tun würde.

Soldaten gehörten nicht zu ihren Lieblingsmenschen. Nach ihrer Kindheit war das zu erwarten gewesen.

»Es ist alles in Ordnung«, rief er, damit sie ihn durch die Tür hören konnte. »Ich bin ein Navy SEAL und ich bin hier, um Sie zu evakuieren. Öffnen Sie die Tür.«

Als sie sich nicht bewegte, runzelte der Mann die Stirn. »Mein Kamerad ist auf der Vorderseite des Hauses. Wir sind hier, um Ihnen zu helfen. Machen Sie die Tür auf, damit ich sie nicht aufbrechen muss.«

Anstatt auf die Tür zuzugehen, drehte Monica sich herum und lief zur Treppe.

Ihr Instinkt und jahrelange Konditionierung als Kind befahlen ihr, sich zu verstecken, um dem Soldaten zu entkommen.

Erinnerungen an ihren Vater in seiner Tarnuniform schossen ihr durch den Kopf und ließen sie noch verzweifelter werden.

Gerade als sie das Obergeschoss erreicht hatte, hallten Schüsse und das Geräusch zerbrechenden Glases durchs Haus.

Eine tiefe Stimme rief: »Ich bin ein SEAL! Sie können mir vertrauen!«

Nein, Monica war die Königin im Verstecken und so wie sich ihr bei der Stimme des Mannes die Nackenhaare aufgestellt hatten und wenn sie sich an den Blick in seinen Augen erinnerte, hatte sie das Gefühl, dass ihr Leben davon abhing, zu ihrem Versteck zu gelangen und keinen Ton von sich zu geben. Navy SEAL oder nicht, sie traute ihm nicht.

Sie traute *niemandem*.

Die Zeit hatte ihr immer wieder bewiesen, dass die meisten Leute extrem unzuverlässig und unberechenbar waren. Nur Kindern würde sie vertrauen. Sie waren vom

Leben noch nicht befleckt und waren grundehrlich. Sie sagten, was sie dachten, anstatt ihre Verachtung und ihren Abscheu zu verbergen.

Kurz nachdem sie in ihr Versteck geschlüpft war, hörte sie das vertraute Knarren der Dielen auf dem Treppenabsatz.

Sie hielt den Atem an und wagte es nicht, auch nur einen Muskel zu bewegen. Sie hatte nicht gehört, wie der Mann die Treppe heraufkam. Er musste wirklich leise gegangen sein.

Er war jetzt der Jäger – und sie war seine Beute.

Monica schloss die Augen und versuchte, ihren Herzschlag zu verlangsamen. Wenn er ihr Versteck fand, würde es ihr nicht gut ergehen. Das wusste sie mit Sicherheit.

Als der SEAL den Raum betrat, betete Monica härter als je zuvor.

*Lass ihn mich nicht finden. Lass ihn mich nicht finden.*

---

Buch 4 in Die SEALs von Hawaii, *Die Suche nach Monica*, kommt bald!

### Die SEALs von Hawaii:
*Die Suche nach Elodie*
*Die Suche nach Lexie*
*Die Suche nach Kenna*
*Die Suche nach Monica (10 Mai 2022)*
*Die Suche nach Carly*
*Die Suche nach Ashlyn*
*Die Suche nach Jodelle*

### Mountain Mercenaries:
*Die Befreiung von Allye*
*Die Befreiung von Chloe*
*Die Befreiung von Morgan*
*Die Befreiung von Harlow*
*Die Befreiung von Everly (1 Nov 2022)*
*Die Befreiung von Zara (1 Feb 2022)*
*Die Befreiung von Raven (1 Apr 2022)*

### Ace Security Reihe:
*Anspruch auf Grace*

*Anspruch auf Alexis*
*Anspruch auf Bailey*
*Anspruch auf Felicity*
*Anspruch auf Sarah*

**Die Delta Force Heroes:**
*Die Rettung von Rayne*
*Die Rettung von Emily*
*Die Rettung von Harley*
*Die Hochzeit von Emily*
*Die Rettung von Kassie*
*Die Rettung von Bryn*
*Die Rettung von Casey*
*Die Rettung von Wendy*
*Die Rettung von Sadie*
*Die Rettung von Mary*
*Die Rettung von Macie*
*Die Rettung von Annie (8 Feb 2022)*

**Delta Team Zwei**
*Ein Held für Gillian (1 Dec 2021)*
*Ein Held für Kinley (1 Jan 2022)*
*Ein Held für Aspen (1 Mar 2022)*
*Ein Held für Jayme*
*Ein Held für Riley*
*Ein Held für Devyn*
*Ein Held für Ember*
*Ein Held für Sierra*

**SEALs of Protection:**
*Schutz für Caroline*
*Schutz für Alabama*
*Schutz für Fiona*
*Die Hochzeit von Caroline*

*Schutz für Summer*
*Schutz für Cheyenne*
*Schutz für Jessyka*
*Schutz für Julie*
*Schutz für Melody*
*Schutz für die Zukunft*
*Schutz für Kiera*
*Schutz für Alabamas Kinder*
*Schutz für Dakota*

# BIOGRAFIE

Susan Stoker ist die New York Times, USA Today und Wall Street Journal Bestsellerautorin der Buchreihen »Badge of Honor: Texas Heroes«, »SEAL of Protection«, »Die Delta Force Heroes« und einigen mehr. Stoker ist mit einem pensionierten Unteroffizier der US-Armee verheiratet und hat in ihrem Leben schon überall in den Vereinigten Staaten gelebt – von Missouri über Kalifornien bis hin zu Colorado. Zurzeit nennt sie die Region unter dem großen Himmel von Tennessee ihr Zuhause. Sie glaubt ganz und gar an Happy Ends und hat großen Spaß daran, Geschichten zu schreiben, in denen Romantik zu Liebe wird.

Besuchen Sie Susan im Netz!
www.stokeraces.com
facebook.com/authorsusanstoker
twitter.com/Susan_Stoker
bookbub.com/authors/susan-stoker

instagram.com/authorsusanstoker
Email: Susan@StokerAces.com